Nebelschuld

Die Autorin

Heike van Hoorn wurde 1971 in Leer/Ostfriesland geboren. Die promovierte Historikerin war Referatsleiterin in der Hessischen Staatskanzlei und ist Geschäftsführerin des Deutschen Verkehrsforums. Durch die Recherchen zu ihren Krimis hat sie ihre Heimat neu kennen und lieben gelernt. Heike van Hoorn lebt mit Mann und Kindern in Berlin.

Heike van Hoorn

Nebelschuld

Ostfriesland-Krimi

Weltbild

Besuchen Sie uns im Internet:
www.weltbild.de

Genehmigte Lizenzausgabe für Weltbild GmbH & Co. KG,
Ohmstraße 8a, 86199 Augsburg
Copyright der Originalausgabe © 2022 by Bastei Lübbe AG, Köln
Umschlaggestaltung: Atelier Seidel – Verlagsgrafik, Teising
Umschlagmotiv: iStockphoto / Claus Leisenberg
Satz: Datagroup int. SRL, Timisoara
Druck und Bindung: CPI Moravia Books s.r.o., Pohorelice
Printed in the EU
ISBN 978-3-96377-679-3

Die Osternacht

Samstag, 14. April 2001, Wymeer

Die Freiwillige Feuerwehr war nun auch endlich da. Es konnte losgehen. Stolz entstiegen die Feuerwehrmänner in Zeitlupe dem nagelneuen Löschfahrzeug, das die Gemeinde kürzlich angeschafft hatte. Dieselben Männer, denen noch vor einer halben Stunde Sätze wie »Schatz, halt dich heute Abend zurück. Du weißt, was letztes Jahr passiert ist …« hinterhergerufen worden waren, fühlten sich nun als Mitglieder des A-Teams. Und aus einem Mann mit Bauch wurde in einer Feuerwehruniform sofort ein stattlicher Kerl. Natürlich wussten sie, dass einige Wymeerer Bürger die Gelegenheit genutzt hatten, schnell noch ein paar zerhauene Resopalmöbel oder carbolineumgetränkte Gartenstühle unter den großen Haufen zu schmuggeln. Heutzutage war ja sowieso bereits alles verboten, aber wenn es in Ostfriesland schon keinen Karneval gab, an dem man Verbote übertreten durfte, dann war das ja wohl wenigstens beim Osterfeuer erlaubt!

Bernhard Pohl hatte seine Bude aufgebaut und machte gute Geschäfte. Dass die meisten Jugendlichen schon vorgeglüht hatten, störte ihn nicht weiter. Erstens erhöhte Alkohol erfahrungsgemäß den Appetit auf weiteren Alkohol und trieb ihm die jungen Leute von allein zu, wenn deren eigene Vorräte aufgebraucht waren. Zweitens geschah das aber erst, wenn die Väter und Mütter selbst so stramm waren, dass sie nicht mehr merkten, wie neben ihnen an der Bude ihre eigenen Kinder und deren Kumpels in ihre Fußstapfen traten.

Endlich begann das Feuer zu knistern. Und während allerhand Kleintiere sich in Sicherheit zu bringen versuchten, hefteten sich die Augen der Menschen auf die Flammen, streckten sich Hände der Wärme entgegen und saugten sich Lungen voll mit warmer, rauchgeschwängerter Luft, die nur ein bisschen nach Plastik roch, dafür aber ein ungemein heimeliges Gefühl in den Seelen auslöste. »Wat för'n mooi Füür«, sagten die Leute zueinander und umklammerten ihre kalten Biergläser.

Pohl suchte mit schmalen Augen das Gelände ab und runzelte die Stirn. Es konnte doch nicht sein, dass diese Taugenichtse nicht da waren. Er hatte sich vorgenommen, eine Gruppe Halbwüchsiger, die ihm vergangenes Jahr reichlich Ärger gemacht hatten, diesmal genau im Auge zu behalten. Kaum im Konfirmandenalter, war das halbe Dutzend pickliger Jungen selbstbewusst aufgetreten und hatte Alkohol verlangt, noch bevor das Feuer angezündet war. Dass Pohl einer solchen Bitte zu diesem frühen Zeitpunkt unmöglich nachkommen konnte, wo noch alle Erwachsenen ihre sieben Sinne beisammenhatten, hatte sie erbost. Das Ergebnis waren wüste Beschimpfungen gewesen, und sie hatten doch tatsächlich in seinen Transporter uriniert!

Der Wagen war jetzt abgeschlossen, und bisher hatte niemand bei ihm Apfelkorn verlangt, dessen Leber noch im Wachstum war – wobei: Lebern im Wachstum hatten sie alle. Na ja, egal. Aber wo waren die Jungs? Vielleicht, so dachte sich Pohl, waren sie auch in Boen oder Stapelmoorerheide zum Osterfeuer gegangen. Sein Konkurrent Pruin hatte seine Bude in Boen. Pohl wusste, dass der es mit der eisernen Regel, vor Einbruch der Dunkelheit keinen Alkohol an Kinder auszuschenken, weniger genau nahm.

Aber dass sie nicht da waren, beunruhigte ihn doch irgendwie. Er beschloss, das Gelände zur Sicherheit einmal zu umrunden. »Tini«, rief er seiner Tochter zu, »halt du hier mit Jasmin die Stellung. Ich muss mal austreten.«

Auf dem Weg über das Gelände begegnete ihm nichts Verdächtiges. Er mischte sich unter die Menschenmenge, die um das Osterfeuer stand, und starrte versonnen in das Feuer. Tiefer Frieden breitete sich in ihm aus.

Plötzlich ging ein Raunen durch die Menge. Einzelne Schreie waren zu hören. Pohl schreckte auf, aber es war nur ein brennender Hase, der aus dem Feuer gesprungen war, und von einigen Leuten fotografiert wurde. Der Hase schrie. Er hatte gar nicht gewusst, dass Hasen überhaupt Laute von sich geben können. Pohl fand es unangebracht, das gequälte Tier zu fotografieren. Er überlegte kurz, einen Eimer Wasser zu holen, um es zu löschen. Aber für den Hasen kam die Hilfe sicher zu spät.

Wo waren die Jungs?

Achselzuckend wandte sich Pohl vom Feuer ab und blickte noch einmal in die Ferne. Er sah das Orange des Osterfeuers in Stapelmoorerheide. Drehte er sich nach links, konnte er es in Boen rot leuchten sehen, eine Drehung weiter … das musste das Orange von Bellingwolde sein. Obwohl, Bellingwolde konnte man von hier aus gar nicht sehen. Und das Orange war auch ziemlich nahe. Hatten sie in Dünebroek was aufgeschichtet? Da wohnte doch kaum einer. Waren diese Halbstarken dort und machten ihr eigenes Ding? Pohls staatsbürgerliches Pflichtgefühl war nicht besonders ausgeprägt. Also unterließ er es, die Feuerwehrleute darauf aufmerksam zu machen, dass es einen Feuerschein am Horizont gab, wo eigentlich keiner sein sollte.

Erst viel später am Abend, als das Osterfeuer nur noch glomm, die Kälte zurückgekehrt und der Hase längst verendet war, sollte sich das Rätsel auflösen. Da brannte die Wymeerer Alte Schule nämlich immer noch lichterloh. Die frierenden Bürger, die sich nach ihren warmen Betten sehnten, wankten staunend auf den nächsten Feuerschein zu, starrten und konnten sich nicht erklären, was dort vor sich ging. Ebenso gebannt wie vorhin vor dem Osterfeuer standen sie vor den Flammen, die aus der Alten Schule schlugen. Auch dieses Feuer zog sie in ihren Bann, aber es machte ihnen Angst. Keine wohltuende Behaglichkeit breitete sich in ihnen aus. Denn dieses Feuer hier war nicht geplant, war nicht sorgfältig aufgeschichtet, absichtsvoll entzündet und aufmerksam bewacht worden. Es hatte einen bösen Ursprung, ob es nun durch Menschenhand gelegt oder aufgrund eines kaputten Kabels, einer Unachtsamkeit oder sonst einer Verrottung von Geist oder Material entstanden war. Und in diesem Feuer verbrannte nicht nur ein Hase, sondern vielleicht die Frau, die dort wohnte und die sie alle kannten und die doch nicht zu ihnen gehörte.

Der eine oder andere dachte bei sich: War ja nur eine Frage der Zeit, bis die verwirrte Alte sich selbst die Hütte über dem Kopf anzündet. Andere wiederum, die Kinderbanden ums Haus hatten schleichen sehen und denen das

Splittern der Scheiben noch in den Ohren klirrte, hatten eine Ahnung, dass dies nicht die ganze Wahrheit sein mochte.

Das A-Team war erstaunlich schnell zur Stelle. Obwohl einige der Feuerwehrleute sich nicht an die Ermahnungen ihrer Ehefrauen gehalten hatten, rollten sie professionell ihre Schläuche aus und spritzten, was das Zeug hielt. Und die Bürger von Wymeer raunten einander verstört und verwirrt zu: »Wat is mit Swart Minna?«

In der Nacht, Esklum

Das Telefon klingelte mitten in der Nacht. Es dauerte eine Weile, bis sich Stephan Möllenkamp zwischen Traum und Realität zurechtgefunden hatte. »Geh ran. Mach, dass es aufhört«, knurrte Meike von der anderen Seite des Bettes. Er tastete nach dem Hörer. Immer noch roch es nach frischer Farbe, und er hatte irgendwie das Gefühl, in einem Krankenhausbett zu liegen. Aber das war wohl nur der Geruch, denn das Bett war antik, quietschte seinem Alter entsprechend und hatte so hohe Kopf- und Fußteile, dass er sich mitunter vorkam, als stiege er in eine Kiste und müsste gleich den Deckel über sich ziehen.

»Hier Möllenkamp«, brachte er hervor.

»Es brennt in Wymeer«, informierte ihn sein Kollege Johann Abram. Abram klang so frisch, als wäre er den ganzen Abend wach gewesen, um darauf zu warten, dass etwas passierte.

»Johann, es ist Ostersamstag. Es brennt überall.« Der

Leiter des Fachkommissariats 1 griff nach einem Wasserglas und trank einen großen Schluck.

»Nein, nein, in Wymeer brennt die Alte Schule.«

»Ja, schade drum. Ist die Feuerwehr da?« Möllenkamp fuhr sich mit der freien Hand durchs dunkle Haar und rieb sich dann über die Augen, während er ins Badezimmer ging, damit er seine Frau nicht störte. Natürlich wusste er, was jetzt kam. Dieses Frage-und-Antwort-Spiel war seine Art der Realitätsverweigerung. Es würde schon jemand tot im Feuer liegen, sonst hätte sein überkorrekter Stellvertreter ihn nicht aus dem Bett geholt. Er stellte das Telefon auf Lautsprecher und ließ sich Wasser aus dem Hahn über Kopf und Nacken laufen.

»Es wurde eine verbrannte Leiche gefunden. Nach Meinung der Zeugen hier vor Ort müsste es sich dabei um die alleinstehende Frau handeln, die in der Alten Schule wohnte.«

»Müsste?«

»Es ist nicht mehr viel von ihr übrig.«

»Keine Chance, dass es ein Unfall war?« Ein Funken Hoffnung glomm noch in Hauptkommissar Möllenkamp.

»Das ist nicht genau zu sagen. Besser, wir sehen es uns an. Sonst war es am Ende auf jeden Fall ein Unfall.«

Er fluchte innerlich, während er versuchte, sich so leise wie möglich anzuziehen. Natürlich waren die Hosenbeine verdreht, und während er herumhüpfte und sich bemühte, sein Bein in die Hose zu treten, stieß er gegen den Badhocker, auf dem die Lampe lag, die er schon seit vier Wochen an die Badezimmerdecke schrauben wollte. Es gelang ihm, die Lampe mit beiden Händen aufzufangen, dafür stieß er an das Telefon, das geräuschvoll in die Badewanne schepperte. Scheiße noch mal!

»Stephan, alles in Ordnung?«, erklang Johann Abrams besorgte Stimme aus dem Hörer.

»Alles bestens«, knurrte Möllenkamp, während er kritisch das Glasdisplay untersuchte, »bin gleich da.«

Als er wieder ins Schlafzimmer kam, hatte Meike bereits die Nachttischlampe angeschaltet und sah ihn fragend an.

»Ein Brand in Wymeer. Eine Tote wurde aufgefunden.«

»Beim Osterfeuer?«

»Offenbar eine alte Schule.«

»Ist das ein Fall für euch?«

»Wenn's Brandstiftung ist, dann schon.«

»Ach herrje«, murmelte Meike, ließ sich wieder in die Kissen fallen und löschte das Licht.

Während Möllenkamp sein Auto aus der Garage fuhr, fragte er sich, ob er gleich in Wymeer auf Gertrud Boekhoff treffen würde. Wundern würde es ihn nicht, denn die Lokalreporterin des »Rheiderländer Tagblatts« hatte ein sicheres Gespür für Storys. Wahrscheinlich hat sie den ganzen Abend vor der Schule gestanden und darauf gewartet, dass es passiert, dachte er, während er am Deich entlang Richtung Leer fuhr. Er hätte sich ein Haus auf der anderen Seite der Ems suchen sollen, denn das Rheiderland, der friedliche kleine Flecken zwischen Ems, Dollart, Niederlande und Emsland schien ihm nach seinen letzten beiden Fällen ein mörderischer Ort zu sein. Dort wäre er viel schneller am Tatort …

Stattdessen hatte er mit Meike zusammen im vergangenen Jahr einen Resthof in Esklum renoviert, ein Abenteuer, von dem er sich bis heute noch nicht erholt hatte. Doch gelohnt hatte es sich, das musste er zugeben, obwohl es nicht seine Idee gewesen war. Aber die vielen kleinen und großen Katastrophen, handwerklichen Nachlässigkeiten und vor allem der bräsige Bauleiter Werner Groll hatten ihn Nerven gekostet. Er hoffte nun auf ein paar Jahre Ruhe, bevor Meike ihm mit einem anderen Projekt kommen würde. Denn dass sie ein neues Projekt ausbrüten würde, da war er sich sicher.

Er überquerte die Ems, in der sich der Mond spiegelte. Hier und da glomm noch orange der Rest eines Osterfeuers. Ein paar Menschen strebten ihren Häusern zu, und er fragte sich, warum Meike und er eigentlich nicht zum Osterfeuer in Esklum gegangen waren. Vielleicht sollte er in die Freiwillige Feuerwehr eintreten, um so in das soziale Leben des Dorfes hineinzugleiten, das von nun an ihr Zuhause sein würde. Und doch … Er war nun einmal kein Herdentier.

*

Abram war bereits vor Ort. Was sonst?

Grüppchen von Schaulustigen hatten sich um die Unglücksstelle versammelt und versuchten zu verstehen, was sie nicht begreifen konnten. Osterfeuer gehörten zu den ritualisierten Volksfesten des an Highlights eher armen Landstrichs. Und die meisten fanden es gut, dass diese Ereignisse samt ihren kleinen und mittelgroßen Skandalen berechenbar waren. Aber das hier war nicht vorgesehen gewesen.

Das Feuer glomm noch schwach an einigen Stellen. Flut-lichter erhellten das Gelände, über dem der skelettierte Dachstuhl in die Finsternis des Himmels ragte. Die Seiten-wände des alten Gebäudes standen wie große Tiere um den Unglücksort herum.

Die Feuerwehr hatte das schwere Gerät schon einge-packt. Jetzt wuselten die weißen Gestalten von der Krimi-naltechnik wie große Maden zwischen den nassen, aber trotzdem rauchenden Trümmern herum. Ihre Werkzeuge waren feiner als die der Feuerwehr: Fotoapparate, Videoka-meras, Asservatenbeutel, Photoionisationsdetektoren.

Stephan Möllenkamp hatte Szenen wie diese schon etli-che Male gesehen. Er kannte die Faszination, die Feuer auf Menschen ausübte. Viele konnten sich auch dann nicht ab-wenden, wenn es für sie selbst gefährlich wurde. Hier je-doch befremdete ihn das Verhalten der Zuschauer. Ja, sie standen noch in Grüppchen herum, aber sie schienen ei-nen großen Abstand zu halten, kehrten sich zur Hälfte ab, als wären sie bereit, jederzeit fortzulaufen, sollte man sich ihnen nähern. Alle miteinander schienen sie zu erwarten, dass jemand sie gleich schuldig sprechen würde.

»Hast du schon mit jemandem geredet?«, fragte er seinen Stellvertreter.

»Mit einigen«, erwiderte Abram. »Sie sagen alle dasselbe: Sie waren beim Osterfeuer und haben nicht mitbekom-men, dass das Haus gebrannt hat. Einige sind ziemlich al-koholisiert, manche stehen unter Schock. Die Frau, die hier gewohnt hat, scheint etwas merkwürdig gewesen zu sein. Sie war alleinstehend …« Er blätterte in seinem No-tizblock. »… hieß Minna Schneider. Sie war offenbar ziemlich isoliert. Dor fehlde wat an*, sagen die einen. De was in't Kopp neet heel up Stee**, sagen die anderen.«

»Johann!«

»Okay, okay. Dement oder psychisch krank.«

»Also könnte es sein, dass sie selbst das Feuer – freiwillig oder unfreiwillig – verursacht hat?«

Abram zuckte mit den Schultern. »Nichts Genaues weiß man nicht.«

Gemeinsam stiegen sie über das Absperrband und tasteten sich durch schmutzig weißen Löschschaum zum Unglücksort vor. Möllenkamp registrierte den skeptischen Blick, den Johann Abram auf seine Turnschuhe warf. Zu Recht. Für einen Gang über glühende Asche waren diese Treter definitiv nicht geeignet. Er spürte schon die Wärme unter den Füßen und schrieb die Schuhe innerlich ab.

Zuerst konnte er in dem Durcheinander rauchender Trümmer gar nichts erkennen. Aber je näher sie kamen, umso beißender wurde der Geruch von verbranntem Fleisch. Johann Abram reichte ihm ein Taschentuch, auf das er Kölnisch Wasser getropft hatte, was die Sache nur schlimmer machte. In den matschigen Trümmern waren Einzelheiten schwer auszumachen. Ein Feuer ebnete alles ein, machte grau, was eben noch bunt gewesen war, ließ Holz, Papier und menschliche Haut zu Asche werden, verschmolz Strukturen zu undefinierbaren Klumpen.

Dann sah er es – und schrak zurück. Der verbrannte Körper hob sich kaum von den schwarzen Balken ab, die

---

*   Da fehlte was dran.

**   Die war im Kopf nicht ganz richtig.

wild durcheinanderlagen. Er war stark geschrumpft und unnatürlich gekrümmt. Die Arme waren vorgestreckt, als hätten sie etwas abwehren wollen. Die Gestalt sah aus, als wäre sie einem Horrorfilm entstiegen, so wenig Menschliches wies sie noch auf. Das Gesicht war zu einer Fratze verzerrt, in der die Zunge weit aus dem Mund hing. Möllenkamp fühlte sich an eine alemannische Fastnachtsmaske erinnert. Die alemannische Fastnacht war ihm immer so unheimlich vorgekommen. Jetzt wusste er, warum. Möllenkamp kam plötzlich in den Sinn, wie er als Kind mit Hilfe einer Lupe und des Sonnenlichtes Ameisen verbrannt hatte. Beschämt schüttelte er sich.

»Brauchen Sie 'nen Schnaps?«, hörte er die Stimme von Dr. Schlüter. Überrascht blickte Möllenkamp auf den Mann in dem weißen Overall, den er zunächst kaum wahrgenommen hatte.

»War zufällig beim Osterfeuer in Bingum eingeladen. Wenn ich geahnt hätte, dass es gleich Arbeit gibt …« Schlüter grunzte missbilligend. »Das Einzige, was ich sicher sagen kann: Es ist eine Frau. Ich vermute, dass sie bei Ausbruch des Brandes noch lebte. Hier …« Er bückte sich und zeigte auf das, was einmal ein Gesicht gewesen war. »… diese Wimpernzeichen sind ein Hinweis. Wenn Augenbrauen und vordere Kopfhaare vollständig versengt, von den Wimpern aber nur die Spitzen gekräuselt sind, können wir auf zugekniffene Augen schließen. Dann war sie noch nicht tot, als das Feuer ausbrach. Ob sie allerdings durch Rauchgasvergiftung gestorben ist oder schon tot war und erst dann verbrannte, kann ich noch nicht sagen.«

»Warum liegt sie so komisch da?«, fragte Abram, der offenbar noch nicht viele Brandopfer gesehen hatte.

Dr. Schlüter deutete auf die Arme der Toten. »Die Abwehrhaltung ist typisch. Man nennt sie die Fechterstellung. Sie entsteht nach dem Todeseintritt durch Hitzeschrumpfung aller Muskeln.« Er bückte sich und zeigte auf die Hände. »Hier, die Verkohlung der Fingernägel zeigt an, dass die Verbrennungstemperatur über vierhundert Grad betragen hat.«

»Ist eine solche Hitze ein Hinweis auf Brandstiftung?«, fragte Möllenkamp nachdenklich.

Schlüter schüttelte den Kopf. »Nein, solche Temperaturen können ohne Weiteres auch bei spontan entstandenen Bränden auftreten.«

Möllenkamp versuchte durch den Mund zu atmen. Der beißende Geruch, die verkrümmte schwarze Gestalt, die unheimlichen, halb abgewandten Zuschauer – er fühlte sich unbehaglich. Auch Abram schien mitgenommen, aber seine Stimme war klar. »Ich nehme an, Näheres erfahren wir, wenn du das Opfer auf dem Tisch gehabt hast.«

Schlüter hob den Daumen und machte seinen Mitarbeitern ein Zeichen, die sterblichen Überreste fortzubringen.

»Kann uns schon jemand was zum Brandherd sagen?« Stephan Möllenkamp sah sich um.

»Ostendorp war gerade hier. Meinte, das Feuer sei vermutlich nahe dem Opfer entstanden. Genaueres hat er noch nicht. Aber das findet sicher der neue Brandexperte heraus, den sie in Oldenburg angeworben haben.«

»Es gibt einen Brandexperten in Oldenburg?«, fragte Möllenkamp. »Sind wir mit den bisherigen Sachverständigen nicht gut ausgekommen?«

»Die Polizei Niedersachsen wollte sich mit einem bekannten Experten verstärken«, sagte Johann Abram. »Es gehört zur Offensive für innere Sicherheit und Katastrophenschutz, mit der unsere Landesregierung Punkte machen will. Hast du das schicke neue Löschfahrzeug nicht gesehen, mit dem die Feuerwehr gerade hier war? Dafür haben die richtig Fördermittel lockergemacht. Demnächst hat jedes Dorf einen ELW 3.«

Möllenkamp verzichtete auf die Nachfrage, was ein ELW 3 sei, und entschied, erst einmal die Zeugen zu befragen.

*

»Wie ist Ihr Name? Haben Sie etwas von dem Brand gesehen? Haben Sie eine Beobachtung gemacht, die wichtig sein könnte? Bitte rufen Sie uns an, wenn Ihnen noch etwas einfällt. Es kann sein, dass wir in den nächsten Tagen noch einmal mit Ihnen sprechen müssen.« Stephan Möllenkamp und Johann Abram kämpften sich durch die Grüppchen der Zeugen.

Ein Mann war Möllenkamp aufgefallen, weil er sich, anders als die übrigen Beobachter, frontal zum brennenden Haus aufgestellt und die Hände in die Hüften gestemmt hatte. Der will uns was sagen, dachte sich Möllenkamp, und ging auf ihn zu.

»Ah, endlich«, sagte der Mann, als der Kriminalkommissar sich ihm näherte. »Mein Name ist Bernhard Pohl. Ich würde Ihnen raten, einmal nach einer Gruppe von Jugendlichen zu suchen, die sich hier oft herumgetrieben hat. Die haben nur Scheiße im Kopf, haben der armen Frau die

17

Scheiben eingeschmissen und die Blumen im Garten rausgerissen. Ich trau denen zu, dass sie auch ein kleines Feuerchen gelegt haben.«

»Haben Sie die Jugendlichen heute Abend gesehen?«

»Nein, ich war den ganzen Abend beim Feuer. Hab Getränke ausgeschenkt. Mach ich immer. Aber die Jungs sind sonst auch immer beim Feuer. Ich hab die im Auge, weil sie Ärger machen. Nur heute Abend waren sie nicht da, und ich frag mich, warum wohl nicht.«

Der untersetzte Mann in der Schürze machte eine bedeutungsvolle Pause. Möllenkamp wartete, ob er noch etwas sagen würde, aber er schien fertig zu sein. »Haben Sie Namen für mich? Oder können Sie jemanden von dieser Gruppe beschreiben?«

Pohl wiegte den Kopf. »Schwierig, weil ich sie heute Abend nicht gesehen habe und nicht weiß, was sie anhaben. Aber ich kann sie beschreiben. Einer ist so ein Dicker, ein anderer hat mächtig abstehende Ohren, der dritte läuft immer so komisch, als hätte er ein Hinkebein.« Pohl machte den Gang des Jugendlichen nach, und Möllenkamp notierte stirnrunzelnd die Eigenheiten dieser Jugendlichen, die in seiner Vorstellung allmählich zu einem Gruselkabinett wurden.

»Es sind also fünf Jungen, vom Alter her so zwischen zwölf und fünfzehn Jahren, sagen Sie?«

Pohl nickte und spuckte aus. »Suchen Sie die, und nehmen Sie sie richtig in die Mangel.«

»Ich hab's mir notiert. Aber ziehen Sie keine voreiligen Schlüsse. Wir wissen noch nicht, ob es nicht doch ein Unglück war.«

»Dieses Kröppzeug ist auch 'n Unglück«, sagte Pohl und spuckte wieder aus.

Möllenkamp ging zu Abram hinüber, der sich schon ziemlich viele Notizen gemacht hatte. »Kommt es dir auch so vor, als wollten die Leute alle nicht richtig mit der Sprache raus?«, fragte er.

»Ja, irgendwie sind sie verdruckst«, gab Abram zu. »Ich habe den Eindruck, dass Minna Schneider nicht sonderlich beliebt im Dorf war. Sie habe ›immer gut aufgepasst, dass hier alles seine Ordnung hatte‹, so sagten einige. Eine Frau hat den Begriff ›Negenoog‹ benutzt, das ist so was wie ein Blockwart. Aber sonst hat sich niemand so eindeutig geäußert. Da war mehr so etwas zwischen den Zeilen.«

Möllenkamp sah sich noch einmal um. »Vielleicht denken sie alle voneinander, dass jemand den Brand gelegt hat, und sind darum so verstört.«

»Und weil jeder von ihnen der armen Frau schon einmal den Tod an den Hals gewünscht hat, fühlen sie sich schuldig«, ergänzte Abram, der inzwischen mit einem Papiertaschentuch seine feuerfesten Gummistiefel sorgfältig abputzte, um sie dann wieder in der Klappkiste seines Kofferraums zu verstauen. Möllenkamp war es ein Rätsel, wie man auf jede denkbare Lebenssituation so gut vorbereitet sein konnte wie sein Stellvertreter vom Fachkommissariat 1. Der hatte allerdings auch eine Frau zu Hause, die ihn umsorgte, während seine Frau Meike der Ansicht war, er sollte sich um seine Ausrüstung selbst kümmern, schließlich ginge sie ja auch arbeiten. Dagegen konnte – und durfte – man als Mann nichts sagen.

»Gut, sehen wir erst mal, ob wir es überhaupt mit Brandstiftung zu tun haben«, sagte Möllenkamp und machte sich auf den Weg zu seinem Auto. Als er gerade einsteigen wollte, hörte er aus einem Gebüsch ein leises »Hurra, hurra, die Schule brennt«, begleitet vom stimmbrüchigen Kichern einer Gruppe Jungs. Er sprintete los, musste aber schnell feststellen, dass die Jungs sich sofort in verschiedene Richtungen verdrückten. Die machten das nicht zum ersten Mal. Er hechtete einem hinterher, der etwas zu hinken schien. Aber die Ortskenntnis gab dem Verfolgten einen Vorteil, und bald war auch dieser Teenager zwischen den Garagen einer kleinen Landarbeitersiedlung verschwunden. Verdammt! Das war die Jungsbande aus Pohls Erzählung gewesen.

Möllenkamp schnaufte und schwor sich, sein Lauftraining, das er während des Hausbaus hatte schleifen lassen, wieder zu intensivieren. Etwas unschlüssig stand er noch eine Weile herum, spähte in alle Richtungen und gestand sich zähneknirschend ein, dass er die Gelegenheit verpasst hatte, die Jugendlichen heute Abend zu fangen. Er zog die Schultern hoch, drehte sich um und stieg in seinen alten Ford Escort. Er würde sie schon kriegen. In einem Ort wie Wymeer konnte man nicht dauerhaft verschwinden.

Samstag, 14. April 2001, Charlottenpolder

Gertrud war schon den ganzen Abend grummelig. Normalerweise hätte sie um diese Zeit mit ein paar hartgesottenen Rheiderländern an einer Bierbude gestanden, hätte das bereits abgebrannte Feuer noch einmal Revue passieren lassen

und versucht, noch etwas Klatsch und Tratsch aufzu-
schnappen. In ganz frühen Jahren war sie dann oft noch
mit in die »Pyramide« gegangen, und wenn sie betrunken
genug war, dann hatte sie sogar ein mehr oder weniger un-
beholfenes Tänzchen gewagt. Seit sie einmal dabei fotografiert worden war, hatte sie von dieser Gewohnheit jedoch
Abstand genommen. Sie fand, sie hatte damit aus reiner
Vernunft schon einige Abstriche an den Vergnügungen gemacht, die das jährliche Osterfest zu bieten hatte.

Sie hatte nicht mit den Begleiterscheinungen von Gottfried
Schäfers strenger Religiosität gerechnet, als sie sich in
ihn verliebt hatte. Der meist evangelisch-reformierte
Rheiderländer besaß ein pragmatisches Verhältnis zu seiner Konfession. Gott mochte es geben, sicherheitshalber
ging man ab und an in die Kirche, um dieser Möglichkeit
Rechnung zu tragen, das alles aber bitte ohne sentimentales
Brimborium. Selbstverständlich vertrug sich der Protestan-
tismus auch mit allen möglichen heidnischen Bräuchen,
wenn sie nur promilleträchtig genug waren. Bei ihrem
schwärmerischen Gottfried sah die Sache allerdings ganz
anders aus: Er lehnte Ostereier und Osterhasen ebenso ab
wie Osterfeuer, ging während der Osterfeiertage in den
Gottesdienst und hielt mit seiner Meinung über die Verlo-
genheit der »Schönwetterchristen« nicht hinterm Berg.

Er schrieb Gertrud nicht vor, seinen Lebensstil zu teilen.
Trotzdem hatten seine Überzeugungen ihr Leben verändert. Manchmal machte ihr das Angst. Jetzt saß sie allein in
seinem Haus in Charlottenpolder und dachte darüber
nach, was sie gerade verpasste, während sie darauf wartete,
dass er von der ausgiebigen Osternachtfeier in der Kirche

zurückkam. Sie stand auf und holte sich ein Jever aus dem Kühlschrank. Es war das zweite. Sie hatte nicht übel Lust, sich einfach zu betrinken. Sie könnte mit sich selbst vereinbaren, sich jede halbe Stunde ein neues Bier zu holen. Wenn Gottfried nach Hause kam, dann würde sie ihm sagen: »Da kannst du mal sehen, wie ungesund dein Kirchenwahn ist.« Der Gedanke gefiel ihr.

Leider kam sie nicht dazu, ihren Plan in die Tat umzusetzen, denn schon zwanzig Minuten später hörte sie den Schlüssel in der Haustür.

Gottfried betrat das Wohnzimmer. Er strahlte sie an, und seine blauen Augen hinter der Nickelbrille glänzten. Sie schämte sich ein wenig ihrer aufsässigen Gedanken.

»Na, war es schön?«, fragte sie versöhnlich. Er setzte sich zu ihr und nahm ihre Hände in seine. »Es war toll. Sie hatten einen Chor von den Philippinen zu Gast, die haben wirklich großartig gesungen. Alle Altersgruppen, von ganz kleinen Kindern bis zu älteren Leuten. Ich weiß gar nicht, wie sie die alle hier untergebracht haben.«

Gertrud entzog ihm ihre Hände. Die Philippinen, das war seit dem letzten Sommer vermintes Gelände. Seitdem sie sich geweigert hatte, die kleine Tochter eines ermordeten Seemanns aus einem Waisenhaus in Leyte mit nach Deutschland zu nehmen, stand dieses Mädchen zwischen ihnen. Ein stummer Vorwurf, eine verpasste Chance, ein fleischgewordener Zweifel an ihrer gemeinsamen Zukunft. Noch auf den Philippinen hatte Gottfried mit Macht versucht, sie davon zu überzeugen, dass sie das Kind adoptieren müssten. Aber er hatte ihre strikte Weigerung akzeptiert, und nachdem sie wieder in Deutschland waren, hatte er die Sache mit keinem Wort mehr erwähnt. Doch sie wusste auch so, dass er daran dachte.

Sie schluckte, bemühte sich um ein unbefangenes Lächeln: »Ich hatte dich noch gar nicht so früh zurückerwartet. Muss man nicht durchmachen bis zum nächsten Morgen?«

Gottfried schüttelte den Kopf. »Solche Exzesse gibt's bei den Ostfriesen nicht. Das kannst du nur in Mittelhessen haben.« Gertrud lachte. »Das hat dir sicher leidgetan.«

»Morgen gibt's ja wieder eine Gelegenheit zum Kirchgang. Übrigens: In Wymeer soll es gebrannt haben.«

»Ich hoffe, nicht nur in Wymeer.«

»Kein Osterfeuer, sondern ein Haus. Anscheinend ist eine Frau dabei umgekommen.«

Gertrud richtete sich auf. »Weißt du mehr?«

»Nein. Nur dass es eine alte Schule war. Was hatte dort in der Osternacht eine alte Frau zu suchen …«

Sie hörte gar nicht mehr zu, war schon an der Tür, griff sich die Schlüssel und rannte zum Auto. Das konnte nur Minna sein. Diese Schweine! Dieses ganze selbstgefällige und verlogene Pack. Mit Wymeer hatte sie noch eine Rechnung offen, seit Harald Meinders sie damals in der Pyramide fotografiert hatte. Die Fußballer des SV Wymeer-Boen hatten gesammelt und ihr einen Gutschein für einen Tanzkurs in der Tanzschule Schrock-Opitz spendiert. Dann hatten sie dafür gesorgt, dass das Foto im Vereinsumfeld Verbreitung fand. Was für eine Demütigung!

Und jetzt hatten sie sie abgefackelt! Sie hatten es geschafft, dass Minna, dieser Störenfried, aus ihrem Dorf verschwand. Aber denen würde sie helfen! Sie würde in Wymeer

23

keinen Stein mehr auf dem anderen lassen. Und wenn sie mit ihnen fertig war, dann würden sich Wymeers Bürger wünschen, sie hätten Minna auf Händen getragen.

Hinter sich hörte sie Gottfried rufen: »Gertrud, warte, ich komme mit!« Aber Gottfried hatte in diesem Spiel nichts zu suchen. Das war eine Sache zwischen Wymeer und ihr.

Gertrud raste los. Ihre Wut hielt so lange vor, bis sie vor den rauchenden Trümmern der Alten Schule angekommen war. Dann wurde ihr schlagartig klar, dass sie zu spät kam. Nur noch einige wenige Menschen standen um den Unglücksort herum, die meisten hatten sich längst verzogen. Auch die Feuerwehr hatte ihren Job erledigt, zwei waren noch da und passten auf, dass das Feuer nicht noch einmal aufflammte. Die Polizei hatte das Grundstück mit rot-weißem Absperrband umzogen. Wenn es sich, wovon Gertrud ausging, hier um Brandstiftung handelte, dann würde nichts Verwertbares übrig bleiben.

Sie fixierte die paar Gaffer, die noch da waren. Niemand, den sie kannte. Kein Wunder: An die Mär, dass es den Verbrecher immer wieder zum Unglücksort zurückzog, hatte sie sowieso nie geglaubt. Und in diesem Fall hätte dann mindestens das ganze Dorf hier herumstehen müssen. Die wenigen Schaulustigen hinderten Gertrud daran, die Unglücksstelle sofort selbst zu inspizieren. Sie entschloss sich, zunächst zum Osterfeuer zu fahren. Vielleicht bekam sie dort noch was zu trinken.

Aber Bernhard Pohl hatte seine Bude schon zugesperrt. Das Osterfeuer glomm vor sich hin. Ein Pärchen stand noch nahe am Feuer und knutschte so unbeholfen, dass

Gertrud direkt Mitleid bekam. Sonst war niemand mehr zu sehen.

Sie drehte sich um und wollte zu ihrem Wagen zurück. Wie aus dem Nichts stand plötzlich Harald Meinders vor ihr, dem sie das Foto ihres Tanzes in der Pyramide verdankte. Sie schrak zusammen, worüber sie sich selbst furchtbar ärgerte.

»Gertrud, du bist 'n bisschen spät. Hast das Beste verpasst.« Gertrud musterte ihn kalt. »Ich hoffe, damit meinst du nicht den Brand.«

Meinders hob abwehrend die Hände. »Gott nein, ich meine das Osterfeuer. Die Stimmung war gut, bis die alte Schule brannte. Danach war hier natürlich tote Hose. Jetzt muss ich nur noch meinen Sohn holen, bevor der sich mit Katja Vollmers ins Unglück stürzt.« Er nickte abfällig zu dem knutschenden Pärchen.

»Warst du beim Haus?«

»Klar bin ich gucken gegangen. Hab der Polizei alles erzählt, was ich gesehen habe.«

»Und?«

»Was und?«

»Was hast du gesehen?«

Meinders grinste sie abschätzig an. »Ermittelst du schon wieder? Diesmal hier in Wymeer?«

Gertrud sah ihm unbeeindruckt ins Gesicht. »Ich mach meinen Job als Journalistin. Sonst nichts. Aber wenn du meinst, dass es was zu ermitteln gibt, dann sehe ich gerne genauer hin. Swart Minna war hier ja nicht so beliebt im Ort. Da hatten sicher manche ein Motiv …«

Harald Meinders verschränkte die Arme vor der Brust. »Davon weiß ich nichts.«

Gertrud war sich bewusst, dass die Gäule mit ihr durchgingen, als sie sagte: »Ich denke da nur an Kfz-Betriebe, die ihre Autobatterien auf unorthodoxe Art entsorgen, an schlecht gesicherte Dorfteiche, an Kommunalwahlurnen, die an seltsamen Stellen auftauchen …«

Meinders Augen wurden schmal. Er war Kfz-Schlosser in dritter Generation. »Manche würden das üble Nachrede nennen. Aber im Ernst: Hältst du das für Mordmotive?«

»Ich sage ja nicht, dass es ein Mord werden sollte. Vielleicht nur ein Denkzettel, und dann ist etwas schiefgegangen.«

Eine Weile standen sie sich schweigend gegenüber und überlegten, welche Wendung das Gespräch jetzt nehmen sollte. Schließlich erwiderte Meinders: »Na ja, ich bin ja großzügig. Kann jeder seine Meinung sagen. Aber ich sag dir jetzt mal, was ich denke: Die Alte hat wieder einen ihrer Anfälle gehabt. Dabei hat sie ihr Haus in Brand gesteckt. Vielleicht hat sie Dämonen gesehen. Soll ja öfter vorgekommen sein. Vielleicht ist ihr auch eine Kerze umgefallen. Ganz sicher hat keiner aus dem Dorf diese arme verwirrte Frau auf dem Gewissen.«

»Wir werden ja sehen«, war Gertruds einsilbige Erwiderung, bevor sie sich umdrehte und den Festplatz verließ.

»Ey, Gertrud, fahr in die Pyramide. Hab noch ein bisschen Spaß heute«, rief Harald Meinders ihr hinterher.

»Und du guck mal nach deinem Nachwuchs. Der ist nämlich mit seiner Liebsten schon seit Längerem verschwunden«, bellte Gertrud über die Schulter zurück. Sie drehte sich nicht mehr um, um sich keine Blöße zu geben. Aber sie ballte die Faust in der Tasche.

Samstag, 14. April 2001, Wymeer

Er lag in seinem Bett und starrte mit weit aufgerissenen Augen in die Dunkelheit, als könnte er mit ihnen seine Ohren unterstützen, die mit äußerster Anstrengung lauschten. Unter der Decke war er vollständig angezogen. Er trug sogar seine Turnschuhe. Je nachdem, wie sein Vater gelaunt war, wenn er nach Hause kam, konnte es helfen, wenn er schnell wegkam. Meistens hörte er schon in den ersten Minuten, woran er war. Also versuchte er, seine Sinne auf das zu konzentrieren, was unten im Hausflur vor sich ging. Er war ein Fluchttier, immer auf der Hut, ständig bereit, das Weite zu suchen. Das hatte er gelernt.

Heute aber fiel es ihm schwer, sich zu konzentrieren. Die Dinge hatten ihn verwirrt, es war zu viel auf einmal passiert, als dass sein einfacher Geist alles hätte verarbeiten können. Swart Minna war tot. Wie hatte das passieren können? Natürlich, es war seine Schuld. Nicht nur seine. Es war auch die Schuld von den anderen. Von Specki, Olli, Fanti und Bronto, von denen noch mehr. Wieso hatten die sie nicht einfach in Ruhe gelassen? Dann wäre das alles nicht passiert. Dann hätte er nicht geredet. Mit dem Reden hatte es angefangen. »Reden ist Silber, Schweigen ist Gold«, hatte seine Mutter ihm beigebracht. Die musste es ja wissen, und Gold war sicher nicht dabei herausgekommen. Da hatte er es ja mit Reden versuchen müssen, und das hatte in einem riesengroßen Haufen Scheiße geendet.

Unten hörte er die Haustür zufallen und schwere Schritte, dann vernahm er, wie sein Vater die Nase hochzog, ausspuckte und anschließend hustete. Das Licht in der

Küche wurde angeknipst, der Kühlschrank geöffnet. Hoffentlich hatte Mutter Bier kaltgestellt. Wenn nicht, wurde es schlimm. Er hörte das metallische Klicken, als eine Dose geöffnet wurde, und atmete vorsichtig aus. Es dauerte zwei, drei Minuten, dann vernahm er ein langes Rülpsen. Die Kühlschranktür wurde erneut geöffnet, und das Geräusch wiederholte sich. Er roch den Zigarettenqualm, der durch die Türritzen in sein Zimmer drang. Hoffentlich stand der Aschenbecher sauber ausgeleert auf dem Tisch. Verdammt, er hatte nicht darauf geachtet!

Seine Finger krampften sich um die Bettdecke. Er bemerkte es gar nicht, weil er sich darauf konzentrierte, so leise wie möglich zu atmen. Gleichzeitig ging er in seinem Kopf fieberhaft die unteren Räumlichkeiten durch. Hatte er seine Schuhe sorgfältig weggestellt? War die Jacke aufgehängt, lag die Fußmatte gerade?

Das Messer! Er hatte sich damit Wurst abgeschnitten, als er nach Hause kam. Hatte er das Messer abgespült und in die Schublade zurückgelegt? Er konnte sich nicht erinnern. Es war gut möglich, dass das Messer noch dort lag und er es vergessen hatte. Er versuchte sich zu erinnern: Hatte er? Oder hatte er nicht? Wenn nicht, dann würde er das Messer gleich an seinem Hals haben. Und den stinkenden Geruch von Vaters Atem in seinem Gesicht. Er hörte die Schritte im Flur, dann auf der Treppe. Das Knarren der Stufen. Lieber Gott, lass ihn nicht stolpern.

Das Poltern, das er gut kannte. Wenn Vater auf dem obersten Treppenabsatz angekommen war und trotzdem noch einen Schritt machte, weil er dachte, die Treppe ginge noch weiter, dann fiel er manchmal hin. Auch das konnte ihn wütend machen, weil er sich gedemütigt fühlte. Von der Treppe – und von seiner Familie, deren Treppe er mit dem Haus geheiratet hatte. Dann suchte er ein Opfer, und es war nur Zufall, ob das Opfer sein Sohn war oder seine Frau.

Er hatte den Atem so lange angehalten, dass er Sterne vor seinen Augen sah. Er japste in Panik und hoffte, dass Vater ihn nicht hörte. Vorsichtshalber hatte er das Fenster einen Spalt offen gelassen. Zwei-, dreimal war es ihm gelungen zu verschwinden, bevor der Alte ihn erwischte. Es war nicht ganz ungefährlich, aus dem ersten Stock zu springen, aber immer noch besser, als ihm in die Hände zu fallen. Allerdings kam das dicke Ende am Tag danach, wenn er wieder auftauchte und Vater ihn, den »Streuner«, bestrafte.

Es knarrte vor seiner Tür. Dann war für eine Weile alles still. Er spürte regelrecht, wie der Alte vor seiner Tür stand und überlegte, ob er hereinkommen sollte. Sein ganzer Körper war gespannt wie das Gummiband auf einer Schleuder. Warum hatte er das Messer nicht aus der Küche mitgenommen? Jahrelang hatte er es ertragen, dass Vater seine Wut an ihm ausließ, als wäre er ein Boxsack. Es war Zeit zurückzuschlagen. Er konnte sich nur selbst helfen.

Minna kam ihm wieder in den Sinn. Ein kurzes Stechen in der Brust, dann konzentrierte er sich erneut auf die Geräusche draußen. Er hörte ein Schnaufen, dann setzte sich der Mann draußen vor seiner Tür mühsam wieder in Bewegung. Es würde seine Mutter treffen, nicht ihn. Entweder Vater würde sie schlagen oder ficken. Vielleicht beides. Er dachte nicht daran, ihr zu helfen. Sie hatte ihm auch nie geholfen. In dieser Familie war jeder auf sich allein gestellt.

Ganz auf sich allein. Er spürte Erleichterung. Und Erschöpfung. Seine Augen fielen zu.

Die Flammen schlugen hoch aus den Fensterhöhlen. Sie schwärzten die Backsteine über den Fenstern, ihr Rauch verhüllte den alten Sandstein am Giebel, der die Jahreszahl 1897 aufwies und auf dem die Namen der Väter dieses Schulprojekts eingraviert waren. Er hörte das Geräusch weiterer zerplatzender Fensterscheiben, kein Klirren, vielmehr ein Stöhnen. Das Glas gab mit einem leisen »Poff«, das wie ein Seufzen klang, auf und zerfiel in seine Einzelteile. Und dann schlug wieder eine Flamme aus einem Fenster. Nun brannte der Dachstuhl, der Qualm drang aus allen Ritzen. Es war nur eine Frage der Zeit, bis alles mit einem riesigen Getöse berstender Tonziegel zusammenbrechen würde. Alles, was noch auf dem Dachboden war, würde zerstört werden. Alte Landkarten, Kisten mit Glaskolben, alte Klassenbücher in einer Schrift, die kein Mensch lesen konnte. Er hatte das alles gesehen. Und dann würde der Holzboden des Obergeschosses einbrechen und Minna unter sich begraben. Sie war da drin. Er wusste es.

Wieder ein Stöhnen, wieder ein leises »Poff«. Noch ein Fenster. Wieder ein Stöhnen, dann ein Jaulen. Fingen die Fenster jetzt an zu klagen? Und wie viele Fenster noch? Noch ein Stöhnen, noch ein Jaulen. Jetzt mussten doch alle Fenster kaputt sein. Warum hörte das Geräusch nicht auf?

Er schreckte hoch. Blickte um sich. Nach einer Weile sah er etwas, den dunklen Mond. Konnte es sein, dass ein Mond dunkler war als die Nacht um ihn herum? Das Stöhnen und Jaulen war immer noch da.

Es kam von seiner Mutter. Sie war es, die jammerte und klagte, nicht die Fenster. Dazwischen hörte er die grunzenden Geräusche seines Vaters. Ja, es hatte sie getroffen.

Ihm wurde übel. Er rannte zum Fenster und erbrach sich in die Nacht. Danach hatte er einen schrecklichen Geschmack aus Bier und Galle im Mund. Er wäre gern ins Badezimmer gegangen, um zu gurgeln und sich den Mund auszuspülen. Und um etwas zu trinken. Er hatte schrecklichen Durst. Aber er wagte es nicht. Wer wusste, was sein Vater tun würde, wenn er mit Mutter fertig war? Er schluckte ein paarmal, legte sich wieder hin und blickte zum Fenster. Der dunkle Mond blickte zurück.

Die Akten

Herbst 1989

Er sitzt im Wagen und klammert seine Hände um das Lenkrad. Die Straße liegt schwarz und glänzend vor ihm. Selbst jetzt, da der Regen aufgehört hat, macht er noch Krach. Bei jedem Durchfahren einer der riesigen Pfützen knallt das Wasser mit ohrenbetäubendem Lärm an den Unterboden des Wagens. Es ist, als führe er durch einen See, und der Lärm des zur Seite spritzenden Wassers zerreißt ihm das Trommelfell. Er tritt aufs Gas.

Dabei hat es ganz lautlos angefangen. Nur ein paar Tropfen, die dunkle Spuren auf den grauen Steinen hinterließen. Dann kamen sie schneller, setzten sich auf ihre Vorgänger, davor, dahinter, rundherum, immer mehr, immer schneller. Sie verblassten nicht mehr, stattdessen wurden die Steine glänzend nass. Dann hörte er ihn, den Regen, ein Rauschen, das sich verstärkte, auf das Blechdach über dem Erker prasselte, immer lauter. Er saß nur da, taub vom Lärm, und hatte dieses Rauschen in den Ohren, das ihn am Denken hinderte. Dann ergossen sich die Ströme, laut wie Wasserfälle, aus den verstopften Regenrinnen und erinnerten ihn daran, dass er den versoffenen Hausmeister immer noch nicht dazu gebracht hatte, sie frei zu machen.

Irgendwo wird jetzt in einem der Schlafsäle wieder ein dunkler Fleck erscheinen. Ein weiteres Versagen, das ihn daran erinnert, dass er den Laden nicht im Griff hat. Mit seiner

»schüchternen« Art, wie der Chef des Landschaftsverbandes bei der Einstellung zu ihm gesagt hat, käme er nicht weit. Die müsse er ganz schnell ablegen. Aber das spielt jetzt keine Rolle mehr, denn er wird nicht zurückkommen.

Zu beiden Seiten der Straße gleiten die dunklen Schatten der Bäume an ihm vorüber. Der Lichtkegel erfasst die Leitpfosten am Straßenrand, schneller und schneller rasen sie an ihm vorbei. Er kommt sich vor wie auf der Flucht. Dabei geht er doch nur fort, oder?

In der Ferne erblickt er ein kleines rotes Licht, flackernd, schwankend. Ein Fahrradfahrer? Bei diesem Wetter? Er fixiert den Punkt, dem er sich nähert. Aus dem Punkt wird eine dunkle Gestalt, deren Beine sich auf und ab bewegen. Der Kerl muss verrückt sein, denkt er.

Er fährt nach links, um den Radfahrer weiträumig zu überholen. Wieder schlägt ihm das Wasser hart gegen den Unterboden. Da spürt er, wie er schwimmt, er verliert die Haftung, zieht nach links, doch der Wagen gleitet nach rechts. Das rote Licht kommt immer näher. Er ruft, als könnte der Mann ihn hören. Ein dumpfer Knall, dann ist die dunkle Gestalt verschwunden.

Er sitzt keuchend hinter dem Lenkrad, umklammert es mit beiden Händen. Sein Herz hämmert gegen den Drang an, einfach Gas zu geben. Er schließt die Augen, öffnet sie. Es ist immer noch das gleiche Bild: draußen der Regen, die Schwärze, nach vorne zwei Lichtkegel, die eine Grasnarbe und einen Waldrand beleuchten. Der Blick aus den Seitenfenstern offenbart nichts als Nacht.

So kann er nicht sitzen bleiben. Mit zitternder Hand öffnet er die Tür, will aussteigen. Der Gurt hält ihn zurück. Er blickt geradeaus auf die zwei Lichtkegel, fasst sich schließlich und macht sich frei.

Als er aus dem Wagen heraus ist, sieht er zuerst das Fahrrad. Es liegt am Straßenrand, das Hinterrad zu einer Acht gebogen. Er schaut dorthin, als wollte er die Schäden am Fahrrad genau protokollieren. Doch in Wahrheit ist es nur die Furcht vor dem anderen, das da auch ist: der Person, die auf dem Fahrrad gesessen hat. Er hat sie ja gesehen. Er zwingt den Blick zum Herumschweifen. Dann sieht er die Beine unter seinem Wagen hervorragen. Sie bewegen sich nicht.

Benommen geht er auf die Beine zu, kniet sich hin, streckt die Hand aus, traut sich nicht, sie zu berühren. Wieder schweift sein Blick ab. Eine Taschenlampe, er braucht eine Taschenlampe. Er umrundet den Wagen, kramt im Handschuhfach, fördert eine Stablampe zutage und macht sie an. Er lässt den Lichtkegel um das Fahrrad schweifen, um nur ja nicht nach den Beinen sehen zu müssen. Da ist eine Tasche. Eine hellbraune Ledertasche, wie Lehrer sie haben. Hat er einen Lehrer überfahren? Er geht auf die Ledertasche zu, dann bleibt er stehen. Er kann doch nicht die Tasche bergen, ohne nach der Person zu sehen, die da unter seinem Auto liegt.

Noch ein Blick auf die Beine. Hat er die Füße bewegt? Nein, der Mann ist tot. Oder im Koma. Er sollte einen Rettungswagen rufen. Er sollte jetzt, sofort, zur nächsten Notrufsäule gehen und einen Rettungswagen rufen. Es war ein Unfall, Aquaplaning. Tragisch, aber es kommt vor. Ihn trifft keine Schuld. Er hat nicht getrunken und sich korrekt verhalten.

Aber vielleicht ist es gut zu wissen, wen er da überfahren hat? Er stolpert zur Tasche, hebt sie auf und öffnet sie. Es sind Akten darin. »LWL Landesjugendamt Westfalen«, steht darauf. Plötzlich hat er ein komisches Gefühl der Angst. Er nimmt die erste Akte heraus und öffnet sie: Hermann Jung, Jahrgang 1963, Suizid durch Erhängen. Er sieht das Foto. Es trifft ihn wie eine Ohrfeige. Die nächste Akte: Andreas Hartmann, Jahrgang 1971, Unfall mit einem Motorrad bei überhöhter Geschwindigkeit in einer Kurve. Die dritte Akte: Karl-Friedrich Born, Jahrgang 1970, Überdosis. Und dann Thomas Przybilski, Jahrgang 1969, ermordet in der Haft. Es sind nur die vier Akten, und plötzlich weiß er, wohin der Mann wollte, den er überfahren hat. Ihm wird schwindlig. Er kann jetzt nicht den Rettungsdienst informieren. Er kann überhaupt niemanden informieren.

Er hockt da, die Tasche auf seinem Schoß, wie gelähmt. Der Regen ist wieder stärker geworden, er hört den Lärm nicht mehr, nur das Rauschen seines eigenen Blutes in den Ohren. Er schließt die Tasche und steht langsam auf. Sein Blick gleitet zu den Beinen. Etwas ist anders als vorher. Der eine Fuß, er lag doch vorhin näher bei dem anderen. Der Mann hat sich bewegt!

Panik erfasst ihn. Er lässt den Blick die Straße hinuntergleiten, dann dreht er sich um. In der Ferne sieht er ein verschwommenes Licht. Ein Auto, noch ganz weit weg, aber bald da. Er sitzt in der Falle, wenn er sich jetzt nicht beeilt.

Auf einmal hat er keine Probleme, die Beine des Mannes anzufassen. Er zerrt den Körper unter dem Auto hervor und schleift ihn in die Böschung hinunter. Anschließend wirft er das Fahrrad hinterher. Er setzt sich wieder ins Auto, kneift die Augen fest zu und beißt die Zähne aufeinander, dass es schmerzt. Dann lässt er den Motor an, tritt das Gaspedal durch und fährt ruckartig los.

Vater

Ostersonntag, 15. April 2001, Esklum, morgens

Weil es am Ostersonntag keine Zeitung gab, hatte Stephan Möllenkamp NDR Inforadio angestellt, um sich zu informieren. Während er Kaffee kochte und den Tisch eindeckte, lauschte er den Nachrichten. Der Brand in Wymeer kam nicht vor. Er würde auf den »SonntagsBlickpunkt« warten müssen. Schade eigentlich. Er war gespannt, was die Medien aus diesem Feuer machen würden. Er jedenfalls hatte noch keinen Reim darauf.

Es war kühl, und manchmal bereute er es, dem Rat seines Bauleiters Werner Groll nicht gefolgt zu sein. Der hatte Fliesen mit Fußbodenheizung empfohlen, was Puristen wie er und Meike natürlich zurückweisen mussten. Die Holzdielen waren zwar historisch korrekt und ansprechend, aber er hatte nun doch kalte Füße und beschloss, den Kachelofen anzuheizen. Als er Holz von der Terrasse holte, blickte er fröstelnd auf den Schneematsch, der im Rasen weiße Inseln gebildet hatte. Na, das würde heute ein Spaß beim Ostereiersuchen werden.

Er fragte sich, wie er es früher bei diesen Osterfeuern ausgehalten hatte: mit einem eiskalten Bier in der Hand, im Matsch an irgendeiner Bude stehend.

Die rauchenden Trümmer, die verkrümmte Leiche von Minna Schneider, das alles erschien ihm unwirklich im Licht des Tages. Er hatte Meike in der Nacht noch alles erzählt, und im Gegensatz zu ihr war er trotzdem um acht Uhr aufgewacht und hatte mit sich nicht mehr anzufangen gewusst, als Kaffee zu kochen.

Allmählich wurde es warm in der Küche. Er stand mit einem dampfenden Becher in der Hand und sah auf den großen rustikalen Esstisch, der wie ein Pflasterstreifen die Küche mit dem Wohnzimmer verband. Der alte Resthof, den sie im Vorjahr gekauft und renoviert hatten, hatte mindestens zwölf mehr oder weniger kleine Zimmer gehabt, die sie zu einem halben Dutzend großzügiger und heller Räume verschmolzen hatten. Heute Mittag würde Meikes Familie erstmals hier an diesem Tisch sitzen.

Die Gelassenheit, mit der seine Frau jetzt ausschlafen konnte, wunderte ihn. Er selbst hätte am liebsten das Frühstück ausfallen lassen und schon jetzt mit dem Tischdecken angefangen, damit mittags auch alles perfekt wäre.

»Morgen«, krächzte es hinter ihm in der Tür. Meike wankte gähnend im Nachthemd herein, lief schnurstracks zur hinteren Terrassentür und schaute nach draußen. »Guck mal, die Amsel da draußen. Die habe ich gestern auch schon beobachtet. Sie wühlt das ganze Beet durch und fliegt dann mit Stöckchen und Moos im Schnabel davon. Die baut irgendwo in unserem Garten ein Nest, in dem sie dann entzückende Amselbabys aufzieht.«

»Mein Schatz, erinnerst du dich daran, dass heute Mittag deine ganze Familie hier einfällt, um ein absolut erstklassiges Ostermahl zu sich zu nehmen, das dem deiner Mutter in nichts nachstehen darf? Wann wolltest du denn damit anfangen?«

»Wieso ich? Wir sind doch zu zweit. Ich lese dir aus dem

Kochbuch vor, und du setzt es einfach um. Wer lesen kann, der kann auch kochen.«

»Meike, komm, jetzt hör auf mit dem Quatsch.«

»Lass uns mal erst frühstücken.«

Er holte Teller und Besteck und setzte sich hin. »Na gut, es ist deine Familie.« Seine Unruhe minderte es nicht. Sie aßen schweigend. Während Möllenkamp sein Ei köpfte, fragte er so beiläufig wie möglich: »Was soll's denn heute Mittag zu essen geben?«

»Pizza.«

Sein Löffel stoppte auf dem Weg zum Mund. Undenkbar, dass dies den Standards von Rena Brandt genügen würde. Die Familie war Lammbraten oder Rouladen gewohnt, begleitet von zwei bis drei Gemüsesorten und mindestens einem frischen Salat. Davor gab es Hühnersuppe, selbstverständlich mit Eierstich, danach noch eine raffinierte Crème Brûlée oder selbst gemachte Mousse au Chocolat. Und jetzt Pizza!

»Gibt es Vorspeise und Nachtisch?«, fragte er vorsichtig.

»Zur Pizza gibt es einen leckeren frischen Feldsalat und hinterher Eis.«

»Hm.«

»Magst du keine Pizza?«

»Doch schon, aber deine Mutter …«

»Hör zu. Ich habe keinen Ehrgeiz, meine Mutter zu kopieren. Es kommen Kinder, die essen immer gerne Pizza. Ich kann ein Blech mit Fleisch drauf machen und eines ohne. Damit ist auch den Vegetariern gedient, und Wiebke muss sich keine Sojaschnitzel in der Küche braten. Und wir können uns auf das konzentrieren, was wichtig ist: Zusammensein.«

Möllenkamp runzelte zweifelnd die Stirn und dachte an seine Kindheit zurück. An hohen christlichen Feiertagen wurden reihum Verwandtenbesuche gemacht. Schon morgens hatte Nervosität geherrscht, weil alle pünktlich in vollem Sonntagsornat in der Kirche sitzen mussten. Für die Hausfrauen waren die Familienzusammenkünfte immer ein reines Schaulaufen gewesen. Es kam darauf an, gegenüber den anderen Frauen der Familie immer noch einen draufzusetzen. Meist wurde morgens ab sechs Uhr schon in der Küche gewerkelt, Kartoffeln geschält oder Fleisch vorgebraten. Das beste Geschirr wurde aus dem Schrank geholt. Es spielte keine Rolle, dass das Zeug nicht spülmaschinenfest war und Mutter abends um zehn noch abwusch. Selbstverständlich mussten Männer nicht mithelfen. Über Pizza und Eis hätte man in diesen Kreisen die Nase gerümpft.

Okay, er musste lockerer werden. Es war ihre Familie. Suchend blickte er sich nach etwas Lesbarem um, da der »SonntagsBlickpunkt« noch nicht da war. Meike steckte ihre Nase in ein etwas angestaubtes Taschenbuch, er legte den Kopf schräg. »Bambule«, las er, die Autorin war Ulrike Marie Meinhof.

»Was hast du denn da?«, fragte er neugierig. »Linksradikales Gedankengut?«

»Nein, es ist ein Drehbuch für einen Film über die Zustände in Mädchenerziehungsheimen in den Sechzigerjahren. Ich würde sagen, es enthält eher humanitäres Gedankengut. Aber für deinen Chef wäre das wahrscheinlich dasselbe.«

»Ich wusste gar nicht, dass Ulrike Meinhof sich auch mit

so was beschäftigt hat«, sagte Möllenkamp und biss von seinem Brötchen ab.

»Die ist ja nicht als Terroristin auf die Welt gekommen. Sie war in den Sechzigerjahren eine der profiliertesten Journalistinnen in Deutschland. Ich überlege, ob ich das Buch mit meiner Klasse lese. Es ist nicht so dick und hat wichtige Themen: Einsamkeit, Ausgeliefertsein, den Wunsch nach Autonomie, gesellschaftliche Zwänge.«

»Ist solche Lektüre denn im Lehrplan vorgesehen?«, fragte Möllenkamp zweifelnd.

»Siehst du, dieses Denken hat zu den Zuständen in den Heimen geführt, die Meinhof beschreibt. Lies es mal.« Meike grinste und stand auf. Erleichtert sah Möllenkamp, wie sie den Kühlschrank öffnete und frische Hefe herausnahm. Endlich ging es los.

Er griff sich kurz das Buch und blätterte ein wenig in den angegilbten Seiten herum. Dann seufzte er und erhob sich. »Ich wollte eigentlich heute Vormittag noch laufen, aber angesichts des Vorbereitungsstandes unseres Osteressens kann ich dich wohl kaum allein lassen.«

»Wenn's dir hilft, dann glaub es ruhig«, sagte Meike und kramte nach einer Schüssel, ohne sich umzudrehen.

»Wieso?«

»In Wahrheit suchst du doch bloß eine Ausrede, um nicht laufen zu müssen. Außerdem hast du einen Kontrollwahn. Du glaubst, wenn du hier verschwindest, lasse ich sofort den Löffel fallen und lege mich mit einer Zeitung aufs Sofa.«

»Die Zeitung ist noch nicht da. Aber sonst …«

Jetzt strahlte Meikes Rücken eindeutig Unmut aus.

»Kümmere du dich um deine Sachen, und ich kümmer mich um meine. Und such dir endlich eine Mannschaft oder einen Verein.«

»Quatsch, ich brauche einfach nur mehr Zeit, damit ich beim Laufen wieder in den Rhythmus komme.« Er stand in der Tür, brachte aber die Entschlossenheit nicht auf, sich jetzt die Laufschuhe anzuziehen und einfach loszulaufen.

»Wenn du einen festen Termin hättest, würdest du die Zeit dafür schon finden. Vielleicht würdest du dann auch nette Leute kennenlernen, mit denen du abends mal ein Bier trinken gehen kannst.«

»Das will ich aber gar nicht. Ich bin nicht der Stammtischtyp«, sagte er trotzig.

»Das hat mit Stammtisch nichts zu tun. Das hat etwas mit ›sich einlassen‹ zu tun.«

»Ich habe mich doch eingelassen, und zwar auf alles, was du wolltest. Was ist das denn hier?« Er machte eine ausholende Handbewegung, die den ganzen Raum umfasste. »Sieht das nach Halbherzigkeit aus?«

Meike kam auf ihn zu und richtete dabei einen Holzlöffel wie einen Degen auf ihn: »Dass du hier mitgemacht hast, ist kein Zeichen von ›sich einlassen‹, sondern von einem Mangel an guten Gegenargumenten.«

Jetzt reichte es. Er drehte sich um und wollte laufen gehen, als das Telefon läutete. Möllenkamp hob den Hörer ab. »Stephan.« Die Stimme seiner Mutter klang, als hätte sie geweint. Ihm zog sich das Herz zusammen.

Das Verschwinden

Ostersonntag, 15. April 2001, Wymeer, vormittags

Die Kirche war voller als gewöhnlich. Einige, die sonst am Ostersonntagmorgen nicht aus dem Bett kamen, weil sie die Folgen des Vorabends noch auskurieren mussten, hatte es dann doch um halb zehn in den neugotischen Backsteinbau getrieben. Irgendwie schuldbewusst saßen sie in dem türkisfarbenen Holzgestühl, das so gar nicht zur düsteren Stimmung passte, die sich des kleinen Ortes bemächtigt hatte. Sie warteten auf Pastor Vrielink, von dessen sanfter Art, die ihnen selten zu viel der Buße und Einkehr abverlangte, sie sich heute besondere Erlösung versprachen.

Von den Konfirmandenbänken vorne drang Getuschel und Gekicher. Dort hatte man bereits die ökologisch korrekt mit Zwiebelschale gefärbten Eier entdeckt, die im Kronleuchter, hinter der Bibel auf dem Altartisch und in anderen Ecken der Kirche versteckt worden waren, um etwas später von den jungen Teilnehmern des Kindergottesdienstes gesucht und gefunden zu werden.

Von der prächtigen Diepenbrock-Orgel ertönte »Auf, auf, mein Herz, mit Freuden«, der Klang schwoll an, als wollte er durch Lautstärke vergessen machen, was in der Nacht zuvor geschehen war. Einzelne weniger erfahrene Gottesdienstbesucher hielten sich die Hände über die Ohren und blickten Hilfe suchend auf den Kirchenrat, der nun geschlossen die Kirche betrat und würdevoll zu seinen

Bänken schritt. Doch auch nachdem der Kirchenrat Platz genommen hatte, spielte der Organist weiter voller Inbrunst. Noch eine Strophe und noch eine.

Allmählich machte sich Unruhe breit. Man blickte sich um, schaute auf die Uhren und raunte seinem Nachbarn etwas zu. Es war bereits fünf nach halb zehn, und Pfarrer Vrielink war nicht dafür bekannt, zu spät zu kommen. Was war los? Das Getuschel nahm zu. Er würde doch wohl nicht erkrankt sein? Oder hatte es gar etwas mit den Ereignissen des Vorabends zu tun? Das Pfarrhaus stand jedenfalls nicht in Flammen, das hätte man bemerkt. Und verschlafen hatte er an diesem Ostersonntag wohl kaum.

Dem Kirchenrat sah man die Ratlosigkeit an. Wer jetzt aus der Kirche rannte, um an der Pfarrhaustür zu klingeln, verspielte die Würde, die dieses Amt mit sich brachte. Jede Verhaltensweise, die gegen jahrhundertelang eingeübte Formeln, Gesten und Rituale verstieß, barg das Risiko der profanen Blamage, wenn etwa der Pastor genau dann zur Tür hereinkäme, wenn man eben die Kirche verlassen wollte, um ihn zu holen.

Verstohlen winkte man dem Posaunenchor, der an dieser Stelle zwar noch nicht vorgesehen war, aber dennoch gleich reagierte und ein kräftiges »Christ ist erstanden« schmetterte. Weitere zehn Minuten später stand Erika Lüppen auf und ging entschlossenen Schrittes den Hauptgang entlang. Der Organist, der eine ganze Weile geschwiegen hatte, hub an zu einem weiteren Osterklassiker: »Gelobt sei Gott im höchsten Thron, samt seinem eingebornen Sohn, der für uns hat genug getan. Halleluja, Halleluja, Halleluja.« Angespornt vom Kirchenrat und weil es nicht wusste, was es sonst machen sollte, lachte das Stammpublikum aus vollem Hals den Satan aus: »Hal-le-lu-ja-ha-ha, Hal-le-lu-ja-ha-ha, Hal-le-lu-ja!«

Gerade als den Menschen vom Singen und Lachen etwas leichter ums Herz geworden war, kam Erika Lüppen zurück, in der Hand einige Blätter Papier. Aus ihrer Miene war zu schließen, dass sie den Pastor nicht aufgetrieben hatte. Sie trat vor die Kirchenratsbänke und beriet sich mit ihren Kollegen. Kurz darauf ging sie ans Mikrofon und gab dem Organisten ein Zeichen.

»Liebe Gemeinde, ich darf Sie ganz herzlich an diesem Ostersonntag hier in der Reformierten Kirche zu Wymeer begrüßen. Sicher wundern Sie sich, dass ich das tue und nicht Pastor Vrielink. Unser Pfarrer ist kurzfristig verhindert, daher begrüße ich Sie heute an dieser Stelle. Wir feiern am heutigen Sonntag miteinander die Auferstehung unseres Herrn Jesus Christus von den Toten, der auch für uns die Erlösung von unseren Sünden erst möglich gemacht hat. Und darum beten wir miteinander im Namen des Vaters, des Sohnes und des Heiligen Geistes …«

Das Einschwenken in die gewohnte Liturgie des Ostersonntags wirkte beruhigend auf die Kirchgänger. Die Lesung aus dem Johannesevangelium brachte Erika Lüppen dann auch noch erfolgreich hinter sich. Für die Predigt übergab sie ihre Blätter an Dieter Schult, der sich sichtlich mit den Worten des Pastors zum Wunder der Auferstehung quälte. Immerhin lag die Predigt vor und zeigte, wie professionell die reformierte Maschinerie funktionierte: Was immer dem Pastor am Sonntagmorgen auch passieren mochte, eine Version seiner Predigt lag immer im Ältestenzimmer.

Nach dem Gottesdienst jedoch kehrte das Gefühl, sich in einer Ausnahmesituation zu befinden, zurück: Ein Feuer, eine Tote, ein verschwundener Pastor gaben Stoff für wilde Spekulationen.

Der Kirchenrat hatte sich vor dem Pfarrhaus versammelt. »Un he het up dien Lüden neet reagert?«*

Erika Lüppen schüttelte zum wiederholten Male den Kopf. »Un du hest ok in de achtern Terrassendöören keken?«**

»Kiek doch sülvst, wenn du neet löövst, dat dor nix was.«*** Resolut zog Erika Lüppen sich den etwas zu schmalen Pullover über die rundlichen Hüften und straffte die Schultern.

»Okay«, meinte Dieter Schult und rückte nervös seine Brille zurecht, »dann ropen wi nu de Polizei.«

»Un wat sallen de dann maken?« fragte Markus Dreesmann zweifelnd. »De Pastoor is en utwussen Mann. De kann maken, wat he will.«****

»Aber neet an Oostersönndag«, entgegnete Erika Lüppen empört.

Drei Augenpaare wandten sich dem Pfarrhaus zu, ließen ihre Blicke über die alten Backsteinmauern gleiten. Im Efeu, das die Hauswand ganz überwucherte, zwitscherten die Spatzen. Die hölzerne Haustür verriet nicht mehr über das Innere, als dass es im Hausflur sicher fürchterlich zog. Die Fenster mit den verwitterten Holzläden an den Seiten waren so kleinspros-

---

*	Und er hat auf dein Klingeln nicht reagiert?
**	Und du hast auch durch die hintere Terrassentür geschaut?
***	Guck doch selbst, wenn du nicht glaubst, dass da nichts war.
****	Und was sollen die dann machen? Der Pastor ist ein erwachsener Mann. Der kann machen, was er will.

sig, als wollten sie das Sonnenlicht eher aussperren als herein-
lassen und es unmöglich machen, einen Blick in das Dunkel
dahinter zu werfen. Seufzend drehte sich Markus Dreesmann
wieder um. »Un wenn wi noch laang kieken: Dor is kieneen.«*

»Kien Teken van Leven«, sagte Dieter Schult.** Allen lief
ein kleiner Schauer über den Rücken.

»Wi könen Gerda Dreyer fragen. De het doch de Slötel
för dat Huus«, schlug Erika Lüppen zögernd vor.***

Die Männer schwiegen. Auch wenn Gerda Dreyer als
Haushälterin von Vrielink dort ein und aus ging, kam es
ihnen doch nicht richtig vor, einfach in die privaten Räume
ihres Pastors einzudringen. Andererseits: Wenn sie wegen
einer solchen Sache die Polizei riefen, und der Pastor lag
nachher mit normalem Durchfall im Bett, dann hatten sie
nicht nur sich selbst gründlich blamiert, sondern auch
noch Vrielink bloßgestellt. Undenkbar!

»Good«, seufzte Dreesmann, »halen wi Gerda. Wie mutten ja wat doon.«****

Gerda Dreyer zierte sich. Sie sei als Haushälterin eine
Vertrauensperson. Da verbiete es sich, Hans und Franz im
Haus des Pastors herumschnüffeln zu lassen. Hans und
Franz? Gut, dann eben die Polizei, wollte Dieter Schult, der
jetzt genug hatte, die Sache abkürzen. Nun, wandte Gerda
Dreyer, die um ihre Schlüsselrolle fürchtete, rasch ein, sie
könne anbieten, im Haus nach dem Rechten zu sehen.

---

*   Und wenn wir noch so lange gucken. Da ist keiner.
**   Kein Zeichen von Leben.
*** Wir können Gerda Dreyer fragen. Die hat doch den Schlüssel fürs
        Haus.
**** Gut, holen wir Gerda. Wir müssen ja irgendetwas tun.

Die kleine Abordnung machte sich auf den Weg zurück zum Pfarrhaus. Mit wichtiger Miene schloss Gerda Dreyer auf, schlüpfte ins Haus und schloss die Tür sorgfältig hinter sich, als wäre die Sicht in den Hausflur bereits ein unziemlicher Einblick in die Privatsphäre des Pastors. Während sich die Kirchenratsmitglieder draußen ungeduldig die Füße vertraten, demonstrierte die Haushälterin ihre Macht, indem sie sich für die Recherche alle Zeit der Welt ließ.

»He is de neet«, verkündete sie mit wichtiger Miene, als sie zurückkam.

»Ach nee«, erwiderte Markus Dreesmann.

»Hest du overall keken?«, insistierte Erika Lüppen.

Darauf zu antworten war unter Gerda Dreyers Würde. »Knippke un Slötel bünt de ok neet. Un sien Auto steiht nich tegen't Huus. To Sekerheid hebb ik noch na de Kuffers in sien Schap keken. Ik lööv, daar fehlt een.«*

»Tominnsten is hum nix passeert«, versuchte Erika Lüppen das Gute an der Situation zu sehen.**

»Mi lett dat kien Ruh, wenn een spoorlos verswinnt«, wandte Dreesmann ein.***

Sie schwiegen. Allen dämmerte, dass dies hier eine sehr ungewöhnliche und unheimliche Lage war.

»Anners is di nix upfallen?«****

---

*   Portemonnaie und Schlüssel sind auch nicht da. Und sein Auto steht nicht neben dem Haus. Zur Sicherheit hab ich noch nach den Koffern in seinem Schrank geschaut. Ich glaube, da fehlt einer.

**   Zumindest ist ihm nichts passiert.

***   Mir lässt es keine Ruhe, wenn einer spurlos verschwindet, aber seine Sachen nicht mitnimmt.

****   Sonst ist dir nichts aufgefallen?

Seufzend schloss Gerda Dreyer die Tür noch einmal auf und ließ endlich die Kirchenratsmitglieder eintreten. Im Haus war es still, nur die Schritte der Suchenden ließen die alten Dielen knarzen. Das Wohnzimmer wirkte etwas kahl. Ein Ledersofa, ein Fernseher und ein Regal mit viel mehr Büchern als in den Haushalten aller Kirchenratsmitglieder zusammen. Das konnte er doch unmöglich alles gelesen haben.

Im Arbeitszimmer lag auf dem Lehnstuhl vor dem alten Schreibtisch ein Schaffell. Auf dem Tisch befanden sich stapelweise Bücher mit Lesezeichen zwischen den Seiten. Der Pastor war unzweifelhaft ein sehr belesener Mann.

Die Küche war perfekt aufgeräumt. Sogar die Spülmaschine enthielt nur sauberes Geschirr. Auf der Anrichte neben dem Kühlschrank stand eine Weinflasche, die zu zwei Dritteln geleert war. Im Mülleimer war keine Tüte. Erika Lüppen, Dieter Schult und Markus Dreesmann sahen einander mit hochgezogenen Augenbrauen an. War ihr Pastor einfach so, ohne etwas zu sagen, am Tag vor Ostern verreist? Und hatte er vorher noch so viel Wein getrunken und war danach in sein Auto gestiegen und noch gefahren?

Im Obergeschoss befand sich das Schlafzimmer, das sie nur zögerlich betraten. So viel wollten sie über das Privatleben ihres Pastors eigentlich gar nicht wissen. Es schickte sich nicht. Was, wenn er Heftchen unter dem Bett hatte oder sie Spuren einer Frau fänden, vielleicht die einer Frau, die sie kannten? Seit Pastor Vrielink als Junggeselle in ihrer Gemeine aufgetaucht war, hatte es natürlich allerlei Gerüchte über seinen Familienstand gegeben. Einige Mädchen, die im Konfirmandenunterricht angefangen hatten, für den sanften Pastor zu schwärmen, hatten sich anschließend als Helferinnen für den Kindergottesdienst gemeldet, um ihrem Idol nahe zu sein. Doch Hermann Vrielink hatte sich von den Mädchen ferngehalten und ging nur hin und wieder mit den Jungs zum Schwimmen.

Im Schlafzimmer stand ein Bett, darauf eine aufgeschlagene Garnitur Bettzeug, auf dem Nachttisch eine Bibel, ein Losungsbuch und weitere Bücher. Auf dem Kleiderschrank lag ein Koffer, in der Ecke stand ein Herrendiener, über den etwas nachlässig eine Hose und ein Hemd geworfen waren. Vor dem Fenster befand sich ein kleiner, runder Tisch mit zwei Cocktailstühlen und einer Vase, die offenbar irgendwo in der Dritten Welt geschnitzt worden war.

An das Schlafzimmer grenzte ein geräumiges Bad mit hellgelben Kacheln im Fünfzigerjahre-Stil, einer Badewanne und einer nachträglich eingebauten Dusche. Es roch nach Rasierwasser und Essigreiniger. Alle drei Kirchenräte steckten nacheinander den Kopf durch die Tür, zuckten die Achseln und sammelten sich wieder im Schlafzimmer.

Gerda Dreyer kam mit hochgezogenen Augenbrauen aus dem Badezimmer wieder heraus. »Sien Badmantel fehlt.«

Sie sahen einander ratlos an. »Fehlt egentlik ok en Kuffer?«, fragte Erika Lüppen.[*]

»Ja«, sagte Gerda Dreyer, »hebb ik ja seggt. He harr twee.«[**]

»Hm, also för mi sücht dat so ut, as wenn he up Reis gahn ist«, meinte Erika Lüppen.[***]

---

[*]   Fehlt eigentlich auch ein Koffer?
[**]   Ja, hab ich ja gesagt. Er hatte zwei.
[***]   Hm, also für mich sieht es so aus, als wenn er verreist ist.

»Dat harr he uns ja doch wall seggt.« Markus Dreesmann runzelte zweifelnd die Stirn.*

»Un een Ersatz för de Gottsdeenst besörgt«, ergänzte Dieter Schult.**

Dreesmann sprach aus, was alle dachten: »Un wenn hum wat passeert is?«***

»Un zwar in sien Badmantel«, fügte Erika Lüppen hinzu.****

Gerda Dreyer stand schon unten im zugigen Hausflur und klimperte mit ihrem Schlüsselbund. Sie war sichtlich hin- und hergerissen zwischen dem Überlegenheitsgefühl, das ihr der Schlüsselbund verlieh, und einer inneren Unruhe angesichts des Verschwindens von Pastor Vrielink. Als die drei anderen wieder herunterkamen, sah sie hoch.

»Wenher hest du hum toletzt sehn?«, fragte Markus Dreesmann die Haushälterin.*****

»Freidag Namiddag, da is he um't Hus lopen.«******

Sie sahen sich an. Niemand von ihnen hatte Pastor Vrielink danach noch gesehen.

»Wi halen de Polizei«, sagte Dieter Schult entschlossen. Diesmal widersprach niemand.

---

*   Das hätte er uns ja doch wohl gesagt.
**   Und einen Ersatz für den Gottesdienst besorgt.
***   Und wenn ihm was passiert Ist?
****   Und zwar in seinem Bademantel.
*****   Wann hast du ihn zuletzt gesehen?
****** Freitagnachmittag, da ist er ums Haus gelaufen.

Der verlorene Sohn

Ostersonntag, 15. April 2001, Esklum, vormittags

Möllenkamp stand im Flur, den Telefonhörer in der Hand. Immer hatte er damit gerechnet, dass es eines Tages passieren würde. Aber nun fühlte er sich vollkommen unvorbereitet.

»Was ist los?«, fragte Meike, die in den Flur kam, weil er nicht von allein zurückgekehrt war. Als sie sein Gesicht sah, legte sie die Arme um ihn und den Kopf an seine Brust. Nach einer Weile fragte sie: »Wie schlimm ist es?«

»Sehr schlimm«, erwiderte er, seine Arme hingen hilflos nach unten. Sie nahm ihm den Hörer aus der Hand und strich über sein Gesicht.

»Das war Mutter. Mein Vater hatte einen Schlaganfall«, brachte er heraus. Dann stand er da und spürte nichts außer Meikes Hand. Bilder liefen durch seinen Kopf: sein Vater, wie er mit einer Aktentasche morgens in die Bank ging, wie er die Krawatte richtete, wie er Mutter auf die Wange küsste und ihm, dem Sohn, über den Kopf strich, einen Moment zögerte, als wollte er noch etwas sagen, aber dann aus der Tür ging. Wie er auf dem undichten Garagendach saß und es reparierte, einen Stall für die Kaninchen baute, die sein Junge geschenkt bekommen hatte, und wie er fluchte, wenn das Dach trotzdem leckte und die Kaninchen durch ein Loch verschwanden. Je älter sein Vater geworden war, umso missgelaunter hatte er ihn erlebt. Seit er

Rentner war, nörgelte er an allem und jedem herum, mühte sich mit Reparaturen ab, obwohl er jedes Mal daran scheiterte, verbot aber Mutter, die Handwerker zu rufen, weil das doch alles Verbrecher seien. Es war die Altersdepression seines Vaters, die ihn, wenn er ehrlich war, von seinem Elternhaus ferngehalten hatte. Das hatte er die ganze Zeit gewusst. Aber er war nie auf die Idee gekommen, seinen Vater zu fragen, warum er so unzufrieden war. Wieso eigentlich nicht?

»Du wirst natürlich hinfahren«, stellte Meike fest. »Ich werde dich begleiten.«

Nein, dachte Möllenkamp, nein. Das ist eine Sache zwischen Vater und mir. Laut sagte er: »Ich fahre hin, aber bitte bleib du hier. Mein Vater liegt im Koma, ich kann mich um Mutter kümmern. Du hast hier alles für das Osteressen vorbereitet. Lass deine Familie Ostern ganz normal feiern. Ich weiß doch, wie wichtig dir das ist. Wenn es länger dauern sollte, dann kommst du eben nach.«

Meike sah ihn lange an. Dann nickte sie. »Okay, ich verstehe dich, aber versprich mir, dass du vorsichtig bist. Ich lass dich nicht gern alleine fahren. Das hier ist eine emotionale Ausnahmesituation. Sei dir dessen bewusst.«

Wie konnte er sich dessen nicht bewusst sein? So wie sich seine Mutter angehört hatte, lag sein Vater im Sterben, obwohl das in dem Durcheinander ihrer Worte nicht mit Sicherheit auszumachen gewesen war.

Er ging nach oben, um ein paar Sachen zu packen. Für alle Fälle. Aber er war unkonzentriert, warf drei Paar Socken und fünf Unterhosen in die Tasche, vergaß die Unterhemden und die Zahnbürste und fand sich schließlich zitternd am Fuß der Treppe wieder. Meike brachte ihm sein Handy und eine Flasche Wasser, die sie in seine Tasche packte. »Hier, vergiss nicht, was zu trinken. Soll ich Abram anrufen? Du hast doch dieses Wochenende Bereitschaft. Es könnte sich ja was mit dem Brand ergeben.«

Möllenkamp legte die Arme um sie, erleichtert, dass sie mitdachte. »Ja«, sagte er. Dann drehte er sich um und ging schnell hinaus zum Auto.

Als er auf die B70 auffuhr, überlegte er, ob er Van Morrison einlegen sollte, aber dann hatte er auf einmal das Gefühl, als müsste er über etwas sehr Wichtiges nachdenken, das er in den letzten Jahren mit seiner Arbeit, dem Hausbau, der Musik überdeckt hatte. Und so selbstverständlich er sich das Denken bisher verboten hatte, so dringend erschien es ihm nun, ihm nicht länger auszuweichen, als machte er sich schuldig, wenn er es nicht täte. Oder war es umgekehrt? Dachte er, er könne seinen Vater retten, wenn er nur intensiv genug die Vergangenheit aufarbeitete?

Stephan Möllenkamp hatte zu seinem Vater nie ein besonders enges Verhältnis gehabt, aber er hatte das auch lange Zeit nicht für ungewöhnlich gehalten. Er hatte ja seine Mutter und seine Brüder, und die Väter seiner Freunde waren genauso selten da wie seiner. Wie alle Kinder hatte er seinen Vater vor allem aus einem funktionalen Blickwinkel wahrgenommen: Er brachte Geld nach Hause, von dem sie lebten, er hatte das letzte Wort, wenn die Eltern unterschiedlicher Meinung waren, er war das Familienoberhaupt und hatte ihnen seinen Namen gegeben. Es gab genau drei Arten von körperlichen Berührungen, die er von seinem Vater kannte: das wohlwollende Streichen über

53

den Kopf, das aufhörte, als er etwa zehn Jahre alt war, die Ohrfeige, wenn er etwas ausgefressen oder seinen Vater enttäuscht hatte, und das anerkennende Schulterklopfen, welches das Kopfstreichen ablöste, als Stephan älter wurde.

Für alles Weitere war seine Mutter zuständig gewesen. Sie hatte ihn getröstet, mit ihm gekuschelt, ihn umarmt. Sie hatte ihm Pflaster aufs Knie geklebt, seinen Kopf gehalten, wenn er sich übergeben musste, und ihm das Fieberthermometer in den Po geschoben. Ohne mit der Wimper zu zucken, hatte sie es hinterher abgelesen und abgewischt. Sicher, auch sie hatte ihm Ohrfeigen gegeben, aber da alle Kinder Ohrfeigen oder gar Prügel von ihren Eltern bekamen, war ihm auch das ganz normal erschienen.

Seine Mutter Elvira war für ihn ganz Körper gewesen, sein Vater aber war der Körperlose. Bis auch die Mutter ihm ihren Körper entzog, zum selben Zeitpunkt, als sein Vater aufhörte, ihm über den Kopf zu streichen. Es kamen die Jahre der Verwirrung, in denen er sich von den grässlichen körperlichen Veränderungen ablenken musste, indem er seinen Geist betäubte: mit lauter Musik, Bier und Fußball. Die laute Musik trieb die Jungs zueinander, sie umarmten sich und klopften sich auf den Rücken, tanzten Pogo und warfen sich auf dem Fußballfeld nach einem Tor alle übereinander. Aber auch das war ihm fremd geblieben.

Wenn er es recht bedachte, hatte er erst wieder zu sich gefunden, als er Meike kennengelernt hatte. Sie war so unbefangen mit ihm, dem Befangenen, umgegangen, dass er sich auf einmal selbst gut leiden konnte. Sie hatte ihn ergriffen, ganz im Wortsinn, mit ihren Händen. Und wo die Hände waren, da fanden sich auch die Worte.

Zwischen ihm und seinen Eltern hingegen gab es keine Berührungen mehr und nur wenige Worte. Auch das war ihm lange nicht aufgefallen. Aber jetzt saß er im Auto und wusste gar nicht, wie er seinem Vater begegnen sollte, wenn er im Krankenhaus angekommen war. Wie sollte er einen Mann begrüßen, der im Koma lag? Er konnte nicht »Hallo, Vater« sagen und ihm die Hand schütteln. Er würde ihn berühren müssen, aber anders. Konnte er das überhaupt?

Ihm fiel auf, dass es seit Jahren das erste Mal war, dass er an einem Ostersonntag nach Osnabrück fuhr. Schuldgefühle nagten an ihm. Er hatte es seinen Brüdern überlassen, die Familienpflichten wahrzunehmen. Wenn er nicht kam, waren seine Eltern ja nicht allein. Er hatte sich lieber in Meikes Familie integriert, vielmehr: Er hatte beschlossen, dass er Meikes Familie besser ertragen konnte als seine eigene. Und das hatte vermutlich damit zu tun, dass er Meikes Mutter und ihre Geschwister mit professioneller Distanz betrachten konnte, was ihm bei seinen Eltern nicht gelang. Fakt war, dass er den Rollenwechsel nicht verkraftet hatte, bei dem sich die Autoritätsverhältnisse zwischen Eltern und Kindern umkehrten. Er wollte nicht derjenige sein, der für seine Eltern verantwortlich war. Hätte er sie dann nicht auch heilen müssen?

Er kam gegen Mittag in Osnabrück an und fuhr sofort ins Krankenhaus. Zwischendurch hatte er noch einmal seinen Bruder Josef auf dem Handy angerufen, weil er Mutter nicht erreichen konnte. Natürlich waren alle in der Klinik. Er traf Josef und seine Frau Melinda auf dem Flur vor dem Krankenzimmer an.

»Wo ist Georg?«, fragte er.

»Eine rauchen«, sagte Josef, während er Melinda, die sich verabschiedete, um zu Hause nach den Kindern zu sehen, seine Wange hinhielt. »Und Mutter?«

»Da drin«, nickte Josef mit dem Kopf zur Zimmertür.

Möllenkamp trat von einem Fuß auf den anderen und suchte nach Fragen, die er seinem Bruder stellen konnte. »Wie schlimm ist es wirklich?«

»Es ist nicht klar, ob er's schafft. Kann sein, dass er wieder aufwacht. Kann sein, dass er nicht aufwacht und wir irgendwann entscheiden müssen, ob wir die Maschinen abstellen.«

»Wie ist es passiert?«

»Wir kamen mit den Kindern zum Frühstück. Du weißt ja, vor dem Frühstück müssen die Osternester gesucht werden.«

Möllenkamp nickte. Das war schon in seiner Kindheit so gewesen. Jedes Jahr zu Ostern hatten sie vorher gefiebert, dass es schönes Wetter werden möge, sodass der Osterhase die Nester im Garten verstecken konnte. Wenn nicht, dann musste Mutter eine Tür in der Nacht offen lassen, damit der Osterhase ins Haus konnte, um dort die Nester zu verstecken. Waren die Nester draußen, dann rannten die Jungs barfuß auf den taunassen Rasen im Garten und suchten in den Sträuchern nach ihren Nestern. Die Nester waren nichts Besonderes: ein paar gefärbte, hartgekochte Eier, ein wenig Schokolade, vielleicht ein Paar Socken. Aber unter den Kindern herrschte trotzdem eine Vorfreude auf Ostern, die der auf Weihnachten in nichts nachstand.

Wenn sie wieder ins Haus kamen, hatte Mutter ihnen

schon ein Handtuch hingelegt, damit sie sich die Füße abwischen konnten. Georg hatte alle seine Eier Papa gegeben, weil er keine mochte, und er selbst hatte versucht, Josef die Schokolade aus dem Nest zu klauen, wenn keiner hinsah.

Eines Tages war er in einer regnerischen Osternacht noch spät nach unten gekommen und hatte gesehen, dass seine Mutter die Tür, die sie doch immer für den Osterhasen offen ließ, zusperrte. Einen Moment lang wollte er hinrennen und protestieren. Dann hatte er begriffen.

»… und während wir mit Mutter draußen waren, ist es passiert. Wir haben nichts mitgekriegt. Als wir ins Haus zurückkamen, lag er in der Küche inmitten der Brötchen und hat nicht mehr geatmet. Stephan … Stephan?«

Er schreckte aus seinen Gedanken.

»Willst du jetzt nicht mal endlich reingehen und nach ihm sehen?«, fragte Josef.

Möllenkamp wusste, dass er nicht mehr ausweichen konnte. Also ging er hinein.

Sein Vater lag mit geschlossenen Augen in einem weiß bezogenen Krankenhausbett. Das Gesicht war so klein und blass, die Monitore, Schläuche und Geräte neben ihm so groß und mächtig. Seine Mutter saß neben dem Bett und streichelte die Hand seines Vaters. Sie hob den Kopf, als er hereinkam, und Möllenkamp konnte sehen, dass sie geweint hatte.

»Hallo, Mama«, sagte er leise, als ob er seinen Vater durch lautes Sprechen hätte wecken können.

»Mein Junge«, sagte sie und lächelte schief.

Dann sagten beide nichts.

Sie seufzte tief, während sie nicht aufhörte, die Hand des alten Mannes zu streicheln. »Tja, unser Papa, der macht Sachen, was?«

Er sah sie an, lächelte schief zurück und antwortete: »Ja, wirklich. Warum hast du denn bloß nicht besser auf ihn aufgepasst?«

Sie zuckte die Schultern und zog die Nase hoch. Möllenkamp suchte in seinen Taschen nach einem Taschentuch, fand aber keines. Auf dem Besuchertisch sah er eine Packung liegen. Er nahm eines heraus und reichte es seiner Mutter, die sich mit einer Hand die Nase putzte, während die andere weiter die Hand des Vaters hielt.

Wie lange hatten sich seine Eltern wohl nicht berührt? Und jetzt, da sein Vater es vermutlich nicht mal merken würde, war es so wichtig, ihn festzuhalten, als ob er sich jeden Moment davonstehlen würde, wenn sie die Hand nur einmal losließ. Stephan Möllenkamp berührte seine Mutter an der Schulter, weil er den Eindruck hatte, er müsste das jetzt tun. Doch es schien ihr nicht gutzutun, denn sie fing wieder an zu weinen.

Da zog er sich einen Stuhl heran und nahm sie in den Arm. Es war ungewohnt. Er hatte noch nie seine weinende Mutter umarmt, und es befremdete ihn. Er strich ihr über den Rücken und wiegte sie hin und her. Sie schluchzte und hielt die Hand ihres Mannes fest.

Als sie sich etwas beruhigt hatte, begann sie zu erzählen. Dass er manchmal über Schwindel geklagt hatte und darum auch nicht mehr auf die Leiter gestiegen war, um sich am Garagendach zu schaffen zu machen. Dass er am heutigen Morgen sehr früh aufgewacht sei und, weil er nicht mehr schlafen konnte, bereits in der Küche den Frühstückstisch gedeckt und die Osternester versteckt hatte. Dann aber wollte er nicht mit nach draußen kommen zum Suchen. Er hatte sich wohl nicht gut gefühlt, aber gesagt hatte er natürlich nichts. Das tat er ja nie.

Er hatte einen schweren Schlaganfall erlitten, und es sei völlig unklar, ob er überleben würde. Die Ärzte meinten, das werde sich innerhalb der nächsten Tage entscheiden. Was solle sie denn wohl ohne ihn tun?

Möllenkamp sah auf die blasse Hand, die auf der Bettdecke lag. Mutter hielt sie noch immer fest. Die Hand war groß und schwielig, die Finger dick, wie aufgeblasen. Es waren nicht die Finger eines Bankangestellten, sondern die eines Handwerkers. Tatsächlich hatte sein Vater sich zeit seines Lebens handwerklich beschäftigt, wenn auch nicht mit Freude, sondern überwiegend mit Frust. Was war nur falsch gelaufen?

Die Tür ging auf, und seine Brüder Josef und Georg kamen ins Zimmer. Georg brachte eine Wolke von kaltem Zigarettenrauch mit hinein und nickte Möllenkamp schweigend zu. Er trug einen Dreitagebart und tiefe Ringe unter den Augen. Folgen eines exzessiven Osterfeuertreffens?

»Ich habe den Arzt getroffen. Er sagt, dass sie Papa noch einige Tage im künstlichen Koma halten werden, bis sie seinen Kreislauf und den Allgemeinzustand stabilisiert haben. Dann wird er geweckt. Vorher können sie auch nicht sagen, welche Schäden er langfristig davongetragen hat …« Er verstummte und sah an die Decke. Alle Anwesenden wussten auch so, was er unausgesprochen ließ: Vielleicht würde ihr Vater nach einigen Tagen aufwachen, und es würde nichts weiter von ihm übrig sein, als ein alter, sabbernder Mann, der in einem Rollstuhl oder – schlimmer – in einem Krankenbett vor sich hin vegetierte. Ein Albtraum für ihre Mutter, nein, für sie alle.

Er fürchtete sich, als er seine Mutter am späten Nachmittag nach Hause fuhr. Josef war zu Melinda und den Kindern gefahren. Georg hatte gesagt, er werde noch bei Vater bleiben. Stephan rechnete damit, dass sein jüngster Bruder nach kurzer Zeit das Krankenhaus verlassen würde, um in irgendeiner Kneipe an einem Daddelautomat Trost zu suchen. Aber von dieser Vermutung sagte er seiner Mutter nichts. Sie brauchte dringend Ruhe. Wahrscheinlich wusste sie es auch so.

Im Auto saß sie erschöpft neben ihm und schwieg. Er wollte sie aufmuntern, ihr Mut zusprechen, aber die Worte kamen ihm nicht über die Lippen. Er fuhr auf die Auffahrt des Einfamilienhauses. Im Wohnzimmer brannte Licht. Aus Angst vor Einbrechern hatte seine Mutter es im ganzen Chaos des Morgens doch noch geschafft, die Zeitschaltuhr zu aktivieren. Im Flur zog es wie immer kalt unter der Haustür durch. Er schob den dackelförmigen Windfänger vor die Tür und half seiner Mutter aus dem Mantel. Wie aufgezogen strebte sie sofort der Küche zu. »Ich mach uns einen Kaffee. Ich hab auch Eierlikörtorte im Kühlschrank. Du willst sicher ein Stück, du magst sie doch so gern.«

Im Stillen schüttelte er sich. Als Kind hatte er Eierlikörtorte geliebt, hauptsächlich weil sie Alkohol enthielt, was aufregend war. Inzwischen mochte er sie nicht mehr, oder vielleicht hätte er sie noch gemocht, wenn nicht sein kleines Bäuchlein ihm solche Süßspeisen verleidet hätte. Aber jetzt war nicht der richtige Zeitpunkt, seine Mutter auf den neuesten Stand zu bringen.

So saßen sie kurze Zeit später am Esszimmertisch, blickten in den nassen Garten hinaus, in dem die Osterglocken immerhin aufmunternde Akzente setzten, und bemühten sich um ein Gespräch.

»Wie geht es Meike?«

»Gut geht es ihr. Sie wäre mitgekommen, wenn sie nicht die ganze Familie zum Osteressen eingeladen hätte. Sie lässt dich herzlich grüßen. Das mit Papa tut ihr sehr leid.«

»Tja, ja.« Seine Mutter rührte in ihrem Kaffee. Sie hatte den Kuchen noch nicht angerührt. »Ihr habt es ja jetzt schön da in Ostfriesland. Sind denn die Außenanlagen fertig?«

»Natürlich ist noch nicht alles perfekt. Aber man kann schon gut klarkommen.«

Sie schwiegen wieder. Mutter rührte noch immer im Kaffee.

»Habt ihr gute Handwerker? Du weißt ja, mit so einem Haus ist immer was. Dann ist die Dachrinne voll, dann ist der Silikonrand um die Dusche undicht. Einen Marder hatten wir auf dem Dachboden. Papa wollte eigentlich so eine elektrische Anlage installieren, die die Biester abhält. Na ja, aber jetzt … Und ihr könnt euch ja gar nicht kümmern, weil ihr beide berufstätig seid. Wie lange will Meike denn noch arbeiten?«

»Wir haben ja noch nicht mal Kinder, Mama.«

»Aber du verdienst doch gut. Wer putzt denn das Haus?«

»Das machen wir beide. Wir haben da so einen Plan aufgestellt. Ich mache die Fußböden und die Bäder, Meike die Küche und die Wäsche. Den Einkauf machen wir abwechselnd.«

Seine Mutter sagte nichts, was ihn wunderte. Sie rührte. »Ihm ging's nicht gut in den letzten Jahren«, sagte sie stattdessen.

»Ich weiß, Mama.«

»Ich glaube, er kam mit seiner Pensionierung nicht klar. Ich hab immer gehofft, dass er sich ein Hobby sucht. Aber er meinte, er habe keine Zeit, weil im Haus so viel zu tun sei. Aber das hat er ja auch nicht fertiggekriegt. Und ich durfte niemand anrufen.«

»Ich weiß, Mama.«

Sie weinte. Die Tränen kamen einfach, liefen ihr über die Wangen, lautlos. Um etwas zu tun, nahm Möllenkamp die Gabel, stach sie in den Eierlikörkuchen, als wollte er ihn erlegen, und aß. Er schmeckte köstlich, was er nicht erwartet hatte. Seine Mutter machte sich ebenfalls an ihrem Kuchenstück zu schaffen. Ihre Tränen vermischten sich mit der süßen Creme auf ihren Lippen, aber sie lächelte. »Ist nicht schlecht, was?«

»Dein Kuchen war immer schon der beste, Mama«, sagte er, ohne zu lügen.

Danach setzten sie sich auf die Couch, und er nahm seine Mutter in den Arm. Und auf einmal war es gar nicht mehr so schwierig. Er blickte in den Garten auf die Osterglocken und strich ihr übers Haar. Irgendwann merkte er, dass sie eingeschlafen war.

Das Klingeln des Telefons weckte ihn. Der Kopf seiner

Mutter lag in seinem Schoß. Vorsichtig nahm er ihn hoch und wand sich unter ihr vom Sofa hoch. Es war Georg. Er war doch noch im Krankenhaus geblieben.

»Ich wollte nur sagen, dass die Ärzte meinen, er ist stabil. Wenn es keine weiteren Komplikationen gibt, werden sie ihn in zwei, drei Tagen aus dem künstlichen Koma holen. Du kannst also nach Hause fahren.«

Möllenkamp war konsterniert. »Wieso soll ich nach Hause fahren?«

»Sitzt du nicht schon wie auf glühenden Kohlen?«, fragte Georg spitz.

Er schnappte nach Luft, um etwas zu erwidern. »Nein, ich kann noch bis morgen bleiben«, sagte er stattdessen. »Ich muss erst am Dienstag wieder arbeiten.« Dann machte er eine Pause, um sich zu beruhigen. »Willst du nicht heute Abend kommen, dann können wir zusammen etwas essen. Wir bestellen einfach eine Pizza oder so was. Wie früher.«

»Nein!«, fuhr ihm seine Mutter dazwischen. »Ich habe doch Lammbraten im Ofen. Es war ja alles vorbereitet. Wir müssen nur eben alles fertigkochen. Sag Georg, er soll bitte kommen. Essen haben wir genug.«

»Ich komme schon«, sagte Georg, der alles gehört hatte. Dann legte er auf.

Die Bande

Montag, 16. April 2001, Wymeer

Rauchzeichen stiegen hinter dem alten Melkstand auf. Die Kringel waberten in der Luft, wurden breiter, bevor die nächste Böe sie erfasste und davonwehte. Wenn man den Melkstand umrundete, sah man zunächst nichts als einen Satz alter Autoreifen, aus dem das kieksende Gelächter von Halbwüchsigen drang. »Als alle schon zur Verbrennung von Minna waren, da hab ich Pohl noch 'ne schöne, fette Ratte ins Frittenfett geschmissen.«

Beifallslaute. Dann schrie einer: »Fanti, du Vollhorst! Ich hab doch gesagt, du sollst die in den Siphon tun. Dann hätte der noch ewig gesucht, wo der Gestank herkommt.«

Zustimmendes Geraune. »Ach nee, Olli. An den Siphon kam ich so schnell nicht ran, du Spast! Du solltest Wache halten, aber du wolltest deine Finger ja lieber in Horny Katja stecken.«

Gelächter und Geknuffe folgte. Dann eine andere Stimme. »Bronto, hast du eigentlich noch Dope? Ich könnt jetzt was vertragen auf den Schreck.«

Es raschelte. »Ist das alles, Mann? Da komm ich nicht mit hin bis Mittwoch.«

»Mann, Specki, hol dir selbst was in Holland, statt dauernd bei mir zu schnorren. Mehr hab ich nicht.« Man hörte ein Knuffen und »Aua«, dann »Schon gut, kannste ja haben«.

Eine Weile war es ruhig, während neue Rauchkringel über den Reifen aufstiegen.

»Eh, Kevinschatz, in wen steckst du denn deine Finger jetzt, wo Minna Asche ist?« Heiseres Gelächter aus mehreren Jungskehlen.

»So 'n Quatsch. Ist doch gut, dass die Alte weg ist. Gibt sowieso zu viele Behinderte auf der Welt. Hey, Specki, lass mich auch mal ziehen.«

Erneutes Rascheln, dann hustete jemand, und eine Hand schlug auf einen Rücken. »Kevinbaby, du musst mehr kiffen üben. Komm mal her, wir machen aus dir einen richtigen Mann. Du musst dich mehr trauen, dann kriegst du auch von deinem Alten nicht mehr so oft auf die Fresse. Glaub mir, das hab ich bei meinem Erzeuger auch so gemacht. Funktioniert.«

Eine gewisse Aufregung machte sich hinter dem Reifenhaufen breit, was man auch daran merkte, dass die Rauchkringel nicht mehr so sorgfältig in die Luft gemalt wurden. Dafür war jetzt keine Zeit.

»Erzähl, Specki. Was soll er machen? Pohls Bude abfackeln?«

»Mensch, Fanti, nun lass Pohl mal in Ruhe. Der hat doch jetzt sein Fett weggekriegt.«

»Jau, mit Einlage«, prustete es aus einer heiseren Kehle, die anderen stimmten ein.

»Ihr seid Hornochsen«, stellte Specki, der eindeutig der Anführer war, sachlich fest. »Ich hab einen ganz anderen Plan. Ich weiß ja nicht, wie es euch ging, aber als ich gestern besoffen in der Konfi-Bank gehockt hab und unser Organist meine letzten grauen Zellen zertrümmert hat, ist mir was aufgefallen …«

65

Er machte eine bedeutungsvolle Pause. Dafür stiegen wieder Rauchkringel hinter den Reifen hervor. »Nun sag schon, Specki. Was ist dir aufgefallen?«

»Olli, du Fickfehler! Dass der Pfaffe nicht da war! Oder hast du unsern guten Hermann gesehen? Nope. Da stimmt was nicht. Mein Alter hat mit den Bullen telefoniert. Die waren schon informiert, aber die sagen bloß, dass er erwachsen ist und machen kann, was er will.«

Schweigen herrschte, während die Zuhörer die Informationen für sich analytisch aufbereiteten. »Na ja, das stimmt ja irgendwie auch«, wagte sich einer vorsichtig mit dem Ergebnis seiner Analyse vor.

»Hä?! Bronto, dein Dope geht dir eindeutig aufs Hirn. Gib's lieber mir, ich kann damit umgehen. Es war Ostersonntag. Verstanden? O-ster-sonn-tag! Da kann kein Pfaffe machen, was er will. Ostersonntag ist für den Schweinepriester so was wie Gallimarkt, Wymeerer Schützenfest und Papenburger Augustmarkt zusammen – mit Freibier!«

Lautes Gejohle erklang angesichts dieser paradiesischen Aussichten, aber Specki war noch nicht fertig: »Das würdest du bloß auslassen, wenn du tot bist.«

»Jau!«, schrien die Jungs. »Mausetot!«

Nachdem sich die Begeisterung gelegt hatte, kehrte wieder einen Moment lang Schweigen ein. Dann erhob sich eine Stimme, die etwas unsicher klang. Man konnte ja nie wissen, wie Specki auf einen neuen Gedanken reagierte. »Willst du damit sagen, dass der Vrielink tot sein könnte?«

Eine kurze Pause entstand. Offenbar war Specki selbst noch nicht auf diesen folgerichtigen Gedanken gekommen und musste ihn erst durchdenken. »Guter Gedanke, Fanti.

Vielleicht hat er sich einen runtergeholt und dabei 'ne Plastiktüte aufgesetzt. Manche stehen da ja drauf. Bei so was geht öfter mal was schief.«

Das folgende Schweigen zeigte an, dass Specki nun übers Ziel hinausgeschossen war. Das machte einem anderen der Jungen Mut, Widerspruch zu wagen: »Gerda Dreyer und die vom Kirchenrat waren gestern aber im Haus. Da hätten sie ihn finden müssen.«

»Halt die Fresse, du Arschloch!« Mit Widerspruch konnte Specki nicht gut umgehen. Die anderen wussten, dass man in so einer Situation lieber schwieg. Dennoch erhob sich nach einer Weile erneut eine vorsichtige Stimme: »Was hat das denn jetzt alles mit Kevin zu tun?«

Nun war Specki wieder obenauf. »Gute Frage, Bronto. Ich sag's dir: Unser Kevin hier, der ein richtiger Mann werden will, steigt beim Pastor ein und sieht da mal nach dem Rechten. Wär doch gelacht, wenn wir nicht rauskriegen würden, wo unser lieber Pfaffe geblieben ist. Nicht, dass am Donnerstag Konfi ausfällt. Das wollen wir doch nicht, oder?«

Hämisches Gelächter aus vier Jungskehlen. Nur einer schwieg.

»Na, Kevinbaby, bist du dabei? Guckst so komisch. Willst du erst Mama fragen?«

Die Antwort klang nicht überzeugt: »Klar bin ich dabei. Wann soll die Sache steigen?«

»Na, heute Nacht, natürlich. Um Mitternacht. Treffpunkt zwischen Turm und Kirche. Da sieht uns keiner, und wir haben einen guten Überblick.«

Die Buße

1991, Rumänien

Es ist nicht so schlimm wie in Cighid, nein, sicher nicht. Keine vergitterten Ställe, in denen Dutzende halb verhungerter Kinder im eigenen Kot vor sich hin dämmern. Behinderte Kinder oder auch nur ungewollte Kinder, die sie die Irecuperabili nennen, die Unwiderbringlichen – denn selbst wenn sie es schaffen, dieses Martyrium zu überleben, werden sie keine Zukunft haben. Verständlich, wenn die Schwestern sagen, dass diese Kinder besser gleich nach der Geburt getötet worden wären. Verständlich, wenn auch unchristlich. Nicht zu verstehen ist, warum diese Schwestern nichts getan haben, um diesen Kindern ein halbwegs menschenwürdiges Dasein zu ermöglichen. Sie haben sie nicht gewaschen, nicht gestreichelt, sie nicht angezogen, nicht gewärmt. Sie haben sie sterben lassen, verhungern, verdursten, verkümmern, verkommen. Man dürfte sie nicht Schwestern nennen. Handlanger wäre der richtige Begriff dafür. Handlanger des Satans. Und der Satan heißt nicht allein Ceauşescu, der 30 Millionen Rumänen ins neue Jahrtausend führen wollte und darum planwirtschaftlich alle Verhütungsmittel verbot. Wie immer, wenn das Leben den Plänen gehorchen soll, ist das Ergebnis die Hölle. Ceauşescu haben sie dafür – und für seine anderen Pläne – zusammen mit seiner Frau erschossen. Verständlich auch das, aber auch unchristlich. Doch da haben sie nur den Satan mit dem Beelzebub ausgetrieben, denn der Keim des Übels liegt tiefer. Hat nicht auch die katholische Kirche dem Volk die Verhütung verboten? Und hat man solche Bilder gesehen? Nein, denn das Volk hat sich von Ceaușescu und seinem Regime nur allzu bereitwillig auch den christlichen Gott nehmen lassen und damit jede Barmherzigkeit, die sich allein dem Größenwahn dieses Regimes zu widersetzen vermocht hätte. So sieht er es.

Aber, wie gesagt, dies ist nicht Cighid, und trotzdem ist es schlimm genug, was er zu sehen bekam, als er hier angekommen ist. Er hat sich den härtesten Job ausgesucht, der zu finden war. Er tat es absichtlich, um sich zu bestrafen – und um sich in Sicherheit zu bringen, das auch. Manchmal, wenn er glaubt, es nicht auszuhalten, dann holt er die Akten heraus. Er muss sich erinnern, warum er das alles macht. Er muss mindestens sieben mal siebzig Seelen retten für die, die er auf dem Gewissen hat. Für Hermann, Andreas, Karl-Friedrich und Thomas.

Sieben mal siebzig. Er ist immer noch dankbar, dass sie ihn genommen haben, dass sie ihn, den Sünder, wieder zum Seelsorger gemacht haben. Er musste sich reinigen, sieben mal sieben Wochen lang. Aufstehen um halb fünf Uhr morgens, beten, arbeiten auf dem Feld irgendwo mitten in Wisconsin, wieder beten, essen, wieder arbeiten. Als sie meinten, er sei so weit, hat er missionieren dürfen. In Brasilien, mitten im Urwald, haben sie den dürstenden Ureinwohnern den Nektar des Glaubens zu trinken gegeben. So nennen sie es. Nicht, dass das nicht schon andere versucht hätten, aber ihnen ist es besser gelungen, denn ihr Nektar ist süßer, farbiger, intensiver.

Dann haben sie ihn auf die große Mission geschickt: dem vom Kommunismus verwüsteten Osten Europas Licht zu bringen. Er war naiv. Er hat Menschen erwartet, die dankbar die ausgestreckte Hand ergreifen würden, arme Kinder, die man kleiden, pflegen und mit der Bibel berühren könnte. So wie in Brasilien.

Nicht erwartet hat er diese kleinen, dunklen, geduckten Gestalten mit den Plastiktüten in der Hand und den leeren Augen. Sie kommen, um sich ein Essen abzuholen, den Tripper behandeln zu lassen, um ihre viel zu mageren Säuglinge vor die Tür zu legen und wieder ins Dunkel der Kanalisation zu verschwinden. Sie wollen keine Bibeln. Die meisten wollen gar nichts mehr von dieser Welt. Sie sind verloren, wenn sie sechs, sieben Jahre alt sind, wenn der Klebstoff längst die streichelnde Hand ist, die sie nicht kennengelernt haben. Sieben mal siebzig Jahre. Darf ein Jahr hier mehr zählen als anderswo?

Er konzentriert sich auf die Mädchen, das ist besser für ihn. Und aussichtsreicher. Manche von ihnen wollen raus aus dem Dreck, manche wollen ihre Babys behalten und wissen, dass sie sie nicht unter der Brücke aufziehen können. Er lässt die Bibeln weg und bringt ihnen bei, ihre Kinder zu streicheln. Aber es ist schwer. Das Rudel auf der Straße ist ihre Familie, eine andere kennen sie nicht. Sie gehorchen den Anführern, mit denen sie schlafen. Und manchmal laufen sie weg, weil die Familie auf der Straße stärker ist als das rote, schreiende Geschöpf, das ihnen ein alter Sack für ein paar Lei und einen Drink angehängt hat. Für die Babys ist es einfacher, wenn die Mutter nicht zurückkommt. Für sie findet sich in der großen Gemeinde der New People's Mission immer ein gutes Ehepaar, das sie aufnimmt und im wahren Glauben erzieht. Aber ob es für die Mädchen einfacher ist, die dann nicht mehr zurückkönnen? Er tut alles, um die Mütter davon zu überzeugen, ihre Kinder zu behalten. Aus Wisconsin hat er schon Anrufe *bekommen, weil die Adoptivkinder ausbleiben. Aber Mütter und Kinder soll man nicht trennen.*

Vierzig Plätze hat das Heim. Ein Haus für Mädchen, eines für Jungen. Und den uralten Bus in der Stadt, in dem sie Essen ausgeben, Wunden verbinden und Bibeln verteilen. Das mit den Bibeln haben sie inzwischen aufgegeben. Bruder John hat irgendwann keine neuen Bibeln mehr in den Bus gebracht. Natürlich kommen immer noch jede Menge Schriften aus Wisconsin. Keine Ahnung, was John damit macht. Er lässt sie verschwinden. Er kann nicht in die Zentrale melden: Sorry, wir brauchen die Traktate nicht. Könnt ihr uns stattdessen Comics und Kondome schicken? So funktioniert die New People's Mission nicht. Aber hier, an der Front, sind die Dinge eben anders.

Es sind immer noch genug Bibeln da, falls jemand danach fragt. Aber die meisten Kinder können sowieso nicht lesen. Sie wollen nicht, dass jemand ihnen predigt. Wenn man Glück hat, suchen sie jemanden, der ihnen zuhört. Aber auch darauf muss man lange warten.

Es klopft an der Tür: Draußen steht Ioana mit ihrem Sohn Sabin im Arm. Sie ist keine Schönheit. Vielleicht wäre sie eine geworden, wenn ihr Vater ihr nicht das Gesicht zertrümmert hätte, als sie ihm sagte, dass sie schwanger sei. Sie kommt nicht aus der Kanalisation, aber aus einem Zuhause, das nicht besser ist als ein stinkendes Abwasserrohr.

»Was gibt es, Ioana?«

»Gherghina packt gerade ihre Sachen. Sie will weg. Sie sagt, sie wird abgeholt.«

Er beeilt sich, läuft rüber zum Mädchenhaus. Seine Schritte sind lang, er ist ganz außer Atem, als er ankommt. Er klopft an die Zimmertür. Keine Reaktion. Das Zimmer ist leer. Er fragt nebenan. »Habt ihr Gherghina gesehen?«

Kopfschütteln. »Wisst ihr, wo sie hinwollte?«

Betretene Gesichter. »Bitte, es ist wichtig.«

»Sie hat mit einem Mann geredet. Der fuhr ein großes Auto, einen Mercedes. Sie hat gesagt, er will von ihr Fotos machen, und sie kommt ganz groß raus.«

Er schüttelt den Kopf. Er sagt es ihnen immer wieder, was sie erwartet. Aber der Traum ist stärker als die Vernunft.

Im Gegensatz zu Ioana ist Gherghina eine Schönheit. Trotz der Jahre auf der Straße. Hier, im Heim, haben sie sie aufgepäppelt, bis ihre langen schwarzen Haare wieder glänzten, und ihre Augen auch. Und trotz der Jahre auf der Straße glaubt sie immer noch allen alles.

Er ruft die Polizei an, reine Routine. Die Polizei ist korrupt und desinteressiert am Schicksal der Mädchen. Nein, das ist nicht fair. Manche Polizisten haben auch einfach nur Angst. Und in einem Land, das die Mafia so fest im Griff hat, ist ihnen das nicht zu verdenken.

Dann aktiviert er seine eigenen Netzwerke in die Unterwelt. Er wählt verschiedene Telefonnummern, weltliche und kirchliche. Auch die Kirche ist eine mafiöse Organisation, manchmal kann das helfen. Irgendwo wird Gherghina wieder auftauchen. Wenn lange Zeit vergangen ist, dann fangen sie wieder von vorne an.

Wertvolle Ressourcen

Dienstag, 17. April 2001, Polizeiinspektion Leer,
am Morgen

Auf dem Weg zur Arbeit gingen Möllenkamp alle möglichen Gedanken durch den Kopf. Er dachte an die letzten zwei Tage, die ihn mit seiner Familie konfrontiert hatten. Da war Josef, der Musterknabe, Wirtschaftsinformatiker in einem größeren Unternehmen, reizende Frau und zwei brave Kinder. Josef hatte Familiensinn und Verantwortungsgefühl, lebte in der Nähe und war da, wenn man ihn brauchte. Er flößte seinem jüngeren Bruder Stephan durch seine schiere Existenz ein schlechtes Gewissen ein. Bei Georg war es anders. Er war der Jüngste, unentschlossener als Josef, hatte eine Lehre als Elektriker gemacht und führte ein Junggesellenleben, das nicht den Vorstellungen seiner Eltern entsprach. Häufig brauchte er Geld, weil er zu viel spielte, und Stephan wusste, dass sein Vater sich Sorgen um ihn machte und Mutter ihm Geld zusteckte. Was beide Brüder einte, war der Vorwurf, den sie ihm, dem Abtrünnigen, mehr oder weniger unterschwellig machten. Oder bildete er sich das nur ein?

Als das dunkelrote Backsteingebäude der Polizeiinspektion in Sicht kam, schob Möllenkamp das Familienthema mit großer Anstrengung beiseite. Er war gespannt, ob es zu dem tragischen Feuertod von Minna Schneider in Wymeer bereits Neuigkeiten gab. Er betrat den Besprechungsraum fast zeitgleich mit seinen Teamkollegen Anja Hinrichs und Wilfried Bleeker. Auf dem Konferenztisch standen sechs Schokoladen-Osterhasen. Ein bisschen spät vielleicht, aber jemand hatte es gut gemeint. Vermutlich Edda Sieverts, die Sekretärin des Fachkommissariats, die neuerdings in ihrer Freizeit mit dem Vertrieb von Schokolade ein Vermögen zu machen hoffte.

»Ach, gab es die heute Morgen schon zum halben Preis?«, fragte Anja Hinrichs leicht gehässig, während sie ihre blonden Haare mit lässiger Geste nach hinten strich.

»Nicht doch«, hakte Wilfried Bleeker ein, »die sind vom letzten Jahr«. Wie immer saß er in tadellosem schwarzem Anzug und weißem Hemd da, die schwarzen Haare sorgfältig nach hinten gegelt. Der korrekte Aufzug stand in scharfem Kontrast zu einem Gesicht, das von den Exzessen der kurzen Oster-Auszeit noch gezeichnet war.

Der stellvertretende Leiter der Polizeiinspektion Leer, Thomas Hinterkötter, betrat den Raum und hob einen der Osterhasen auf. »Was soll denn der Quatsch?«, fragte er. »Wir sind doch nicht im Kindergarten.« Er ließ den Hasen wieder auf den Tisch plumpsen. »Da bin ich mir nicht so sicher«, kam es wieder von Hinrichs, und Möllenkamp fragte sich, ob sich die Bemerkung auf die Hasen oder auf die Marienkäfer-Krawatte bezog, mit der Thomas Hinterkötter den Frühling eingeleitet hatte.

Gemeinsam mit Johann Abram betrat auch Edda Sieverts den Raum. Abram trug eine dampfende Kaffeetasse vor sich her, Edda Sieverts ein verschmitztes Lächeln im Gesicht. Wilfried Bleeker nahm einen der Hasen hoch und betrachtete die grüne Aluminiumverpackung von allen Seiten.

»Der scheint nicht aus Aloe Vera zu sein.« Spöttisch blickte er die anderen an. »Wie ist das eigentlich beim Strukturvertrieb? Wenn ich zehn von den Hasen kaufe, muss ich dann zehn Leute finden, die jeweils auch zehn Hasen kaufen und die jeder zehn Freunde haben, die zehn Hasen kaufen? Und was macht das mit der Volksgesundheit? Oder trifft man sich zu Osterhasen-Partys?« Bleeker grinste breit. »Da wäre ich gern dabei.«

Von der Tür erklang ein unterdrücktes Schluchzen: »Es sollte nur eine kleine Aufmerksamkeit sein«, rief Edda Sieverts und rannte aus dem Raum, Dabei knallte sie die Tür hinter sich zu.

Möllenkamp überlegte, was er sagen sollte. Wenn er einen Tadel für unkollegiales Benehmen aussprach, dann traf es unweigerlich auch seinen direkten Vorgesetzten Thomas Hinterkötter. Somit war die Sache heikel. Er nahm sich vor, später mit Hinrichs und Bleeker allein zu sprechen.

»Guten Morgen«, begann er, »ich hoffe jede und jeder hat Ostern gut überstanden, viele Eier gefunden und in Harmonie mit ihrer oder seiner Familie gelebt. Falls nicht: Hier ist nicht der Ort, um den Frust darüber auszulassen. Ich möchte euch davon unterrichten, dass es in der Osternacht in Wymeer gebrannt hat. In dem Gebäude, das früher einmal eine Schule war, inzwischen aber als Wohnhaus diente, kam eine alleinstehende Frau von fünfzig Jahren ums Leben.«

»Da hat aber einer mächtigen Rochus auf die Schule gehabt.« Bleeker konnte es einfach nicht lassen, und er ging Möllenkamp langsam auf die Nerven. Trotzdem beschloss er, die Bemerkungen zu ignorieren.

»Abram und ich waren in der Brandnacht vor Ort. Das Feuer hat das Gebäude fast vollständig zerstört. Das lag zum einen daran, dass es dort viel brennbares Material wie Teppiche und Holzdecken gab. Zum anderen wurde der Brand erst spät entdeckt, weil sich nahezu Wymeers gesamte Dorfbevölkerung beim Osterfeuer befand. Nach ersten Erkenntnissen der Kriminaltechniker gibt es keine Spuren der gängigen Brandbeschleuniger. Trotzdem kann Brandstiftung ebenso wenig ausgeschlossen werden wie ein spontaner Brand. Die Forensiker in Oldenburg arbeiten noch daran, die genaue Brandursache herauszukriegen.«

»Da kann ja nichts mehr schiefgehen, wenn dieser neue Wunderdoktor aus Berlin erst mal genau hinsieht«, warf Bleeker wieder ein.

»Was für ein Wunderdoktor aus Berlin?«, fragte Johann Abram.

»Mit Dr. Hans Proll hat die Forensik in Oldenburg eine echte Kapazität gewinnen können. Dr. Proll hat mit seinen modernen Methoden in Berlin schon etliche Fälle von Brandstiftung nachgewiesen, die um ein Haar als Unfall durchgegangen wären«, klärte Thomas Hinterkötter die Beamten vom FK 1 auf. Er klang dabei so, als hätte er persönlich diese Koryphäe für den Dienst an der Verbrechensbekämpfung in Nordwestniedersachsen gewinnen können.

»Das macht Mut«, war Anja Hinrichs einziger Kommentar.

»Das sollte es auch«, fuhr Hinterkötter auf, den jede Bemerkung von Hinrichs provozierte. »Ich bezweifle, dass in diesem Raum genügend Kompetenz vorhanden ist, um einen Weihnachtsbaumbrand von einer indischen Witwenverbrennung zu unterscheiden.«

Möllenkamp schnappte nach Luft.

»Wenn Lametta auf der Witwe liegt, ist der Fall ja wohl eindeutig.« Wie immer war Bleeker schneller.

Jetzt reichte es Stephan Möllenkamp. »Vielleicht erinnern wir uns alle zusammen mal daran, dass wir es hier mit einem tragischen Todesfall zu tun haben. Wir sind nicht im Kindergarten und auch nicht in einer Comedyshow. Wer jetzt noch mit einer blöden Bemerkung kommt, der fliegt hier raus!«

Die Gesichter wurden schlagartig ernst, Wilfried Bleeker kratzte sich am Kinn. Geht doch, dachte Möllenkamp. Betont formell machte er weiter. »Wenden wir uns dem Opfer zu. Der Bericht unseres Gerichtsmediziners Dr. Schlüter liegt inzwischen vor. Er ist recht dünn, weil das Feuer die meisten Spuren zerstört hat. Um es kurz zu machen: Es gibt keine Hinweise darauf, dass Minna Schneider durch etwas anderes als den Brand ums Leben gekommen sein könnte. Keine lebensgefährlichen Frakturen oder andere Spuren am Körper. Wir warten noch auf einige Ergebnisse der toxikologischen Untersuchung, aber bisher deutet nichts auf eine Vergiftung mit Medikamenten oder Drogen hin. Einzig auffällig sind schlecht verheilte Frakturen an den Fingern beider Hände. Diese sind allerdings schon viel älter und haben vermutlich nichts mit ihrem Tod zu tun.«

Johann Abram übernahm das Wort und berichtete, was zur Person der Verstorbenen bereits ermittelt werden konnte. »Minna Schneider stammt aus Wuppertal, wo sie 1950 geboren wurde. Als Kind wurde bei ihr Epilepsie diagnostiziert. Seit zwanzig Jahren wohnte sie in Wymeer, zuerst zusammen mit ihrer Tante, mit der sie hierhergekommen war. Nach dem Tod der Tante 1985 zog Minna Schneider in das Gebäude, das bis Mitte der Siebzigerjahre die Dorfschule von Wymeer war. Dort lebte sie bis zu ihrem Tod allein.« Abram machte eine Pause, sah auf seine Unterlagen und blickte dann in die Runde. Niemand traute sich, etwas zu sagen.

Schön, dachte Möllenkamp, so kommen wir viel zügiger voran.

»Ich möchte, dass wir in alle Richtungen denken«, sagte er. »Auch wenn es bislang keine Hinweise auf Brandstiftung gibt, so ergaben die Zeugenbefragungen in der Tatnacht, dass Minna Schneider aufgrund ihrer Behinderung regelmäßig Opfer der Streiche einer Gruppe Dorfjugendlicher war. Zudem liegt uns ein ganzer Stapel von Anzeigen gegen verschiedene Dorfbewohner und Amtsträger vor, alle von Minna Schneider. Auch wenn die Sachverhalte, um die es geht, größtenteils nicht das Gewicht haben, das es für ein wirkliches Mordmotiv braucht, steht ja noch die Möglichkeit im Raum, dass jemand ihr aus Rache einen Denkzettel verpassen wollte und das Feuer dann versehentlich außer Kontrolle geriet.«

Thomas Hinterkötter rutschte unruhig auf seinem Stuhl hin und her. Möllenkamp vermutete, dass ihm diese Besprechung schon viel zu lange dauerte und er eigentlich Wichtigeres zu tun hatte. Vielleicht war er mit seinem Freund, Landrat Enno Saathoff, zum Golfspielen verabredet.

»Wir sollten zuerst mal die Ergebnisse der Forensik abwarten, bevor wir hier unnötig ermitteln. Die Verwandtschaft wird uns wohl kaum Druck machen, die Frau war ja alleinstehend, wenn ich es richtig verstanden habe.«

Möllenkamp versuchte, seinem Gesicht den Widerwillen nicht anmerken zu lassen, den er gegenüber seinem Chef gerade empfand. »Ich würde doch empfehlen, dass wir uns mal umhören. Es ist immerhin möglich, dass es Brandstiftung war oder vielleicht ein aus dem Ruder gelaufener Jungenstreich.«

Bei dem Wort »Jungenstreich« war Thomas Hinterkötter hellhörig geworden. Er mochte keine Jugendlichen. In seinen Augen waren Jugendliche meistens links, drogenabhängig und standen Autoritäten grundsätzlich ablehnend gegenüber. Wenn es nach ihm ginge, so gehörte das Jugendstrafrecht sofort abgeschafft. »Okay, gehen Sie den Hinweisen auf die Jugendlichen nach«, sagte er denn auch. »Es kann nicht sein, dass Leib und Leben der Bevölkerung durch randalierende Halbstarke gefährdet werden.«

Anja Hinrichs drehte die Augen zum Himmel, und Möllenkamp versprach, dass man diesen Hinweis selbstverständlich ernst nehmen und ihm gründlich nachgehen werde. Hinterkötter lehnte sich zufrieden in seinem Stuhl zurück. Innerlich machte Möllenkamp eine Siegerfaust.

Nach ihm ergriff noch einmal Johann Abram das Wort: »Das war aber noch nicht alles, was über Ostern passiert ist. Ich wurde gestern darüber informiert, dass in Wymeer auch seit Ostersonntag der Pastor der dortigen reformierten Gemeinde vermisst wird. Er ist nicht zum Ostergottesdienst erschienen. Der Kirchenrat hat das Verschwinden angezeigt.«

Möllenkamp war überrascht. »Ebenfalls in Wymeer?«

»Ebenfalls in Wymeer«, bestätigte Abram.

»Seit wann genau wird er vermisst?«, fragte Möllenkamp.

»Aufgefallen ist es erst am Ostersonntag«, sagte Abram. »Aber seine Haushälterin und die Kirchenratsmitglieder können sich auch nicht erinnern, ihn am Samstag gesehen zu haben. Das könnte sich aber natürlich noch ändern, wenn sich mehr Zeugen gemeldet haben.«

»Hat der Mann Familie?«, wollte Wilfried Bleeker wissen.

»Keine Frau oder Kinder. Die Eltern sind verstorben. Weitere Verwandte konnten wir bisher nicht ermitteln.«

»Ob er Lampenfieber hatte?«, fragte Hinrichs.

»Nun, der Mann ist seit drei Jahren Pastor in der Gemeinde und Mitte fünfzig. Es würde mich wundern, wenn er da noch Lampenfieber hätte«, gab Abram zurück.

»Genaueres wissen wir nicht?«, fragte Möllenkamp nach.

Sein Stellvertreter schaute auf seinen Zettel, als hoffte er, dort noch mehr Informationen zu finden. »Ehrlich gesagt: nein. Die Kollegen haben das wie einen ganz normalen Vermisstenfall aufgenommen und zunächst nicht weiterverfolgt. Es handelt sich ja schließlich um einen Erwachsenen.«

»Schon, aber es ist Ostern, und der Mann ist Pastor«, brachte es Möllenkamp auf den Punkt. Er dachte kurz nach, bevor er ergänzte: »Und er kommt aus Wymeer.«

»Ostern ist das Fest, wo Leute erscheinen, die man nicht mehr auf der Rechnung hatte. Von Verschwinden steht in der Bibel nichts. Das kam meines Erachtens erst danach, also etwa kurz vor Pfingsten«, ließ Bleeker überraschende Bibelkenntnisse erkennen.

»Trotzdem«, grummelte Hinterkötter, dem diese Angelegenheit offensichtlich noch unwichtiger als der Brand erschien, »der Mann ist erwachsen und kann tun und lassen, was er will. Oder deutet irgendetwas auf ein Verbrechen hin?«

»Nicht direkt«, erwiderte Abram. »Er hat nach Aussage seiner Haushälterin offenbar Schlüssel, Portemonnaie und Auto mitgenommen und auch einen Koffer gepackt.«

»Da haben wir's doch«, rief Hinterkötter, »er ist verreist!«

»Aber das tut doch kein Pastor, ohne sich für den Sonntagsgottesdienst abzumelden«, beharrte Möllenkamp.

»Na schön, wenn wir nichts anderes zu tun haben, dann gucken wir halt nach. Aber es reicht, wenn sich Bleeker und Hinrichs darum kümmern. Wir verschwenden keine wertvollen Ressourcen auf einen ausgerissenen Priester. Wahrscheinlich hat er eine Freundin, von der keiner wissen darf, und ist mit ihr irgendwohin gefahren.«

Hinterkötter verließ demonstrativ den Raum, um sich wichtigeren Dingen zu widmen. Hoffentlich tröstet er seine Sekretärin, dachte Möllenkamp. Er blickte zu Anja, die vor Wut ganz blass geworden war, weil Hinterkötter sie nicht als wertvolle Ressource eingestuft hatte.

»Im Münsterland hat sich anscheinend noch nicht herumgesprochen, dass evangelische Geistliche geschlechtliche Beziehungen unterhalten dürfen«, kommentierte Wilfried Bleeker, während er sich einen Kaugummi in den Mund schob. Er erhob sich. »Komm, Anja, dann wollen wir mal.«

Der Mann ohne Eigenschaften

Dienstag, 17. April 2001, Wymeer

Gerda Dreyer hatte darauf bestanden, die Beamten von der Kripo ins Pfarrhaus zu begleiten. Schließlich hätten sie ja keinen »Durchsuchungsbefehl« mitgebracht. Als Wilfried Bleeker etwas von »Gefahr in Verzug« gesagt hatte, waren Gerda Dreyers Augenbrauen in die Höhe gewandert. Ob die Polizei sich bei Gefahr in Verzug immer zwei Tage Zeit lasse, bis sie auftauche?

In der Tat hatten die Kollegen, die über Ostern im Dienst gewesen waren, sich auf ein bisschen Herumtelefonieren beschränkt und den Kirchenrat mit dem Hinweis abgespeist, dass der Pastor ein erwachsener Mann sei und, wie die meisten Vermissten, wahrscheinlich binnen achtundvierzig Stunden wieder auftauchen werde. Kein Wunder, dass die Haushälterin auf die Polizei nicht gut zu sprechen war.

»Können Sie uns sagen, wann und wo Sie den Pastor das letzte Mal gesehen haben?«, fragte Bleeker, während er sich die Schuhe auf der Fußmatte abputzte.

»Am Freitag gegen neunzehn Uhr, als er den Müll rausgebracht hat«, sagte die kleine Frau wie aus der Pistole geschossen.

»Das heißt, Sie haben ihn den ganzen Samstag über nicht gesehen?«, hakte Bleeker nach.

Gerda Dreyer schüttelte entschlossen den Kopf.

»Kommt Ihnen das gar nicht komisch vor?«, fragte Anja.

»Tja, jetzt, wo Sie es sagen, schon. Aber an dem Tag? Nein. Ich hatte wirklich viel zu tun, wissen Sie.«

Anja Hinrichs sah zum Pfarrhaus hinüber. Sie hob die rechte Augenbraue, sagte aber nichts.

»Herr Vrielink hat keine Familie?«

Die Haushälterin verneinte. Sie wisse nichts von engerer Verwandtschaft. »Aber das haben Ihre Kollegen doch sicher auch schon alles überprüft«, sagte sie spitz.

Anja Hinrichs ging darauf nicht ein. »Wie lange arbeitet er schon hier in Wymeer?«

Hermann Vrielink sei seit zweieinhalb Jahren Pastor der evangelisch-reformierten Gemeinde. Nachdem der alte Pastor vor fünf Jahren plötzlich einem Schlaganfall erlegen sei, habe man die Gemeinde längere Zeit von Bunde aus mitbetreut. Das habe der Gemeinde nicht gutgetan. So sei man heilfroh gewesen, als Pastor Vrielink seine Stelle angetreten habe. »Und er hat alle Wunden geheilt«, sagte Gerda Dreyer voller Inbrunst. »Dank ihm wurde das zerrüttete Verhältnis zwischen Kirchenrat und Gemeindevertretung wieder in Ordnung gebracht und die am Boden liegende Jugendarbeit zu neuem Leben erweckt. Er hat der Bibelgruppe und dem Kindergottesdienst neuen Schwung gegeben. Den hat uns wirklich der Himmel geschickt.«

Es erschien den beiden Beamten beinahe überflüssig, die Frage zu stellen, ob der Pastor Feinde in Wymeer gehabt habe. Sie taten es trotzdem.

Nein, keinesfalls. Pastor Vrielink sei sicherlich der beliebteste Mann im Dorf gewesen.

»Was mich wundert«, sagte Bleeker, als er und Anja sich im Haus umsahen, während Gerda Dreyer glücklicherweise im Flur stehen geblieben war, »ist, dass er gar keine Plakate und so was hat, keine Fotos, nichts. Ich meine, Pastoren sind doch dauernd unterwegs. Die machen Jugendfreizeiten nach Taizé, fahren mit dem Posaunenchor nach Verdun oder mit der Bibelgruppe nach Auschwitz und haben davon massenweise Fotos an Pinnwänden. In dieser Hütte hier könnte auch ein Sparkassen-Angestellter wohnen.«

»Woher kennst du dich denn bei Pastoren so gut aus? Es ist ja wohl Geschmackssache, wie einer wohnt. Außerdem findet sich hier ja genug christliches Zeug zum Lesen.« Anja Hinrichs stand vor dem Schreibtisch im Arbeitszimmer und betrachtete mit gerunzelter Stirn die theologischen Bücher und die Erbauungsliteratur. Sie nahm mit spitzen Fingern ein Buch von Anselm Grün hoch und ließ es sofort wieder fallen, als hätte sie sich die Finger verbrannt.

Bleeker streifte an den Bücherregalen entlang. »Es ist nur so … ich weiß nicht … irgendwie unpersönlich. Wie lange war der Mann schon hier in Wymeer?«

»Zweieinhalb Jahre.«

Wilfried Bleeker stutzte und zog dann ein Buch aus dem Regal. »Sage keiner, dass Bücher nichts über den aussagen, der sie liest«, murmelte er.

»Was hast du denn da?« Anja Hinrichs blickte ihm über die Schulter. »Männerphantasien«, las sie. »Was ist das denn für ein Schweinkram?«

»Das, meine Liebe, ist kein Schweinkram, sondern ein Klassiker der psychoanalytischen Literatur über den Faschismus«, belehrte Bleeker sie.

»Und woher kennst ausgerechnet du solche Bücher«, fragte Hinrichs ironisch.

»Zufall. Ich hab nach Schweinkram gesucht und Kulturwissenschaft gefunden«, meinte Bleeker ungerührt. »Das hier wäre aber sicher auch was für dich.«

»Schön, aber das führt uns nicht weiter.« Anja strebte dem Treppenhaus zu.

»Warte«, sagte Bleeker und ging auf die Knie. Dann kramte er unter dem Schreibtisch herum und tauchte mit mehreren Kabelsträngen in der Hand wieder auf. »Druckerkabel, Monitorkabel, Tastaturkabel, Modemkabel …«

»Kein Computer.«

»Moment mal …« Bleeker verschwand im Hausflur.

»Sie sagt, er hatte einen Laptop«, informierte er Hinrichs, als er zurückkam. Nachdenklich starrte er die Kabel an. »Den könnte er natürlich mitgenommen haben.«

»So wird es vermutlich auch sein.« Anja drehte sich um und ging die Treppe hoch.

Das Obergeschoss war picobello, und obwohl Gerda Dreyer versichert hatte, sie habe nichts angefasst, hatten die beiden Kollegen vom FK 1 den Verdacht, die Haushälterin habe doch noch einmal gründlich sauber gemacht, damit keinerlei Zweifel an ihrer Arbeit aufkämen.

Wilfried Bleeker kratzte sich am Kopf. »Also, ich weiß nicht. Irgendetwas stimmt hier nicht. So wohnt einfach keiner. Ich krieg den Kerl nicht zu fassen. Was ist das für ein Mensch?«

»Ein Pastor«, antwortete Hinrichs trocken. Ihrer Ansicht nach war damit alles gesagt, und sie wollte so schnell wie möglich wieder nach Leer, weil ihr diese Hausbesichtigung wie Zeitverschwendung vorkam.

»Frau Dreyer, können wir uns irgendwo in Ruhe unterhalten?«, fragte Bleeker zu Hinrichs Entsetzen, als sie die Treppe wieder herunterkamen. »Vielleicht kommen wir ja gemeinsam auf eine Idee, wo ihr Pastor hin sein könnte.«

Gerda Dreyer zögerte. Sicher mochte sie sich nicht nachsagen lassen, sie hätte über den Pastor getratscht. Verschwiegenheit war schließlich ihr Geschäftsgeheimnis, seit sie vor Jahrzehnten in die Dienste von Vrielinks Vorvorgänger getreten war. Andererseits musste auch ihr klar sein, dass der Fall hier anders lag. Sie musterte unverhohlen diesen merkwürdigen Polizeibeamten, der aussah, als gehörte er zur Gegenseite. Aber Bleeker lächelte ihr derart offensiv ins Gesicht, dass sie nach einem scheuen Seitenblick auf Hinrichs schließlich einwilligte.

Von Gerda Dreyers Küchentisch aus hatte man einen guten Blick auf das Pfarrhaus. Wie praktisch, dachte Anja Hinrichs, wenn man seine kleine Welt so im Griff hat. Obwohl, das stimmte ja auch nicht, war doch der Pastor seiner Haushälterin trotz Vierundzwanzig-Stunden-Überwachung irgendwie entkommen.

»Herr Vrielink hat also praktisch alle Wunden geheilt«, knüpfte Wilfried Bleeker an das Gespräch von vorhin an. »Dann hat es also in ihrer Gemeinde gar keinen Streit und keine Missgunst mehr gegeben.«

Gerda Dreyer schüttelte eifrig den Kopf. »Nein, das gab es nicht mehr.«

»Ich denke mir so, dass das der gesamten Gemeinde Auftrieb gegeben haben muss. War in den Sonntagsgottesdiensten mehr los als früher?«

Die Dame nickte, sodass die Krullerkes* auf ihrem Kopf nur so flogen, und schenkte ihren Gästen eine Tasse Tee ein. »Auf jeden Fall. Als noch der Pastor von Bunde hier mit zuständig war, na ja, er ist ja auch ein guter Pfarrer. Aber verstehen Sie: Der Mensch will doch wissen, wo er hingehört. Und das ist jetzt wieder so.«

Bleeker schaffte es sogar, in die Bewegung der Tasse zum Mund etwas Verständnisvolles zu legen. Anja schüttelte innerlich den Kopf. Gerda Dreyer wischte auf der Wachstischdecke Krümel zusammen, die nur sie selbst sehen konnte. »Na ja, ganz so voll wie zu Zeiten von Pastor Tammen ist es nicht wieder geworden. Aber die Zeiten ändern sich. Die Leute gehen nicht mehr so zur Kirche wie früher. Und die Jugend von heute ist ja ganz gottfern, das liegt aber auch mit an den Eltern. Da können Sie nicht allein gegensteuern.«

Bleeker, der es schon erstaunlich lange ohne eine Zigarette aushielt, trank nachdenklich einen Schluck Tee. Dann fragte er sanft: »Hat der Pastor eigentlich Freunde hier in Wymeer? Oder Leute, mit denen er sich auch mal privat trifft? So ein Pastor ist ja nicht nur Pastor, sondern auch ein ganz normaler Mensch. Familie oder nahe Verwandte hat er ja nicht. Vielleicht hat er ein Hobby?«

Die Haushälterin räusperte sich und strich die Falten ihres Kittels glatt. Anja Hinrichs fragte sich, ob diese Hausfrauenkittel mit Gerda Dreyers Generation aussterben würden oder ob man sie mit einem frischen Design wieder hip machen könnte.

---

* Locken, die durch das Eindrehen der Haare auf Lockenwickler erzeugt werden

»Ja, also, er verbringt natürlich viel Zeit mit dem Kirchenrat. Und mit der Bibelgruppe auch. Mit denen fährt er ja auch einmal im Jahr nach Kloster Frenswegen, mit dem Posaunenchor auch. Aber besonders mag er die Arbeit mit den Jugendlichen. Die Konfirmanden, sagt er immer, muss man an die Kirche binden. Wenn sie in der Pubertät sind, gehen sie der Kirche sonst verloren. Ja, also, da hatte er viel zu tun.«

Anja verdrehte innerlich die Augen. Das Ganze hier brachte sie keinen Schritt weiter. »Sagen Sie, wollen Sie eigentlich, dass wir Ihren Pfarrer finden? Oder sind Sie ganz froh, dass er weg ist?«, fragte sie scharf.

Empört stand Gerda Dreyer auf: »Was erlauben Sie sich! Wie können Sie …«

Anja blieb ungerührt. Ihr dauerte das Gesäusel schon viel zu lange. »Niemand bestreitet, dass Ihr Herr Vrielink ein toller Pastor ist. Aber wenn Sie uns nicht mehr zu sagen haben, als dass er viel mit dem Bibelkreis zusammen ist, dann werde ich allmählich misstrauisch. Was macht er in seiner Freizeit? Treibt er Sport? Ist er in einem Verein? Hat er eine Affäre? Wohin fährt er in den Ferien? Was gönnt er sich gerne mal? Und übrigens: Wir sind von der Polizei, die Sie und der Kirchenrat selbst gerufen haben. Wir sind nicht von der BILD-Zeitung, und nichts davon steht morgen in der Presse.«

Anja registrierte Wilfrieds scharfen Blick. Sie hatte sein Gesprächskonzept zerstört, schon klar. Darin war sie Spezialistin. Aber was sollte das hier? Es brachte nichts, diese Betschwester nach irgendetwas zu befragen. Entweder sie wollte nicht wissen, was für ein Mensch der Pfarrer war, oder sie wollte es nicht sagen.

»Er fotografiert gerne.«

Anja zuckte beinahe zusammen, so wenig hatte sie noch mit einer Antwort gerechnet. Bevor sie jedoch etwas erwidern konnte, beugte sich schon Wilfried vor und sagte: »Das ist ja ein sehr schönes Hobby, nicht wahr? Wissen Sie denn, ob er seinen Fotoapparat irgendwo im Haus haben könnte? Wir haben dort nämlich gar nichts gefunden.«

Gerda Dreyer schüttelte den Kopf, schuldbewusst, wie es Anja schien.

»Ich habe auch schon danach geschaut, weil ich dachte, dass er vielleicht auf einer Fototour ist. Er hat eine ganz teure Kamera. Aber das würde er ja auch nicht am Ostersonntag tun, also ist es doch eigentlich egal, ob der Fotoapparat weg ist oder nicht … oder, was meinen Sie?«

Dabei schaute sie Wilfried treuherzig an. Sie schaute sowieso nur Wilfried an, der mit seinem verständnisvollen Getue offenbar erfolgreich ihr Vertrauen gewonnen hatte. Wilfried führte mit nachdenklicher Miene seine Tasse zum Mund.

»Wenn er so gerne fotografiert, dann muss er ja auch irgendwo Fotoalben oder -kästen haben. An den Wänden haben wir keine Fotos gesehen. Wissen Sie, wo er seine Fotos aufbewahrt?«, fragte Wilfried dann.

Gerda Dreyer schüttelte wieder den Kopf. Diesmal sah sie noch schuldbewusster aus, und Anja Hinrichs war sich nun beinahe sicher, dass sie irgendetwas wusste, was sie ihnen nicht sagen wollte.

»Könnte es sein, dass er die Fotos nur auf seinem Computer verwahrt und gar nicht entwickelt?«, überlegte Wilfried weiter.

Wieder strich sich Gerda Dreyer die Kittelschürze glatt. »Tja, wenn Sie mich so fragen, dann könnte das wohl sein. Fotoalben habe ich jedenfalls keine bei ihm gesehen.« Fragend sah sie die beiden Kommissare an, als könnten die ihr Antwort auf die Frage nach dem Verbleib der Fotos geben.

»Keine Fotoalben?«, rutschte es Anja heraus. Und das kam Ihnen gar nicht komisch vor, dachte sie. Laut fragte sie: »Was hat er denn eigentlich gerne fotografiert?«

»Tja, also, eh, eigentlich alles, aber hauptsächlich Menschen«, stammelte Gerda Dreyer, dann: »Wie geht es denn jetzt weiter?«

Anja und Wilfried blickten einander an. »Um ehrlich zu sein, Frau Dreyer: Viel können wir im Moment nicht machen. Wir haben keine Hinweise darauf gefunden, dass Herrn Vrielink etwas zugestoßen ist. Natürlich ist ein Raubüberfall nicht auszuschließen. Aber es gibt keine Hinweise darauf, und normalerweise nehmen Täter ihr Opfer dann auch nicht mit. Alles, was fehlt, könnte Herr Vrielink auch selbst mitgenommen haben. Wir lassen aber natürlich das Autokennzeichen über die Fahndung laufen, sodass wir informiert werden, wenn der Wagen irgendwo auftaucht. Apropos: Was für ein Auto fährt Herr Vrielink?«

»Er hat einen grauen Renault Kangoo.« Und weil Gerda Dreyer immer noch verwirrt aussah, drückte Wilfried Bleeker kurz ihre Schulter und sagte: »Keine Sorge, wir finden Ihren Herrn Pastor schon. In neunzig Prozent der Fälle ist alles ganz harmlos.«

Als sie schon in der Tür waren, fiel Anja noch etwas ein. Aufs Geratewohl fragte sie: »Hatte Herr Vrielink eigentlich näheren Kontakt zu Minna Schneider?«

Gerda Dreyer sah überrascht aus. »Nein, ganz und gar nicht. Minna Schneider ließ sich nie in der Kirche blicken. Der Pastor war vor Jahren einmal bei ihr zu Hause, um ihr seine Hilfe anzubieten, da hat sie ihn rausgeschmissen und ihm verboten, jemals wiederzukommen. Die Frau war nicht ganz richtig im Kopf.«

»Hm, danke«, sagte Anja Hinrichs, und zusammen verließen die beiden Beamten das Haus.

Draußen zündete sich Wilfried Bleeker eine Zigarette an und inhalierte tief. Es war kühl, doch der leichte Regen hatte aufgehört, und auf einmal brach die Sonne durch die Wolken und brachte alles zum Glitzern. Jeder Tropfen auf den Blättern, Scheiben, Autodächern warf seinen Glanz zurück, sodass es in den Augen schmerzte. Anja Hinrichs schloss die Lider, wandte ihr Gesicht der Sonne zu und ließ das Licht für einen Moment in sich hineinströmen, nahm das Zwitschern der Vögel wahr, den Geruch der feuchten Erde, und fühlte so etwas wie Glück. Dann stieg ihr der Rauch von Wilfrieds Zigarette in die Nase und bereitete dem Moment ein Ende. Sie öffnete die Augen wieder und wollte gerade etwas Gehässiges sagen, als ihr Blick auf die efeuumrankten Fenster des Pfarrhauses fiel. Irgendetwas war da, sichtbar im hellen Sonnenschein, das ihr vorher nicht aufgefallen war. Der Efeu unter dem einen Fenstersims wirkte irgendwie unordentlich. Sie überquerte die Straße und näherte sich dem Haus. Je näher sie kam, umso undeutlicher wurde der Eindruck. Sie wollte schon umkehren, als sie die abgeknickten Blätter und Zweige sah. Sie legte den Kopf schief und blickte der Spur bis zum Fenster nach. Als sie die Hand hob und den hölzernen Fensterrahmen berührte, der etwa in ihrer Kopfhöhe lag, kam es ihr vor, als fasste sie in eine kleine Kerbe. Sie sah nach unten. Das Gras unter ihren Füßen war zertreten. Nachdenklich betrachtete sie ihre eigenen Schuhe, die langsam anfingen, die Nässe durchzulassen. Dann beschloss sie, dass diese Spuren nicht allein von ihr verursacht worden sein konnten, und rief Wilfried.

»Du musst mir eine Räuberleiter machen«, befahl sie ihm.

Er blickte an seinem makellosen Anzug hinab, dann auf ihre Schuhe. »Nicht dein Ernst«, sagte er.

Ein Blick von ihr genügte. Er bückte sich vor und verschränkte seine feingliedrigen Hände. Sie hörte ihn leise stöhnen, als sie sich an der Wand hochzog und nun mit ihrem Gesicht dem Fensterrahmen ganz nahe kam. Tatsache: Da waren Einbruchspuren am Holzrahmen des Fensters. Offenbar hatte jemand mit breiten Schraubenziehern den Rahmen aufgestemmt und das Fenster nach innen gedrückt. Seltsam war nur, dass das Fenster nicht offen stand.

Anja drückte gegen den Fensterrahmen. Er klemmte. Sie drückte fester, dann sprang das Fenster nach innen auf. In diesem Moment gaben Bleekers Hände nach, und Anja sackte unsanft nach unten. Zwar konnte sie den Sturz abfangen und kam auf den Füßen auf, doch hatte sich beim Abrutschen ein Splitter in ihre Hand gebohrt.

»Autsch!«, schrie sie. »Blödmann, kannst du nicht aufpassen?«

»Wenn du auch anfängst zu turnen«, maulte Bleeker und griff nach ihrer Hand. »Lass mal sehen. Oh, sieh mal da oben!« Während Anja den Blick nach oben richtete, zog Bleeker ihr mit einer einzigen geschickten Bewegung den Splitter aus dem Handballen. »So, das hätten wir. Und jetzt erzähl mal, was du entdeckt hast.«

»Jemand muss in das Haus eingestiegen sein. Am Holzrahmen des Fensters hat jemand herummanipuliert.«

»Aber warum ausgerechnet durch das Fenster hier zur Straße? Ist doch viel zu auffällig.« Bleeker trat ein paar Schritte zurück und musterte das Haus und den Straßenzug mit gerunzelter Stirn. In den Fenstern der umliegenden Häuser bewegten sich einzelne Gardinen.

Anja trat neben ihn. »Hat sich wahrscheinlich extra dieses Fenster ausgesucht, weil es im Gegensatz zu den anderen einflügelig ist und vielleicht leichter aufzubrechen war.«

»Und warum haben wir das vorhin im Haus nicht bemerkt?«

»Weil das Fenster von innen wieder angedrückt war. Der Rahmen ist verzogen, das Fenster klemmt und weht darum nicht auf.«

Bleeker umrundete das Haus, fand aber keine weiteren Spuren mehr. Unglücklich sah er auf seinen verschmutzten Anzug und die nassen Schuhe. Er fand Trost in einer weiteren Zigarette.

»Hm, da stimmt doch was nicht. Es bricht jemand ein und drückt das Fenster von innen zu. Und wie ist er dann wieder rausgekommen? Von außen geht das doch nicht.«

Anja dachte nach. »Es kommen nur zwei Möglichkeiten in Betracht: Entweder er oder sie hat das Fenster von innen zugedrückt und dann einen anderen Ausgang benutzt, zum Beispiel durch die Tür …«

»… oder er oder sie ist durch das Fenster wieder raus und jemand anders hat das Fenster zugedrückt«, ergänzte Bleeker. Beide sahen gleichzeitig zu Gerda Dreyers Haus hinüber.

Dann schüttelte Anja den Kopf. »Ich frage mich: Ist ihr gar nichts aufgefallen? Und wann hat dieser Einbruch stattgefunden?«

»Und was hat der Einbrecher gesucht?«

»Oder die Einbrecherin.«

»Oder die.« Ein kleiner Moment des Schweigens, dann sagte Wilfried noch: »Drinnen war alles sauber, alles schien an seinem Platz. Der Einbrecher hat sich alle Mühe gegeben, keine Spuren zu hinterlassen und nichts durcheinanderzubringen. Warum bricht man ein Fenster so gewaltsam auf, dass es irgendwann jemand merken muss, aber im Hause selbst hinterlässt man alles picobello?«

Er inhalierte noch einmal und trat dann seine Zigarette im Gras aus. Nun blickte er Anja an. »Denkst du das, was ich denke?«

Anja grunzte missmutig. »Ja, schön, du hast gewonnen. Irgendwie ist das hier merkwürdig. Und? Was machen wir jetzt?«

»Wir rufen die Spurensicherung.«

Die Koryphäe

Dienstag, 17. April 2001, Oldenburg, gegen Mittag

Stephan Möllenkamp hatte beschlossen, sich von den Fortschritten in der Brandursachenanalyse selbst ein Bild zu machen. Außerdem wollte er diesen »Wunderdoktor« aus Berlin einmal kennenlernen, der nun in der Provinz die Forensik aufmischen sollte. Er hatte sich also ins Auto gesetzt, um die fünfzig Kilometer nach Oldenburg zu fahren, wobei er hoffte, dass Thomas Hinterkötter von diesem Ausflug nichts erfuhr. Denn der würde es sicherlich missbilligen, dass sich die Kriminalpolizei um einen Brandunfall kümmerte, der allein durch die Lebensuntüchtigkeit einer geistig Behinderten hervorgerufen worden war. Dass es sich so verhielt, davon war sein Vorgesetzter zweifellos überzeugt, auch wenn er ein paar Nachforschungen genehmigt hatte.

Unterwegs wählte er die Nummer seiner Mutter und klemmte sich den Hörer seines Handys zwischen Schulter und Kinn. Sie ging nicht ran. Kein Wunder. Wahrscheinlich war sie im Krankenhaus bei Vater. Ob er Josef anrufen sollte? Oder Georg? Nein, er hatte keine Lust auf Sarkasmus. Stattdessen rief er die Auskunft an, die ihn mit dem Marienhospital Osnabrück verband. Erst als er die Dame vom Empfang am Hörer hatte, fiel ihm ein, dass es vermutlich auf dem Zimmer einer Intensivstation kein Telefon gab. Doch man verband ihn mit der Station, und kurze

95

Zeit später hatte er seine Mutter am Apparat. »Hallo, Mama. Wie geht's?«

»Na ja, wie soll's schon gehen. Ich sitze hier und bewache deinen Vater. Ich lese ihm vor und bete mit ihm. Heute war auch der Pastor da.«

»Was sagen die Ärzte?«

»Die Ärzte … ja, die sagen, dass man erst in einigen Tagen wissen kann, wie … ob er wieder ganz der Alte wird.«

Ganz der Alte? Das glaubte sie doch nicht wirklich. »Aber er ist stabil?«, fragte er.

»Ja, das ist wohl ein gutes Zeichen.«

Sie schwiegen. »Mama, geh ab und zu nach Hause. Es hilft keinem, wenn du dich fertigmachst.«

»Mach ich ja, mein Junge. Wir wechseln uns ab, Josef, Georg und ich.«

Es gab ihm einen Stich. Hoch und trocken. Er saß »hoch und trocken«, wie ihm Georg einmal vorgeworfen hatte. Das hieß aber auch: Er gehörte nicht dazu, konnte sich nicht einreihen, keine »Schicht« übernehmen, würde belächelt werden, wenn er am Wochenende auftauchte und dann nach seiner Aufgabe fragte.

»Ich komme am Freitag, Mama«, sagte er.

»Das freut mich, mein Junge«, sagte sie.

Er wollte das Handy in der Mittelkonsole ablegen, aber der »Knochen« war einfach zu groß, und die Antenne ragte über den Rand. Als vor ihm ein Wagen bremste, flog das Handy aus der Ablage in den Fußraum des Beifahrersitzes, wo es nach einer Weile anfing zu klingeln. Es waren diese Momente, die er hasste.

Als er die Forensische Abteilung des LKA in Oldenburg

betrat, war er über die Ereignisse in Wymeer inzwischen informiert. Keine Situation, die er sich gewünscht hatte. Jetzt würde er auch in diesem Fall sein Vorgehen gegenüber seinem Vorgesetzten verteidigen müssen, der mit Sicherheit nach wie vor der Meinung war, dass Pastor Vrielink sich nur ein paar schöne Tage machen wollte. Dass sich beide Vorfälle in Wymeer ereignet hatten, beschäftigte ihn. Auch wenn Anja und Wilfried keinen Hinweis auf eine Verbindung zwischen den beiden Personen gefunden hatten, konnte es doch wohl kein Zufall sein, wenn in einem Ort mit kaum mehr als tausend Einwohnern am selben Tag eine Bewohnerin durch Brand starb und der Pastor verschwand. Aber vielleicht war ja auch alles nur ein Zufall. Er hoffte, dass er nach dem Besuch bei Dr. Proll schlauer sein würde.

Die Abteilung für Brandursachenanalyse war klein, aber gut ausgestattet. Stephan Möllenkamp schlenderte einen langen Gang entlang und versuchte anhand der Türschilder das Büro von Dr. Hans Proll zu finden. Schließlich stand er vor der richtigen Tür, an der ein Zettel befestigt war: »Besucher für Dr. Dr. h.c. Hans Proll melden sich bitte bei Frau Richter Zi. 306 an.« Okay, hier ging es etwas formeller zu als in der Gerichtsmedizin bei Dr. Schlüter.

Neben der Tür zu Zimmer 306 stand auf dem Schild »Dr. Caroline Richter«. Möllenkamp wunderte sich über eine so hochqualifizierte Assistenz. Er klopfte an, konnte jedoch keine Antwort vernehmen. Vorsichtig drückte er auf die Klinke und öffnete die Tür einen Spalt.

»Habe ich Herein gesagt?«, tönte es ihm barsch entgegen. Caroline Richter war eine Mittvierzigerin mit strenger

Brille und haarscharf geschnittenem dunklem Bob. Sie trug Jeans und schwarzen Rollkragenpullover, was ihre Erscheinung nicht weicher machte. Offensichtlich war sie gerade mit dem Verfassen eines wichtigen Schriftstücks beschäftigt.

»Entschuldigung, ich suche Herrn Dr. Proll, und an seiner Tür steht …«

»Ich weiß, was an seiner Tür steht. Ich kann den Starkollegen nicht daran hindern, irgendwelche Zettel an seine Tür zu hängen, aber ich bin nicht seine Assistenz und ich kann Ihnen auch nicht helfen.«

»Und was soll ich jetzt tun?«

Caroline Richter zog ihre dunklen, buschigen Augenbrauen hoch. »Wenn Sie ihn sprechen wollen, müssen sie ihn suchen. Aber keine Sorge, man hört ihn von Weitem. Meistens versucht er den Kollegen hier die Grundzüge der Brandursachenforschung zu vermitteln. Oder das, was er darunter versteht. Wenn Sie mich jetzt bitte allein lassen würden. Ich schreibe eine Bewerbung für ein anderes Institut. Die Frist endet bald.«

Wieder auf dem Flur, überlegte Möllenkamp, seit wann Dr. Proll hier am Institut war. Es konnten kaum mehr als vier Wochen sein. Ob er bei den anderen Kollegen auch so einen prägenden Eindruck hinterlassen hatte?

»Brandursachen werden zum größten Teil durch subjektives Fehlverhalten der Menschen selbst gesetzt. Brände entstehen seltener durch rein natürliche oder technische Vorgänge, bei denen der Mensch keinerlei Einfluss hatte. Fazit ist, dass fast immer der Mensch mehr oder minder Anteil an der Brandentstehung hat. Aber oft wird dies in der Ermittlungsarbeit nicht aufgedeckt, weil die KT einfach schlampt oder nicht auf dem neuesten Stand der Forschung ist.«

Der volltönende Bariton kam aus Richtung des Aufzugs. Wenn er Frau Richter glauben wollte, dann musste das wohl Dr. Hans Proll sein. Kurze Zeit später erblickte er den Gerichtsmediziner Dr. Richard Schlüter zusammen mit einem kleinen, runden Mann, zu dem der Bariton gar nicht zu passen schien. Schlüter sah gar nicht glücklich aus, doch sein Gesicht hellte sich auf, als er Möllenkamp erblickte.

»Ah, Dr. Proll«, rief er, »darf ich Ihnen unseren Chefermittler Stephan Möllenkamp von der Polizeiinspektion Leer vorstellen? Unser bester Mann.«

Möllenkamp war irritiert ob dieses Lobs. So etwas war er von Schlüter eher nicht gewohnt. Aber er lächelte tapfer und schüttelte der neuen Koryphäe der Brandursachenforschung die Hand. Dr. Proll wirkte jovial und nicht unsympathisch. Was hatte Frau Dr. Richter gegen ihn?

»Guten Tag, freut mich, Sie kennenzulernen. Wir werden sicher noch viel miteinander zu tun haben«, sagte Proll.

Möllenkamp schüttelte die ausgestreckte Hand. »Freut mich auch, Dr. Proll. Haben Sie sich gut eingelebt?«

»Das kann man wohl sagen«, lächelte Proll. »Ich habe eine tolle Aufgabe und fühle mich hier in Oldenburg gut aufgehoben. Man hat mir ausgezeichnete Arbeitsbedingungen geboten. Und ich habe so interessierte Kollegen …«

Richard Schlüter hob bedeutungsvoll die Augenbrauen.

In das kurze Schweigen hinein fragte Möllenkamp: »Wie lange sind Sie jetzt eigentlich schon hier?«

Proll erwiderte: »Lange genug, um mir ein Bild davon zu

machen, wie viel sich hier ändern muss, damit das ein funktionierendes Institut wird.«

Möllenkamp, der Prolls Vorgänger gut gekannt hatte, wusste nicht, wie er darauf reagieren sollte. Er entschied sich, auf den Fall zu sprechen zu kommen. »Konnten Sie denn schon etwas zur Brandursache der alten Schule in Wymeer herausfinden? Es wäre gut zu wissen, ob wir in Richtung Brandstiftung ermitteln müssen oder ob der Fall an die Versicherung übergeben werden kann.«

Proll musterte ihn von unten mit zusammengezogenen Augenbrauen, sodass es Möllenkamp unbehaglich wurde. Schließlich lachte er wieder und sagte: »Sie hätten wohl gerne einen Unfall, was? Macht weniger Arbeit. Aber leider, leider … den Zahn muss ich Ihnen ziehen.«

Möllenkamp entwickelte allmählich Verständnis für die Kollegin Richter. »Sie wollen sagen, dass wir es hier mit Brandstiftung zu tun haben?«

»Es sind zwar noch nicht alle Untersuchungen abgeschlossen, aber ich würde fast meinen Schnurrbart darauf verwetten, dass das Haus angesteckt worden ist.«

Möllenkamp starrte den neuen Institutsleiter an, der gar keinen Schnurrbart trug, und blickte dann Hilfe suchend zu Schlüter. Der Pathologe hatte es jedoch auf einmal sehr eilig. »Wir haben das ja schon besprochen, Kollege Proll. Ich werde mir die Tote dann noch einmal im Hinblick darauf ansehen, ob meine Befunde Ihre These stützen. Schönen Tag noch!« Und weg war er.

»Aus welchen Hinweisen schließen Sie auf Brandstiftung?«, wandte sich Möllenkamp wieder an Proll, im Wissen, dass er jetzt die Büchse der Pandora geöffnet hatte. Andererseits: Vielleicht konnte er ja noch was lernen. Er beschloss, sich positiv zu konditionieren.

»Ich sehe, Sie wollen sich fortbilden, Kollege«, antwortete Proll und leitete Möllenkamp den Gang hinunter. »Dann will ich Ihnen mal einen kleinen Einblick in die forensische Brandursachenforschung geben. Ich war ja zwei Jahre lang am ATF Fire Research Laboratory in Maryland. Das ist die hohe Kunst, von der Ausstattung dort können wir nur träumen. Aber abschauen kann man sich was. Also, kommen wir zum Brandort. Der Brandort ist ein Buch, in dem man lesen kann. Das heißt, wenn man es kann. Anhand des Brandspurenbildes und mit Hilfe spezieller Einsatzmittel kann man etwa die Brandausbruchsstelle bestimmen. Manchmal setzen wir hierbei auch Brandmittelspürhunde ein, die schon geringste Spuren von flüssigen Brandlegungsmitteln aufspüren können. In Fällen von vorsätzlicher Brandstiftung können wir im Labor Rückstände flüssiger Brandlegungsmittel mit modernen, hochempfindlichen Analysegeräten nachweisen. Wir gehen dabei nach einem Eliminierungsverfahren vor, das heißt, wir untersuchen verschiedene Alternativen und treffen dann Aussagen darüber, wie wahrscheinlich sie sind. Ziel ist es, möglichst viele Ursachen auszuschließen, sodass wir im Endbericht beispielsweise schreiben können: 'Mit ziemlich hoher Wahrscheinlichkeit kam es durch eine biologische Selbstentzündung zum Brand, wobei eine elektrische Ursache nicht völlig ausgeschlossen werden kann.«

Möllenkamp fand diese Schlussfolgerung unbefriedigend. »Lassen sich denn Brandursachen nicht mit Sicherheit ermitteln? Bei dieser Vorgehensweise und Formulierung bleibt doch immer ein Rest an Ungewissheit.«

Proll lachte und legte ihm vertraulich einen Arm auf die Schulter: »Dachte ich mir, dass Sie auf einer lückenlosen Beweisführung bestehen und mit dem Restzweifel nicht gut leben können. Das genau ist es, was ich hier mache: Restzweifel beseitigen, sodass am Ende eine Wahrscheinlichkeit für eine Theorie herauskommt, die nahe an hundert Prozent liegt. Dabei muss man nicht zu vorsichtig sein. Brandstiftung kommt viel häufiger vor, als man meint. Die Leute zünden wirklich alles an, was brennbar ist, und zwar aus den niedersten Motiven.«

Okay, dachte Möllenkamp, das hier war kein »In dubio pro reo«-Typ, sondern ein Mann mit Faible für menschliche Abgründe, aber das musste ja nicht schlecht sein. »Sie denken wie ein Kriminalist, der hinter jedem Todesfall auch gleich Mord vermutet«, scherzte er.

Der Blick hinter der randlosen Brille machte ihm klar, dass er danebengegriffen hatte. »Nur dass wir nicht vermuten, sondern beweisen. Und mit Hilfe unserer Arbeit lösen Sie dann den Fall und heimsen die Lorbeeren ein.«

Aha, Hans Proll war empfindlich und fühlte seine Arbeit nicht ausreichend gewürdigt. Möllenkamp entschied, darauf nicht zu reagieren. »Woraus schließen Sie bei dem Brand in Wymeer auf Brandstiftung?«, fragte er stattdessen.

»Wir haben Hinweise von Spiritus gefunden, ein geradezu teuflischer Brandbeschleuniger, äußerst schwer nachzuweisen. Seine Bestandteile verdampfen schnell und lösen sich im Löschwasser. Die meisten Kollegen geben dann auf und schreiben ›Unfall‹ in den Bericht. Aber mit dem von mir entwickelten Verfahren kann ich Spiritus auch dann nachweisen, wenn ich nur Ethanol und zwei seiner Vergällungsstoffe, nämlich Methylethylketon und Methylisopropylketon, finde. Und die haben wir gefunden.«

»Heißt das, Sie sind sicher, dass es Brandstiftung war?«

»Sehr sicher.«

Möllenkamp war beeindruckt. Hans Proll schien wirklich was draufzuhaben, und er klang sehr bestimmt. Für die Kripo bedeutete das allerdings Arbeit. Jetzt ging es um Motiv und Täter dieser Brandstiftung.

Die Verschwörung

Dienstag, 17. April 2001, Wymeer, am Nachmittag

Zu Hause war niemand. Kevin hatte gelernt, die Anwesenheit seiner Eltern zu spüren, selbst wenn er sie nicht sah oder hörte. Wenn sein Vater zu Hause war, richteten sich unwillkürlich seine Nackenhaare auf, eine ganz spontane Abwehrreaktion seines Körpers. Wenn seine Mutter zu Hause war, wurde ihm schlecht. Ihr Leiden schlug ihm auf den Magen. Alles in allem hatte das Großwerden in diesem Elternhaus dazu geführt, dass er ständig in Alarmbereitschaft war. Dieser Stress war seit seiner frühesten Kindheit ein ständiger Begleiter, sodass er ihn kaum bemerkte. Er hatte nur immer diesen Hunger, den Drang, sich ständig etwas in den Mund stecken zu müssen. Am besten fühlten sich süße oder fettige Dinge an. Sie füllten seinen Bauch mit Wärme und schenkten ihm einen Moment der Ruhe. Wenn er aß, entspannte er sich und empfand so etwas wie Glück.

Mit zehn hatte er gemerkt, dass auch Alkohol ihm dieses Gefühl verschaffen konnte. Erst hatte er nur die Reste aus Papas Gläsern und Flaschen geleckt. Es schmeckte nicht gut, aber es wärmte. Dann hatte er sich eines Tages richtig betrunken, nachdem er eine Flasche Jägermeister im Straßengraben gefunden hatte. Er erinnerte sich nicht gern daran, denn sein Vater hatte ihn erwischt, als er nach Hause kam. Er hatte eine Woche nicht zur Schule gehen können, bis sein Gesicht so weit verheilt war, dass er es als normalen Fahrradunfall verkaufen konnte. Seitdem war er vorsichtiger geworden. Er klaute regelmäßig die kleinen Schnapsflaschen aus dem Supermarkt oder der Tanke, versteckte Vorräte sorgfältig und kaute viel Kaugummi.

Kevin öffnete den Schrank, in dem sein Vater den Schnaps aufbewahrte. Sein Vater war Trinker, aber er legte immer noch Wert auf die Illusion, ein gepflegter Genusstrinker zu sein, der aus seinem gut sortierten Barschrank den Gästen, die nie kamen, einen schönen Sherry, Cognac oder einen guten Obstbrand einschenken konnte. Wenn er an irgendeinem Abend mal eine Flasche Williams Christ komplett vernichtete, dann musste Kevins Mutter am nächsten Tag den Vorrat auffüllen – aber zack, zack!

Kevin waren die klaren Schnäpse am liebsten. Er konnte aus jeder Flasche einen ordentlichen Schluck nehmen und anschließend mit Wasser wieder auffüllen. Die Wahrscheinlichkeit, dass sein Vater es merkte, war gering, weil der meist schon besoffen war, wenn er an seine »Schätze« ranging. Schwieriger war es bei den bräunlichen Getränken wie Cognac, wo man den Verschnitt irgendwann an der Farbe merkte.

Er fand eine Flasche Ecks. Ecks war gut, denn der klare Korn wirkte schnell und wärmte richtig. Bloß, dass er an dieser Flasche Ecks schon dran gewesen war, und wenn er sie noch mal mit Wasser auffüllte, würde es selbst dem Alten auffallen. Aber sonst war nur Cognac da, und er brauchte unbedingt einen Schluck, um nachdenken zu können. Seine Nerven lagen blank.

Er trank. Der Schnaps brannte in seiner Speiseröhre, im

Bauch wurde es warm, und von dort stieg die Wärme wieder in seinen Kopf hinauf. Aber die Bilder in seinem Kopf konnte er nicht stoppen. Sein Gehirn war wie ein brodelnder Topf mit einer giftigen Brühe darin. Darin sprudelte es, und manchmal spritzte etwas nach draußen. Alkohol dämpfte das Brodeln, doch nur Minna hatte dafür sorgen können, dass der Schaum auf der Brühe verschwand und er manchmal etwas klarer sah. Aber Minna war tot. Und der Pastor war tot. Und das war seine Schuld. Er hatte etwas Schreckliches getan. Und jetzt war da überhaupt niemand mehr, zu dem er gehen konnte.

Die Fotos und Filmrollen waren weg. Er hatte ums Verrecken nicht in das Haus gehen wollen, aber als er den Befehl von Specki bekam, hatte er erkannt, dass es eine gute Gelegenheit war, diese Dinge zu vernichten. Doch das hatte schon jemand vor ihm getan. Er ahnte, dass es die Fotos geben musste, auch wenn er sie nie zuvor gesehen hatte. Der Pastor war immer mit einer Kamera herumgerannt. Damit er etwas vorzuweisen hatte, hatte er den Jungs die Pornohefte gezeigt, die er sich von seinem Vater »ausgeliehen« hatte. Damit hatte er zwar nichts zur Spurensuche nach Pastor Vrielink beitragen können, aber das Gejohle war groß gewesen, und die Jungs hatten sich mit heißen Ohren über die Hefte hergemacht. Eigentlich ein guter Coup. Er grinste und gönnte sich noch einen Schluck. Langsam entspannte er sich.

Er dachte daran, wie er Minna das erste Mal richtig gesehen hatte. Natürlich hatte er sie auch schon vorher gesehen, aber was er gesehen hatte, war das, was alle anderen sahen: eine dunkle Figur in Gummistiefeln, die schwarzen

Haare zu einem strengen Dutt zusammengebunden, strenge Augen hinter einer dunkel umrandeten Brille, immer eine Schubkarre vor sich herschiebend. Manchmal brabbelte sie etwas vor sich hin. Sie hatte etwas von einem finsteren Vogel gehabt, und wenn Kevin ehrlich war, so hatte er mit jedem Steinwurf gegen ein Fenster der alten Schule seine Furcht vor ihr bekämpft. Ob es den anderen auch so gegangen war? Eines Tages war er um ihr Grundstück herumgeschlichen. Specki hatte sich wieder eine Probe für »Kevinbaby« ausgedacht: »Danach gehörst du dann richtig zu uns.« Er sollte herausfinden, von welcher Seite man im Schutze der Dunkelheit am besten ans Haus herankam und wo das Schlafzimmer von Swart Minna sich befand. In der Nacht sollte dort ein schöner großer Polenböller detonieren.

Er hatte eine Öffnung im Zaun gefunden, war geduckt über das Grundstück gerannt und hatte sich eng an die Hauswand gedrückt. Vorsichtig hatte er durch ein Fenster nach dem anderen gespäht. Er hatte das Schlafzimmer gefunden, dann eine Kammer, in der alle Wände mit Zeitungsausschnitten, Fotos und beschriebenen Zetteln vollgeklebt waren – die Alte war völlig plemplem, keine Frage – und schließlich hatte er das Küchenfenster erreicht. Das stand offen, und er hörte Geräusche von drinnen. Nur einen kurzen Blick, halb Neugier, halb Mutprobe, hatte er riskiert. Was er sah, ließ ihn augenblicklich erstarren: Sie stand da, beide Arme bis zu den Ellenbogen in einem Tierkörper versenkt, aus dem sie nach und nach die Innereien herausholte und in eine Schüssel warf. Kevin wurde übel, aber er hatte den Blick nicht abwenden können. Ihm war,

107

als würden ihre Hände in seinem Bauch herumwühlen und das Innerste nach außen kehren. Und dabei hatte sie auch noch gesungen:

»Warte, warte nur ein Weilchen,
bald kommt Haarmann auch zu dir,
mit dem kleinen Hackebeilchen
macht er Schabefleisch aus dir.
Aus den Augen macht er Sülze,
aus dem Hintern macht er Speck,
aus den Därmen macht er Würste,
und den Rest, den schmeißt er weg.«

Jetzt noch spürte er die Schauer, die ihm damals über den Rücken gelaufen waren. Seine Nackenhaare stellten sich auf, und er nahm schnell noch einen Schluck aus der Flasche.

Er hatte weglaufen wollen, es aber nicht gekonnt, und auf einmal hatte sie sich umgedreht und ihn angesehen: »Willst du nicht reinkommen und mir helfen?«

Helfen? Bei was? Seine Augen waren immer größer geworden, sein Hals immer trockener, und er hatte es nicht einmal geschafft, den Kopf zu schütteln. Sie war zum Fenster getreten, und einen Moment hatte er geglaubt, sie würde ihn mit ihren blutigen Armen zu sich in die Küche ziehen und ihn einsperren, um ihn zu mästen, wie die Hexe es mit Hänsel gemacht hatte. Aber sie hatte ihn bloß durch ihre schwarz umrandete Brille angesehen, nicht unfreundlich.

»Es ist eine Gans.« Sie deutete mit dem Kinn nach hinten. »Ist sowieso zu viel für mich allein. Aber ich hatte so einen Appetit drauf.« Sie senkte die Stimme. »Ist mir zugelaufen. Hat sich wohl unter Nagels anderen Gänsen nicht so wohlgefühlt.« Sie wischte sich die Arme an ihrer blutbefleckten Schürze ab und blickte mitfühlend auf die tote Gans. »Ja, manchmal kommt man vom Regen in die Traufe.«

Auf einmal hatte er gewusst, dass Minna Schneider ihm nichts tun würde und er hatte noch etwas gewusst: dass sie nicht verrückt war. Seltsam, sicher, aber nicht verrückt. Er war zu ihr hereingekommen, er hatte Kartoffeln geschält, Sellerie und Möhren geschnitten. Und während sie darauf gewartet hatten, dass die Gans, die einmal Brontos Vater gehört hatte, bevor sie weggelaufen war, im Ofen gar wurde, hatten sie sich unterhalten.

»Warum schlägt dein Vater dich?«

Ihm war die Luft weggeblieben. »Er ... nein, also ... das tut er gar nicht. Woher ...?«

»Ich weiß alle Dinge.«

Er hatte geschwiegen. Was sollte er sagen? Er wusste es ja nicht. Wenn es so selbstverständlich für ein Kind ist, geschlagen zu werden, dann fragt es nicht nach dem Warum.

»Warum bist du mit diesen Jungen zusammen?«

»Die sind meine Freunde.«

»Nein, sind sie nicht.«

Er hatte sich aufgeregt. Das wollte er sich nicht ausreden lassen. »Doch, das sind sie.«

»Warum lassen sie dich dann solche Dinge tun? Und warum schlägt der Dicke dich?«

»Das tut er doch gar nicht! Aua!« Vor lauter Aufregung hatte er sich mit dem Kartoffelschäler geschnitten.

»Warte, ich hol dir ein Pflaster.«

Während sie ihm das Pflaster auf den Daumen klebte, sah sie ihn durch ihre strenge schwarze Brille an. »Ich frage mich, warum du mitmachst. Warum schmeißt ihr mir die Scheiben ein?«

»Ich ... wir ... das war ich nicht.«

Sie sah ihn nur an, und ihre Augen waren so schwarz wie der Rand ihrer Brille. Ihre Finger hatten auch schwarze Ränder, in den Schwielen und um die Fingernägel herum, und das kam von dem Gänseblut und dem Kartoffelschälen und dem Entsteinen der Kirschen. Auf ihrer Oberlippe hatte sie feine schwarze Härchen, und die Schürze war voller Blut.

»Was meinst du damit: Du weißt alles?«, brachte er heraus.

»Ich weiß Dinge, die Leute geheim halten wollen. Darum hassen sie mich. Denn sie wissen, dass ich es weiß. Es ist eine große Verschwörung. Sie machen Dinge mit den Kindern. Kinder sind wie Müll. Sie stellen auch den Müll in die Gegend. Wie die Kinder. Manchmal werden sie abgeholt, manchmal nicht. Ich habe das alles aufgeschrieben. Die Eltern machen mit. Nicht alle, das will ich nicht sagen. Aber viele machen mit. Das mit dem Müll und das mit den Kindern. Wo keine Ordnung ist, da gehen die Kinder verloren. Ordnung ist ganz wichtig. Aber es darf auf gar keinen Fall die Ordnung Gottes sein. Gott ist böse. Verstehst du?«

Kevin verstand nicht das Geringste. Das klang alles ziemlich verrückt. Andererseits kam ihm Minna so sicher vor. Und er wusste, dass sein Verstand äußerst beschränkt war. Vielleicht lag es also an ihm, dass er es nicht kapierte. »Du sagst, du hast es aufgeschrieben?«

»Komm mit.«

Sie zog ihn aus der Küche und lief mit ihm den Gang hinunter.

Kurz darauf stand er in der Kammer. Die Kammer, die er schon von draußen gesehen hatte, als er um das Haus geschlichen war. Es befand sich nichts darin, gar nichts. Kein Stuhl, kein Tisch, kein Bett, kein Schrank. Nicht einmal ein Teppich bedeckte die alten roten Fußbodendielen. Dafür waren die Wände vollgeklebt und vollgeschrieben. Zeitungsartikel, Fotos, Kritzeleien, Skizzen. Dazwischen sehr oft das Kreuz, das mit Jesus. Manchmal auch ohne Jesus. Er ging langsam näher ran. Die Kritzeleien konnte er nicht lesen. Überhaupt konnte er nicht sehr gut lesen, darum konzentrierte er sich auf die Überschriften. »Kleinkind (3) in Hundezwinger gehalten«, las er, »Müllhalde war Lenchens Zuhause«, daneben »Renate (63) erinnert sich: Das Heim war die Hölle«.

Vor einer Zeichnung blieb er länger stehen. »Königskinder«, stand darauf. Es war ein Fluss zu sehen, vorne schwammen zwei tote Kinder, im Hintergrund saß eine lachende Nonne auf zwei gelben Fässern mit Giftzeichen. Er verstand nicht, was das bedeuten sollte. Er kannte das Lied von den Königskindern mit der Nonne. Aber was hatte das mit Giftfässern zu tun? Neben der Zeichnung hing ein Blatt, auf das mit gestochen scharfer Handschrift ein längerer Text geschrieben war. Er selbst bekam immer Schimpfe von seiner Lehrerin, weil seine Handschrift so unordentlich aussah. Aber er hasste das Schreiben sowieso und konnte auch nicht besonders gut lesen. Er bemühte sich zu entziffern, was dort stand: *Alle Kinder sind Königskinder. Alle*

Nonnen sind Teufel. Sie lassen die Kinder nicht zueinander. Die Kirche vergiftet sie alle. Das Gift muss weg. Die Priester und Nonnen müssen weg von den Kindern. Sie dürfen nicht in ihrer Gewalt bleiben. Die Eltern sind schon vergiftet, darum geben sie der Kirche ihre Kinder. Gegen das Gift kämpfen heißt gegen die Kirche kämpfen. Gegen die Kirche kämpfen heißt gegen das Gift kämpfen. Erst dann sind die Kinder frei.

Er wusste nicht, ob er das alles richtig gelesen hatte. Es ergab für ihn überhaupt keinen Sinn. Er drehte sich um. In der Tür stand Minna Schneider mit verschränkten Armen und sah ihn erwartungsvoll an. Vermutlich wäre sie sehr enttäuscht, wenn er jetzt fragen würde, was das alles bedeutete. Andererseits konnte er sie auch nicht anschweigen. »Das Gift«, fragte er also, »was ist das für ein Gift?«

Minna sah sehr zufrieden aus, als hätte sie lange darauf gewartet, dass endlich jemand diese Frage stellte. »Das Gift ist überall drin. Sie tun es in die gelben Spritzen, mit denen sie das Unkraut wegspritzen. Sie tun es in die Farbeimer, die sie ins Moor schmeißen. Wenn sie dich impfen, dann ist da auch Gift drin.«

Offenbar sah sie seinen zweifelnden Gesichtsausdruck. Sie machte einen Schritt auf ihn zu. Ihre Stimme wurde jetzt ganz eindringlich. »Du musst mir glauben. Sie vergiften alle. Deine Eltern haben sie schon vergiftet. Sie merken es nicht einmal mehr. Darum können sie dir auch nicht helfen.«

Kevin war sich jetzt sicher, dass die Frau doch verrückt war. »Und was hat das mit den Nonnen zu tun?«

»Die Kirche nimmt die Kinder ihren Eltern weg. Sie

sperren sie in Kinderheime, dann haben die Priester und Nonnen sie ganz in der Hand und können mit ihnen machen, was sie wollen. Dort quälen sie die Kinder und vergiften sie.«

Kevin dachte nach. Er kannte niemanden, der seinen Eltern weggenommen worden war. Aber sein Vater hatte manchmal damit gedroht, ihn in ein Heim für schwer erziehbare Kinder zu geben, wo man schon mit ihm fertigwerden würde. Ob Minna so etwas meinte? Aber dann waren es ja eher die Eltern, die ihre Kinder fortgaben. Und was hatte das mit der Kirche zu tun?

»Warum tun sie das? Was haben die Nonnen und Priester davon, dass sie Kinder vergiften?«

»Sie wollen Opfer. Das ist der Zweck der Kirche. Kirche redet doch dauernd von Opfern. Jesus wurde von seinem Vater geopfert. Abraham legte seinen eigenen Sohn Isaak auf den Opfertisch. Heute würde das keiner mehr freiwillig machen. Darum nehmen sie den Eltern ihre Kinder weg, um sie zu opfern. Und weil die Eltern keine Ordnung mehr haben, darum lassen sie es zu.«

Kevin wurde es jetzt sehr unbehaglich zumute. »Sind … sind die Kinder dann tot?«

Minna sah auf einmal sehr traurig aus. »Nein, äußerlich leben sie und sehen ganz normal aus. Aber innen drin, da sind sie tot. Das Gift der Kirche hat sie zu Tode gequält.«

Kevin fröstelte. Auf einmal wollte er so schnell wie möglich raus aus diesem Raum, der ihm unheimlich war. Minna sah ihn mitleidig an.

»Na komm«, sagte sie, »wir wollen etwas essen.«

Beim Essen war sie wieder völlig normal gewesen. Sie

hatte nicht über Opfer und Gift und Ordnung und die Kirche geredet. Stattdessen hatten sie über die Schule gesprochen und über seine Clique und über die Jungs. Sie hatte ihm gar keine Vorwürfe wegen der Streiche gemacht, sie hatte nur aufmerksam zugehört. Zum ersten Mal saß er an einem Tisch und aß, ohne das Gefühl zu haben in Gefahr zu sein.

Als er ging, wusste er, dass er wiederkommen wollte. So hatte ihre Freundschaft begonnen.

Er wurde wach, weil er keine Luft mehr bekam. Etwas drückte auf seine Kehle. Er strampelte mit den Beinen, während er mit den Händen den Klammergriff um seinen Hals abwehrte, von weit weg hörte er das Klirren einer umstürzenden Flasche und die Schreie seiner Mutter.

Als er die Augen öffnete, war das Gesicht seines Vaters so dicht vor seinem, dass er ihn eigentlich gar nicht sehen konnte. Aber er spürte, dass er jetzt fällig war. Sein Vater würde ihn umbringen. Er hatte immer gewusst, dass sein Vater ihn hasste, ihn loswerden wollte. Nur hatte ihm der Vorwand gefehlt, weil Kevin zu vorsichtig gewesen war und ständig versucht hatte, ihm alles recht zu machen. Und ganz grundlos konnte nicht einmal ein Mann wie sein Vater töten. Heute aber spielte das keine Rolle. Heute genügte ein auf dem Wohnzimmerteppich betrunken eingeschlafenes Kind, um endlich alle Gewaltfantasien ausleben zu können.

Nein, nein, sein Vater hasste ihn gar nicht persönlich. Er hasste nur so allgemein, hasste alles, auch sich selbst. Und wenn er betrunken war, alles außer sich selbst. Darum trank er …

Vor seinen Augen drehten sich bunte Kreise, flimmerten, vereinigten sich und trennten sich wieder. Der Drang nach Luft war übermächtig, sein Brustkorb tat weh, der Atemreflex funktionierte noch, aber er war zu schwach, sich zu wehren. Ihm wurde schwindlig, und er fragte sich, ob es an dem Schnaps lag. Und warum trank er den eigentlich?

Er wunderte sich, als er erwachte. Damit hatte er nicht gerechnet. Er freute sich auch nicht, denn es war nichts Schönes daran, überlebt zu haben. Sterben war schrecklich, aber tot zu sein hatte sich nicht so schlecht angefühlt. In den Gestank von Erbrochenem mischte sich der scharfe Geruch von Schnaps. Auf seiner Brust fühlte er einen schweren Druck, und als er die Augen öffnete, sah er Blut, Haare und Glassplitter.

War er das gewesen? Was hatte er gemacht, bevor er ohnmächtig geworden war?

In einer Ecke wimmerte es. Es dauerte ewig, bis er seine Augäpfel dazu gebracht hatte, sich in die Richtung zu drehen, aus der das Wimmern kam. Seine Mutter. Sie hockte an der Schrankwand, den abgebrochenen Hals einer Flasche in der Hand. Sie hatte ihn tatsächlich gerettet – das eine Mal. Das erste Mal.

Dafür hasste er sie.

Was jetzt kommen würde, war schlimmer als vorher. Sie hätte den Alten wenigstens erledigen können.

Auf seiner Brust verstärkte sich das Röcheln. Je mehr sein Vater atmete, umso weniger Luft bekam er selbst. Vorsichtig schob er ihn von sich herunter. Man konnte ja nie wissen, wie viel Kraft er noch hatte oder was er überhaupt mitbekam. Schließlich gelang es ihm, sich von seinem Vater zu befreien. Mühsam rappelte er sich auf. Als er seinen bewusstlosen Vater und seine wimmernde Mutter vor sich sah, dachte er kurz daran, sich diese beiden Probleme endgültig vom Hals zu schaffen. Aber er wusste, er konnte das nicht tun.

»Kevin, Kevin«, hörte er seine Mutter leise rufen, »mein Schatz, Gott sei Dank. Du bist nicht verletzt. Hab keine Angst, es wird jetzt alles gut.« Sie rappelte sich mühsam auf und kam mit ausgebreiteten Armen auf ihn zu.

Kevin sah seine Mutter verächtlich an. »Ja? Meinst du wirklich? Er lebt doch noch.«

Dann drehte er sich um und ging in sein Zimmer.

Tom

1995, Rumänien

»*Vater, o Vater, o Vater, sieh mich an! Ich bin schwach, mein Geist ist schwach, und mein Fleisch ist schwach. Ich bin ein sündiger Mensch, nur ein kleiner, sündiger Mensch. Du hast mich versucht, und ich fühle mich zu schwach, um diesen Versuchungen zu widerstehen. Züchtige mich, strafe mich, mach mich stark gegen die Versuchung. Ich bitte dich, Herr, ich bin dein Kind. Ich bin ein schwaches Kind, aber ich will das Gute. Bitte, Vater, nimm die Versuchung von mir.*«

Er liegt auf dem kalten Linoleumboden. Es riecht nach Kommunismus. Irgendwo ist dieser Geruch durch ein Desinfektionsmittel in das alte Gemäuer eingedrungen und verschwindet einfach nicht. Genauso wenig wie die Vergangenheit dieses Landes vergehen will. Man kann den Bogen vom Nationaldichter Sándor Petőfi über Carol I. und Ferdinand I. bis zu László Tőkés spannen. Oder die Blutsauger-Linie nehmen: Fürst Vlad III. Draculea, Nicolae Ceaușescu und die Kinderschänder da draußen von heute. Leider hat er mehr mit den Kinderschändern zu tun, als mit dem Pastor und Dissidenten László Tőkés. Moment, was hat er da gerade gedacht? Das könnte man ja so und so verstehen. Nein, nein, er hat ja nicht gedacht, er habe mehr mit den Kinderschändern gemein, *sondern nur zu tun.*

»*Mein Vater, du kennst mich. Du weißt, dass ich das Gute will und das Böse getan habe. Führe mich auf den Weg des*

Guten. Lass mich nicht abweichen von deinem Pfad. Ich bin schwach, o Vater. Ich brauche deine Hilfe ...«

Es klopft. Hastig rappelt er sich auf, streicht sich den Anzug zurecht, dann das Haar. Keine Sekunde zu früh. Es ist Schwester Amy, eine blasse, kleine Amerikanerin mit Akne. Wenn sie dicht bei ihm steht, dann fühlt er sich abgestoßen von ihren eitrigen Pickeln und ihrer dicken Brille. Gott hat nicht alle Frauen schön geschaffen. Ihr träges, langsames Sein strahlt nicht den geringsten Liebreiz aus. Manchmal möchte er sie schütteln, damit sie irgendeine spontane Reaktion zeigt. Aber er sollte nicht ungerecht sein. Immerhin ist sie schon seit einem halben Jahr hier. Das schaffen nicht alle amerikanischen Mädchen aus überbehütetem Elternhaus.

»Schwester Amy, was gibt es?«

Sie drückt mit dem Zeigefinger die Brille auf der Nase hoch. »Da ist ein Mädchen angekommen. Sie sagt, sie kennt Sie. Sie hat ein Baby und einen Jungen bei sich.«

»Wie heißt sie?«

»Sie sagt, sie heißt Gherghina und hat hier gewohnt.«

Gherghina. Es ist fast fünf Jahre her, dass sie verschwand. Was hat er nicht alles unternommen, um sie zu finden. Er war fest überzeugt, sie bald wieder hier zu haben, aktivierte alle Bekannten auf den gängigen Routen der Menschenhändler nach Westen. Aber sie blieb verschwunden, und er hatte schon gedacht, sie sei tot. Jetzt ist sie wieder da. Aber nicht allein.

Obwohl er sich auf Schlimmes vorbereitet hat, ist es dennoch ein Schock, sie zu sehen: die spindeldürre kleine Gestalt gebeugt, verschwunden jeder Glanz aus Haaren und Augen. Gherghina klammert sich an das Bündel auf ihrem Arm. Ihr Blick ist gehetzt, und über ihrem rechten Auge hat sie eine rötliche Narbe, die vor fünf Jahren noch nicht da war. Sie öffnet ihren Mund und lächelt ihn an. »Hallo, ich wollte mal vorbeischauen und sehen, wie es euch geht.«

Er sieht, dass ein Schneidezahn abgebrochen ist. »Hallo, Gherghina«, *sagt er und geht langsam auf sie zu. Man darf nicht zu schnell gehen. Darauf reagieren sie wie Tiere, mit Flucht oder mit Aggression. Er hat Zeit, sie zu betrachten. Ihre Turnschuhe sind schmutzig und eingerissen, ihre Jeans viel zu groß. Sie trägt keine Jacke, obwohl es draußen kalt ist. Und Gepäck hat sie auch keines dabei. Nur dieses Bündel im Arm. Wo ist der Junge, von dem Amy gesprochen hat? Er kann ihn nirgendwo sehen.*

»Bist du allein?«, *fragt er darum.*

»Nein, nein«, *sagt sie schnell.* »Mein Freund ist mitgekommen, er musste nur gerade aufs Klo.«

Nervös sieht sie sich um.

»Wie geht es dir?«, *fragt er.*

»Super«, *sagt sie, dann:* »Ich wollte dir meine Tochter vorstellen.«

Noch immer presst sie das Bündel an sich, das sich nicht bewegt. Das ist ihm nicht geheuer. Irgendetwas stimmt nicht.

Alles stimmt nicht.

»Darf ich sie mal sehen, deine Tochter?«, *fragt er.*

Sie hält das Bündel noch fester. »Das geht jetzt nicht. Sie schläft.«

»Wie heißt sie denn?«

»Angelina.«

Die Mädchen lieben amerikanische Namen. Obwohl weder sie noch ihre Kinder Amerika jemals sehen werden, ist der Name ein Versprechen auf eine bessere Zukunft, das sich meistens nicht erfüllt. Gerade nicht mit diesem Namen.

Das Bündel bewegt sich immer noch nicht.

»Möchtest du Angelina vielleicht zum Schlafen hinlegen? Ich kann dir ein ruhiges Plätzchen zeigen. Du bist sicher auch müde.«

Sie schließt die Augen und nickt langsam. Einen Moment lang hat er Angst, dass sie gleich vor Erschöpfung umfällt. Sie schwankt. Es ist, als hätte ihr jemand den Stöpsel gezogen. Er ist bereit, sie aufzufangen. Nur eine Sekunde lässt er den Blick von ihr, um Schwester Amy zu suchen, damit sie ihm hilft, wenn es so weit ist.

Er hat nicht damit gerechnet, dass so etwas passiert. Gherghina richtet sich auf, nimmt das Kind von ihrer Brust und schleudert es mit aller Kraft von sich. Das Bündel fliegt quer durch den Raum, prallt hart auf und bleibt auf dem Marmorboden liegen.

Die Stille ist ohrenbetäubend. Jetzt müsste eigentlich etwas passieren. Das Kind sollte anfangen zu schreien oder die Mutter oder Schwester Amy. Nichts.

Er wendet langsam den Blick zu der Stelle, an der das Kind liegt, sieht einen abgerissenen Arm in einiger Entfernung zum Körper, sieht blonde Kunsthaarlocken, und ein Lächeln aus rosa Lippen. Versteht. Hinter ihm schreit jetzt Gherghina. Und vor ihm taucht ein Junge auf, er rennt auf Gherghina zu, nimmt sie in den Arm, streicht ihr über das Haar und redet beruhigend auf sie ein. Er hat ihn kaum von vorne sehen können, aber Gherghinas Begleiter kommt ihm jung vor. Jünger jedenfalls als sie selbst. Sein Rücken ist schmal und knabenhaft, seine schwarzen Locken sind voll und ungestüm. Auf einmal hat er Gänsehaut.

Auf seinen Wink hin holt Amy den Arzt, der Gherghina eine Beruhigungsspritze gibt. Sie wird weggeführt. Die nächsten Stunden wird sie schlafen, dann wird man weitersehen. Er beobachtet den Jungen, der auf die Puppe zugeht und sie vorsichtig aufhebt, um sie Gherghina zu bringen. Er dreht den Arm wieder in den Korpus hinein und richtet die Kleidung. Es sieht aus, als machte er das alles nicht zum ersten Mal.

Seine Bewegungen sind geschmeidig, und als er sich aufrichtet und umdreht, sind da klare blaue Augen und ein Lächeln, das gesunde weiße Zähne zeigt. Makellos. Nur die beiden vorderen Schneidezähne sind ein ganz klein wenig übereinandergeschoben. Wie hat dieser Junge es geschafft, dem Klebstoff zu entkommen?

Er geht auf ihn zu und streckt die Hand aus. »Hallo, ich bin …«

»Ich weiß schon, wer du bist. Gherghina hat gesagt, wenn uns einer helfen kann, dann du.«

»Und wer bist du?«

»Tom.«

»Hallo, Tom! Es freut mich, dich kennenzulernen.« Weiter fragt er nichts. Das mögen die Kinder nicht. Sie reden irgendwann von alleine. »Hast du Hunger? Es gibt gleich Essen.«

Tom nickt, und er begleitet ihn in den Speisesaal. Als sie sich an einen Tisch setzen, hat er Zeit genug, den Jungen zu beobachten. Während er ihm erklärt, wie sie hier im Heim leben, lernen und beten, sieht er die schlanken braunen Finger, die den Löffel zum Mund führen. Seine Fingernägel sind sauber, das ist ungewöhnlich. Die schwarzen Locken sind üppig, aber nicht ungepflegt, und er riecht auch nicht. Es wirkt nicht so, als hätte er auf der Straße gelebt. Aber wie ist er an Gherghina geraten? Die beiden können sich noch nicht lange kennen, jedenfalls teilen sie offensichtlich nicht das gleiche Schicksal.

»Möchtest du eine Weile hierbleiben?«

Tom sieht sich im Speisesaal um, zuckt mit den Schultern und sagt: »Ja.«

Um jeden Preis?

Mittwoch, 18. April 2001, Weener, am Morgen

Das Zimmer von »Airbus« war um halb zehn Uhr vormittags schon wieder so verräuchert, dass man nicht von einem Ende zum anderen sehen konnte. Durch die Glasscheibe sah Gertrud immer neue Qualmwolken aufsteigen und schloss daraus, dass ihr Chef Reinhard Buss anwesend war. Immer wieder warf sie einen Blick zum »Aquarium« hinüber, dann sah sie zu ihrem Kollegen Andreas Wessels und schließlich an die Wände des Redaktionsbüros. Deren weißer Überstrich färbte sich in den Ecken bereits wieder nikotingelb, obwohl das Rauchen in den Redaktionsräumen schon seit einigen Jahren nur mehr alleiniges Privileg des Chefredakteurs war. Nachdenklich kaute sie auf ihrer Unterlippe. Wie sollte sie es anstellen?

Der magere Wessels saß, wie immer, mit dem Rücken zu ihr. Anstatt Moorhühner zu erlegen, wie es sonst seine Art war, um Längen in seinem Arbeitstag zu überbrücken, schrieb der Kollege nun einen Artikel nach dem anderen, um die Leserschaft über die Ereignisse im Rheiderland, neuerdings besonders in Wymeer, auf dem Laufenden zu halten. »*Gerichtsmediziner bestätigt: Minna Sch. starb an Rauchvergiftung*«, »*Brandursache weiter unklar – Polizei schließt Brandstiftung nicht aus*« oder »*Noch keine Spur vom Wymeerer Pastor Vrielink – Pastorin Fischer übernimmt Vertretung*«.

Alles ihre Themen. Eigentlich. Denn sie, Gertrud, war nun die »Gerichtsreporterin« des »Rheiderländer Tagblatts«. »Gertrud«, hatte »Airbus« zu ihr gesagt, »wir brauchen jemanden, der die Schipper-Prozesse kompetent begleitet. Ohne dich gäbe es diese Prozesse nicht, also bist du am besten geeignet, darüber zu berichten. Außerdem geht der Kindergeburtstag in Vellage jetzt vor Gericht. Das interessiert die Leser brennend. Daneben übernimmst du noch die Wirtschaftssachen und gibst dafür die lokalen Themen an Wessels ab.« Er hatte dann die Stimme gesenkt und geraunt: »Gertrud, du weißt, du bist mein bestes Pferd im Stall. Ich brauche dich für die wichtigen Themen. Lass Wessels den Kleinscheiß machen.«

Die Beförderung war in Wirklichkeit eine Bestrafung. »Airbus« konnte ihr da nichts vormachen. Er war sauer, weil sie immer ihr eigenes Ding machte und sich über seine Vorgaben hinwegsetzte. Und es ärgerte ihn maßlos, dass Gertrud in den letzten Jahren bei der Aufklärung von Mordfällen im Rheiderland eine so maßgebliche Rolle gespielt hatte. Als man kürzlich sie, Gertrud, und nicht ihn zu einem Vortrag über Kriminalberichterstattung im Lokaljournalismus an die Journalistenakademie in Hamburg eingeladen hatte, da hatte es ihm gereicht. Er hatte sich überlegt, wie er sie aus dem engen Kontakt mit der Rheiderländer Bevölkerung herausnehmen könnte. Gertrud war es zunächst egal gewesen. Sie fand die Kriminalthemen und die Wirtschaftsberichterstattung auch spannend. Davon verstand Wessels ohnehin nichts.

Jetzt aber hängte sich ihr Kollege an Themen, die sie selbst gern bearbeitet hätte. Wymeer, das Dorf, mit dem sie eine Rechnung offen hatte, war zum Schauplatz von merkwürdigen Ereignissen geworden. Gertrud hatte versucht, mit Wessels einen Thementausch hinzukriegen: »Wessels, hör zu. Ich muss morgen sowieso nach Wymeer, um meiner Großtante bei ihrer Ansprache zum Fünfundsiebzigsten zu helfen. Da könnte ich doch schnell mal bei Erika Lüppen vorbeischauen.«

Aber Wessels hatte abgelehnt. Er wachte eifersüchtig über seine Themen, hatte gemerkt, dass sie seiner Kollegin Gertrud zum Erfolg verholfen hatten, und hoffte nun, dass auch für ihn einmal ein echter Provinzskandal abfallen würde, der ihm den Wächterpreis eintragen konnte. Und prompt war ja dann auch in Wymeer etwas Skandalträchtiges passiert.

Gertrud hörte damit auf, die Zimmerdecke anzustarren, und packte seufzend ihre Sachen zusammen. In Aurich begann um 10:30 Uhr die Verhandlung wegen schwerer Körperverletzung und versuchten Totschlags gegen die Frau, die im vergangenen Sommer ihren Ehemann mit einer Axt hatte erschlagen wollen, weil er ihr nicht bei den Vorbereitungen für den 10. Geburtstag ihrer Tochter helfen wollte. Der lebensgefährlich verletzte Ehemann hatte ein halbes Dutzend Operationen über sich ergehen lassen müssen, war inzwischen aber weitgehend erholt zu seiner Frau zurückgekehrt. Er würde allerdings dauerhaft erwerbsunfähig bleiben. »So was kommt vor«, hatte er dem »Rheiderländer Tagblatt« über den Vorfall gesagt und eingeräumt: »Ich hab ja auch Schuld. Hätte ihr helfen sollen, aber ich hatte keine Lust.« Dann hatte er geschmunzelt und gemeint: »Aber jetzt hab ich ja viel mehr Zeit für die Familie.«

Gertrud war gespannt darauf, ob Richter Seeger mit einem milden Urteil dem Neustart der Familie eine echte Chance geben wollte.

Auf den Fluren des imposanten Gerichtsgebäudes traf Gertrud auf eine alte Bekannte. Ines Hermann arbeitete als Lehrerin an der Haupt- und Realschule in Weener. Sie war eine ähnlich imposante Erscheinung wie Gertrud, hüllte sich aber im Unterschied zu ihr in wallende bunte Kleider, mit denen sie überall auffiel. Vielleicht war das Teil ihres pädagogischen Konzepts.

»Was machst du denn hier?«, fragte Gertrud, »Ist das Mädchen in deiner Klasse?«

»Nein, aber ich bin Vertrauenslehrerin und habe in letzter Zeit viel mit ihr gearbeitet. Und jetzt bin ich hier als Zeugin geladen, um meine Einschätzung über die Familiensituation abzugeben.«

»Für die Verteidigung oder für die Anklage?«

Ines Seeger lachte. »Für die Anklage natürlich!«

»Wieso *natürlich*? Staatsanwalt Peters ist der Meinung, dass das Mädchen nicht wieder zu seiner Familie zurücksoll. Egal, wie das Urteil für die Mutter ausgeht.«

»Da hat er ja auch recht. Das Mädchen ist bei seinen Großeltern wesentlich besser aufgehoben als bei den Eltern.«

»Was sagt die Kleine denn selbst?«

»Die will auf keinen Fall zu den Eltern zurück. Sagt, ihre Mutter ist eine Furie und der Vater ein Waschlappen.«

»Na ja, dann ist der Fall doch klar.«

»Wo denkst du hin! Es gibt ja auch noch das Elternrecht am Kind. Wo kämen wir denn hin, wenn die Kinder sich aussuchen könnten, bei wem sie leben wollen? Wo doch die Erwachsenen viel besser entscheiden können, was gut fürs Kind ist.« Ines Hermanns Stimme troff geradezu vor Sarkasmus. »Stell dir mal vor: Ich habe einen Schüler, der von seinem Vater regelmäßig misshandelt wird. Die Mutter übrigens auch. Jetzt hat die Mutter ihrem Ehemann eine Schnapsflasche über den Schädel gezogen, als der versucht hat, seinen Sohn zu erdrosseln. Ich sage dir: Gericht und Jugendamt werden versuchen, diese Familie zu *heilen*. Mit irgendeinem Quatsch wie Familientherapie oder so. Den Jungen fragt keiner, der kommt höchstens in die Notfallpflege. Braucht er jetzt aber nicht, weil der Alte ja im Krankenhaus liegt.«

Gertrud war aufmerksam geworden. Von der Sache mit der Schnapsflasche hatte sie in Wessels Berichterstattung noch nichts gelesen. »Wann und wo ist das denn passiert?«

»Witterst schon wieder eine Geschichte, was?« Ines schlug ihr vorwurfsvoll auf den Oberarm. »Ist gestern passiert. In Wymeer.«

Gertrud dachte nach. Wymeer. Und Wessels wusste nichts davon. Hatte es übersehen, oder es hatte nicht im Polizeibericht gestanden, weil die Polizei nicht vor Ort gewesen war. Es hatte keinen Zweck, Ines nach dem Namen zu fragen, weil sie ihn ihr sowieso nicht geben würde. Aber ihre Großtante in Wymeer, die gab es wirklich, und wenn sie auch nicht fünfundsiebzig wurde und keine Hilfe beim Formulieren ihrer Geburtstagsrede benötigte, würde sie sich doch über einen Besuch freuen.

Dann gingen die Türen des großen Schwurgerichtssaals am Auricher Landgericht auf. Die Menge drängte hinein, um sich am Schmerz und Leid anderer Leute zu ergötzen.

Der Komplex Wymeer

Mittwoch, 18. April 2001, Leer, mittags

»Was hältst du von der Sache?«, fragte Johann Abram beim Mittagessen im Pausenraum der Polizeiinspektion Leer. Der Steckrübeneintopf, den Abrams Frau gekocht hatte, war so reichlich, dass er seinem Vorgesetzten großzügig davon angeboten hatte.

Möllenkamp, dessen Gedanken gerade bei seinem Vater gewesen waren, war einen Moment lang orientierungslos. »Sache?«, fragte er.

»Den Komplex ›Wymeer‹ meine ich«, erklärte Abram, während er genussvoll nach den Stückchen getrockneter Mettwurst fischte, die dunkelrot zwischen den orangenen Steckrübenstückchen und den gelben Kartoffeln schimmerten.

»Komplex?«, wiederholte Möllenkamp. »Glaubst du, das hängt alles zusammen?« Er kaute behaglich, denn er liebte Steckrübeneintopf. In Osnabrück machte seine Mutter ihn mit Blutwurst und Äpfeln, aber Elke Abrams Variante war auch nicht zu verachten.

»Glaubst du das nicht?«

»Hm, weiß nicht. Es spricht natürlich einiges dafür. Unser Brandexperte sagt, der Brand in der Alten Schule wurde von jemandem gelegt. Aber das mit dem Pastor? Soll den wirklich jemand umgebracht oder entführt haben?«

Abram wiegte den Kopf. »Bei dem Pastor wurde eingebrochen. Das hat die Untersuchung durch die Spurensicherung eindeutig ergeben. Und was, wenn die fehlenden Sachen wie Computer und Fotoausrüstung nicht von ihm selbst mitgenommen, sondern gestohlen worden sind?«

»Ja klar, das ziehe ich in Betracht. Aber das heißt trotzdem nicht, dass die beiden Fälle zusammenhängen müssen.« Verstohlen rührte Möllenkamp mit dem Löffel in seinem Eintopf herum, um vielleicht noch ein Wurststückchen darin zu finden. Aber er hatte sie schon alle aufgegessen.

Abram wischte sich mit der Serviette den Mund ab, die seine Frau ihm auch sorgsam eingepackt hatte. Möllenkamp bewunderte diesen unbedingten Willen zur Ordnung und zu Regeln. Leider war keine zweite Serviette für ihn eingepackt gewesen, und so leckte er selbst sich die Lippen ab, was er sonst auch tat, und dachte weiter nach. »Wenn es denn so wäre, was wäre dann das Bindeglied? Die Haushälterin hat gesagt, Minna Schneider hatte mit Hermann Vrielink und der Kirche nichts zu tun. Sie stand ihr regelrecht feindlich gegenüber.«

»Na ja, das ist ja auch schon mal ein starkes Motiv«, meinte Johann Abram. »Vielleicht war sie es ja, die den Pastor um die Ecke gebracht hat.«

Darauf war Möllenkamp noch gar nicht gekommen. Probeweise dachte er das durch. »Das würde bedeuten, dass Minna Schneider den Pastor irgendwo getroffen hat. Die beiden bekommen Streit, sie bringt ihn um, geht nach Hause und wird Opfer eines Brandanschlages.«

»Wieso bringt sie ihn nicht zu Hause um?«, fragte Abram.

»Weil sie ihn alleine nicht wegschaffen kann, außerdem haben wir keine Hinweise auf ein Gewaltverbrechen im Haus gefunden.«

»Oberflächlich vielleicht nicht. Die Spurensicherung war ja noch gar nicht im Haus, weil wir nicht sicher wussten, ob überhaupt ein Verbrechen begangen wurde. Aber nehmen wir an, es hätte ihr jemand geholfen und die Spuren gründlich beseitigt.«

»Dann müsste jemand anders ein ebenso starkes Motiv gehabt haben wie sie. Minna Schneider war eine Einzelgängerin. Die hatte niemanden, der ihr aus Liebe oder Freundschaft geholfen hätte. Verwischte Spuren sind eben leider genau das, was ihr Name sagt: verwischt. Sie lassen nur Vermutungen darauf zu, was wir gefunden hätten, wären sie nicht beseitigt worden.«

Abram zog seine Krawatte zurecht, die er während des Essens über seine Schulter gelegt hatte, um sie nicht zu bekleckern. »Einverstanden. Aber es gibt trotzdem offensichtliche Ungereimtheiten: Schlafzimmer und Bad sind so geputzt, dass sogar Elke davor in die Knie gehen würde, während sich am Einbruchsfenster keiner darum gekümmert hat, die Spuren zu beseitigen. Schlüssel und Portemonnaie fehlen, Auto, Laptop, Fotoausrüstung und ein Koffer ebenso. Von der Haushälterin erfahren wir nur Allgemeinplätze über den netten Pastor, der so gerne mit Frauengruppen und Konfirmanden auf Freizeit fuhr. Das ist alles zu perfekt, das stimmt hinten und vorne nicht.«

Möllenkamp nickte nachdenklich. »Okay, so weit waren wir aber schon. Das erklärt noch keinen Zusammenhang zwischen dem Brand und dem Verschwinden.«

Abram trommelte ungeduldig mit den Fingern auf die Tupperdose. »Ja, aber in einem so kleinen Ort wie Wymeer passieren nicht zwei solche Ereignisse zur gleichen Zeit, ohne dass ein Zusammenhang besteht.«

Möllenkamp blickte an sich hinab auf sein Oberhemd, auf dem sich ein kleiner Eintopffleck abzeichnete. »Wir kennen ja noch nicht einmal ein Motiv.«

Abram gab nicht so schnell auf. »Andersherum gedacht: Wer könnte denn ein Bindeglied zwischen Minna Schneider und Pastor Vrielink sein?«

Möllenkamp leckte sich den Zeigefinger und wischte an dem Fleck herum. »Was weiß ich? Der Bürgermeister, mit dem sie immer Ärger hatte, kannte sicher beide. Aber der bricht bestimmt nicht in die Wohnung des Pastors ein.«

Abram hatte sich aufgerichtet: »Aber die Jugendlichen, die der alten Frau die Scheiben eingeschmissen haben, sind sicher vom Pastor konfirmiert worden. Und die brechen zumindest in Imbissbuden ein. Die müssen wir finden. «

Klar mussten sie das. Und Imbissbudenbesitzer Pohl war ja sowieso davon überzeugt, dass diese Jungs die Verbrecher waren, die Minna Schneider auf dem Kerbholz hatten. Nur hatte er das verdrängt, solange er noch die Hoffnung gehegt hatte, es könnte sich beim Brand in der Alten Schule um einen Unfall gehandelt haben und nicht um Brandstiftung. Plötzlich sah er sie vor sich: lachend und feixend in der Kirchenbank, beim Konfirmandenunterricht unflätige Witze reißend. Aber Mörder? Dann dachte er an die Gespräche mit den Eltern, die jede Beteiligung ihrer Kinder als Unterstellung empört weit von sich weisen würden. Und er dachte an die Recherche der Namen und wen er würde fragen müssen, um den Anfang des Fadens zu finden.

Er wusste, dass er ja doch einmal den Blick von seinem Hemd nehmen musste. Das tat er und sah Abrams erwartungsvolle Augen auf sich. Seufzend stand er auf. »Jaha, ich ruf sie ja an.«

*

Gertrud klang überraschend aufgeräumt, geradezu erfreut. »Hey, lange nichts mehr von dir gehört. Wie geht es denn so?«

Auf diese Frage war er nicht vorbereitet, nicht bei Gertrud. »Na ja, ganz gut«, stotterte er, obwohl es nicht stimmte. Dann ging er in die Offensive. »Warum kriege ich dich gar nicht mehr zu sehen an den diversen Tatorten des Rheiderlandes?«

»Ich wurde befördert.«

»Befördert?«

»Ich muss nicht mehr im Schlamm zwischen deinen Opfern herumstapfen. Ich muss auch nicht mehr über die Schülerlotsenaktion in Boen oder den Maibaumstreich von Heinitzpolder berichten. Nein, ich darf kommen, wenn Täter, Streichspieler oder Schülerlotsen vor Gericht gestellt werden. Ich bin Gerichtsreporterin.«

Jetzt klang sie nicht mehr ganz so aufgeräumt. Ihre Stimme hatte etwas Scharfes bekommen, das er nicht deuten konnte.

»Gerichtsreporterin? Aber es passieren im Rheiderland doch gar nicht viele Verbrechen. Was machst du denn in der Zwischenzeit?«

»In der Zwischenzeit berichte ich über die regionale Wirtschaft.«

Er wartete ab, ob noch etwas folgte, aber es kam nichts. Da er nicht wusste, wie er reagieren sollte, stellte er die Frage, wegen der er angerufen hatte: »Kennst du eine Bande von Jungs in Wymeer, die Minna Schneider belästigt haben?«

»Schon davon gehört«, war die Antwort.

»Kannst du mir mit Namen weiterhelfen?«

»Krieg ich raus.«

Pause. Es war deutlich, dass sie am Telefon nicht mehr sagen wollte. Vielleicht hörte jemand mit, der das nicht hören sollte.

»Wollen wir uns treffen?«

»Ja, treffen wir uns in einer Dreiviertelstunde in den *Schönen Aussichten*. Ich muss sowieso noch zur Wirtschaftsförderung beim Landkreis.«

Kurze Zeit später saßen sie zusammen vor den großen Fenstern des Lokals und blickten auf den still vor ihnen liegenden Hafen und die stimmungsvolle Silhouette der Leeraner Altstadt. Die Leeraner Rudervereine hatten die Saison bereits wieder eröffnet, und sie konnten beobachten, wie Jugendliche mehrere Ruderboote aus dem Bootshaus herausbrachten. Dann ertönte der Befehl des Steuermanns »Dreht das Boot!«, und die Jugendlichen drehten es um. Die Befehle »Lasst das Boot zu Wasser!«, »Fertig machen zum Einsteigen!« wurden gekonnt ausgeführt. Schon glitten zwei Vierer mit Steuermann über das Wasser, begleitet von den Rufen der Möwen und von weißen Schwänen, direkt auf den Turm des alten Leeraner Rathauses zu.

Während Möllenkamp den Booten nachsah, fühlte sich das Leben leicht und sorglos an. Das Gefühl endete, als Gertrud ihren Big American Burger mit zweimal Fleisch und Pommes Mayo serviert bekam. Ein wenig neidisch beobachtete Möllenkamp, wie sie die weichen Brötchenscheiben mit beiden Händen packte, den Mund weit öffnete und behaglich von dem Turm abbiss. Eine der Hackfleischscheiben dazwischen wollte sich nach hinten davonstehlen, links und rechts fielen Zwiebeln herunter auf die Mayonnaise. Das passierte immer, es war einfach unmöglich, einen Hamburger anständig zu essen. Aber er roch so verführerisch, dass Möllenkamps Magen den zuvor verzehrten Steckrübeneintopf sofort weiter in den Darmtrakt schob und vorgab, schon seit langer Zeit auf Essen zu warten.

Anstatt dem Täuschungsmanöver seines Körpers nachzugeben, konzentrierte sich Möllenkamp darauf, seinen Kaffeebegleitkeks aus dem Aluminiumpapier auszupacken und sich das süße Karamellgebäck in den Mund zu schieben. Eigentlich stand er nicht auf Kekse, aber irgendetwas gegen den Hunger brauchte er jetzt.

»Was ist bei euch eigentlich los?«, fragte er. »Warum müssen wir uns konspirativ treffen und können nicht mehr am Telefon offen reden?«

»Weil ich doch befördert worden bin«, grummelte Gertrud.

»Ich verstehe nicht. Das ist doch toll.«

»Ist es nicht. Ich darf gar nicht mehr machen, was mir Spaß macht. Mein Kollege deckt jetzt die lokalen Rheiderland-Themen ab, und ich treibe mich auf Wirtschaftsempfängen und vor Gericht herum.«

»Verstehe«, sagte Möllenkamp, obwohl er nichts verstand, »Und das ist der Grund, warum du mir die Namen von den Jugendlichen aus Wymeer nicht am Telefon nennen kannst?«

»Klar, dann denkt Wessels sofort, dass ich in seinem Revier wildere, und ich kriege Stress mit ihm.«

»Wenn du mir was gesagt hättest, dann hätte ich ihn ja auch fragen können, ob er –«

»Auf keinen Fall!« Unwirsch winkte Gertrud mit der Hand ab, in der sich noch der Rest vom Burger befand, von dem nun kleine Zwiebelstückchen neben den Tisch auf den Boden fielen. »Ich will ja wissen, an was du dran bist. Hatte mir den Fall sowieso schon vorgenommen.«

Jetzt verstand Möllenkamp. Gertrud war auf das Thema auch ganz heiß, durfte aber nicht ran. Hätte er sich auch denken können. Das tat ihm zwar leid, aber für ihn war vor allem die Information wichtig.

»Also, das ist mir jetzt zu kompliziert. Wen soll ich fragen, wenn ich was wissen will: dich oder deinen Kollegen?«

»Mich natürlich. Und wenn du was weißt, dann sagst du's auch mir. Wessels wird dir keine Hilfe bei deiner Arbeit sein. – Sag mal, starrst du mir auf den Busen?«

Fasziniert hatte Möllenkamp beobachtet, wie der Burger in Gertruds Mund verschwunden war. Allerdings nicht ganz unfallfrei, denn etwas von der lachsfarbenen Burgersoße war auf ihr Sweatshirt getropft, und er hatte den Weg der Soße ganz unwillkürlich mit den Augen verfolgt. Die Vorstellung, Gertrud auf den Busen zu starren, war ihm so fremd, dass er allein bei dem Gedanken daran errötete. Sie hatte es geschafft, ihn in Verlegenheit zu bringen, und genau das hatte sie gewollt. Natürlich wusste sie recht gut, dass er ihr keine

Informationen geben durfte, die über die offiziellen Verlautbarungen der Polizei hinausgingen. Aber sie hatten in der Vergangenheit schon so viel Wissen geteilt, dass er ihr mit diesem Argument kaum kommen konnte. Sie wollte also, dass das so weiterging. Na gut. Erst mal war sie dran.

Sie seufzte: »Also schön, die Jungs. Ich habe mich erkundigt, wer genau dabei ist. Einige kenne ich, aber sei vorsichtig, einer ist der Sohn des Bürgermeisters, und der versteht keinen Spaß. Also, beide nicht.«

Möllenkamps Augenbrauen gingen nach oben. »Soll ich jetzt Angst bekommen?«

»Na ja, wenn du Bürgermeister Specker ärgerst, könnte es sein, dass in dem Dorf keiner mehr mit euch redet.«

»Gibt es etwas, womit ich vermeiden kann, ihn zu verärgern?«

Gertrud kaute auf der Unterlippe und überlegte lange: »Nein. Ich glaube nicht.«

Draußen legten die Ruderboote wieder an. Gut gewachsene Jugendliche aus guten Familien entstiegen den Booten, die sie auf ein Kommando hin gemeinsam aus dem Wasser hoben, umdrehten und über ihren Köpfen zum Bootsständer trugen, um sie trocken zu reiben. Freundliche Mütter in Autos der gehobenen Mittelklasse erwarteten ihre Kinder vor dem Bootshaus. Einige fuhren auch mit dem Fahrrad nach Hause, wo sie sich umgehend an die Erledigung ihrer Hausaufgaben machen würden. Möllenkamp beobachtete all dies, und es gefiel ihm. Er notierte sich die Namen, die Gertrud ihm nannte.

»Wenn du die Jungs suchst, dann geht ihr von Fremdeinwirkung aus?«, wollte sie wissen.

135

Jetzt also musste er seine Gegenleistung bringen. »Unser Forensiker in Oldenburg schließt eine natürliche Brandursache aus und hält einen Unfall für sehr unwahrscheinlich. Es wurde Brandbeschleuniger gefunden.«

Gertrud pfiff durch die Vorderzähne. »Das ist starker Tobak. Nicht, dass mir die Jungs leidtäten, die sind eine üble Bande. Aber dass sie so etwas wirklich gewollt haben, mit allen Konsequenzen, kann ich mir nicht vorstellen. Da müsste schon etwas völlig aus dem Ruder gelaufen sein.«

»Schon möglich. Darum will ich ja mit ihnen sprechen. Wenn der Bürgermeister und sein Sohn so leicht zu verärgern sind, dann sollte ich vielleicht mit jemand anderem anfangen.«

Gertrud musste nicht lange nachdenken. »Fang mit Oliver Meinders an. Und frag den Sohn von Bürgermeister Specker zuletzt. Was immer die Jungs gemacht haben, eins steht fest: Sie hatten Swart Minna auf dem Kieker und haben es verdient, in die Mangel genommen zu werden.«

Die Sprachregelung

Mittwoch, 18. April, später Nachmittag

Die Wildgänse kannten das Bild schon: Rauchkringel über Reifenstapeln. Sie betrachteten die fünf Jungs, die da herumlagen, als Teil des Inventars, so selbstverständlich wie Kühe, Gras und Wintergetreide. Dass da wichtige Dinge besprochen wurden, interessierte sie nicht. Sie wollten wieder in den Norden zum Brüten.

Unten brüteten die Jungs gerade einen gemeinsamen Plan aus. Oder vielmehr: eine Sprachregelung, wie Specki wichtigtuerisch gemeint hatte. Solche Begriffe lernte man in einem Politikerhaushalt. »Also, der Bulle war bei dir zu Hause, Olli, und wollte mir dir sprechen. Da bist du dir sicher?«

»Ja, Mann.«

»Und was hast du gesagt?«, fragte Specki.

»Nix, ich bin getürmt.«

Ein lautes Knattern ertönte, irgendwo muhte eine Kuh.

»Igitt, Fanti, du Schwein!«

»'tschuldigung, meine Mutter hat Erbsensuppe gekocht.«

»Bronto, gib mir 'ne Kippe. Den Gestank hält man ja nicht aus.«

Ein Rascheln, das Geräusch eines klickenden Feuerzeugs, das Knistern einer angebrannten Zigarette und das Geräusch von tiefem Inhalieren folgten.

»Jetzt seid doch mal still«, ertönte Speckis Stimme. »So kann ja kein Mensch nachdenken.«

»Wat willste denn nachdenken? Olli is getürmt, die Polizei is weg, keiner hat was gesehen, keiner was gesagt. Klappe zu, Affe tot.« Brontos Stimme klang tiefenentspannt, Rauch stieg auf.

Hinter dem Reifenstapel raschelte es jetzt heftig, ein Ächzen erklang, als strengte sich jemand mächtig an, dann wurde eine glühende Zigarettenkippe über die Reifen geschnippt.

»Hoho, der Bürgermeistersohn hält eine Ansprache. Wir haben aber gar keine Sektgläser in der Hand.«

»Hier, Fanti, ich hab was für dich.«

Ein Reißverschluss wurde aufgezogen, dann hörte man am Klicken und Zischen, wie Dosen geöffnet wurden. Klackend schlug ein Weißblech auf das andere, dann Schlucken, dann tiefes Rülpsen.

»So, Specki, wir haben angestoßen. Kannst loslegen.«

Eine schnelle Bewegung, ein Faustschlag, ein Stöhnen. Dann zischte es: »Jetzt hör mal zu, du Kretin. Wenn die Polizei einmal bei dir war, dann kommt sie wieder. Die wollen wissen, wer Swart Minna abgefackelt hat. Ob wir das waren.«

»Dann lautet die Sprachregelung: Wir haben nix damit zu tun, du Arsch!« Brontos Stimme klang eingeschnappt.

»Wirklich nicht?«

Schweigen. Die Stimme, die als Nächstes sprach, klang unsicher. »Was willst du denn sonst sagen, Specki? Wir müssen sagen, dass wir den ganzen Abend zusammen waren und sich keiner von uns woanders rumgetrieben hat.«

Eine kleine Pause, dann sagte die Stimme, die Specki gehörte, in sachlichem Ton: »Kevin war nicht die ganze Zeit bei uns.«

»Was soll das denn? Das stimmt doch gar nicht! Ich war die ganze Zeit bei euch.« Die empörte Stimme, die jetzt ertönte, hatte man vorher noch nicht vernommen.

Wieder das Klicken eines Feuerzeugs, die Stimme des Anführers klang gelassen. »Ah ja, wirklich? Ach egal, ich weiß es nicht mehr genau. Ist ja auch nicht wichtig. Wichtig ist bloß, dass wir der Polizei erzählen, dass wir zusammen waren und nicht, ob wir tatsächlich zusammen waren. Nicht wahr, Kevinbaby?«

»Aber du weißt doch genau …«

»Und wichtig ist, dass wir alle wissen, was wir zusammen gemacht haben.«

Jemand kratzte sich geräuschvoll am Kopf. »Aber wir können der Polizei nicht sagen, was wir wirklich gemacht haben, also dass wir …«

»Sag mal Bronto, hamse dich im Krankenhaus verwechselt? Deine Eltern sind doch gar nicht so dumm wie du. Oder liegt's am Dope?« Die Stimme von Specki klang lauernd, gefährlich, dann wurde sie laut: »Natürlich sagen wir das nicht, du Spast!« Eine kleine Kunstpause folgte, offenbar dachte der Sprecher nach. »Hört zu, Männer, es ist wichtig: Wir waren den ganzen Abend zusammen. Zuerst haben wir bei mir ein bisschen Limo getrunken. Das kann keiner nachprüfen, weil meine Alten weg waren. Dann sind wir zum Osterfeuer gegangen …«

»Aber beim Osterfeuer war'n wir nich, und da hat uns auch keiner gesehen«, beharrte Bronto auf seinem Standpunkt.

»Erst als die anderen auch alle zur Alten Schule kamen«, ergänzte Fanti, und dann: »Was scheiße ist.«

139

»Jetzt hört doch auf. Wir müssen nur Leute finden, die bezeugen, dass wir die ganze Zeit beim Feuer waren. Katja sagt auf jeden Fall für uns aus, wenn ich sie darum bitte«, wandte Olli ein.

»Ich glaub nich, dass Katja noch was sagt, wenn ihre Eltern erst mal mitgekriegt haben, dass du mit ihr rummachst«, meinte Fanti.

»Trotzdem ist das eine gute Idee«, sagte Specki nachdenklich. »Horst Krieger schuldet mir noch einen Gefallen. Der war auf jeden Fall beim Feuer. Und Crazy Bitch Jutta will sicher nicht, dass ich ihren Eltern erzähle, dass sie ihr Dope von dir kriegt, Bronto.«

Während Specki weiter die Bekannten durchging, die für ein falsches Alibi infrage kamen, ertönte erneut die vorsichtige Stimme von Kevin: »Ich versteh nicht, warum wir uns ein Alibi zurechtbasteln müssen, wo doch keiner von uns das Feuer gelegt hat. So was braucht man doch nur, wenn man schuldig ist.«

Specki seufzte übertrieben, als hätte er es mit einem besonders begriffsstutzigen Menschen zu tun. »Und wenn es doch einer von uns war? Zum Beispiel einer, der nicht den ganzen Abend mit uns zusammen war?«

»Aber …«

»Jetzt hör doch auf, Specki. Du siehst doch, dass der Kleine fast weint.«

Die anderen lachten.

»Nun lasst ihn doch. Gerade hat er seinen Alten fast erschlagen, da will er nicht auch noch wegen 'nem Mord vor Gericht.«

Eine weitere Bierdose wurde zischend geöffnet, und der

Tabak roch allmählich süßlicher. Von der Weide her drang das Muhen der Schwarzbunten. Das Bild, das die Wildgänse von oben zu sehen bekamen, hätte friedlicher nicht sein können.

»Wenn man ihn so anguckt, denkt man gar nicht, dass der zu so was fähig ist.« Das Gelächter wurde lauter.

Es raschelte deutlich, dann hastete eine Gestalt hinter dem Reifenstapel hervor und rannte über die Wiese weg.

»Ups, weg isser«, sagte Olli.

»Tja, er ist einfach zu sensibel«, meinte Specki nachdenklich. »Jetzt lasst uns mal die Sprachregelung durchgehen. Ich verklicker das unserem Kevin später dann schon.«

Vier Jungs steckten die Köpfe zusammen, und von oben sah es so aus, als ob die Köpfe rauchten.

Kevin

Mittwoch, 18. April, gegen Abend

Im Auto telefonierte Stephan mit seiner Mutter. Ihre Stimme klang müde, abgespannt. »Geht schon, Junge. Schön, dass du anrufst. Du musst das aber nicht tun.«

»Warst du den ganzen Tag im Krankenhaus?«

Sie atmete erschöpft aus: »Nein, wir wechseln uns ab. Heute Vormittag war Georg bei ihm, heute Abend Josef. Ich war nachmittags da. So geht das, ja. Für Josef ist es etwas schwierig, weil er ja arbeiten muss …«

Stephan meinte, zwischen den Zeilen sehr viel Unausgesprochenes zu hören. *Du musst das nicht tun* hieß: Du rufst doch sonst auch nie an, dann brauchst du dir jetzt auch kein Bein auszureißen. Wenn es für Josef schwierig wurde, weil er arbeiten musste, hieß das umgekehrt, dass Georg wieder mal gerade keinen Job hatte.

»Wie geht's Papa?«

»Unverändert.«

»Was sagen die Ärzte?«

»Die halten sich bedeckt. Sagen, dass es erst mal ein großer Erfolg ist, dass er sich stabilisiert hat, dass man jetzt abwarten muss, dass es noch zu früh ist, etwas zu sagen. Du weißt schon. Wie Ärzte eben so sind.« Sie schwieg eine ganze Weile, und Möllenkamp wollte gerade fragen, ob sie noch dran war. Dann sagte sie: »Ich stecke jeden Tag eine Kerze im Dom an. Ich bete mindestens dreimal am Tag für ihn, morgens beim Aufwachen, mittags, abends vor dem Zubettgehen. Glaubst du, Gott reicht das vielleicht nicht? Ich kann Papa doch nicht gehen lassen. Er braucht mich doch!«

Dann weinte sie. Das enthob ihn einer Antwort, die er nur schwer hätte geben können. Ob Gott das reichte? Gab es Gott? Eine Frage, um die er sich gerne herumdrückte. Er war kein Revolutionär gegen die Kirche. Ganz im Gegenteil: Er hielt die Kirche für eine Institution, die Gutes tat und die Menschen ideologisch im Zaum hielt. Wohin es führte, wenn Sinnsuche und Allmachtsfantasien sich andere Glaubensgegenstände suchten, konnte man jeden Tag auf der Welt besichtigen. Auch die kirchlichen Rituale, wie etwa die Unterteilung des Kalenderjahres in hohe christliche Feiertage und die ihnen vorausgehenden Wochen der Vorbereitung und Erwartung, mochte er – am liebsten, wenn Menschen um ihn herum sie pflegten und er sich ein wenig an den Ritualen wärmen konnte, ohne zu sehr involviert zu werden. Aber ob in diesem Gefüge ein tatsächlicher Geist existierte?

Hier hatte er seine Mutter immer für firm gehalten, ihren Glauben für unbezweifelbar. Aber was sollte es heißen, wenn sie ihren Mann nicht sterben lassen wollte, weil er sie doch brauchte? Wo konnte er denn mehr Unterstützung erwarten als in Gottes Obhut? Hielt sie sich selbst etwa für bedeutender?

Noch immer weinte sie. Leise, unaufdringlich, wie sie schon immer gewesen war. Möllenkamp schämte sich, ein so schlechter Sohn zu sein. Und die Scham wurde zum Zorn. Hätte sie denn nicht aufdringlicher sein können?

Warum stellte sie nicht einfach Forderungen an ihn? Das machte Meike doch auch, und so funktionierte er am besten. Es entlastete ihn, dann musste er nicht selbst darüber nachdenken, was angemessen war, wie oft er sich blicken lassen sollte, wie regelmäßig er anzurufen hatte.

Er flüchtete sich ins Praktische: »Mama, nicht weinen, ich komme am Wochenende. Dann besuchen wir Papa und gehen zusammen in den Dom, um eine Kerze anzuzünden. Ich spreche auch mit den Ärzten. Vielleicht wissen die schon etwas mehr, und wir können Dinge für Papa vorbereiten, wenn er nach Hause kommt.«

Mutter schniefte. »Ja, mein Junge, das machen wir. Ich freue mich drauf. Aber nur, wenn es nicht zu viele Umstände macht!«

Er hasste sich selbst. Hatte er so viele Jahre tatsächlich den Eindruck erweckt, dass alles wichtiger war als die Familie? Dass es *Umstände* machen könnte, sich bei seinen Eltern blicken zu lassen? Was war er nur für ein Sohn gewesen! Auch wenn sein Vater ein komischer Kauz geworden war: Welches Recht hatte er, ihn dafür mit Abwesenheit zu strafen? Und welches Recht, seine Mutter allein mit ihm zu lassen?

»Mach dir keine Sorgen«, sagte er und legte auf.

Er würde zu Hause eine Liste machen. Da würde er draufschreiben, auf was es jetzt ankam: Pflegedienst beauftragen, Pflegestufe beantragen, Patientenverfügung aufsetzen, notwendige Umbauten im Haus auflisten. Dann hatte er wenigstens etwas Nützliches getan.

Der Gedanke erleichterte ihn ein wenig. Seine Brüder würden schon sehen, dass er doch zu etwas nutze war.

Am Horizont dämmerte es. Der blaue Himmel war mit ein paar grauen Wolken betupft, ging dann in einen Streifen Rot über und mündete in ein zartes Orange. Wieder einmal fuhr Möllenkamp am Emsdeich entlang auf der Bundesstraße 436 Richtung Jann-Berghaus-Brücke. Er dachte daran, wie er früher immer über die Brücke gejoggt war, dann in Bingum abgebogen und den Emsdeich entlanggelaufen war, immer an den staunenden Augen der Schafe vorbei. Aber vielleicht hatte er sich das ja auch nur eingebildet, und die Schafe hatten sich gar nicht für ihn interessiert.

Er zwang seine Gedanken zurück zum Fall. Eigentlich war sein Nachmittag ein Reinfall gewesen. Er hatte zuerst Oliver Meinders sprechen wollen, aber der war nicht zu Hause gewesen. Nach und nach hatte er die anderen Elternhäuser der Jungs, die nach Gertruds Aussage zur Clique gehörten, auch abgeklappert, aber niemanden zu Hause angetroffen. Die Väter waren arbeiten, klar. Aber die Mütter? Alle? Das war doch in Ostfriesland eigentlich gar nicht üblich. Er vermutete, dass die fünf Jungs irgendwo zusammensteckten. Er war auch herumgefahren, um sie zu finden, aber was nutzte ihm das, wenn er nicht wusste, wo. Er würde sie vorladen lassen und sich dann einen nach dem anderen vornehmen. Das nahm ihm das Überraschungsmoment, aber was half es?

Auf der Jann-Berghaus-Brücke stand ein Junge am Geländer und sah auf die Ems. Seine Gestalt war schmal, er trug einen schwarzen Kapuzenpullover, sodass man sein Gesicht nicht sah. Ein Fahrrad lag auf dem Gehweg.

Möllenkamp fuhr vorbei. Nichts war ungewöhnlich an

diesem Bild, trotzdem heftete er seine Augen auf den Rückspiegel. Irgendetwas stimmte nicht an der Art, wie der
Junge das Geländer umklammerte. Und warum hatte er
sein Fahrrad so achtlos hingeworfen? Er schien zu schwanken, oder kam ihm das nur so vor? Wollte er springen? Das
konnte gefährlich sein, die Ems hatte Tideströmungen und
Strudel.

Die Straße machte eine Kurve, und der Junge geriet jetzt
aus seinem Blickfeld. Stephan Möllenkamp bog nach rechts
ab, um über die Seeschleuse zu fahren, doch nach wenigen
Metern überlegte er es sich anders. Er wendete den Wagen
und fuhr zurück auf die Brücke. Das Fahrrad lag dort, wo
es gerade eben noch gelegen hatte. Von dem Jungen war
keine Spur zu sehen. Sein Herzschlag setzte einen Moment
aus. Er hielt den Wagen an, schaltete die Warnblinkanlage
ein und stieg aus. Autos fuhren an ihm vorbei, ein Fahrer
hupte, weil Möllenkamps Wagen eine Fahrbahn blockierte,
doch niemanden schien dieses Fahrrad zu irritieren. Er
überquerte die Straße und ging klopfenden Herzens auf
das Geländer zu. Was würde er tun, wenn er dort unten
den Jungen treiben sah? Springen? Nein, das würde er wohl
nicht wagen. Mit seinem Telefon Hilfe rufen und dann dabei zusehen, wie der Junge inzwischen ertrank? Ob es in
dem Brückenwärterhaus Rettungsringe gab? Vermutlich.

Er beugte sich über das Brückengeländer und ließ seinen
Blick über das schlickige bräunliche Wasser gleiten, in dem
die Strudel deutlich zu erkennen waren. Er konnte niemanden sehen. Aber irgendwo musste der Junge ja geblieben sein. Wieder glitt sein Blick zu dem größeren der beiden Brückentürme. Er war von einem umlaufenden Bal-

kon umgeben. Und da sah er ihn. Er stand hinter dem Gebäude, von der Straße aus schlecht auszumachen. Was wollte er dort? Möllenkamp rannte zum Brückenwärterhaus, wurde dann langsamer und versuchte, sich über die Absichten des Jungen klarzuwerden. Wenn er ihn erschreckte, dann würde er vielleicht über das Geländer springen. Er musste sich bemerkbar machen, aber ohne einen Fluchtreflex auszulösen. Der Junge klammerte sich an das Geländer, er suchte eindeutig Halt, weil er unsicher auf den Beinen war. Wahrscheinlich war er betrunken. Dabei war er höchstens dreizehn Jahre alt.

So normal wie möglich rief er: »Hallo!«, und versuchte sich lässig auf die Absperrung zu lehnen, die zu der umlaufenden Plattform führte. »Das Wasser sieht toll aus von hier oben, stimmt's?«

Der Junge wandte seinen Kopf nicht um. Allerdings machte er auch keine Anstalten, über das Geländer zu klettern. »Sag mal, ist das dein Fahrrad da hinten? Ich hab's da liegen sehen und angehalten. Könnte leicht geklaut werden, dacht ich mir.« Immer noch keine Reaktion, aber das Schwanken wurde stärker. »Hör mal, vielleicht solltest du da wegkommen. Die Absperrung ist ja nicht umsonst da.«

Endlich drehte der Junge sich um. Seine Augen waren groß, dunkel und nass. Er hatte ein schönes Gesicht, auf dessen Haut sich noch keinerlei pubertäre Unreinheiten zeigten. Einen »Jüngling« hätte man ihn wohl in früheren Zeiten genannt. Nur die Kleidung passte nicht zu dem Wort.

»Mirdochejal«, stieß er lallend hervor.

Der Junge war eindeutig nicht in der Lage, seine Fahrt

mit dem Rad fortzusetzen. Er konnte aber auch nicht hierbleiben.

»Soll ich dich irgendwohin mitnehmen? Ich könnte dein Fahrrad hinten in den Kofferraum legen und dich nach Hause bringen«, schlug Möllenkamp vorsichtig vor.

»Geinbedarf«, kam es zurück.

»Was ist denn hier los?«, dröhnte es auf einmal von hinten. Ein großer, bärtiger Mann in Warnweste stand auf einmal hinter Möllenkamp. »Das ist doch hier kein Spielplatz. Komm da runter, Junge, sonst setzt es was! Und Sie, können Sie nicht auf Ihren Bengel aufpassen?«

Der Brückenwärter stürmte die Plattform. Noch bevor der Junge eine Bewegung machen konnte, hatte der Mann ihn am Kragen gepackt und zerrte ihn zu Möllenkamp. »Unverantwortlich ist das. Was glauben Sie, warum da ein Zaun ist, he?« Und während er sich wieder dem Brückenhaus zuwandte, rief er noch: »Das nächste Mal rufe ich die Polizei!«

Der Junge stand jetzt ganz dicht vor Möllenkamp, hielt aber den Blick gesenkt. Die Schnapsfahne konnte Möllenkamp deutlich riechen. Er würde ihm nicht weglaufen können, dazu war er viel zu betrunken. Aber er konnte ihn ja auch nicht einfach packen und ins Auto verfrachten. »Soll ich dich jetzt mal nach Hause bringen?«, fragte er sanft.

Der Junge schüttelte den Kopf, er konnte sich kaum auf den Beinen halten.

»Weißt du was? Du setzt dich jetzt mal in mein Auto. Ich packe dein Fahrrad ein, und dann überlegen wir weiter. Einverstanden?«

Da keine Reaktion erfolgte, nahm Möllenkamp das als

Zustimmung und führte den Jungen über die Straße. Er setzte ihn auf den Beifahrersitz und stieg dann noch einmal aus, um das Fahrrad zu holen. Da das Fahrrad nicht vollständig in seinen Escort Kombi passte, musste er die offene Kofferraumklappe mit einem Seil festbinden. Als er mit dem Verstauen fertig war und sich wieder ins Auto setzen wollte, war der Junge fast eingeschlafen. Die Augen waren glasig und halb geschlossen, die Lippen ein wenig aufgeworfen, und auf seiner Oberlippe zeigte sich der erste dunkle Flaum. Möllenkamp stieß ihn leicht an. »Woher kommst du?«

»Wymeer«, kam es zurück.

Möllenkamp startete den Wagen. Wymeer, klar, woher auch sonst? Er blickte nach rechts. Bevor der Junge endgültig eingeschlafen war, musste er noch wissen, wer er war. »He, wie heißt du denn?«

Der Junge reagierte nicht. Während Möllenkamp den Wagen wieder Richtung Süden steuerte, wo er vorhin erst hergekommen war, versuchte er gleichzeitig, dem Jugendlichen neben ihm seinen Namen zu entlocken. Er stieß ihn vorsichtig mit dem Ellbogen an, aber vergeblich. Auch als er ihn ein wenig an der Schulter rüttelte, gab es keine Reaktion. Es war, als säße ein Kartoffelsack neben ihm.

Möllenkamps Handy klingelte, und während er in seiner Jackentasche danach wühlte, sah er plötzlich die Bremslichter des vor ihm fahrenden Autos viel zu nah vor sich. Er ging in die Eisen, der Junge wurde nach vorne geschleudert, jedoch vom Gurt aufgehalten. Die heftige Bewegung schien ihm nicht gut bekommen zu sein, denn er fing an zu würgen. Noch bevor Möllenkamp sein Auto auf dem Seitenstreifen zum Stehen bringen konnte, ergoss sich ein Schwall übel riechenden Mageninhalts auf die Fußmatte des Beifahrersitzes. Der Junge hustete und würgte, und Möllenkamp tastete vergeblich nach einem Taschentuch. Es war auch überflüssig, denn der Junge hatte sich den Mund schon am Ärmel seines Hoodies abgewischt. Möllenkamp rannte auf die Beifahrerseite, nahm die stinkende Fuß- matte aus dem Auto, wobei er sorgfältig darauf achtete, dass nichts von dem Erbrochenen an den Seiten herunter- lief, und legte sie auf den Grasstreifen am Straßenrand. Dann schaute er sich den Wagen noch einmal genauer an. Von dem bestialischen Gestank abgesehen hatte der Innen- raum gar nicht mal so viel abbekommen. Er überlegte kurz, ließ dann die Fußmatte kurzerhand liegen und stieg wieder ein. Dieser Tag konnte nur noch ein gutes Ende nehmen, wenn er mit einem Bier in der Hand auf der Couch saß und sich von Meike trösten ließ.

Immerhin war der Junge jetzt wach. »Geht's besser?«, fragte Möllenkamp. Der Junge nickte.

»Wie heißt du denn?«

»Kevin Koerts.«

Heile Familie

Mittwoch, 18. April, gegen Abend

»Na, wie war's bei der Arbeit?«, fragte Gottfried, als Gertrud in sein Haus in Charlottenpolder eintrat. Sie glaubte, sich verhört zu haben. So etwas hatte er noch nie gefragt. Abhängige Lohnarbeit war in seinen Augen politisch höchst zweifelhaft, stützte sie doch das kapitalistische Ausbeutersystem. Sie war nur dann akzeptabel, wenn es sich gar nicht vermeiden ließ. Nicht, dass er der Arbeit an sich ablehnend gegenübergestanden hätte. Gearbeitet hatte Gottfried immer. Nur eben an den Dingen, die er selbst für sich und für die Gesellschaft als wichtig angesehen hatte. Mit dem Problem, dass ihn niemand für seine Studien zur deutschen Geschichte, den Verwerfungen des Kapitalismus und der Plünderung des Planeten bezahlte, hielt er sich nicht lange auf.

Immerhin hatte er mit der Bienenzucht nun ein Hobby gefunden, das ein politisches Statement war, ihm Spaß machte und außerdem noch etwas Geld abwarf. Gertrud war nur gespannt, wann der Zeitpunkt kam, dass Gottfried sich mit dem Bunder Imkerverein überwarf. Das passierte eigentlich immer irgendwann. Gottfried war kein Mann der Kompromisse. So hatte er auch die Bürgerinitiative »Wir für die Ems« zunächst leidenschaftlich unterstützt und sich schließlich im Streit mit den anderen zurückgezogen, weil die ihm »zu lau« gewesen waren. Weil ihm der

Ruf des Extremisten anhing, war er in den Verdacht geraten, den prominenten Sperrwerkbefürworter Tadeus de Vries umgebracht zu haben. Aber ein Extremist, das hatte Gertrud festgestellt, war Gottfried nicht. Er nahm nur alles sehr ernst.

»Frag nicht«, brummte Gertrud und dann: »Warum willst du das wissen?«

Gottfried blickte von der Zarge auf, die er einer leeren Bienenbeute entnommen hatte, um sie zu reparieren. »Na ja, du siescht in letzter Zeit nedd so gligglisch aus«, meinte er.* Seinen hessischen Dialekt hörte man immer noch durch, wenn er sich nicht gerade große Mühe machte, Hochdeutsch zu sprechen.

»Bin ich ja auch nicht. Seit Airbus mich zur Gerichtsreporterin gemacht hat, darf ich mich in den Dörfern ja gar nicht mehr blicken lassen. Das macht jetzt alles Wessels. Und der passt auf wie ein Schießhund, dass ich nicht in seinem Revier wildere. Ich darf erst dann an die Themen ran, wenn das Blut weggewischt ist und alle ihre Stiefel geputzt haben. Wenn das so weitergeht, dann kennt mich bald keiner mehr im Rheiderland, und die Leute nehmen mich auch nicht mehr ernst.«

»Kannst du nicht noch mal mit deinem Chef sprechen? Vielleicht überlegt er sich's. Schließlich hast du der Zeitung viele Geschichten gebracht.«

»Vergiss es«, seufzte Gertrud.

Eine kleine Pause entstand, und in Gertrud keimte ein komisches Gefühl. Würde er jetzt das Tabu brechen? Das Tabu,

---

*   Na, du siehst in letzter Zeit nicht so glücklich aus.

das sie um den ermordeten Mariano Endrile herum gebaut hatten, nachdem sie die Philippinen vor fast einem Jahr verlassen hatten, ohne sich auf die Suche nach dessen verschollener Tochter zu begeben. Sie seien noch nicht fertig, hatte Gottfried damals in dem Hotel in Leyte zu ihr gesagt, während der endlose Regen auf das Dach prasselte. Aber sie hatte das anders gesehen. Sie wollte sich nicht mit seinem Kinderwunsch auseinandersetzen, und sie wollte sich auch nicht damit auseinandersetzen, warum sie selbst einen solchen Wunsch immer so weit von sich gewiesen hatte. Aber nun war das Kind der Elefant im Raum, um den sie beide vorsichtig herumtänzelten und so taten, als wäre er nicht da.

»Weißt du, Gertrud, so ein Job ist nicht alles«, begann er vorsichtig. »Vielleicht ist dieser Rückschlag ein Stupser Gottes, sodass du darüber nachdenken kannst, was es sonst noch im Leben geben könnte außer dem Beruf?«

Gertrud hätte genug Möglichkeiten gehabt, das nun folgende Gespräch im Keim zu ersticken. Sie hätte sarkastisch auf seine mangelnde Berechtigung hinweisen können, solche Aussagen zu machen, da er ja praktisch nie regulär in Lohn und Brot gestanden habe. Sie hätte darauf verweisen können, dass der Job für sie eben doch alles war. Sie hätte sagen können, dass sie neben der Arbeit noch zahlreiche Hobbys habe: Willms Kneipchen, Fußball und Bier. Sie unterließ all das, weil sie keinen Streit wollte. Aber trotzdem wollte sie sich nicht in die Ecke drängen lassen.

»Gottfried, du weißt, dass ich nicht an so was glaube. Und selbst wenn das ein Zeichen sein sollte oder so was. Was macht dich so sicher, dass ich die richtige Interpretation dafür finde?«

Während Gottfried sich weiter intensiv mit seiner Zarge beschäftigte, entgegnete er scheinbar zusammenhanglos: »Die Philippinos, du weißt schon, die momentan in unserer Kirchengemeinde zu Gast sind. Da sind Leute aus Leyte dabei. Ich habe gedacht, man könnte sie mal fragen, ob sie was wissen.«

»Und was sollen sie denn wissen«, fragte Gertrud schärfer als beabsichtigt. Sie beobachtete Gottfried, der so verdächtig arglos aussah, dass sie hätte schreien mögen.

Nun sah er auf und blickte sie geradeheraus an. »Wo die Tochter von Mariano Endrile geblieben ist. Wo sie Waisenkinder normalerweise hinbringen. Wo man sich erkundigen kann, ob sie noch lebt oder ob jemand sie adoptiert hat.«

Jetzt war es heraus. Sie hatte es die ganze Zeit gewusst. Trotzdem erschrak sie, als sie es aus seinem Mund hörte. Denn sie hatte keine Möglichkeit mehr, sich vorzumachen, dass er es mit der Zeit schon vergessen würde. Und jetzt, da er es ausgesprochen hatte, musste sie sich damit auseinandersetzen. Aber dazu hatte sie gar keine Lust.

»Wenn es dich so sehr interessiert, dann frag doch nach. Ich glaube nicht, dass wir uns um das Kind Sorgen machen müssen. Wenn die Nachbarn sie nicht behalten konnten, dann wird sie in ein Kinderheim gekommen sein, und dort geht es ihr im Zweifelsfall besser als in dem Slum. Sie wird ordentlich ernährt und wird eine Schulausbildung bekommen. Das ist mehr als die meisten der Kinder dort hoffen können.«

Gottfried starrte sie an. Seine blauen Augen hinter der kleinen Nickelbrille waren zusammengekniffen. »Das ist doch nicht dein Ernst«, sagte er. »Aus den Kinderheimen auf den Philippinen verschwinden doch dauernd Kinder. Sie werden quasi herausgekauft. Wenn sie Glück haben, kommen sie in eine nette ausländische Familie mit Geld. Wenn sie weniger Glück haben, werden sie von Filmschauspielern adoptiert, die sie als persönliches Charity-Projekt betrachten, und werden von da an von Kameras verfolgt. Wenn sie Pech haben, landen sie als Haushaltshilfen oder Sexsklaven irgendwo, wo sie nie wieder herauskommen. Von wegen lesen und schreiben lernen! Und diejenigen, die im Heim bleiben, haben auch niemanden, der nur für sie da ist.«

Gertrud hatte die Arme vor der Brust verschränkt. »Das ist alles sehr traurig, aber mit der Argumentation müsstest du Hunderte philippinische Waisenkinder hier aufnehmen.«

Gottfried war auf sie zugetreten und musterte ihr Gesicht. Das gefiel Gertrud gar nicht. »Völlig richtig, was du sagst. Das können wir nicht, leider. Aber tu doch nicht so, als wäre dir das Schicksal dieses einen Kindes völlig egal. Es ist die Tochter von Mariano Endrile! Wir haben Geld gesammelt, um dieser Familie zu helfen, nur war dann niemand mehr da. Fragst du dich denn nie, was aus dem Mädchen geworden ist?«

Gertrud zog die Arme fester um sich. »Nein«, erwiderte sie schroff.

Gottfried runzelte die Stirn und schüttelte den Kopf. »Vor was hast du nur solche Angst?«, fragte er. »Hat es mit deiner Familie zu tun? Ist das der Grund, warum du mich deinen Eltern immer noch nicht vorgestellt hast?«

Sofort war Gertrud im Angriffsmodus. »Angst« und »Familie« waren die Reizwörter, die sie immer auf hundertachtzig brachten. »Was ist denn mit deiner Familie?«, giftete sie. »Warum wurde ich ihr denn noch nicht vorgestellt? Was für eine heile Welt träumst du dir zusammen? Bei *Familie*«, höhnisch dehnte sie das Wort, »denken alle an Liebe und Geborgenheit, dabei wird da so viel geprügelt und gestorben wie sonst nirgendwo.«

Gottfried saß auf der Tischkante, den Schraubenzieher in der einen, den Hammer in der anderen Hand. Hinter seinem Ohr klemmte ein Bleistift, die Haare waren zerrauft. Er sah auf einmal ratlos aus. »Und warum bist du dann hier?«

Deep Purple rettete Gertrud vor der Antwort auf diese Frage. Sie hatte ihren Lieblingssong »Smoke on the Water« als Klingelton auf ihr Handy geladen, was sie jetzt selbst albern fand. Leider hatte sie vergessen, wie man das wieder änderte.

Es war Wessels. »Airbus hat gesagt, ich soll dir verkünden, dass du dich schon mal auf eine Gerichtssache vorbereiten kannst.«

Gertrud war sehr verwundert. »Interessant. Und das Gericht tagt heute Nacht, oder warum hat es nicht Zeit bis morgen?«

Wessels druckste herum. »Hatte vorhin vergessen, es dir zu sagen. Und dann warst du schon weg. Und später hab ich auch nicht mehr dran gedacht. Und wo es doch um Bürgermeister Specker geht, dacht ich, du wolltest es bestimmt gerne wissen.«

Gertrud war unentschieden, ob sie glauben sollte, dass

Wessels anrief, weil er wirklich ein schlechtes Gewissen hatte, ob er ihre Arbeit einfach ein bisschen behindern wollte oder ob er schlicht dämlich war. Dämlich war er auf jeden Fall, das war er auch schon gewesen, als sie sich noch richtig gut verstanden hatten. Aber inzwischen konnte auch noch anderes hinzugekommen sein.

»Was ist denn nun mit Specker? Stellen sie ihn vor Gericht? Wegen welcher seiner vielen Vergehen haben sie ihn denn endlich drangekriegt?«

»Also, vor Gericht steht er wohl noch nicht. Aber die Staatsanwaltschaft ermittelt gegen ihn wegen der Sache mit dem Kind im Wymeerer Dorfpark.«

Gertrud wusste genau, wovon er sprach. In Wymeer gab es einen kleinen Weiher, um ihn herum ein paar Spazierwege. Das Ganze einen Park zu nennen, war ziemlich übertrieben. Genutzt wurde der Park wenig, hauptsächlich von Jugendlichen, die das Gelände mit Chipstüten und Coladosen vermüllten. Einmal im Jahr trommelten NABU, Grundschule und Kirche für eine Aktion »Sauberes Wymeer«. Dann rückten Frauen und Jugendliche, die den Park nicht vermüllt hatten, mit Greifzangen und Plastiksäcken an, um den Dreck der anderen wegzumachen. Für die Teilnehmer gab's Erbsensuppe, und dann ging alles wieder von vorne los. In diesem Weiher wäre vor einem Jahr ein Kind beinahe ertrunken. Irgendwie war das kleine Mädchen hineingerutscht und nicht wieder herausgekommen. Jugendliche hatten sie gefunden, als sie bereits geraume Zeit im Wasser getrieben hatte. Sie war mit dem Leben davongekommen, aber der Sauerstoffmangel im Gehirn hatte dazu geführt, dass sie ihr Leben lang ein Pflegefall bleiben würde.

Nach einer Sammelaktion in der Gemeinde hatte die hilflose Familie aus der Hand von Bürgermeister Specker einen Spezialrollstuhl entgegengenommen. Gertrud selbst hatte das Foto noch geschossen, auf dem Mutter, Vater und Geschwister um den Rollstuhl herumstanden, in dem ein kleines Mädchen mit abwesendem Gesicht hockte. Gertrud hatte mehrere vergebliche Versuche unternommen, die Familie in den Mittelpunkt des Fotos zu rücken, aber Bürgermeister Specker war es jedes Mal gelungen, die beherrschende Figur im Bild zu bleiben. Schon kurz darauf raunte man sich zu, mit der Sicherung des Teiches habe die Gemeinde es nicht so genau genommen.

»Interessant. Hat die Staatsanwaltschaft den Gerüchten doch Glauben geschenkt.«

»Na ja«, meinte Wessels, »das sehen wir dann. Bei den Ermittlungen muss ja nicht unbedingt was rauskommen. Sobald Gerede rumgeht, dass der Teich nicht richtig gesichert war, müssen sie tätig werden. Bin gespannt, ob Specker das Feuer wieder mal austreten kann.«

Da hatte er wohl recht. Hans Specker war der vielleicht zwielichtigste Bürgermeister des Rheiderlandes, ein jovialer Mann mit erstaunlicher Wirkung auf ältere Frauen, in dessen Mundwinkel stets eine Zigarre klebte, und der hinter seinem kumpelhaften Umgangston gelegentlich aufblitzen ließ, dass mit ihm nicht zu spaßen war, wenn man ihm blöd kam. So schnell wagte keiner, einen Hans Specker anzuzeigen oder gegen ihn auszusagen. Wie die Staatsanwaltschaft aus ihren Ermittlungen einen Fall formen wollte, war Gertrud ein Rätsel. »Und Minna Schneider hat ihn angezeigt«, stellte sie fest.

»Äh, ja.« Wessels klang überrascht, dass Gertrud darauf gekommen war, dann fing er sich wieder. »Da hat sie quasi posthum noch ein gutes Werk getan«, kicherte er, als wäre das ein guter Witz. Gertrud verzichtete mühsam darauf, ihm zu sagen, was sie von ihm hielt.

»Wann ist die Anzeige gegen Specker gemacht worden?«, wollte sie wissen.

»Das war wohl schon im vergangenen Herbst«, antwortete Wessels.

Gertrud notierte sich das alles. »Hast du die Informationen alle vom Chef? Oder hast du selbst recherchiert?«

»Weiß ich vom Chef. Ich hab ja genug zu tun mit dem verschwundenen Priester.«

»Das ist ein Pastor, Wessels! Ach komm, hat ja eh keinen Zweck.« Sie legte auf.

»Was ist mit dem Pastor?«

Gertrud zuckte zusammen und drehte sich um. Gottfried blickte sie erwartungsvoll an.

»Mit dem Pastor? Nichts ist mit ihm«, sagte Gertrud.

»Ist der denn wieder da?«

»Nein, ist er nicht. Immer noch verschwunden.«

»Und du sagst, es ist nichts mit ihm.« Gottfried schüttelte den Kopf. »Da stimmt doch was nicht.«

Gertrud wusste nicht, ob Gottfried die Tatsache meinte, dass Pastor Vrielink nun schon einige Tage spurlos verschwunden war, oder ihre Bemerkung, dass mit ihm nichts sei. Sie war momentan aber vollauf damit beschäftigt, über Minna Schneider nachzudenken, die den Bürgermeister so hartnäckig mit Anzeigen verfolgt hatte, dass er sich nun wegen des Wymeerer Stadtparkteichs womöglich vor Gericht verantworten musste. Ihre Großtante Theda, bei der sie vorhin noch gewesen war, hatte ihr so einiges erzählt. Dafür hatte sie sogar den Obstboden auf sich genommen, den sie eigentlich hasste. Dem Obstboden und dem kandissüßen Tee würde Gertrud gleich noch mit einem Konterbier zu Leibe rücken müssen.

»Minna, ja, da tut's einem leid drum, obwohl man ihr ja oft die Pest an den Hals gewünscht hat«, hatte Theda bekannt.

»Tante Theda, ich kenn sie doch bloß vom Sehen und weiß nur, dass mit ihr was nicht ganz gestimmt hat«, hatte Gertrud gelogen. »Erzähl mal, warum war sie denn so unbeliebt?«

Theda hatte geseufzt. Es war ihr sichtlich unangenehm gewesen, darüber zu sprechen. »Sie war eben seltsam, ging den Leuten aus dem Weg. Aber eine fanatische Umweltschützerin war sie. Weißt du, ich finde die Umwelt ja auch wichtig, aber ich hab doch bloß das bisschen E 605 von Onkel Gerrit noch aufgebraucht, das in der Garage stand. Ist doch besser, das Unkraut stirbt dran als später deine Kinder, wenn sie mal in meiner Garage spielen.«

Gertrud hatte sich gefragt, warum es auf einmal alle so mit den Kindern hatten, die sie bekommen sollte. »Was ist denn mit dem E 605 passiert, Tante Theda?«

»Ach so, ja, also sie hat das irgendwie mitgekriegt, hat meinen Müll durchwühlt, das musst du dir mal vorstellen! Und dann hat sie mir die Packung unter die Nase gehalten und mir gedroht, sie würde mich anzeigen. Die war so 'n richtiger Blockwart.« Theda hatte vor Empörung gebebt, umso mehr, je stärker sie das schlechte Gewissen wegen des

E 605 überspielen musste. »Na ja, und solche Sachen hat sie immer gemacht. Mal hatte einer bei ihr vorm Haus falsch an der Straße geparkt, sofort hat sie die Polizei gerufen. Dann am Stadtpark, da wohnt doch der Meinders auf der Ecke. Der hat da seine Autowerkstatt, und wenn bei dem der Hof voll ist, dann parkt der auf der Rasenfläche gegenüber. Da hat Swart Minna ihn angezeigt, weil er den Stadtpark verschandelt, Bodenverdichtung und so. Dabei war's ja bloß eine kleine Ecke.«

Gertrud war das ein bisschen zu beschwichtigend gewesen. Sie hatte an die Altbatterien gedacht, die Meinders im Naturschutzgebiet des Wymeerer Moors entsorgt hatte. Das hätte sie selbst auch angezeigt.

»Weißt du denn, ob Minna Schneider mit irgendjemandem in der Umgebung näher zu tun hatte? Hatte sie Bekannte? Freunde?«

Tante Theda hatte sie angeguckt, als hätte sie nicht mehr alle Tassen im Schrank. »Aber die war doch total plemplem! Mit der konnte man doch gar nicht reden. Früher, da hatte sie ja noch ihre Tante, aber als die gestorben ist, tja, da war sie wohl allein.« Und als würde das alles erklären, hatte sie schnell hinzugefügt: »Sie hat aber auch nicht viel dafür getan, Freunde zu finden. Und sie war eben nicht von hier.«

Gertrud hatte die grellroten Cocktailkirschen von ihrem Obstboden gekratzt und den Rest in sich hineingewürgt. »Wo kam sie denn eigentlich her?«

»Na ja, irgendwo aus der Gegend von Wuppertal soll sie gewesen sein. Und als Jugendliche war sie wohl eine Zeitlang in der Klapse. Mehr wusste eigentlich keiner. Die Tante war ganz nett, mit der konnte man mal ein Schwätzchen halten. Die ist aber bestimmt schon vor zwanzig Jahren gestorben.«

Als sie schon im Gehen begriffen war, hatte Gertrud Tante Theda noch gefragt, ob sie vielleicht von dem Familiendrama in Wymeer gehört habe, bei dem ein Sohn seinen Vater angegriffen und auf diese Weise ins Krankenhaus gebracht habe.

»Klar, das sind die Koerts«, hatte Theda verächtlich geschnaubt. »In der Familie sitzt nichts Gutes drin. Der Vater säuft, das tun die Koerts seit Generationen. Er schlägt seine Frau im Suff, die Frau nimmt Tabletten. Und der Sohn – Kevin heißt der, glaube ich –, naa, das siehst du ja, wo der nachartet. Da wird nix draus.«

Kevin Koerts, soso. Einer von den Jungs aus der Bande. Gertrud speicherte den Namen. Wenn einem ein Name in kurzer Zeit so oft unterkam, dann war das meistens kein Zufall.

Als sie bei Tante Theda aus der Auffahrt gefahren und auf die Straße Richtung Boen gebogen war, hatte sie den Wagen von Stephan Möllenkamp gesehen und kurz die Lichthupe betätigt. Wie erfolgreich wohl seine Befragungen in Wymeer gewesen sein mochten? Sie hatte vor, sich bei ihm danach zu erkundigen.

Der Geruch von Glück

Mittwoch, 18. April 2001, Esklum, am Abend

Es roch nach Bratkartoffeln, als Stephan Möllenkamp den Flur seines Hauses betrat. Es hatte auch nach Bratkartoffeln gerochen, als er in Wymeer Kevin Koerts nach Hause gebracht hatte. Aber die Bratkartoffeln hatten anders gerochen als die von Meike. Hier der herzhafte Geruch von Speck, Zwiebeln und Erdäpfeln, der warm den darunter liegenden Duft von frischem Holz neben dem Kachelofen umhüllte. Dort ein kalter Geruch von fettigem Gebratenen, der sich über Hunderte kalter, fettiger Gerüche legte und mit dem Muff vermischte, den man aus ungelüfteten Häusern irgendwann nicht mehr herausbekam. Da war der Zigarettenqualm, der über allem waberte, fast noch das angenehmste. Möllenkamp stand im Flur und schnüffelte, um sich den Unterschied vor Augen zu führen.

»Was tust du denn da?«, fragte Meike, die unvermittelt in der Küchentür aufgetaucht war und sich gerade die Hände an einem Handtuch abwischte, das sie sich in den Hosenbund gesteckt hatte.

»Ich vergleiche den Geruch von Glück mit dem Geruch von Unglück«, entgegnete er.

»Und was wäre der Geruch von Unglück gewesen?«, fragte Meike. »Wenn ich Karmelksbreei gekocht hätte?«

Stephan stöhnte. Es gab tolle regionale Spezialitäten, die er liebte: Updrögt Bohnen zum Beispiel, Puffert un Peern

163

auch, sogar bei Speckendicken ging er mit, aber wenn er an den säuerlichen Geruch von warmer Buttermilch mit Graupen dachte, wurde ihm ganz anders.

»Nein, das meinte ich nicht, aber jetzt wo du's sagst …« Er schüttelte sich demonstrativ. »Außerdem: Warum gehst du einfach davon aus, dass das hier der Geruch von Glück ist? Es könnte ja auch sein, dass ich woanders das Glück gerochen habe.«

Sie trat ganz dicht vor ihn. »Das kann gar nicht sein«, sagte sie. »Das würde ich merken.«

Er hob die Augenbrauen. »Ich finde, du bist ganz schön selbstsicher. Du weißt, das ist immer der Anfang vom Ende.«

Sie drehte sich um und rief über die Schulter: »Der Anfang vom Ende wäre, wenn jetzt die Bratkartoffeln anbrennen würden. Wasch dir die Hände!«

Wenig später saßen sie an ihrem großen Tisch, und das Holz knisterte im Schwedenofen, während draußen der Aprilregen gegen die Fenster schlug. Stephan Möllenkamp hatte mit Behagen die leckeren Bratkartoffeln gegessen, hatte aus Pflichtgefühl gegenüber Meike und seiner Gesundheit auch den Feldsalat verzehrt und sich für morgen früh fest vorgenommen, laufen zu gehen. Sein früherer Ehrgeiz, an einem Halbmarathonlauf teilzunehmen, war irgendwie über der Renovierung des alten Resthofes, in dem er nun wohnte, zerbröselt und auch nicht wieder aufgeflammt. Aber er wollte seinen Körper zumindest halbwegs fit halten.

»Wie roch denn nun das Unglück?«, fragte Meike und nippte an ihrem Jever.

»Nach Bratkartoffeln«, sagte Möllenkamp.

»Wie bitte?«

»Jawohl, nach Bratkartoffeln, aber ganz anders als hier. Es roch irgendwie kalt, säuerlich, nach Zigaretten, irgendwie traurig.«

Meike sah ihn an, und er wusste, dass sie verstand, was er meinte. »Wo hast du das denn gerochen? War es in Wymeer?«

Da erzählte er ihr, wie er den Jungen auf der Jann-Berghaus-Brücke gefunden und nach Hause gebracht hatte. »Und wie er seinen Namen nennt, da merke ich, dass es einer von der Clique ist, die ich wegen des Brandes in der Alten Schule sowieso in die Mangel nehmen wollte. Den ganzen Nachmittag bin ich in dem Kaff rumgefahren und habe niemanden angetroffen. Ich wollte gerade schon unverrichteter Dinge zu dir fahren, da fällt mir dieser Kevin Koerts gewissermaßen vor die Füße.«

»Na, Hauptsache nicht von der Brücke«, meinte Meike. »Und dann hast du ihn nach Hause gefahren, wo es nicht sehr schön war, wenn ich deine Worte richtig deute.«

Möllenkamp schüttelte den Kopf. »Der ist ein ganz armes Schwein. Er war total betrunken, höchstens vierzehn Jahre alt, wenn überhaupt. Zu Hause sitzt seine Mutter am Küchentisch, quarzt wie ein Schlot und sieht völlig apathisch aus. Ich würde sagen, die war randvoll mit Valium. Sie hat kaum zur Kenntnis genommen, dass ich ihren Sohn wiederbrachte. Redete dauernd vom Vater, dass der einen Unfall gehabt habe und bald wieder aus dem Krankenhaus komme. Und dass der es ja nicht so gemeint habe und sie sich bei ihm entschuldigen müsse. Und dabei hatte sie ein Veilchen unterm Auge, schwarz wie die Nacht.« Er schüttelte sich. »Schlimm war das. Ich kam rein und wusste alles.«

»Weißt du denn jetzt auch, was Kevin mit dem Tod dieser alten Frau in der Schule zu tun hat?«

»Na, so alt war sie nun auch nicht. Eben über fünfzig Jahre …« Möllenkamp sann nach. »Er war sehr wortkarg, hat kaum was gesagt. Und was er gesagt hat, war ein ziemliches Durcheinander. Ich werde nicht ganz schlau draus. Er meinte, seine Freunde und er hätten Minna Schneider kaum gekannt und höchstens mal Silvester einen Böller in den Garten geschmissen. Ganz harmlos. Dann wieder hat er gesagt, niemand außer ihm habe sie richtig gekannt. Sie sei gar nicht so verrückt gewesen, und man habe gut mit ihr reden können. Ich habe gefragt, worüber er mit ihr geredet hat. Da sagte er vage was über ›die Familie, Freunde, Kirche‹ und so weiter.«

»Kirche?«, fragte Meike stirnrunzelnd. »Wirkte er auf dich religiös?«

»Hm, schien mir nicht so. Aber warum soll er nicht über die Kirche reden wollen?«

Meike lehnte sich zurück und strich sich die blonden Haare hinter die Ohren. Sie hatte jetzt den konzentrierten Gesichtsausdruck und die leicht geröteten Wangen, die er von ihr kannte, wenn sie anfing, in einen seiner Fälle einzusteigen. Sie trug eine schwarze Stretchhose, ein schwarzes T-Shirt und eine apfelgrüne Strickjacke, die er an ihr noch nie gesehen hatte. Er fand sie hübsch und anziehend, und auf einmal stellte er sich vor, wie wohl ihre Kinder aussehen würden.

»Weil man als Dreizehnjähriger nicht über die Kirche redet. Vielleicht mit seinen Mitkonfirmanden über den Konfirmandenunterricht bei dem bescheuerten Pastor oder über den Sinn des Lebens und dass einem ein Gottesdienst darauf bestimmt keine Antwort geben kann – alleine schon weil die Eltern da hinrennen. Aber man spricht nicht über ›die Kirche‹.« Meike schüttelte bekräftigend den Kopf. Dann sagte sie: »Also hat er sie gut gekannt. Das galt aber sicher nicht für alle seine Freunde. Die schmeißen ja nicht Böller in den Garten und gehen am nächsten Tag zum Teetrinken zu Frau Schneider.«

Möllenkamp nahm einen Schluck von seinem Bier. »Wohl kaum.«

Meike war noch nicht fertig: »Der Junge, den du nach Hause gebracht hast, ist ein Außenseiter. Er gehört irgendwie zu dieser Clique und gehört auch nicht dazu. Er hat sicher einen schweren Stand. Die Familienverhältnisse scheinen problematischer zu sein als bei den anderen Jungen. Auch das macht es schwer für ihn. Die alte Frau in der Schule wird seine Freundin. Zwei Außenseiter, die sich finden. Die anderen dürfen davon nichts wissen. Stell dir vor, wie es in ihm aussieht: Seine einzige Gesprächspartnerin ist tot, seine Mutter nimmt Tabletten, sein Vater ist gewalttätig und liegt jetzt im Krankenhaus. Wer weiß, wie der drauf ist, wenn er rauskommt? Wunderst du dich da, dass er auf der Jann-Berghaus-Brücke am Geländer steht? Die einzige Frage ist: Hat er auch noch einen Grund, sich eine Mitschuld am Tod von Minna Schneider zu geben? Dann wäre es nämlich ganz schlimm und ich an deiner Stelle würde gut auf ihn aufpassen.«

Möllenkamp sah seine Frau bewundernd an. Er regist-

167

rierte das Glitzern in ihren Augen, das sie noch anziehender machte. Sie war stolz auf sich, weil sie wusste, dass sie clever war. Er spürte, wie es in seiner Zwerchfellgegend kitzelte. »Donnerwetter«, sagte er, »du solltest Profilerin werden.«

»Ich denk drüber nach«, sagte sie, während sie die Teller vom Tisch in die Spülmaschine brachte. »Ich glaube aber, dass sich Hausarbeit und Profiling nicht gut miteinander vereinbaren lassen.«

Möllenkamp, der wusste, dass das ein Hinweis war, stand auf, um die Pfanne in der Spüle abzuwaschen. »Und würdest du als Profilerin sagen, dass er trotzdem was mit dem Brand in der Alten Schule zu tun hat?«

»Ist denn sicher, dass es Brandstiftung war?«

»Nach Meinung unseres neuen Brandexperten besteht daran kein Zweifel.«

Er merkte, dass sie ihn musterte. »Hast du was gegen ihn? Ist der komisch?«, fragte sie. Meike merkte aber auch wirklich alles.

»Ja, schon. Aber ich glaube nicht, dass er inkompetent ist. Er wird schon wissen, was er sagt. Darum ist es ja auch ein Fall und kein Unfall. Und bisher sind wir noch nicht sehr weit gekommen. Morgen lasse ich die Jungs und ihre Eltern auf der Inspektion antanzen. Nachmittags, nach der Schule.«

Meike lachte. »Es sind doch Ferien.«

Die Geißel

1995, Rumänien

Gott will ihm nicht mehr helfen. Stunden um Stunden auf dem eiskalten Fußboden hört er nichts als Gottes Schweigen und das Klopfen seines Herzens. Eiskalte Bäder haben auch nicht geholfen. So hat er begonnen, sich heimlich mit seinem Gürtel zu geißeln. Er muss bloß aufpassen, dass Schwester Amy ihn nicht dabei erwischt. Selbstgeißelung finden sie sogar bei der New People's Mission merkwürdig. Es hat bloß alles nichts geholfen. Er wollte sieben mal siebzig Seelen retten für die Seelen, die er zerstört hat. Für Hermann, Andreas, Karl-Friedrich und Thomas. Gott hätte ihm die Sache erleichtert, wenn er mit den Mädchen hätte weiterarbeiten können. Stattdessen hat er ihm einen Satan geschickt, der aussieht wie ein Engel. Er fühlt sich wie Jesus in der Wüste, und der Teufel zeigt ihm alle Reiche der Welt mit ihrer Pracht, bietet sie ihm an. Er muss nur einmal vor ihm niederknien. Immer wieder liest er Matthäus 4: »Weg mit dir, Satan!« Er sagt sich die Worte vor, wohl hundertmal am Tag.

Tom sucht seine Nähe. Er ist jetzt seit einer Woche hier, und er sitzt beim Essen neben ihm. Immer noch weiß er nicht viel über ihn, denn Tom schweigt sich über seine Herkunft aus. Eins ist klar: Mit Gherghina ist er nicht zusammen. Er hat sie irgendwoher gerettet, vermutlich aus den Händen einer Bande. Damit hat er sein Leben für sie aufs Spiel gesetzt. Die Frage ist, warum. Gherghina ist kaputt. Er hat Erfahrung genug, um zu wissen, dass sie das Mädchen nicht wieder hinkriegen werden. Sie haben sie untersucht. Sie hat ein Baby geboren, aber sie sagt nicht, wo es ist und ob es lebt. Wahrscheinlich weiß sie es nicht. Sie hat zu viele Drogen genommen, sie geben ihr jetzt Methadon. Es ist fraglich, ob sie es jemals ohne Drogen schaffen wird. Die New People's Mission weiß nichts von den Behandlungsmethoden hier vor Ort. Sie glauben, das Wort Gottes sei die einzige Droge, die nötig sei. Sie haben keine Ahnung.

Es klopft an seiner Tür. Diesmal hat er nur die Bibel vor sich liegen, keinen Gürtel in der Hand.

»Herein!«

Tom streckt den Kopf durch den Türspalt. »Stör ich?«

»Natürlich nicht. Komm rein.«

Tom sieht sich um. In der Kammer ist nichts als ein Bett, ein Schrank, ein Stuhl und ein Tisch. Der Stuhl ist besetzt.

Tom setzt sich aufs Bett.

Denk nicht mal dran.

»Hast du etwas auf dem Herzen?«

»Ich … ich glaube, ich bin dir eine Erklärung schuldig.« Tom reibt sich die Hände, dann die Augen.

»Du bist mir gar nichts schuldig.« Er mustert ihn und hofft, dass sein Blick wenigstens von außen väterlich aussieht.

»Doch, du hast eine Erklärung verdient.«

»So wie ich das sehe, hast du Gherghina vor etwas Schrecklichem gerettet. Ist es nicht so?«

Tom sieht ihn an, nachdenklich, nein: mitleidig, nein: sehnsuchtsvoll. Dunkle Augen, in denen sich jedes Gefühl widerspiegeln könnte. Nur kein böses. Er ringt seinen Drang, den Jungen zu berühren, nieder. Aber wenn Tom nicht bald etwas sagt, die Spannung löst, dann wird er es nicht schaffen, die Hand nicht auszustrecken. Er will sich räuspern, selbst etwas sagen, aber Tom kommt ihm zuvor.

»Ja«, sagt er, schüttelt aber den Kopf, »nein, das ist es ja gerade. Meinetwegen ist ihr Baby tot.«

Er steht auf, geht im Raum herum, und jedes Mal, wenn er vorbeikommt, dann weht ein Duft heran. Es ist ein bisschen Seife dabei, ein wenig Männerschweiß, ein Hauch von dem Waschpulver, das sie hier verwenden, eine Spur Knoblauch und der Duft, der bei jedem Menschen einzigartig ist. Er verspürt den Wunsch, sein Gesicht in Toms Halsbeuge zu vergraben und seine Nase dorthin zu stecken, wo der Geruch eines Menschen am intensivsten ist. Er wünscht sich so sehr, Toms Geruch einzusaugen, damit er ihn jederzeit unter Hunderten mit verbundenen Augen herausfinden könnte.

»Wie ist es passiert?«

Tom schlägt die Augen nieder und starrt auf seine Füße. Sein Blick folgt dem des Jungen, und zum ersten Mal fällt ihm auf, dass Toms Füße in Ledersandalen stecken. Er trägt tatsächlich Ledersandalen, nicht die gefälschten Adiletten oder Plastiksandalen.

»Woher kommst du, Tom?«

Tom lässt sich wieder auf das Bett fallen und reibt sich die Hände. »Das ist jetzt nicht wichtig«, sagt er.

Tom ist ausgerissen. Aus einem guten Elternhaus vermutet er, auch wenn der Junge es ihm nicht sagt. Er hat unterwegs die hochschwangere Gherghina aufgelesen, die sich aus den Händen einer Menschenhändlerbande befreien konnte. Es war der Klassiker: Sie ist an den falschen Modelagenten gera-

171

ten. Der hat zwar Fotos von ihr gemacht, aber andere, als sie sich vorgestellt hat. Er hat die Fotos auch veräußert, aber Gherghina hat nichts von dem Geld gesehen. Er hat sie eingesperrt, er hat sie verkauft, er hat ihr Drogen gegeben. Alles ganz normal, das Schicksal eines Straßenkindes eben. Nur merkwürdig, dass er sie nicht ins Ausland gebracht hat, wo er noch viel mehr mit ihr hätte verdienen können.

»Sie hat für meinen Vater gearbeitet, in seinem Club. Eines Tages stand sie vor unserer Haustür. Mein Vater war zum Glück nicht zu Hause. Die Mädchen dürfen nicht kommen. Er hätte sie umgebracht, wenn er es gewusst hätte. Ich sah gleich, dass sie schwanger war«, erzählt Tom mit leiser Stimme. »Ich musste ihr helfen, damit sie sie nicht kriegen.«

»Was ist mit dem Kind passiert?«

Toms Augen wandern unruhig im Raum hin und her. Es ist klar, er meidet seinen Blick. Jetzt tut es ihm leid, dass er angefangen hat zu reden. Er räuspert sich. »Wir wollten nach Bukarest. Per Anhalter. Dann begannen die Wehen.«

Tom sieht zum Fenster, das kaum mehr als ein kleines Loch in der Wand ist. Es war eine bewusste Entscheidung, das Zimmer zu nehmen, das einer Klosterzelle am nächsten kommt. Jetzt schafft dieser dunkle kleine Raum eine Intimität zwischen ihnen, die kaum auszuhalten ist.

»Was ist dann passiert?«

»Es fing an zu regnen. Dann war da eine Scheune, ziemlich heruntergekommen, aber sie war nicht verschlossen. Ich habe Gherghina da reingeschleppt. Es war überall Blut, sie war … sie hat geatmet, aber nichts gesagt. Sie war ohnmächtig. Ich …«, er schluckt, »… hab sie dorthin gelegt, auf den kalten Boden und mit meiner Jacke zugedeckt. Dann … dann bin *ich wieder losgefahren. Ich brauchte etwas für sie, gegen die Schmerzen und um sie zu verbinden. Ich bin zum nächsten Ort gelaufen, dort fand ich eine Apotheke, da bin ich … bin ich eingebrochen. Ich hab genommen, was ich kriegen konnte: Verbandszeug, Ibuprofen, Valium, Aspirin — und eine Taschenlampe. Dann hörte ich schon die Sirenen. Es war knapp, aber sie haben mich nicht gekriegt.« Jetzt schwingt etwas Stolz in seiner Stimme mit.*

Er setzt sich neben Tom aufs Bett, nimmt seine Hand und drückt sie. »Du bist sehr mutig gewesen.«

»Nein, nein, ich war so leichtsinnig. Fast hätte ich sie nicht mehr gefunden! Ich hab lange gesucht, bis ich die Scheune wiedergefunden habe. Ich dachte: Wenn du jetzt zurückkommst, ist sie tot, und du hast sie allein gelassen.«

Der Junge weint. Er legt den Arm um ihn.

»Als ich wieder vor der Scheune stand, hab ich gemerkt, dass ich kein Wasser dabeihatte, aber ich konnte nicht noch mal zurück. Draußen stand eine Viehtränke, da war Wasser drin. Gherghina ging es sehr schlecht, sie war ganz heiß. Ich habe ihr die Tabletten gegeben …« Er stockt wieder. »Sie war unten rum ganz voller Blut, es lief und lief, und ich wusste, dass mit dem Kind was nicht stimmt.«

Tom schweigt lange. Dann, als er schon fürchtet, der Junge würde nichts mehr sagen, fährt er fort: »Ich hab geholfen, so gut ich konnte. Ich hatte kein heißes Wasser, nichts, keine Handtücher, nur diese Scheißkompressen. Ich wusste nicht, wie man es macht. Gherghina hat nicht mal geschrien. Dann hatte ich dieses blutverschmierte Ding in den Händen, aber es hat nichts gesagt, es hat nicht geatmet. Es war tot.«

Tom ringt die Hände, hat die gefalteten Finger fast verknotet. Da legt er seine Hand auf die verkrampften Finger des Jungen, streichelt sie sanft und lässt sie dort liegen. Tom atmet aus.

Jetzt bricht er endgültig zusammen. Er bettet Tom auf sein Bett. Das ist zu viel. So viel sollte ein Kind nicht erleben müssen. Er streichelt ihn, das Haar, die Stirn, die Wangen. Langsam legt er sich neben ihn.

Respekt

Donnerstag, 19. April 2001, Polizeiinspektion Leer

Als Stephan Möllenkamp am Donnerstagmorgen den Besprechungsraum betrat, fand er seine Kollegen vom Fachkommissariat 1, das für Kapitaldelikte zuständig war, bei konzentrierter Lektüre vor. Irgendjemand hatte offenbar Traktate ausgelegt. Auch auf seinem Platz lag ein schmales Bändchen mit dem Titel »Anstand braucht keine Hierarchien – 50 Regeln für Umgang und Respekt«. Er zog die Augenbrauen hoch und nahm es in die Hand.

»Kollegen müssen keine Hyänen sein« hieß eine Kapitelüberschrift, »Mitfühlende Konfrontation« eine andere. »Der Ton macht die Musik« kam ihm bekannt vor, und bei der Schlagzeile »Den Chef erziehen« zog er die Augenbrauen zusammen und fragte sich, was Thomas Hinterkötter von diesem Schriftgut halten mochte. Diejenige, die er im Verdacht hatte, die Broschüren ausgelegt zu haben, saß mit verschränkten Armen und trotzigem Gesicht bereits auf ihrem Platz und sah fast so angriffslustig aus wie Anja Hinrichs an einem ihrer ganz schlechten Tage. Die Sache mit den Osterhasen hatte Edda Sieverts eindeutig schwer getroffen, und sie war offenbar entschlossen, sich eine solchen Behandlung nicht länger bieten zu lassen. Gut so! Einerseits. Andererseits: Was würde jetzt folgen? Eine Besprechung, in der sie über den richtigen Umgang miteinander philosophieren mussten, anstatt sich ihren wichtigen Fällen zu widmen? Möllenkamp nahm sich vor, sich die Sache nicht aus der Hand nehmen zu lassen wie damals, als Edda dem Team eine Dreiviertelstunde die Propaganda eines Finanzdienstleisters vorbeten durfte, weil er, Möllenkamp, zu verdattert gewesen war, um sie zu stoppen. Der Finanzdienstleister war inzwischen wegen Betreibens eines illegalen Schneeballsystems verurteilt worden und saß im Gefängnis. Edda Sieverts hatte ihre Kompetenz in Finanzfragen damit endgültig verloren. Wegen all ihrer Skurrilitäten hatte sie mit Recht schon manchen Spott auf sich gezogen. Aber das mit den Schokoladenosterhasen war wirklich nicht fair gewesen. Sie hatte es nur gut gemeint.

In ihm nagte das schlechte Gewissen, hatte er doch eigentlich mit Wilfried Bleeker und Anja Hinrichs über den Vorfall sprechen wollen, es dann aber nicht getan. Er dachte kurz darüber nach, ob er seinem Team mal eine Supervision oder einen Teambuilding-Workshop verordnen sollte. Bei dem Gedanken daran, die Mittel dafür bei seinem direkten Vorgesetzten Thomas Hinterkötter zu beantragen, musste er selbst grinsen, so abwegig war die Vorstellung.

»Ich glaube nicht, dass das ein komisches Thema ist«, giftete Edda Sieverts ihn an, und Möllenkamp fiel auf, dass er das Heft immer noch aufgeschlagen in der Hand hielt. »Sicher nicht«, sagte er, strich sich die dunkle Tolle aus dem Gesicht, die ihm so oft in die Stirn fiel, und legte die Broschüre aus der Hand. »Guten Morgen, liebe Kolleginnen und Kollegen, wem auch immer wir dieses Buch verdanken, ich kann nur dazu raten, es sorgfältig zu lesen. Ein kurzer Blick in das Inhaltsverzeichnis hat mir schon gezeigt, dass darin einige Themen angesprochen werden, bei

denen ich in unserem Team, vorsichtig gesagt, Handlungs-
bedarf sehe. Wir sind alle miteinander ziemlich gute Kri-
minalisten, und manche Polizeiinspektion würde uns
darum beneiden. Ob das auch für unseren Teamgeist gilt,
dahinter mache ich mal ein Fragezeichen. Es besteht jedenfalls durchaus Anlass, sich zu fragen, ob wir uns gegenüber
anderen hier kollegial verhalten. Ich werde dies sicherlich
auch zum Gegenstand der jährlichen Mitarbeitergespräche
machen.«

Er schwieg einen Moment und sah seine Truppe an:
Johann Abram hatte das Buch kurz zur Hand genommen,
sich ein Bild verschafft und es dann wieder weggelegt, um
Möllenkamp anzuschauen. Abram wusste, was sich gehörte. Anja Hinrichs sah wütend aus, weil sie das Bändchen vor sich zu Recht als Vorwurf empfand und Kritik
nicht gut wegstecken konnte. Und Wilfried Bleeker hatte
doch tatsächlich einen Bleistift gezückt und war dabei, Pas-
sagen in dem Buch anzustreichen. Thomas Hinterkötter
war nicht anwesend. Gott sei Dank, dachte Möllenkamp.
Der hätte ihm jetzt noch gefehlt.

»Liebe Kollegen, ich möchte, dass wir zunächst unseren
Ermittlungsstand zum Todesfall Minna Schneider sowie
zum Vermisstenfall Hermann Vrielink auffrischen ...«

»Vermisster ist nur, wer auch vermisst wird!«, dröhnte
es von hinten, und Möllenkamp zuckte zusammen.
Hinterkötter war doch erschienen. Sein Hemd war
schwarz, die Krawatte orange, und zur Feier des Tages trug
er wieder sein auberginefarbenes Lieblingssakko. Der ei-
gentliche Aufreger aber befand sich unter der Gürtellinie.
Der stellvertretende Leiter der Polizeiinspektion Leer-

Emden und Chef des Zentralen Kriminaldienstes Thomas Hinterkötter trug eine Bluejeans und hellbraune Slipper. Bleeker sog hörbar die Luft ein. Offenbar war der Chef auf Freiersfüßen, anders konnte man sich so einen Aufzug nicht erklären.

»Nachdem jetzt ein anderer Priester das Predigen in Wymeer übernommen hat, kann sich der unsrige doch entspannt in südlicher Sonne von seiner Geliebten den Rücken eincremen lassen. Oder haben Sie etwas Beunruhigendes bei Ihren Ermittlungen herausgefunden?«, fragte Hinterkötter an Hinrichs und Bleeker gewandt.

»Allerdings«, entgegnete Anja Hinrichs unterkühlt.

Hinterkötter wartete darauf, dass noch etwas kam, aber umsonst. Hinrichs spielte ihre Spielchen. »Ja, was denn? Nun sagen Sie schon!«

»Bei Pastor Vrielink ist eingebrochen worden.«

»Wann?«

»Können wir nicht genau sagen.«

»Warum nicht?«

Hinrichs seufzte, als wäre es eine große Zumutung, ihren nur sporadisch anwesenden Vorgesetzten über alte Ermittlungsstände zu informieren. Sollte er doch seine Berichte lesen.

»Weil es niemandem aufgefallen ist. Erst als Bleeker und ich am Dienstag das Haus untersucht haben, haben wir die Spuren am Fenster bemerkt. Das Fenster ließ sich nach innen aufdrücken.«

»Fehlt etwas?«

»Die gesamte Fotoausrüstung und der Computer. Außerdem das Auto, ein grauer Renault Kangoo.«

Hinterkötter wirkte irritiert. Er hatte die Berichte über den bisherigen Ermittlungsstand nicht gelesen und war jetzt überrumpelt. Das Ergebnis passte ihm nicht, das war deutlich zu merken. Er hatte sich für die Annahme entschieden, dass der Pastor einfach ausgerissen war. Das konnte man sich doch nicht durch die Realität kaputtmachen lassen.

»Die Sachen könnte aber auch der Priester selbst mitgenommen haben?«

»Es heißt Pastor, Herr Kriminalrat, und ja, das könnte er. Es bleibt allerdings bei der Tatsache, dass bei ihm eingebrochen wurde.«

Hinterkötter schnappte ob der Belehrung durch eine einfache Kriminalkommissarin nach Luft. Möllenkamp wusste schon jetzt, dass auch die nächste Beförderungsrunde an Hinrichs vorbeigehen würde. Er selbst versuchte sich auf seine Metaplanwand zu konzentrieren, auf der er seine Ergebnisse festzuhalten pflegte. Aber da stand schon etwas von dem Einbruch. »Wer hat die Foto-/Computersachen mitgenommen?«, schrieb er auf ein Karteikärtchen und pinnte es an die Wand.

»Was hat denn die KT herausgefunden? Wer war in dem Haus?«, bohrte Hinterkötter weiter.

»Eigentlich ganz Wymeer«, seufzte Wilfried Bleeker, »das ist ja das Problem. Wir haben so viele verschiedene Fingerabdrücke und Spuren im Haus, dass es aussichtslos ist, daraus Schlüsse ziehen zu wollen. Es war eben ein Pastorenhaus.«

»Dazu passt, dass im Schlafzimmer gar keine Fingerabdrücke waren«, ergänzte Anja Hinrichs bissig. »Das wiederum kommt uns allerdings ziemlich komisch vor.«

Hinterkötter war anzusehen, dass auch er nun nicht mehr an Zufälle glaubte. Es ärgerte ihn sichtbar, aber er war zu klug, um das Offensichtliche zu leugnen.

Möllenkamp fasste noch einmal für seinen Vorgesetzten zusammen: »Das bedeutet: Jemand war im Schlafzimmer und Bad des Pastors, der nicht wollte, dass wir erfahren, dass er dort war. Dieser Jemand muss damit gerechnet haben, dass die Polizei das Haus durchsuchen wird. Entweder dieser Jemand hat ein Verbrechen an Hermann Vrielink begangen, indem er ihn entführt oder ermordet hat. Wenn jemand längere Zeit verschwindet, dann zieht das immer Polizeiermittlungen nach sich. Oder dieser Jemand war im Haus, *nachdem* die Kirchenratsmitglieder uns angerufen haben und die Polizei auf den Plan kam. Weil er zum Beispiel noch etwas beseitigen wollte, was uns auf seine Spur führen könnte.«

Hinterkötter hatte die Hände hinter dem Kopf verschränkt und versuchte, Oberwasser zu gewinnen: »Es könnten auch zwei verschiedene Täter gewesen sein«, sagte er, »Einer, der den Pastor entführte, und einer, der ihn hinterher beklaute.«

Anja Hinrichs warf die Haare zurück, schnaubte und zeigte mit hochgezogenen Augenbrauen an, was sie von dieser Theorie hielt.

Auch Möllenkamp hatte seine Zweifel. Er schrieb die These dennoch auf, schon um seinen Vorgesetzten bei Laune zu halten.

Wilfried Bleeker trieb etwas ganz anderes um: »Wir drehen uns hier im Kreis. Alles, was wir jetzt notieren, wissen wir schon. Was wir noch nicht wissen, ist: Warum? Wir haben überhaupt keinen Anhaltspunkt für ein Motiv. Wer hatte den Pastor auf dem Kieker und einen Grund, ihm etwas Schlimmes anzutun? Anja und ich haben gestern mit den Kirchenratsmitgliedern geredet, die am Ostersonntag zuerst in Vrielinks Haus waren. Das Ergebnis der Gespräche war ungefähr so wie bei Gerda Lüppen: toller Typ der Pastor, sehr beliebt, eine Seele von Mensch. Gekannt hat ihn aber keiner so richtig.« Bleeker runzelte die Augenbrauen und beugte sich dann plötzlich vor, um mit einem Taschentuch einen imaginären Fleck von seinen nagelneuen schwarzen Schuhen zu wischen. Er richtete sich wieder auf, faltete das Taschentuch sorgfältig zusammen und schob es in seine Hosentasche. »Der Mann ist irgendwie eine Nicht-Person, ein Mann ohne Eigenschaften.«

Möllenkamp nahm den Ball auf: »Dann wird es Zeit, dass wir mehr über ihn herausfinden«, sagte er und warf einen schnellen Blick auf Hinterkötter. War von dort Protest zu erwarten? Aber Hinterkötter hatte inzwischen das Buch über Anstand und Respekt in die Hand genommen, das ihm vorher offenbar ganz entgangen war. Mit zusammengekniffenen Augen blätterte er darin. Möllenkamp versuchte, aus dem Zittern seines Schnurrbartes herauszulesen, ob er gleich mit einem Zornesausbruch zu rechnen hatte. Ein Blick auf die Uhr: Er musste weitermachen.

»Kommen wir nun zu unserem zweiten Fall, der auch einige Ressourcen binden wird: dem Brand mit Todesfolge in Wymeer. Nachdem, wie ich euch gestern berichtet habe, unser neuer Chefforensiker Dr. Hans Proll eine technische oder fahrlässige Brandursache ausschließt, bin ich gestern einem Hinweis auf eine Gruppe Jugendlicher nachgegangen, die Minna Schneider bereits seit Längerem bedroht und belästigt hat ...«

»Warum schließt er das aus?«

Möllenkamp brach irritiert ab. Er war gedanklich schon weiter gewesen. Bleeker sah ihn interessiert an. »Äh, weil Brandbeschleuniger benutzt worden ist.«

Jetzt wurden auf einmal alle wieder sehr aufmerksam.

»Ist er sich da sicher?«, fragte Anja.

»Ja, das ist er, sogar sehr sicher«, sagte Möllenkamp.

»Was ist das überhaupt für eine Frage!«, polterte Hinterkötter. »Dr. Proll ist Vorsitzender der international renommierten Pyromanen-Gesellschaft. Kaum jemand kennt sich auf dem Feld der Brandstiftung so gut aus wie er.«

Möllenkamp sah Abram an und wusste genau, was er dachte. Er musste so schnell wie möglich zu seinem Erzählstrang zurück, bevor Wilfried Bleeker eine Bemerkung dazu einfiel.

»Um noch einmal auf die Gruppe Jugendlicher zurückzukommen: Merkwürdigerweise habe ich keines der Mitglieder der Clique zu Hause angetroffen, auch keine Eltern. Es war fast, als hätte man sie vorgewarnt ...«

Hinrichs hob die Augenbrauen. Wollte der Chef etwa unterstellen, hier sei ein Maulwurf am Werk? Bleeker grinste breit, bohrte mit seinem kleinen Finger im Ohr herum, betrachtete interessiert das, was er aus dem Ohr gepult hatte, und schnippte es in Richtung Hinterkötter. Der merkte davon nichts, denn Edda Sieverts, die während der ganzen Zeit wie erstarrt auf ihrem Stuhl gesessen hatte, löste sich auf einmal, sah auf ihre Uhr und sagte: »Herr Kriminalrat, es ist gleich neun, und mir ist eingefallen, dass

Sie einen Telefontermin mit Herrn Saathof haben. Der wollte wissen, was bei Ihrem Gespräch mit Bürgermeister Specker rausgekommen ist.«

Hinterkötter sprang auf, wobei sein Stuhl nach hinten kippte und nur durch die Geistesgegenwart von Wilfried Bleeker aufgefangen wurde, der mit so etwas gerechnet zu haben schien. Bleeker grinste immer noch. Möllenkamp beschloss, keine Diskussionen über Hinterkötter, den Landrat oder Bürgermeister Specker zuzulassen. Seine Bemerkung war eigentlich ohne Hintergedanken gewesen, aber sein Chef hatte reagiert, als wäre er ertappt worden.

»Durch Zufall konnte ich dann aber doch noch ein Mitglied der Clique sprechen, einen jungen Mann namens Kevin Koerts.« Möllenkamp berichtete von den Ereignissen des vorherigen Abends.

Er schloss mit den Worten: »Die Jungs werden in Begleitung ihrer Eltern in Kürze hier eintreffen. Johann und ich gehen in die Verhöre. Wilfried, du kümmerst dich um Hermann Vrielink. Grab in seiner Vergangenheit. Ich will alles über ihn wissen. Anja, bitte übernimm die Recherche zu Minna Schneider. Wir wissen noch viel zu wenig über das Opfer.«

Dackel

Donnerstag, 19. April 2001, Polizeiinspektion Leer

Thomas Hinterkötter schloss seine Bürotür auf. Ihm war nicht danach, durch sein eigenes Vorzimmer zu spazieren, nachdem ihm Edda Sieverts so in den Rücken gefallen war. Was hatte sie sich nur dabei gedacht? Und dann diese Broschüre. Er hielt sie noch in der Hand, warf einen Blick darauf und schleuderte sie erbost in den Papierkorb. Als hätte er solche Ratschläge nötig. War das hier eine Polizeiinspektion oder die Kommune 1? Finster blickte er zur Zwischentür, hinter der er einen florierenden Handel mit Putzmitteln oder die Verabredung zu einer Dessousparty vermutete.

Nun war es also doch Brandstiftung. Er hätte es lieber anders gehabt, aber wenn Dr. Proll das sagte, musste es wohl stimmen. Hinterkötter ließ sich in seinen Ledersessel fallen und nahm das Gutachten zur Hand. Er blätterte darin: *»Durch die Gutachter wurden am Brandort gleichmäßig verteilt 17 Proben mit Brandschutt entnommen. In 16 der Proben konnte zweifelsfrei Brennspiritus anhand von Ethanol sowie der Vergällungsstoffe Methylethylketon und Methylisopropylketon nachgewiesen werden. Wir gehen davon aus, dass mit dem von uns verwendeten Nachweisverfahren eventuell pyrolytisch entstandenes 3-Methyl-2-Butanon nicht mit dem als Bestandteil von Spiritus verwendeten verwechselt werden kann. Es muss daher von vorsätzlicher Brandstiftung ausgegangen werden.«*

Komisch, dachte er, dann sind diese Halbstarken mit Brennspiritus im ganzen Haus herumgelaufen und haben ihn überall verschüttet, und das in Anwesenheit der Frau? Und wenn die nicht da war? Aber dann hätte sie spätestens beim Nachhausekommen das Zeug sofort riechen müssen. Kriminalrat Thomas Hinterkötter schüttelte sich beim Gedanken an den Geruch von Brennspiritus, den er seit den Sommerfreizeiten der Kolpingjugend hasste. Aber gut, die Frau war ja verrückt gewesen. Was wusste man schon, was die noch mitgekriegt hatte. Trotzdem: Das warf ein neues Bild auf die Jugendlichen. Wenn sich das alles so abgespielt hatte, dann war es auf jeden Fall kein Dummejungenstreich gewesen. Da steckte jede Menge kriminelle Energie dahinter. Nun war Kriminalrat Hinterkötter jederzeit bereit, Jugendlichen kriminelle Energie zu unterstellen. Freilich war hier doch die Grenze zur bewussten Inkaufnahme von Personenschäden deutlicher überschritten, als er das sonst von Dreizehn- oder Vierzehnjährigen kannte. Was für eine Generation wuchs da bloß heran!

Das Telefon klingelte. »Ja, Frau Sievert«, bellte Hinterkötter, der immer noch verstimmt war. Doch sie hatte den Landrat direkt zu ihm durchgestellt.

»Thomas? Ja, gut dass du dran bist. Hör mal, du musst dir mal eine neue Sekretärin zulegen. Diese Frau … äh … Siebert, die hat so was latent Aufsässiges, da musst du aufpassen. Bestimmt habt ihr bei den Asservaten noch Platz für eine fähige Fachkraft, haha!« Saathoff hielt Sekretärinnen grundsätzlich nicht für fähige Fachkräfte, sondern bestenfalls für optische Bereicherungen, was man Edda Sieverts aber kaum nachsagen konnte. »Also, was hat er gesagt?«

»Wer?«

»Also, jetzt hör mal! Der Specker natürlich!«

Saathoff dachte sprunghaft. Hinterkötter hatte sich gedanklich noch bei der Aufsässigkeit von Edda Sieverts aufgehalten, jetzt also Hans Specker.

»Also, ich hab ihn angerufen. Hab ihm gesagt, dass sein Sohn zum Kreis der Zeugen gehört, die wir im Fall Minna Schneider vernehmen müssen. Sein Sohn solle sich doch schon mal aufschreiben, was er vergangenen Samstag gemacht hat, damit er uns bei den Ermittlungen bestmöglich helfen kann.«

Hinterkötter hörte ein Glucksen am anderen Ende des Telefons. Das gefiel ihm nicht. Es hörte sich nämlich so an, als ob sein Freund Saathoff sich über ihn lustig machte. So als hätte er, Hinterkötter, den Bürgermeister Specker vorgewarnt und damit genau das gemacht, was Saathoff in Wahrheit von ihm erwartete. Das hatte der zwar nicht ausgesprochen, aber man verstand sich auch ohne klare Worte meistens ganz gut. Saathoff und Specker gehörten derselben Partei an, und Specker spielte hin und wieder Golf mit dem Landrat, auch wenn er sich von seinem kleinen Bürgermeistergehalt die Mitgliedschaft im Wiesmoorer Golfclub eigentlich unmöglich leisten konnte. Und am 9. September waren Kommunalwahlen. Da ging es nicht nur um Speckers Job, sondern auch um den von Saathoff. Einen Skandal konnten beide nicht brauchen.

Das Glucksen war vorbei. »Ja und?« kam es zackig vom anderen Ende der Leitung.

»Nix und. Heute wird der Sohn von Hans Specker hier auf der Polizeiinspektion erwartet, um eine Aussage zu machen. Wenn er klug ist, dann hat er sich seine Überlegungen zur fraglichen Nacht gemacht. Wenn er noch klüger ist, dann hat er seine Freunde gefragt, an was die sich erinnern können. Aber klug sind diese Halbstarken ja eigentlich nie.«

Was er dazu tun konnte, den Jungs zu helfen, das hatte Hinterkötter auf jeden Fall getan.

»Thomas, mir macht die Anzeige Sorgen.«

Thomas Hinterkötter rollte genervt die Augen, was der Landrat zum Glück nicht sehen konnte. Jetzt fing der auch schon damit an! »Enno, du weißt doch, dass Minna Schneider fast den ganzen Ort verklagt hatte. Die Anzeige gegen Bürgermeister Specker war nur eine von vielen. Da musst du dir keine Sorgen machen.«

»Natürlich muss ich das!« Jetzt fing Enno Saathoff an sich aufzuregen, und wenn er das tat, dann wurde es richtig unangenehm. »Verdammt noch mal! Der Specker ist ein Depp, kriminell und dazu noch korrupt! Das weißt du so gut wie ich. Und der Sohn tritt genau in seine Fußstapfen nach allem, was man hört. Dummheit und kriminelle Energie sind politisch eine explosive Mischung!«

Du musst es ja wissen, dachte Hinterkötter. Laut sagte er: »Für die Anzeige ist die Staatsanwaltschaft zuständig. Aber wir haben die Sache mit dem Teich ausermittelt, glaub mir, da kommt nichts nach.« Und weil er fand, dass er sich vielleicht doch zu weit vorgewagt hatte, fügte er noch hinzu: »Jedenfalls nichts Strafrechtliches.«

Das kurze Schweigen, das jetzt kam, sagte ihm, dass er einen Fehler gemacht hatte.

»Das Strafrechtliche ist mir scheißegal!«, brüllte Saathoff.

»Mir geht's ums Politische. Wenn wir die Kommunalwahlen verlieren, dann wird's auch für dich ungemütlich, Thomas! Mit kurzem Dienstweg ist dann nichts mehr. Mann, sieh zu, dass du Specker und seinen Sohn aus der Schusslinie kriegst. Am besten ist, ihr findet heraus, dass es gar keine Brandstiftung in der Alten Schule war, sondern ein Unfall.« Seine Stimme wurde auf einmal sanft. »Das ist doch bestimmt auch möglich, oder? Dass es ein Unfall war. Das kann man doch gar nicht sicher sagen, oder? Also, dass es Brandstiftung gewesen ist?«

Hinterkötter zerbog bereits die dritte Büroklammer. Er pflegte Dackel daraus zu machen, weil die ihm am liebsten waren. Er besaß auch eine sehr schöne Dackelkrawatte, und bisher verhinderte lediglich seine Frau, dass er sich einen Dackel anschaffte. Er seufzte. So sehr er Enno Saathoff wegen seiner Führungsstärke schätzte, so wenig war er bereit, dessen Panikmache zu teilen. Er war kein Politiker, und wenn der Landrat sich Sorgen über diesen Bürgermeister machte, dann war das eben seine Sache. Weil der Landrat sein Freund war, hatte er sich darauf eingelassen, dessen missratenem Sprössling zu helfen. Aber eigentlich wäre es ihm lieb gewesen, wenn die Jugendlichen alle miteinander von Möllenkamp und Abrams gehörig in die Mangel genommen worden wären. Wobei: Die Kriminaler vom Fachkommissariat 1 waren alles Weicheier, die viel zu viel Verständnis für das Gesindel hatten.

»Thomas? Thomas!«

»Enno, so gern ich dir da helfen möchte, aber Dr. Proll ist sich sicher, dass es sich um Brandstiftung handelt. Da gibt es keinen Spielraum mehr.«

Jetzt war Enno Saathoff wirklich in Rage: »Verdammt noch mal, da holen die angeblich einen Spitzenforensiker aus Berlin, und dann kommt so eine Nulpe hier an und hält sofort alles für Brandstiftung. Der will sich doch bloß wichtigmachen. Wie kann man denn so was wissen? Das ist doch Blödsinn!«

Thomas Hinterkötter betrachtete seine Dackel, dann schloss er die Augen. »Enno, das lässt sich ziemlich eindeutig bestimmen. Dr. Proll hat Reste von Spiritus am Tatort gefunden, die zweifellos als flüssiger Brandbeschleuniger gedient haben.«

»Spiritus, Spiritus! Jeder Mensch hat Spiritus im Haus. Wenn's bei mir brennt, und Ihr findet anschließend Reste von Spiritus in den Trümmern, verhaftet Ihr dann auch gleich meine Frau, weil sie mich umgebracht hat?«

Deine Frau hat ungefähr tausend Gründe, dich umzubringen, du Vogel, dachte Hinterkötter, obwohl er sich so etwas sonst nicht zu denken gestattete.

»Erstens haben wir niemanden verhaftet, sondern lediglich Zeugen zur Befragung eingeladen. Und zweitens ist der Nachweis von Brandbeschleunigern an einem Tatort eine wirklich diffizile Wissenschaft, mit der sich nur wenige Experten auskennen. Wir können stolz sein, dass wir Dr. Proll für uns gewonnen haben.«

Die nächsten zwei Minuten legte er den Hörer vor sich auf den Schreibtisch. Er hörte den Landrat auch so, die Dackel hingegen erforderten freie Hände.

Als Saathoff allmählich leiser wurde, nahm er den Hörer wieder in die Hand. »Hör zu Enno, ich tu, was ich kann, um diesen armen Halbwüchsigen zu helfen. Nun lass mal die Beamten ermitteln. Vielleicht war's ja auch jemand ganz anderes, der noch eine Rechnung offen hatte.«

Er wusste, dass er Landrat Saathoff damit nicht geholfen hatte, und er selbst glaubte ja auch nicht daran. Bevor sein Freund erneut zu schreien anfangen konnte, beendete Hinterkötter das Gespräch unter Hinweis auf dringende Termine. Dann holte er die Regeln für Anstand und Respekt wieder aus dem Papierkorb und verstaute sie als Beweismittel in seinem Schrank. Man wusste nie, wann man so etwas einmal brauchen konnte.

Morbus Sudeck

Donnerstag, 19. April 2001, Polizeiinspektion Leer

Anja Hinrichs blätterte in den dünnen Unterlagen, die vor ihr auf dem Tisch lagen. Viel gab es über Minna Schneider nicht, es waren hauptsächlich Informationen des Meldeamtes, des Hausarztes und des gesetzlichen Betreuers von Minna Schneider. Sie war vor einundfünfzig Jahren in Wuppertal geboren worden. Ihre Mutter war ledig, Minna Schneider hatte noch einen jüngeren Bruder.

Das war in der damaligen Zeit schon mal ein schlechter Start gewesen, dachte Anja Hinrichs. Ledige Mutter, das hieß wenig Geld und wenig Respekt. Schon als Kind war bei Minna eine Koschewnikow-Epilepsie diagnostiziert worden, als Folge einer Hirnschädigung bei der Geburt. Mit neun Jahren war sie in das katholische Kinderheim St. Ägidius in Grevenlohe gekommen. Sie hatte nur die Volksschule besucht und keinen Beruf gelernt. Während der Zeit im Heim und danach hatte sie in einer Wäscherei gearbeitet. Später hatte Minna wieder bei ihrer Mutter gewohnt, bis diese im Jahr 1977 an Krebs starb.

Zwei Jahre später zog sie mit ihrer Tante nach Wymeer.

Warum wohl nach Wymeer, dachte Anja. Sie würde dort niemals freiwillig hinziehen.

Minna Schneider hatte fünf Jahre bei Weener Plastik gearbeitet, dann waren die Folgen ihrer Epilepsie so gravierend geworden, dass sie nicht mehr regelmäßig arbeiten gehen konnte und fortan eine kleine Berufsunfähigkeitsrente bezog. 1985 hatte sie dann auch ihre Tante verloren und lebte seitdem ganz allein in der Alten Schule in Wymeer.

Minnas Bruder war der einzige nähere Verwandte, den sie noch hatte. Aber er war schon vor zwanzig Jahren nach Kanada ausgewandert. Mit dem Bruder musste Anja unbedingt sprechen. Sie sah auf die Uhr: Hier war es zehn. Wie spät war es drüben? Vancouver lag an der Westküste, die waren bestimmt zehn Stunden zurück, schätzte sie. Also Mitternacht oder so. Sie sollte besser warten.

Anja Hinrichs überlegte. Im Verhörraum saßen die Chefs mit den Jugendlichen. Wenn einer von denen gestand, konnte sie sich die Recherche über Minna Schneider sparen. Sie war ziemlich fest davon überzeugt, dass hier ein Streich völlig aus dem Ruder gelaufen war. Jugendliches Testosteron, gepaart mit fehlendem Verantwortungsbewusstsein, gedeckt von Eltern, für die Mitmenschlichkeit kein Gut war, das allen Menschen zustand, sondern höchstens Familie und Freunden und denjenigen, von denen man etwas zurückbekommen konnte.

Anja griff noch einmal nach den Krankenunterlagen. Minna Schneider hatte es wirklich schwer gehabt im Leben. Die *Epilepsia partialis continua* hatte Schäden im Gehirn verursacht. Sie war nicht richtig behandelt worden in einer Kindheit, in der man noch von »Fallsucht« sprach und den Kindern Helme aufsetzte. Minna Schneider hatte Mühe damit, zusammenhängend zu sprechen und Realität und Fantasie auseinanderzuhalten, wie Anja den Arztberichten entnahm. Allein war sie schlecht zurechtgekommen und hatte ihre Medikamente nicht regelmäßig genommen, sodass sie sich bei Anfällen Verletzungen zugezogen hatte.

Das meiste in dem Krankenbericht war einigermaßen verständlich. Aber es war noch von einer anderen Krankheit die Rede: *Morbus Sudeck*. Diese Krankheit hatte offenbar ständige Schmerzen in Minna Schneiders Händen verursacht und ihre Beweglichkeit stark eingeschränkt. Im Arztbericht stand etwas von schlecht verheilten Knochenbrüchen in den Fingern beider Hände.

Anja Hinrichs legte den Bericht weg und sah in ihre Kaffeetasse, in der eine schwarze, kalte Flüssigkeit stand. Das Zeug konnte man unmöglich trinken, weder heiß noch kalt. Zu Hause hatte sie eine neue Espressomaschine und ein ganzes Service kleiner weißer Porzellantassen, die sie sensationell günstig erstanden hatte. Sah aus wie Rosenthal, war aber von ALDI. Und dort war auch das dicke Medizinlexikon, das ihre Mutter ihr geschenkt hatte und das sie nie brauchte, jetzt aber schon.

Kurz entschlossen stand sie auf und zog ihre Steppjacke an. Sie zog die Haare aus dem Kragen und strich sie nach hinten. Dann klemmte sie sich die Mappen mit den Berichten unter den Arm. Sie blickte in den großen Spiegel, den sie in ihr Büro gehängt hatte. Sie sah aus wie eine Studentin. Das gefiel ihr. Es war verboten, Material zu einem Fall mit nach Hause zu nehmen. Das gefiel ihr noch mehr.

Wenig später saß sie mit einer Tasse heißen Espresso an ihrem Küchentisch, vor sich das Medizinbuch und die Krankenakte. Sie schlug zuerst das Stichwort »Epilepsie« auf:

»Bei den Griechen der Antike galt Epilepsie als ›heilige

Krankheit‹, als Besessensein von der ›göttlichen Macht‹ und wird daher auch heute zuweilen noch als Morbus sacer bezeichnet. Im Mittelalter wurde ein Anfall häufig als ›Angriff von oben‹, als göttliche Strafe oder ›dämonische Besessenheit‹ interpretiert und konnte für den Betroffenen schwerwiegende Konsequenzen haben, beispielsweise einen Exorzismus ...« In Deutschland war noch 1976 beim Versuch, die Krankheit mit Exorzismen zu heilen, eine Studentin gestorben. Zwei katholische Priester hatten 67-mal den großen Exorzismus an ihr vollzogen. Hinrichs schnaubte. Priester und Frauen!

»Ausgehend von der seit Jahrhunderten bekannten Erfahrung, dass bei Menschen mit Epilepsie Fasten vorübergehend zu einer Anfallsfreiheit führte, wurde seit 1921 mit einer Diät mit sehr hohem Fett-, geringem Kohlenhydrat- und moderatem Eiweißanteil behandelt. In Deutschland wurden seit den 1930er-Jahren Auffassungs-, Merk- und Urteilsstörungen, eine allgemeine Verlangsamung, Umständlichkeit, Pedanterie und Selbstgerechtigkeit als vermeintlich typisch beschrieben. Rückblickend müssen diese Zuschreibungen im Zusammenhang mit der nationalsozialistischen Rassenpolitik mit dem Ziel einer Ausrottung von Erbkrankheiten gesehen werden. Epilepsie unterscheidet sich von anderen ›Volkskrankheiten‹ wie Diabetes dadurch, dass ihr immer noch ein Stigma anhaftet, auch wenn sich die Einstellung in der Bevölkerung verbessert hat ...«

Wie merkwürdig, dachte Anja Hinrichs. Von Pedanterie und Selbstgerechtigkeit hatten die Wymeerer bei Minna Schneider auch besprochen. Wie tief hatten sich doch diese Nazi-Stereotype in die Hirne der Leute gebrannt.

Sie schloss das Buch und machte sich noch einen Espresso. Dann fiel ihr ein, dass sie auch noch nachsehen wollte, was *Morbus Sudeck* war. Also schlug sie das Buch wieder auf: Morbus Sudeck war eine Erkrankung, die nach Verletzungen durch Operationen, Knochenbrüchen, Wunden oder Ähnlichem auftrat. Die Schmerzen nahmen nach der Heilung nicht ab, sondern hielten dauerhaft an. Es kam zu Veränderungen bei Knochen und Weichteilen, manchmal zur dauerhaften Versteifung von Gelenken. Minna Schneider hatte unter chronischen Schmerzen in den Händen gelitten, die mit Schmerzmedikamenten und Gymnastik behandelt worden waren.

Vielleicht war sie einfach zu oft gestürzt. Die Ärmste.

Anja streckte sich und ließ ihre Finger knacken. Dann stand sie auf und ging ein paar Schritte durch ihre kleine Wohnung. Eine hübsche Wohnung in einem Altbau an der Heisfelder Straße war das, ein bisschen laut nach vorne, dafür ruhig und mit viel Grün, wenn man hinten rausguckte. Als sie vor zehn Jahren hier eingezogen war, hatte sie angenommen, es sei nur für eine Übergangszeit. Sie würde einen Mann finden, heiraten und ein Haus bauen. Dann würde sie Kinder in die Welt setzen, um die sich ihr Mann und sie gleichberechtigt kümmern würden.

Sie hatte es sich in ihrem Nest gemütlich gemacht, hatte hübsche Vorhänge gekauft, dazu passende Bettwäsche, hatte den Balkon im Frühling mit Männertreu und fleißigen Lieschen bepflanzt und die IKEA-Möbel geschickt mit kleinen Antiquitäten aus holländischen Trödelläden kombiniert. Sogar ein Bücherregal hatte sie aufgestellt und mit Büchern gefüllt, obwohl sie gar nicht viel las. Aber Bücher sahen einfach gut aus. All die Zeit hatte sie unbewusst gewartet, und während sie wartete, war aus der Übergangslösung eine dauerhafte Situation geworden. Inzwischen war der Zug für eigene Kinder abgefahren, der Mann war auch nicht gekommen, und an manchen Tagen war Anja Hinrichs' Laune so schlecht, dass sie am liebsten die Polizeiinspektion in Brand gesetzt hätte. Anja wanderte durch die Zimmer. Sie hatte in diesem Leben nicht ankommen wollen, aber sie war gegen ihren Willen trotzdem inzwischen darin zu Hause. Immerhin war sie gesund und unabhängig und konnte selbst entscheiden, wofür sie ihr Geld ausgab.

War Minna Schneider in ihrem Leben angekommen? Konnte man in ihrer Situation im Leben überhaupt ankommen, wenn man jahrzehntelang unter Vormundschaft und Aufsicht gestanden hatte? Waren das Kategorien, in denen sie gedacht hatte?

Anja Hinrichs setzte sich wieder an ihren Schreibtisch und schaltete den Computer ein. Das Kinderheim St. Ägidius in Grevenlohe war eine Einrichtung der Caritas, zu der eine Homepage existierte. Nach einer gefühlten Ewigkeit erschien auf ihrem Computerbildschirm eine schöne alte Villa im Sonnenschein. Ein großer Park mit alten Bäumen umgab das Gebäude. Man sah Bänke, Schaukeln, einen Sandkasten, Wippen. Ein Ort zum Wohlfühlen. Lachende Kinder spazierten mit Pflegerinnen durch den Park oder wurden im Rollstuhl geschoben.

»*Weil es um den Menschen geht*«, stand oben auf der Seite. Anja runzelte die Stirn. Sie gehörte nicht zu denen, die sich von schönen Bildern und salbungsvollen Worten beeindrucken ließen. Sie zog ihre Schlussfolgerungen gerne aus dem Nicht-Gesagten. Der Satz war eigentlich eine Selbstverständlichkeit. Ging es nicht immer um den Menschen? Worum könnte es ausgerechnet bei Behinderten denn sonst gehen, dass man es so betonen musste? Dann erinnerte sie sich daran, dass die Fernsehlotterie »Aktion Sorgenkind« erst vor Kurzem in »Aktion Mensch« umbenannt worden war. Das war zwar auch nicht toll, fand sie, aber es veränderte den Fokus. Vorher war es tatsächlich nur um die Perspektive der Eltern und der Gesellschaft auf das Kind gegangen. Auch in der Nachkriegszeit wurden behinderte Kinder hauptsächlich dadurch definiert, dass sie jemandem Sorgen machten. Meistens den Eltern, aber natürlich auch den Schulen, Ärzten und Behörden. Die Perspektive der Kinder spielte dabei keine Rolle.

Nun also durften sie endlich Menschen sein. Toll. Anja Hinrichs las weiter. »*Das Leben mit einer Behinderung stellt Betroffene oft vor besondere Herausforderungen.*« Ha, das war das andere Extrem! Nunmehr durfte es gar keine Sorgen mehr geben, sondern höchstens noch *Herausforderungen.* Wehe, jemand sprach von Problemen. Anja war so aufgebracht, dass sie in der Küche nach einem Stück Schokolade zur Beruhigung suchte. Ihre Neigung, aus der Haut zu fahren, war der Grund, warum sie ihre Gewichtsprobleme nie ganz im Griff hatte. »*Wir bieten Kindern und Jugendlichen das notwendige Setting und die fachliche Kompetenz, um bedürfnis- und ressourcenorientiert die Selbstständigkeit zu entwickeln, um als Erwachsene möglichst selbstbestimmt leben zu können. Wir unterstützen dabei, eine individuelle Lebensplanung zu entwickeln und Wege zu entdecken, die Teilhabe am gesellschaftlichen Leben ermöglichen.*«

Ja, die Teilhabe durfte natürlich auch nicht fehlen. Teilhabe, Selbstbestimmung und individuelle Lebensplanung hatten mutmaßlich zu Minna Schneiders Zeit noch keine große Rolle gespielt. Wie hatten wohl die Selbstbeschreibungen der Heime in den Sechzigerjahren gelautet? Anja überlegte, was sie über die Zeit herausfinden konnte, die Minna Schneider im Heim verbracht hatte. Auf der Homepage war die Nummer des Kinderheims angegeben.

»Kinderheim Sankt Ägidius, Andrea Eichinger am Apparat«, meldete sich eine sympathische Frauenstimme.

»Guten Tag, Kriminalpolizei Leer, mein Name ist Anja Hinrichs, und ich ermittle in einem Todesfall …«

»Solche Anfragen richten Sie bitte schriftlich an die Öffentlichkeitsabteilung des Caritasverbandes in Brilon. Die bearbeiten Journalistenanfragen und Fragen von Angehörigen.« Die Stimme klang etwas weniger freundlich, dafür routiniert.

»Nein, Sie haben mich missverstanden. Ich bin keine Journalistin, sondern Kriminalkommissarin. Ich ermittle in einem Fall, der eine Ihrer früheren, äh, Bewohnerinnen betrifft.«

Auch diese Präzisierung schien nicht den geringsten Eindruck auf Frau Eichinger zu machen. »Bitte wenden Sie sich an unseren Träger«, wiederholte sie. »Ich kann Ihnen da keine Auskunft geben.«

Anja überlegte, ob sie den Holzhammer herausholen sollte, ließ sich dann aber doch die Nummer geben.

»Caritas Brilon. Sie sind mit der Pressestelle verbunden. Mein Name ist Moritz Mendel. Was kann ich für Sie tun?« Wieder so eine sympathische Stimme, diesmal männlich. Anja brachte ihr Anliegen vor. Sie erwartete, dass auch der junge Mann versuchen würde, sie an eine andere Stelle loszuwerden.

»Ah, da sind Sie eigentlich bei uns nicht ganz richtig, weil dies die Pressestelle ist. Aber ich will mal sehen, ob ich in der Familien- und Jugendhilfe jemanden erreiche. Denen untersteht das Haus Sankt Ägidius. Ist ohne Gewähr, aber vielleicht können die Ihnen weiterhelfen.«

Immerhin, er versuchte es. Anja fuhr sich durch die Haare, klemmte sie hinter die Ohren, holte sie wieder nach vorne, damit man die Ohren nicht so sah, die ein ganz kleines bisschen abstanden. Das war alles Quatsch, weil sie ja keiner sehen konnte, aber sie konnte es nicht lassen. Nach etwa einer Minute in der Warteschleife mit Panflötenmusik meldete sich Moritz Mendel wieder. »Ich verbinde Sie mal mit unserer Familien- und Jugendhilfeabteilung, bleiben Sie bitte dran.«

Wieder die Panflöte, dann eine Frauenstimme, die bei Weitem nicht so sympathisch klang: »Ich bedaure, aber zu früheren Bewohnern unserer Einrichtungen dürfen wir keine Auskunft geben.«

»Es handelt sich um eine kriminalpolizeiliche Ermittlung.«

»Das reicht nicht. Wir können Ihnen nur bei Vorliegen einer richterlichen Anordnung bestimmte Informationen geben, und auch nur, sofern keine schutzwürdigen Interessen von weiteren Betroffenen dem entgegenstehen. Außerdem auch nur ...« Sie machte eine bedeutungsvolle Pause. »... sofern wir überhaupt Unterlagen haben.« Anja hörte das Klicken eines Feuerzeugs und dann ein Husten. Es war offensichtlich, dass diese Caritasmitarbeiterin kein großes

Interesse daran hatte, die Polizei bei ihrer Arbeit zu unterstützen.

»Was soll das heißen? Es muss Unterlagen geben. Es gibt doch eine Aufbewahrungspflicht«, ereiferte sich Anja.

»Die Fallakten über die Kinder im Heim lagern grundsätzlich beim Jugendamt. Die müssten sie eigentlich zuerst fragen. Ob bei uns noch Material vorhanden ist, kommt darauf an, wie lange der Vorgang zurückliegt. Aber ich sag Ihnen: Ohne richterlichen Beschluss geht gar nichts. Wir müssen schließlich die Persönlichkeitsrechte unserer früheren Mitarbeiter wahren.« Dann legte die Frau auf. Anja starrte auf den Hörer in ihrer Hand. Wut stieg in ihr auf. Na warte, dachte sie, ich komme wieder. Sie nahm den Hörer in die Hand, um Staatsanwalt Peters anzurufen.

Freunde halten zusammen

Donnerstag, 19. April 2001, Polizeiinspektion Leer

»Omertà. Wahrscheinlich haben sie sich vorher mit einem Messer die Unterarme aufgeritzt und sie aufeinandergepresst.«

Möllenkamp lehnte am Kühlschrank der Teeküche und beobachtete Johann Abram, der genau zwei Löffel Zucker und zwei Esslöffel Milch für seinen Kaffee abmaß.

»Ja, der Meinders war auch nicht gerade gesprächig«, sagte Abram und hielt sich die Hand vor den Mund. Möllenkamp gähnte auch. »Sollen wir ihnen vorspielen, die anderen hätten ausgepackt und sie beschuldigt?«

»Stephan, machst du Witze?« Johann Abram war ehrlich entsetzt.

»Ja, ja, ich weiß schon, die Eltern sitzen daneben, das ist verboten et cetera et cetera. Aber wir müssen sie doch irgendwie knacken.«

»Stephan, das ist kein Verhör, sondern eine Zeugenbefragung. Und es sind Jugendliche, zum Teil noch nicht strafmündig. Warum bist du so versessen darauf, aus ihnen etwas herauszuholen?«

»Weil sie lügen. Oliver Meinders, Benjamin Nagel und Hero Winter haben wir jetzt befragt. Die erzählen alle mit fast denselben Worten, dass sie alle zusammen beim Osterfeuer waren. Das hat mir auch Kevin Koerts gestern Abend erzählt. Sie wollen alle gemeinsam erst zur Alten

Schule gegangen sein, als alle anderen auch dorthin gingen. Dabei hat uns dieser Imbissbudenbesitzer ...«

»Bernhard Pohl«, vervollständigte Abram.

»Genau, Pohl, gesagt, dass die Jungs nicht beim Osterfeuer waren.«

»Na ja, aber vielleicht hat er sie ja in der Menge nicht gesehen.«

»Johann, dieser Bernhard Pohl hat den ganzen Abend nach ihnen Ausschau gehalten, weil er fürchtete, dass sie Ärger machen. Und ein Osterfeuer in Wymeer ist ja nicht die Love Parade.« Er stutzte einen Moment.

Abram sagte: »Für manche wohl schon«, dann lachten beide.

»Im Ernst, das stimmt doch hinten und vorne nicht. Ich werde mir jetzt Karsten Specker zum Schluss noch mal richtig vornehmen.«

Johann Abram sah seinen Chef über den Rand der Kaffeetasse hinweg an. »Warum haben wir den Vater von Karsten Specker eigentlich nicht auch zur Zeugenbefragung eingeladen?«

»Warum sollten wir?«, fragte Möllenkamp.

»Wegen der Sache im Wymeerer Stadtpark. Das wäre doch ein Motiv.«

»Ist das dein Ernst? Bringt man wegen so was jemanden um? Es ist ja noch nicht mal klar, ob es überhaupt zur Anklage kommt.«

»Ich würde es mal als Hypothese auf deiner Metaplanwand vermerken. Allein um zu sehen, wie der Vize darauf reagiert.« Abram grinste, wurde dann aber wieder ernst. »Stell dir doch mal vor, der Vater hätte seinen Sohn zu dem

Feuer angestiftet. Der Sohn ist erst dreizehn, noch nicht strafmündig, aber bei Minna Schneider könnte so ein Feuer nachhaltig Wirkung zeigen. Ich sag ja nicht, dass sie es auf ihren Tod abgesehen hatten. Aber vielleicht wäre sie in ein Heim gekommen, und so wäre der Bürgermeister seine schärfste Kritikerin losgeworden.«

Stephan schüttelte ungläubig den Kopf. »Das wäre ja hochgradig kriminell. Damit versaut er auch seinem Sohn die Zukunft. Das kann ich mir nur schwer vorstellen.«

»Du musst nur genug Leute zu Mittätern machen und dafür sorgen, dass in den Akten nichts hängen bleibt. Dann kann der Sohn später immer noch Bürgermeister werden«, sagte Abram achselzuckend.

»Du liebe Güte, wir sind hier doch nicht in Sizilien«, rief Möllenkamp.

»Du hast doch vorhin selbst von der Omertà gesprochen«, sagte Abram und stellte seine Tasse ab. »Dann wollen wir mal wieder.«

—

Auch Karsten Specker war in Begleitung seiner Mutter gekommen. Er saß auf dem Stuhl, hatte lässig das eine Bein über das andere geschlagen, hielt sich den Knöchel fest, während sein Fuß wippte. Dabei blies er provokativ seinen Kaugummi auf. Die Mutter, eine üppige Blondine mittleren Alters, die nach Zigaretten roch, saß neben ihrem Sohn und machte den Eindruck, als hielte sie es für eine Zumutung, hier erscheinen zu müssen.

Stephan Möllenkamp grüßte kurz, setzte sich hin und faltete die Hände. Dabei sah er den Jungen an. Karsten Specker war ein großer, dicker Junge, dessen rosige Kinder-

203

wangen in auffälligem Gegensatz zu seinem kalten Blick standen. Ein feiner blonder Flaum war über seiner Oberlippe zu erkennen. Ein paar Pickel zierten seine Stirn. Es würden noch mehr werden. Der Pony war hochgegelt, so wie es die Jungen heute trugen, unter der schwarzen Bomberjacke blitzte orangenes Innenfutter hervor.

Frau Specker starrte Möllenkamp an. Sie hatte sich einen dunkelblauen Blazer mit Goldknöpfen angezogen, darunter ein blau-weiß gestreiftes Shirt, das ihren mächtigen Busen unvorteilhaft betonte. Ihre Fingernägel waren rot lackiert, diverse Ringe zierten ihre Finger. Keine Frage, dies war die Hautevolee von Wymeer.

Karsten Speckers Blick begann ein wenig zu flackern. Er rutschte auf dem Stuhl herum. Die Pickel auf seiner Stirn wurden röter, und die Ohren glühten. Ihm war warm.

»Wollen Sie nun was von meinem Sohn wissen, oder können wir gleich wieder gehen?«, fragte Frau Specker spitz.

Möllenkamp blickte auf seinen Zettel, auf dem er sich Notizen zur Befragung von Oliver Meinders gemacht hatte. Da stand nichts Erhellendes drauf, aber das konnte sein Gegenüber ja nicht wissen. Er schwieg noch ein bisschen.

»Also, so viel Zeit haben wir nicht …« Frau Specker machte Anstalten aufzustehen.

»Wie war es denn beim Osterfeuer?«, fragte Stephan Möllenkamp.

Karsten sah Möllenkamp herausfordernd an. »Toll war es.«

»Kann ich mir denken. Ich fand Osterfeuer auch immer schön. Wann warst du denn da?«

»Um sechs.«

»So genau weißt du das noch?«

»Ich geh immer um sechs. Wir essen eine Bratwurst, trinken Cola und quatschen ein bisschen. Dann, gegen sieben, kommt die Feuerwehr und steckt das Feuer an. Das ist jedes Jahr so.«

»Geht ihr immer zum Osterfeuer in Wymeer?«

»Ist das beste. Wir war'n auch schon in Mölenwarf und Boen, aber das ist Pipifax. Nur Idioten da. In Wymeer sind auch alle unsere Freunde. Das ist cool.«

»Klar, das macht mehr Spaß«, bestätigte Möllenkamp. »Möchtest du eine Cola? Ich kann dir eine holen.«

»Nein danke. Ich komm klar. Das wird ja hier nicht ewig dauern, oder?«

Der Kerl war auf der Hut.

»Nein, sicher nicht. Es ist nur eine Zeugenbefragung.«

»Warum bin ich Zeuge? Ich weiß doch gar nichts.« Karsten Specker gewann allmählich Oberwasser.

»Na ja, den Brand der Alten Schule hast du doch schon gesehen, oder?«

»Klar, da sind ja alle hingegangen.«

»Wann war denn das etwa?«

Karsten sah wieder seine Mutter an, die ihm aufmunternd zunickte. Sie warf einen Blick zu Möllenkamp und sah dann demonstrativ auf ihre Uhr. »Das war so gegen halb elf.«

»Auch daran kannst du dich noch so gut erinnern?« Möllenkamp versuchte anerkennend zu klingen.

»Ja logisch. Ich hab sowieso öfter auf die Uhr geguckt. Ich musste um halb elf zu Hause sein. Da wollte ich mich nicht verspäten.«

Du Heiopei, als würde dich das kümmern, dachte Möllenkamp. »Laut sagte er: Und zwischen sechs und halb elf, was habt ihr da so gemacht?«

»Na ja, wie ich schon sagte, wir haben Bratwurst gegessen und ein paar Cola getrunken und mit unseren Freunden geredet. Und dann haben wir das Osterfeuer angeschaut und auch noch ein paar Äste reingeschmissen. Was man eben so macht bei einem Osterfeuer.«

»Ist dir etwas Besonderes in Erinnerung geblieben? Etwas, das anders war als sonst?«

»Nö, war alles normal. Bis wir dann gemerkt haben, dass es in der Alten Schule brennt.«

»Hast du gesehen, wie die Katze gebrannt hat? Das hat man mir erzählt, dass eine Katze auf einmal brennend aus dem Osterfeuer sprang. Muss ziemlich unheimlich gewesen sein.«

Karsten Specker zögerte nur einen Moment. »Klar, die Katze! Ja, hab ich mitgekriegt. Das war krass. Das arme Viech. Hat's nicht überlebt. Tja, hat wohl nach Mäusen in dem Haufen gesucht. Da sind ja jede Menge drin. Laut geschrien hat sie, und der Schwanz brannte lichterloh wie eine Fackel. Hat mir leidgetan, die Katze. Ich wollt noch hinterher und ihr helfen, aber sie war einfach zu schnell. Katzen verkriechen sich ja, wenn sie sterben müssen, wissen Sie.«

»Das war sicher nicht schön mit anzusehen«, bestätigte Möllenkamp. »Und wie habt ihr dann später bemerkt, dass es in der Alten Schule gebrannt hat? Kannst du das beschreiben?«

Karsten Specker lehnte sich selbstsicher in seinem Stuhl

zurück. In dem kleinen, warmen Raum mischte sich jetzt der pubertäre Schweiß mit dem Parfum, das Frau Specker aufgelegt hatte, und dem Zigarettengeruch. »Na ja, die Leute wurden unruhig, drehten sich um und fingen an zu reden. Das Osterfeuer war schon runtergebrannt, da wollten wohl viele nach Hause, und dann hat man es erst richtig gemerkt, dass es hinter uns noch hell war. Hab erst gedacht, da hätte jemand ein eigenes Osterfeuer angesteckt. Tun ja manche. Aber dafür war es zu hell. Wir sind dann hin, immer dem Lichtschein nach in die Richtung, wo die anderen alle hingingen. Tja, und da hat es dann in Swart Minna ihrem Haus gebrannt. War zu dem Zeitpunkt aber nix mehr zu machen. Auch wenn die Feuerwehr gleich da war, weil die ja sowieso beim Osterfeuer gewesen waren mit ihrem Löschfahrzeug. Aber war schon alles zu spät.«

»Ihr seid dann dort geblieben?«

»Klar, waren ja alle da. Obwohl, unheimlich war es schon. Und wir haben uns gefragt, ob die arme Minna da drin war. Sie hätt sich ja nicht helfen können, so verrückt wie die war. Kann aber auch sein, dass sie selber das Feuer gelegt hat. Weiß man nicht.«

Möllenkamp schaute den Jungen wieder lange an. Dann beugte er sich vor und machte sich einige Notizen. Karsten Specker war jetzt offensiver.

»Warum gucken Sie so? Wir war'n das nicht.«

»Es gibt einige Leute, die sagen, dass ihr Minna Schneider Streiche gespielt habt. Es heißt, ihr habt da Fensterscheiben eingeschlagen und Blumen ausgerissen. Einmal sollt ihr Hundekot gesammelt und ihn auf die Stufen vor ihrer Haustür gelegt haben. Und ein anderes Mal lag da eine tote Katze.«

Specker spielte den Empörten. »Wir bringen doch keine Katzen um! Ich mag Katzen. Und das mit dem Hundekot waren wir auch nicht. Das Fenster ist bloß aus Versehen kaputtgegangen, weil wir auf der Straße Fußball gespielt haben, und da ist der Ball reingeflogen.«

Möllenkamp schrieb intensiv in sein Notizheft. »Warum spielt Ihr denn auf der Straße«, fragte er beiläufig nach einer Weile, »wo doch der Sportplatz gleich um die Ecke ist.«

Karsten Specker runzelte die Stirn. »Der Sportplatz ist meistens belegt. Aber fragen Sie doch mal Kevin Koerts, der war viel öfter bei dem Haus als wir. Keine Ahnung, was der da immer wollte.«

Ah so, dachte Möllenkamp, so ist das also. »Der Kevin, gehört der auch zu eurer Clique?«

Karsten Specker zog die Mundwinkel abschätzig nach unten. »Na ja, der wollte immer unbedingt dabei sein, und da haben wir ihn halt gelassen. Aber so richtig dazugehören tut er eigentlich nicht.«

Möllenkamp beugte sich jetzt vor, als wäre er auf einmal viel interessierter. »War der Kevin am vergangenen Samstagabend denn auch mit Euch zusammen beim Osterfeuer?«

Der Junge tat jetzt so, als würden ihn die folgenden Worte Überwindung kosten. »Jaaa«, sagte er gedehnt, »obwohl …« Er machte eine Kunstpause, um dem Kommissar Gelegenheit zu geben, nach dem zu fragen, was er nur allzu gerne loswerden wollte.

Möllenkamp tat ihm den Gefallen. »Was denn? War er nicht dabei? Oder nicht die ganze Zeit über?«

Karsten schien sich zu winden: »Es ist nur … man will ja keinen hinhängen, aber Kevin, der war … zwischendurch mal weg. Aber der hat bestimmt nichts gemacht, der mochte Swart Minna. Irgendwie«, beeilte er sich dann noch zu sagen.

Du Arschloch, dachte Möllenkamp. Laut sagte er: »Kannst du dich noch erinnern, wann Kevin nicht mehr bei euch war?«

»Tja, also ich würde sagen … das muss so gegen neun gewesen sein, dass er gegangen ist. Sagte, er müsse nach Hause. Sein Alter, wissen Sie, der ist ziemlich streng und vertrimmt ihn auch manchmal, wenn er zu spät nach Hause kommt. Aber nachher, bei der Alten Schule, da war er wieder da.«

»Hat er das erklärt?«

»Er sagte, dass sein Alter, äh, sein Vater noch nicht da gewesen sei. Da ist er wieder abgehauen, weil, wenn sein Vater um halb elf noch nicht zu Hause ist, dann ist er sowieso besoffen, wenn er kommt. Dann vertrimmt er Kevin auf jeden Fall.« Als Möllenkamp ihn verständnislos ansah, setzte er hinzu: »Dann macht es keinen Unterschied, verstehen Sie, ob er zu Hause ist oder nicht.«

»Waren auch andere aus eurer Clique zwischendurch nicht bei euch?«, fragte Möllenkamp.

»Nein, nein, alle zusammen, die ganze Zeit: Oliver, Benjamin, Hero und ich. Da können Sie auch andere fragen, die uns gesehen haben. Katja Vollmer, Horst Krieger und Jutta Otten, die waren auch mit uns beim Feuer. Die können das sicher bezeugen.«

»Ich kann Ihnen gerne die Telefonnummern heraussuchen«, mischte sich Frau Specker nun beflissen ein. Dabei beugte sie sich vor. Möllenkamp sah einen kleinen Brillanten blitzen, der an ihrem Hals baumelte.

Er winkte mit der Hand ab. »Schon gut, wenn's nötig ist, komm ich darauf zurück.«

»Aber sicher, Sie können ja jederzeit auch anrufen, wenn Sie etwas wissen wollen«, zwitscherte sie. Offensichtlich war sie gewiss, sich jetzt auf der sicheren Seite zu befinden, und wollte der Polizei nun so hilfsbereit wie möglich begegnen.

Na warte, dachte Möllenkamp. Er räusperte sich: »Tja, Karsten, das ist ja alles recht stimmig, was du da sagst. Es gibt aber auch Zeugen, die sagen, dass du und deine Freunde gar nicht beim Osterfeuer wart.«

»Die haben uns sicher bloß nicht gesehen«, sagte Karsten Specker lässig.

»Da waren aber Leute, die haben extra nach euch Ausschau gehalten, weil sie euch, sagen wir mal, erwartet haben«, beharrte Möllenkamp. »Und die behaupten steif und fest, dass ihr nicht beim Osterfeuer wart. Und der Bratwurstbudenbesitzer ist sich sicher, dass ihr keine Bratwurst gekauft habt.«

»Das ist doch Quatsch. Ich habe Ihnen ja Namen von Zeugen genannt, die sie gerne fragen können. Die bestätigen Ihnen alles«, ereiferte sich der Junge.

»Davon bin ich überzeugt. Da sind aber außerdem auch noch Leute, die sagen, dass aus dem Osterfeuer gar keine brennende Katze herausgelaufen ist, sondern ein Hase.«

Jetzt schoss Frau Specker auf ihrem Stuhl nach vorne: »Sagen Sie mal, manipulieren Sie meinen Jungen? Sie führen ihn doch absichtlich in die Irre. Gucken Sie sich das Kind doch mal an. Das ist ja ganz durcheinander. Man kann doch in der Dunkelheit gar nicht erkennen, ob da ein

Hase oder eine Katze brennt. Und dann wüsste ich gerne mal, welche Zeugen Sie denn so haben!« Sie war immer lauter geworden. Karsten Specker war anzusehen, dass er nicht erfreut war, von seiner Mutter als verwirrtes Kind dargestellt zu werden.

»Wieso waren Sie eigentlich nicht beim Osterfeuer? Ist das für den Bürgermeister und seine Frau kein Pflichttermin?«, fragte Möllenkamp ungerührt.

Frau Specker verschränkte die Arme vor ihrem mächtigen Busen. »Mein Mann hatte an diesem Tag einen grippalen Infekt«, sagte sie abweisend. »Darum konnte er bedauerlicherweise nicht zum Osterfeuer gehen. Er hat seinen Stellvertreter geschickt.«

»Oh, das tut mir leid«, sagte Möllenkamp, »geht's ihm denn wieder besser?«

»Ja, es geht ihm wieder besser, und ich wüsste nicht, was das zur Sache tut«, antwortete Frau Specker streng.

»Oh, das tut eigentlich schon was zur Sache«, sagte Möllenkamp, »denn wenn Ihr Mann nicht beim Osterfeuer, sondern zu Hause war, dann hat er auch kein Alibi für die Tatzeit.«

»Wieso braucht mein Vater denn ein Alibi?«, fragte Karsten Specker. Er schaute abwechselnd vom Kommissar zu seiner Mutter und sah dabei ziemlich dämlich aus.

»Minna Schneider hat deinem Vater Briefe geschrieben, hat ihn sogar angezeigt wegen der Sache mit dem Mädchen im Stadtpark. Da habt ihr ja bestimmt zu Hause auch drüber gesprochen.«

Frau Specker regte sich wieder auf: »Was soll das denn? Das hat doch mit dem Fall gar nichts zu tun!«

»Selbstverständlich hat das mit dem Fall zu tun«, erwiderte Möllenkamp ruhig. »Wir suchen ja noch immer nach einem Motiv für die Brandstiftung.«

»Aber wegen ein paar Beschwerdebriefen bringt man doch keinen um«, rief Frau Specker und klang dabei erschrocken.

»Das nicht, aber wenn das Landgericht Aurich die Klage wegen Dienstvergehens und fahrlässiger Körperverletzung zulässt, dann ist die Sache schon ernster, und es geht um die berufliche Zukunft Ihres Mannes.«

»An der Sache ist nichts, aber auch gar nichts dran!«, schrie Frau Specker, »Das werden Sie ja sehen! Und überhaupt: Was hat denn mein Sohn damit zu tun? Dann befragen Sie doch meinen Mann. Das arme Kind hier so hinterlistig in die Irre zu führen, ist ja wohl das Letzte.«

Das arme Kind hatte sich in seinem Stuhl zurückgelehnt und kaute andächtig auf seinem Kaugummi herum. So wie Karsten es gewohnt war, hatte sich seine Mutter wie eine Löwin für ihn in die Bresche geworfen.

»Karsten, würdest du meine Frage bitte beantworten«, forderte ihn Möllenkamp auf und ignorierte die zeternde Mutter.

»Ich hab gar keine Frage gehört«, sagte Karsten Specker und blies den Kaugummi auf. Möllenkamp hätte ihn am liebsten mit der flachen Hand zum Platzen gebracht, mitten im Gesicht des unverschämten Bengels. »Was wollen Sie denn wissen?«

»Ich will wissen, ob du zu Hause mitgekriegt hast, dass Minna Schneider deinem Vater viele Briefe mit Beschwerden geschrieben und ihn sogar angezeigt hat. Da war zum

Beispiel die Sache mit dem Teich im Stadtpark, der nicht ausreichend gesichert war …«

»Angeblich nicht ausreichend gesichert …«, warf Frau Specker ein.

»… dann die Baumfällungen entlang der Hauptstraße während der Brutperiode, die Vergabe eines Auftrags für den Erweiterungsbau des Kindergartens ohne Ausschreibung, die Kündigung der Mitarbeiterin der Gemeindebibliothek …«

»Wie soll denn der Junge das alles wissen?«, bellte Frau Specker. »Das versteht er ja auch noch gar nicht. Komm Karsten, wir gehen jetzt. Das müssen wir uns nicht anhören.« Sie erhob sich und zerrte ihren Jungen vom Stuhl. Karsten, der sich ob der Fürsorge seiner Mutter in seiner Ehre verletzt sah, schüttelte ihren Arm ab und ging wie ein Mann durch die Tür.

Der Sturz

1995, Rumänien

Sein Herz klopft, als er den Weg hinunterläuft. Es ist eine Spannung in ihm wie früher, wenn es auf den Jahrmarkt ging. Es zog ihn hin, gleichzeitig fürchtete er sich. Es war aufregend, unwiderstehlich, aber es roch nach Gefahr. Hinter der lauten Musik, dem Hupen der Fahrgeschäfte, den blinkenden Lichtern lauerte etwas Unkontrollierbares. Und doch hat ihn dieses Gefühl nicht davon abgehalten, hinzugehen.

Wenn er sich mit Tom trifft, in dem leer stehenden Haus am Rand des Waldes, dann ist sein Herzklopfen Freude und Furcht zugleich. Er tut etwas Verbotenes, das ihn so sehr beglückt und ihn im Innern schaudern lässt.

Die Tür knarrt, aber immerhin gibt es eine Tür, die sie schließen können. Er hat eine saubere Matratze in das Haus geschafft, die Schäbigkeit fiel ihm auf, als er sie in die Ecke legte. Aber nur kurz. Weil es nicht so ist zwischen Tom und ihm. Sie lieben sich. Er liebt Tom seit dem Moment, als er ihn das erste Mal sah. Und seit jenem Abend, als er Gherghinas Geschichte hörte, weiß er, dass Tom ihn auch liebt. Sie werden eine Zukunft zusammen haben, und Gott wird sie ganz sicher segnen. Keine sieben mal siebzig Jahre mehr. Gott hat ihm tatsächlich verziehen, und er dankt ihm jeden Tag dafür.

Er hört ein Geräusch hinter sich. Tom tritt herein, immer verhalten, fast ängstlich, verlegen lächelnd. Es ist ganz zart zwischen ihnen, nicht leidenschaftlich oder gewaltsam. Die al-

ten Dielen knarren, ein Brummer summt bei dem Versuch, durch eine geschlossene Scheibe nach draußen zu gelangen. Die Luft ist staubig, Staub liegt auch auf dem Boden, und abgefallener Putz und Mäusekötel. Er tritt zu Tom, legt die Arme um seine Taille, senkt die Nase in seine Halsbeuge, atmet den Duft seiner Jugend. Toms Wange ist ganz leicht angeraut, Vorboten des Bartes, der hoffentlich noch lange auf sich warten lässt. Er kann ein wenig Schweiß riechen, und das erregt ihn.

Tom hat die Augen geschlossen, als er seine Lippen sucht. Er küsst sie erst ganz leicht, sie sind weich, voll und rosa. Dann lehnt er den Kopf ein wenig zurück, sieht das schöne Gesicht an, die dunklen Locken, die blauen Augen, sieht, wie sich in den Nasenlöchern die feinen Härchen beim Atmen bewegen. Er legt den Finger hinter Toms Ohr, sein perfektes Ohr, lässt den Finger an seinem Hals entlanggleiten über den Adamsapfel hinweg, verharrt ein wenig in der Mulde zwischen den Schlüsselbeinknochen und fährt mit dem Finger weiter, bis er den ersten geschlossenen Knopf von Toms Hemd erreicht hat. Er öffnet ihn und legt seinen Mund auf die nackte, unbehaarte Haut. Toms Körper ist nachgiebig und geschmeidig, aber anders als sonst kommt er ihm nicht entgegen.

Er umfasst Toms Hüften mit den Händen, gleitet an ihm herab und kniet sich vor ihn hin. Zwischen den Beinen ist der Geruch intensiver, sein Verlangen wird heftiger. Er legt die Hand auf die Wölbung der Jeans. Dann hört er, wie Tom leise, aber deutlich sagt: »Ich will das nicht.«

Er versucht zu ignorieren, was er gerade gehört hat. Er zieht Toms Hüften an sich und legt seinen Kopf gegen das Becken. Tom macht keine Bewegung, er schiebt ihn auch nicht von sich, er sagt bloß: »Hermann, ich will das nicht.«

Er steht auf, lässt die Arme sinken und sieht ihn an.

Plötzlich überfällt ihn eine abgrundtiefe Scham. Tom sieht ihn an, mit geradem, klarem Blick. Jetzt fühlt er, dass er es nicht mehr verdrängen kann. Tom ist ein Kind. Schmal, zerbrechlich, mit einer Enttäuschung in den Augen, die er nicht wiedergutmachen kann. Er hat es wieder getan.

Tom dreht sich wortlos um und geht.

Lange noch bleibt er in dem Haus. Er hockt sich in die Ecke, weil er es nicht wagt, sich auf die Matratze zu setzen. Wie soll er jetzt zurückgehen? Wie weitermachen? Er denkt an Buße. Er kann sich versetzen lassen, wieder in den Urwald. Nein, so kann er nicht weitermachen, nicht in der Hitze, der schwülen Feuchtigkeit, die ihn aufwühlt und ihn nicht zur Ruhe kommen lässt. Er erhebt sich, geht durch die Räume und betrachtet die vollgeschmierten Wände. Schon viele Liebespaare haben sich hier getroffen, auch Jugendliche zum Feiern. Man sieht es an den Flaschen und Glassplittern, den Kerzenstummeln und Aluminiumpapierchen. Vielleicht haben einige seiner Straßenkinder hier gehaust. Ein Haus ist etwas anderes als ein U-Bahn-Schacht. Aber viel zu weit weg von den Kunden und den Dealern, den Touristen mit ihren Handtaschen. Nichts für länger.

Langsam, wie in Zeitlupe, schleicht er den Weg zurück, den er gekommen ist. Er ist aus der Geisterbahn ausgestiegen, aber die Gespenster sind ihm gefolgt. Sie tanzen um ihn herum, eine endlose Geisterbahnfahrt.

Als er das Heim von Weitem sieht, merkt er sofort, dass etwas anders ist. Da ist zu viel Bewegung um das Haus herum, Leute rennen hin und her, das ist sonst nicht so. Schwester Amy steht vor dem Haus und gibt den Mitarbeitern Anweisungen.

Sie beschirmt ihre Augen mit der Hand und schaut die lange Auffahrt herunter. Sie wartet auf etwas. Dann dreht sie sich um und sieht direkt in seine Richtung. Sie muss ihn gesehen haben, aber sie winkt nicht, zeigt keine Reaktion. Tom, denkt er und beginnt zu laufen. Er rennt so schnell er kann, bekommt Seitenstechen, rennt weiter. Nicht noch einer!

Ein Rettungswagen kommt die Auffahrt heraufgefahren. Ihm wird schlecht, er muss anhalten, nur einen Moment lang, bis der Schwindel weggeht. Dann eilt er weiter. Zwei Männer in Weiß stürzen auf die Tür zu, eine Traube Jugendlicher steht vor dem Haus, einige sehen betroffen aus, andere lachen und rauchen. Nicht allen geht ein Unglücksfall nahe.

»Was ist passiert?«, keucht er atemlos.

»Gherghina hat sich die Pulsadern aufgeschnitten«, antwortet Amy, ohne sich anmerken zu lassen, was sie fühlt.

Ihm entweicht ein Seufzen der Erleichterung, er kann es nicht aufhalten. Gherghina ist ihm in diesem Moment völlig egal. Er hatte sie sowieso aufgegeben. Aber Tom ist nichts passiert. Er, der es sich zur Aufgabe gemacht hat, sie zu beschützen, ist jetzt frei. Seine Träume überlagern das, was eben passiert ist und das nichts mit Gherghina zu tun hat. Er wird Tom gleich suchen, wird ihm zeigen, dass er für ihn da ist.

Aber zuerst muss er zu Gherghina, das ist seine Aufgabe. Er ist der Leiter dieses Heims. Er muss Fürsorge und Betroffenheit zeigen. Später muss er dann einen Bericht für die Behörden und für die Kirchenführung schreiben. Er eilt zügig, doch gemessenen Schrittes die Stufen hinauf, innerlich bebend vor Verlangen, jetzt sofort Tom zu suchen.

Gherghina hat ein Zimmer für sich allein. Es war nicht möglich, sie mit anderen zusammenzulegen, weil sie jede

Nacht im Traum geschrien hat. In ihrem Zimmer steht ein Puppenwagen, den haben sie ihr gegeben, damit sie für ihr »Baby« ein Bett hat. Sie hat ihrer Puppe Windeln aus Stofffetzen gemacht und sie im Waschraum ausgewaschen.

Er bleibt im Türrahmen stehen. Fast könnte man meinen, Gherghina schlafe friedlich in ihrem Bett, die Decke bis zu den Ohren hochgezogen, wenn da nicht das viele Blut wäre. Der blutverschmierte Kopf ihrer Puppe ragt neben ihrem aus der Bettwäsche, sie muss die Puppe an sich gedrückt haben, solange sie noch konnte. Gherghinas linker Arm hängt seitlich aus dem Bett. Der Notarzt hat seine Hand an Gherghinas Hals, aber das ist nur Routine. Sie ist tot, das kann man auf den ersten Blick sehen.

Auf dem Fußboden liegen Blätter verstreut, Seiten aus einem Buch. Sie muss die Heilige Schrift, die in jedem Zimmer liegt, Seite für Seite zerrissen haben. Dann ist sie still geworden, hat sich mit ihrem »Kind« ins Bett gelegt, um sich dort die Pulsadern aufzuschneiden. Sie konnte sich nicht in eine Badewanne legen, es gibt keine Badewannen in den Waschräumen. Langsam tritt er in den Raum, hebt einige der Blätter auf, legt sie auf den kleinen Tisch am Fenster. Er sieht nach draußen zu dem Turm der Kapelle mit seinem überstehenden Dach. Die Kapelle gehört zum Gelände, aber sie wird nicht genutzt, weil sie baufällig ist. Sie haben einen Gebetsraum im Haupthaus für ihre Andachten. Er dreht sich wieder zu Gherghina um, deren Gesicht immer blass war und jetzt fast durchsichtig ist. Die Sanitäter heben sie auf die Bahre. Bald werden sie das Zimmer putzen und neu vergeben.

Er tritt an das Bett, spricht ein Gebet, empfiehlt Gherghinas unsterbliche Seele dem Herrn, auch wenn sie sich das von Gott *geschenkte Leben selbst genommen hat. Dann nickt er dem Notarzt zu, der ihn kaum beachtet.*

Kaum ist er draußen, fängt er an zu rennen. Er muss Tom finden.

In seinem Zimmer ist er nicht. Auf seinem Bett liegt eine Jeans, ein Buch auf dem Nachttisch, ein T-Shirt über dem Stuhl. Im Kleiderschrank sind alle seine Sachen noch da. Was fühlt Tom jetzt? Er ist nur wegen Gherghina hierhergekommen.

Nur wegen Gherghina.

Für sie hat er alles auf sich genommen. Er hat sein Leben riskiert und mit seiner Familie gebrochen. Er hat sie begleitet und beschützt, aber ihre Seele konnte er nicht beschützen. Er war hilflos und hat bei ihm, dem Erwachsenen Schutz gesucht. Was Tom gefunden hat, war eine Liebe, der er nicht gewachsen war.

Wie von Furien gehetzt rast er durch das Heim, schaut in die Kapelle, in die Waschräume, in den Essaal, in den Keller. Er rennt ums Haus in den Park, fragt die Kinder, das Personal, versucht sich nichts anmerken zu lassen, aber das ist ihm jetzt eigentlich auch schon egal. Mit hängenden Schultern steht er zuletzt da.

Wo soll er noch suchen?

Er muss eine Suchaktion einleiten, die Umgebung durchkämmen. Und wenn sie das Haus finden? Egal, da kann jeder drin gewesen sein.

Amy tritt zu ihm. »Was ist los?«

»Tom … er ist verschwunden.«

Sie sieht ihn an, fest und ohne Regung. »Wenn das so ist, dann ist es deine Schuld.«

»Das spielt jetzt keine Rolle. Zeig mich an, und ich werde meinen Posten räumen. Aber erst müssen wir ihn finden.«

»Ich stelle eine Truppe zusammen«, sagt sie und wendet sich von ihm ab, um zu gehen.

Er richtet den Blick zum Himmel. Ein Schatten im Augenwinkel, eine Bewegung unter dem Turmdach. Er zuckt zusammen, wendet den Kopf, ein Laut entfährt ihm. Amy hält inne, folgt seinem Blick, ihr Mund öffnet sich zu einem Schrei.

Oben auf dem Sims eines der Turmfenster steht Tom. Man kann sein Gesicht nicht sehen, nur die schmale Gestalt, die dort oben noch verlorener aussieht.

Er rast los. »Nein, nein«, schreit er, »tu das nicht! Tom!« Sein Herz hämmert gegen den Brustkorb, er rennt zum Turm. Das Vorhängeschloss ist mit einem Stein heruntergeschlagen worden. Es sind hundertfünfundfünfzig Stufen nach oben, das hat er in einem Buch über das Anwesen gelesen. Er hetzt und hetzt, ihm tut die Seite weh, die Brust, er keucht, kann Toms Namen nicht rufen, konzentriert sich nur auf die Stufen vor sich. Wieder ein Absatz, er muss kurz anhalten, doch auch dort bekommt er keine Luft. Die Angst treibt ihn weiter. Weiter. Weiter. Manche Stufen sind kaputt, er muss höllisch aufpassen, aus den Wänden sind Steine herausgebrochen, durch die Lücken kann er sehen, dass sich alle vor dem Haupthaus versammelt haben und zum Turm starren. Also ist Tom noch oben. Weiter. Weiter!

Dann ist er oben. Der Fußboden ist aus Holz und ganz brüchig, große Löcher dort, wo die Planken verrottet sind, weil auch das Dach undicht ist. Ein Wunder, dass die Glocke noch hängt. Er bleibt stehen, ringt nach Luft. Die Fenster des Glockenturmes rundherum eröffnen einen Blick auf die Schönheit der Landschaft, der Hügel, der Wälder. Gottes weite Welt. Man muss blind sein, hier oben zu stehen und sich dann immer noch hinunterstürzen zu wollen.

Vor einer der Fensterhöhlen steht ein Schatten. Dort drückt sich Tom gegen die Wand.

»Tom«, ruft er leise, um ihn nicht zu erschrecken.

»Lass mich, du Schwein!«, kommt es zurück.

»Tom, du bist frei. Ich habe einen riesigen Fehler gemacht. Das ist nur, weil ich dich liebe. Aber ich weiß, dass es falsch war. Du hast keine Schuld, nur ich. Sieh dich um, die Welt steht dir offen. Wirf das nicht weg. Geh deinen Weg und vergiss mich.«

»Wie kann ich dich vergessen, ohne Gherghina zu vergessen? Wenn ich sie vergesse, verrate ich sie. Ich hab alles für sie gemacht. Aber solange sie in meinem Kopf ist, bist du da auch!«, schreit Tom. »Du hast sie umgebracht, du hast alles umgebracht!«

»Tom, ich nehme das alles auf mich. Es ist meine Sünde, meine Verfehlung. Du bist das Opfer. Genauso wie Gherghina ein Opfer war. Auch wenn das Leben nicht gut zu dir war, du hast es in der Hand. Du kannst alles ändern, du bist jung und mutig.«

Tom hat zu weinen begonnen, laut und hemmungslos. »Hör auf! Hör auf! Ich kann's nicht mehr hören! Du redest so schön, aber du bist ein Monster! Immer wenn ich Gherghinas Gesicht sehe, kommt deins dazwischen. Ich will, dass es weg ist. Ich will dein Gesicht nicht mehr sehen!«

Er würde so gerne hingehen und Tom in den Arm nehmen. Er möchte ihn wie ein Baby die Treppen hinuntertragen, möchte ihn betten, bei ihm sitzen und die Dämonen vertreiben. Aber er selbst ist Toms Dämon. Tom hat seinen Vater durch ihn ersetzt.

In diesem Moment löst sich irgendwo ein Stein und fällt in die Tiefe, Tom zuckt ein wenig, was schon zu viel ist. Er verliert den Halt, rutscht, ein überraschter Schrei. Dann wird das Fenster hell.

Gerüchte

Donnerstag, 19. April 2001, Weener, am Abend

Im »Kneipchen« herrschte ein ziemlicher Lärm. Gertrud überlegte, ob sie wieder umdrehen sollte. Aber sie hatte sich auf ihr Feierabendbier gefreut. »Moin, Gertrud, lange nicht gesehen«, sagte Willm, als er ihr wie üblich ein Jever auf den Tresen stellte, ohne dass sie etwas hätte sagen müssen. Der Mann war wirklich ein Unikum mit seinem halblangen grauen Haar und dem schütteren Bart, so dünn, dass man Angst haben musste, der steife Westwind würde ihn sofort umwehen, wenn er sich einmal nach draußen wagte. Aber vielleicht tat er das ja auch nie.

»Meistens in Charlottenpolder, was?«, grinste er. »Bring doch deinen Gottfried mal mit.«

»De kummt blot, wenn du hier'n Kanzel upstellst*«, sagte Gertruds Tresennachbar, den sie nur flüchtig vom Sehen kannte und der eine farbverschmierte Malerlatzhose trug.

»Und dann mutten wi all för'n Jever beten**«, ergänzte ein weiterer Mann mit dunklem Bart, der offensichtlich sein Kumpan war. Auch den kannte Gertrud vom Sehen. Er hieß Ingo oder so. Beide lachten, als hätten sie einen wirklich guten Witz gemacht.

---

* »Der kommt bloß, wenn du hier 'ne Kanzel aufstellst«
** »Und dann müssen wir alle für'n Jever beten«

Gertrud überlegte, ob sie etwas sagen sollte, ließ es aber dann und sah stattdessen nach dem Fernseher oben in der Ecke des Lokals. Wegen des starken Rauchs in der Kneipe lag so etwas wie ein Schleier über dem Bildschirm, der Bilder von einem Tropensturm zeigte. Wellblechhütten an einem Küstenstreifen wurden fortgerissen, Autos schwammen in schmutzigem Wasser herum, und Schlauchboote fuhren durch überflutete Straßen, um asiatisch aussehende Menschen einzusammeln, die auf ihren Dächern hockten. Es sah aus, als wären es die Philippinen, und Gertrud musste an ihre Reise nach Leyte im vergangenen Sommer denken. Plötzlich sah sie auf dem Bildschirm ein kleines Mädchen, das bis zur Brust im Wasser stand und heftig weinte. Was, wenn das die Tochter von Mariano Endrile war? Das war natürlich Unsinn, aber sie hatte das starke Bedürfnis hinzulaufen und das Mädchen im Fernsehen zu retten.

Solche Gefühle war Gertrud Boekhoff von sich selbst nicht gewohnt. Verwundert sah sie in ihr Bierglas, als glaubte sie, dass Willm Kröger, der Wirt, ihr dort etwas hineingeschüttet hätte.

»Gertrud, du weeßt doch anners alles. Segg mal, wat is dann mit Pastoor Vrielink passeert?«, fragte der Mann mit dem Bart, der vielleicht Ingo hieß.[*]

Gertrud zuckte mit den Schultern. »Ick weet dat nich. Ick hebb de neet kennt.«[**] Und dann trank sie einen großen Schluck Bier.

---

[*] Gertrud, du weißt doch sonst alles. Sag mal, was ist denn mit Pastor Vrielink passiert?

[**] Ich weiß das nicht. Ich habe ihn nicht gekannt.

Die Männer gaben nicht so leicht auf.

»Also ick lööv ja, daar is wat geböhrt. De geiht doch neet eenfach weg.«*

»Nich van Wymeer«, sagte der andere, und beide lachten sich schlapp.** Gertrud rollte mit den Augen. Sie vermutete, dass die zwei aus dem benachbarten Boen stammten, wo man gerne über das Nachbardorf lästerte.

Willm nahm ihr das leere Glas weg und stellte ein neues hin.

»Viellicht gifft dat annerswo ja mojere Jungs«, vermutete der mit der Latzhose.*** Gertrud spitzte die Ohren.

»Ja, un kien Gerda Dreyer, de so uppaast«, prustete der andere.**** Das wiederum war nun Insiderwissen, sodass Gertrud ihre Vermutung über die Herkunft der beiden revidierte.

»Seid ihr aus Wymeer?«, fragte Gertrud.

»Jawoll.« Beide hoben ihr Bierglas mit der Linken und salutierten mit der Rechten. Auch das noch!

»Kennt ihr Pastor Vrielink?«

»Jau man, klar«, warf sich der Bartträger in die Brust.

»So'n leev Kerl«, sagte der mit der Latzhose bedeutungsvoll, und wieder lachten beide.*****

»War er denn nicht nett?«, fragte Gertrud in arglosem Ton.

---

*	Also, ich glaube ja, da ist was passiert. Der geht doch nicht einfach weg.
**	Nicht aus Wymeer.
***	Vielleicht gibt es ja anderswo schönere Jungen.
****	Und keine Gerda Dreyer, die so aufpasst.
*****	So ein lieber Kerl.

225

»Doch, doch, sehr nett«, antwortete der Latzhosenmann, und sein Freund ergänzte: »Zu manchen noch netter.«

Gertrud sah die beiden auffordernd an. Sagen musste sie nichts, die Männer hatten etwas mitzuteilen, und sie war das Publikum.

»Er mochte wohl Jungs besonders gern, und war auch nett zu denen«, erläuterte der mit dem Bart und beugte sich dabei vertraulich vor, »wenn du weißt, was ich meine.«

Gertrud tat sehr beeindruckt. »Du meinst, er hat wen … angefasst?«

Der Mann richtete sich wieder auf, als wäre er ertappt worden. »Och, das weiß ich nicht, aber man hört ja so einiges.«

Der andere ergänzte. »Er ist ja sehr gerne mit den Konfirmanden weggefahren und ist nach Tunxdorf mit denen baden gegangen. Und dann hatte er immer seine Kamera dabei. Klick, klick. Vögel hat der bestimmt nicht fotografiert.«

Gertrud machte sich im Kopf eine Notiz. »Ist ja 'n Ding. Haben euch das die Konfirmanden erzählt?«

»Na ja, der dicke Sohn vom Bürgermeister …«, fing der Bartträger an, stoppte dann aber, als der mit der Latzhose ihn in die Seite stieß. »So genau wissen wir das gar nicht. Und man soll ja auch nichts Schlechtes sagen. Jetzt, wo der auch weg is, der Vrielink.«

Dann hatten die beiden es auf einmal ziemlich eilig.

Gertrud blieb alleine vor ihrem Bier sitzen und fluchte innerlich. Sie hatte die falsche Frage gestellt. Und wenn es um Bürgermeister Specker ging, dann waren viele Wymeerer sehr vorsichtig. Aber trotzdem war die Geschichte hochinteressant. Sie sollte sich jetzt wirklich mal um beide Fälle kümmern. Bloß Wessels durfte nichts davon merken.

»Na, ganz alleine hier?«, fragte eine sanfte Stimme hinter ihr. »Was dagegen, wenn ich mich neben dich setze?«

Gertrud sah aus den Augenwinkeln nach links, ohne den Kopf zu drehen. Ein kleiner, dünner Mann schob sich neben ihr auf den Hocker. Schwarzer Anzug, weißes Hemd, Kippe im Mundwinkel. Wilfried Bleeker war wie immer tadellos gekleidet und mimte den Humphrey Bogart. Seit Gertrud ihn vor knapp anderthalb Jahren halb tot in einem alten Mercedes entdeckt hatte, konnte sie ihm den coolen Hund nicht mehr abnehmen. Der Mord an dem Polderfürsten Tadeus de Vries war ihr erster »Fall« gewesen, bei dem sie mit Stephan Möllenkamp zusammengearbeitet hatte. Seitdem hatte sich gezeigt, dass die Kriminalpolizei ohne ihre Hilfe nicht auskam.

»Guten Abend, Herr Kriminalkommissar«, sagte sie und wandte ihm jetzt doch den Kopf zu. »Na, mal wieder auf Verbrecherjagd im mörderischen Rheiderland?«

»Weißt du von einem Mord, von dem ich nichts weiß?«, fragte Bleeker und deutete Willm an, dass er auch ein Jever wollte.

»Nein, aber von einer mindestens fahrlässigen Tötung und einem Vermisstenfall.«

Bleeker zog die Augenbrauen hoch, als wunderte es ihn, dass sie das wusste. »Du bist wie immer gut informiert. Aber in der Zeitung habt ihr's noch nicht geschrieben, dass der Brand in der alten Schule absichtlich gelegt wurde.«

Gertrud spitzte die Lippen. »Ist ja auch nicht mehr mein Beritt, und ich will dem zuständigen Kollegen nicht in seine Recherchen hineingrätschen. Aber mal was anderes: Warum habt ihr dazu noch keine Pressekonferenz gegeben?«

Wilfried Bleeker grinste: »Beim Pastor gibt es ja noch keine wirklichen Hinweise auf ein Verbrechen. Und beim Fall Minna Schneider …« Er machte eine kunstvolle Pause. »… na, das entzieht sich meiner Kenntnis. Da musst du vielleicht mal beim stellvertretenden Leiter der Polizeiinspektion Leer nachfragen, der solche Sachen entscheidet. Falls der nicht gerade mit dem Landrat und Ortsbürgermeister Specker beim Golfen ist.«

War ja klar, dachte Gertrud. »Loyal bist du ja nicht gerade«, sagte sie und freute sich insgeheim, dass sie mit Wilfried Bleeker redete. So einfach hätte ihr Freund Stephan solche politischen Verbindungen sicher nicht preisgegeben.

»Loyalität kann ja leicht in Kadavergehorsam umschlagen«, meinte Bleeker nur. »Aber wo du das schon sagst: Wenn du weißt, dass der Brand in Wymeer gelegt wurde, warum weiß es dann dein Kollege Wessels nicht, der über den Fall berichtet?«

»Lassen wir das«, sagte Gertrud und hob ihr Bierglas.

»Na, ihr zwei Hübschen«, sagte Willm Kröger und beugte sich über den Tresen zu ihnen. »Bei euch ist ja richtig Stimmung. Über welchen Toten redet ihr denn gerade?«

»Woher willst du wissen, dass der Pastor tot ist?«, fragte Gertrud.

»Weiß ich natürlich nicht. Aber ist ja wohl klar, dass was passiert sein muss.«

»Hast du eigentlich mal was davon gehört, dass Pastor Vrielink pädophil sein könnte?«, fragte Gertrud.

»Hm, tja, so direkt hat das keiner gesagt. Aber es gab welche, die haben darüber spekuliert, warum er keine Frau hatte und warum er nur mit den Jungs zum Baden gefahren ist und nicht mit den Mädchen.« Willm hatte sich ein Handtuch geholt und trocknete Gläser ab.

»Das kann ja auch andere Gründe haben«, sagte Gertrud. »Vielleicht hat er vermeiden wollen, dass es Gerede wegen der Mädchen gibt. Jungs sind unverfänglicher.«

»Vielleicht«, sagte Willm und ging eine Runde Bier verteilen.

»So«, sagte Gertrud und drehte sich zu Wilfried Bleeker um, der gerade mit dem Jackettärmel seinen Schuh polierte. »Und was willst du jetzt eigentlich von mir?«

»Ich wollte eigentlich wissen, ob du was weißt, was ich nicht weiß. Aber ich seh schon, du weißt es auch nicht«, erwiderte er.

»Vielleicht können wir unser Nichtwissen ja mal zusammenschmeißen«, schlug Gertrud vor.

Bleeker zündete sich eine Zigarette an. »Nur wenn du niemandem sagst, dass wir geredet haben.«

Gertrud zuckte mit den Achseln: »Ich bin ja sowieso nicht mehr für das Thema zuständig.«

»Ich hab heute den ganzen Tag recherchiert, bin aber irgendwie nicht weitergekommen«, begann Bleeker. »Hermann Vrielink hat ein ziemlich bewegtes Leben gehabt, bevor er in Wymeer gelandet ist. Er kommt aus Nordhorn. Nach seinem Theologiestudium hat er Mitte der Siebzigerjahre in einem Kinderheim der Diakonie im Lippischen gearbeitet. Da war er fünfzehn Jahre, zum Schluss sogar als Leiter des Kinderheims. Auf einmal, Ende der Achtzigerjahre,

229

hört er da auf. Ich hab mit dem Heim telefoniert, mit der Diakonie, ist natürlich keiner mehr da von früher. Niemand weiß, warum er gekündigt hat. Es hat auch keine Beschwerden gegeben. Das Heim sei gut geführt worden, sagen sie.«

»Was für ein Heim war denn das?«, fragte Gertrud.

»Na ja, so ein Heim für schwer erziehbare Jungen halt, also solche wie mich«, sagte Bleeker und grinste.

»Hast du mal mit dem Jugendamt gesprochen?«

»Nein, noch nicht.«

Bleeker trank einen Schluck und wischte sich den Schaum von den Lippen. »Die nächste Station in Vrielinks Leben war schwerer rauszukriegen. Er ist nämlich in die USA gegangen und hat sich dort einer evangelikalen Kirche angeschlossen, die *New People's Mission* heißt.«

»Nie gehört«, bemerkte Gertrud.

»Gibt's hier auch nicht«, sagte Bleeker, »die haben aber Kinderheime in Rumänien betrieben – oder tun es noch. Dort haben sie Straßenkinder betreut und ihnen den evangelikalen Scheiß eingeimpft. Ich vermute, sie haben die Heime auch benutzt, um adoptionswilligen Paaren in den USA ständig Nachschub an süßen kleinen Babys liefern zu können. Ganz weiß und ohne Schlitzaugen. Was für eine Quelle!«

»Und da hat der Vrielink mitgemacht?«

»Na ja, auf jeden Fall hat er so ein Heim geleitet.« Bleeker zog an seiner Zigarette und bedeutete Willm, dass er noch ein Bier wollte.

»Ja, und dann?«, fragte Gertrud ungeduldig.

»Dann haben sich in dem Heim zwei Jugendliche umgebracht, und Vrielink hat Rumänien verlassen und ist nach Deutschland zurückgekommen.«

»War er denn schuld?«

»Jedenfalls nicht im strafrechtlichen Sinne. Gegen ihn ist nie ermittelt worden, sagt die rumänische Polizei. Die Kinder in dem Heim sind Straßenkinder, meistens drogenabhängig und traumatisiert. Da bringt sich öfter mal jemand um.«

Gertrud dachte nach. »Kam er direkt nach Wymeer?«, wollte sie wissen.

»Nein«, sagte Bleeker. »Er war wohl irgendwo in Mittelhessen, Herborn oder so was.«

»Das habe ich mir gedacht. Normalerweise nimmt die evangelisch-reformierte Kirche ja nicht einfach Pastoren, die aus irgend so einer Sekte kommen. Wer weiß, was die unseren Leuten hier erzählen.« Gertrud kannte sich in den Gepflogenheiten der evangelischen Landeskirche aus. Das verdankte sie Gottfried. »Dann war das sein Abklingbecken, da wurde er sozusagen für den Einsatz in Ostfriesland resozialisiert«, überlegte sie. »Wo hat er eigentlich studiert?«

»In Gießen«, sagte Bleeker.

»Interessant«, erwiderte Gertrud, »von der Grafschaft Bentheim in den Bible Belt.«

»Bible Belt?« Wilfried Bleeker zog die Augenbrauen hoch.

»Gießen und Herborn gehören zum mittelhessischen Bible Belt, wo es eine große Verbreitung von evangelikalen Gemeinden gibt – mit teils guten Kontakten in die USA.«

Bleeker grinste süffisant. »Im hessischen Kirchenwesen bist du ja ziemlich bewandert. Aber ist das ein Mordmotiv?«

Gertrud schnitt ihm eine Grimasse: »Für manche sicher schon. Aber die Rheiderländer sind ja eigentlich tolerant, was das angeht. Nein, ich finde, dass du mehr auf die Brüche gucken solltest. Warum ist er damals so plötzlich aus dem Kinderheim weg und nach Rumänien? Warum ist er dann aus Rumänien weg und ausgerechnet nach Ostfriesland gekommen? Das hat bestimmt Gründe, und da irgendwo könnte der Schlüssel liegen.«

Wilfried zündete sich eine weitere Zigarette an und nickte langsam und zustimmend mit dem Kopf. »Wenn wir die Gerüchte über seine Vorliebe für Jungs ernst nähmen, dann fiele mir schon einiges dazu ein.«

Gertrud musterte Bleeker, und auf einmal fragte sie sich, welche sexuelle Ausrichtung dieser exzentrische Kriminalbeamte wohl besaß. An irgendeine Beziehung mit einer Frau oder einem Mann oder auch nur an ein Gerücht konnte sie sich nicht erinnern. Dann wiederum sah sie sich selbst wie durch seine Augen: eine stämmige, nicht mehr ganz junge Frau, ambitionslos in ihrer äußeren Erscheinung, klar im Kopf, aber in einer kaum nachvollziehbaren Liaison mit einem evangelikalen Politaktivisten. Als er sie ansah, senkte sie den Blick, als hätte er sie ertappt. Sie hatten alle ihre Rätsel.

Vergangenheitsbewältigung

Donnerstag, 19. April 2001, Leer, am Abend

Anja Hinrichs sah auf die Uhr. Es war spät genug, dass sie es in Kanada versuchen konnte. Mit einem Glas Rotwein und Schokolade – es sah ja keiner – und ihrer dicken Brille auf der Nase – sah auch keiner – hatte sie es sich in ihrem Sofa gemütlich gemacht. Das Freizeichen im Telefon klang Tausende Kilometer weit weg. Dafür hörte sich die Stimme, die sich meldete, überraschend nah an.

»Was wollen Sie denn noch?«, fragte der Mann, der Minna Schneiders Bruder gewesen war, nachdem Hinrichs sich am Telefon vorgestellt hatte.

»Wir haben da noch einige Fragen, Herr Schneider.«

»Warum? Meine Schwester ist tot. Sie ist verbrannt«, sagte er ungehalten.

»Wir gehen davon aus, dass es Brandstiftung war«, sagte Anja und strich sich die Haare hinter die Ohren.

Einen Moment lang war es ruhig. Dann sagte Kurt Schneider: »Das wundert mich nicht. Der Schoß ist fruchtbar noch, aus dem dies kroch.«

Anja stutzte. »Wie meinen Sie das?«

»Ich meine, dass heute bloß andere Methoden als das Vergasen angewendet werden. Der Sachverhalt bleibt der gleiche: Behinderte müssen weg.«

Anja lief in ihrem Wohnzimmer herum und suchte nach einem Stift, um sich Notizen zu machen. Wieso hatte sie an

Wein und Schokolade gedacht, aber nicht an Block und Kugelschreiber? Sie fand einen Edding, aber keinen Zettel. Darum kritzelte sie »Behinderte müssen weg« auf die Rückseite einer Frauenzeitschrift.

»Haben Sie Hinweise darauf, dass dies ein Motiv gewesen sein könnte? Hatten Sie Kontakt zu ihrer Schwester oder ihrem Umfeld?«

»Weder noch«, schnarrte es aus dem Telefon, »aber Minnas ganzes Scheißleben ist ein einziger Hinweis. Was glauben Sie, warum ich nicht mehr in Deutschland lebe? Ihr Land ist das Land der Täter! Das war früher so und ist heute auch noch nicht besser!«, brüllte Kurt Schneider auf einmal zehntausend Kilometer entfernt in den Hörer, »Oh ja, ich weiß, Sie werden mir jetzt sagen, dass heute alles anders ist, dass Deutschland seine Vergangenheit aufgearbeitet hat. Dass die 68er es liberaler gemacht haben. Dass es heute ein Vorbild an Humanität ist. Und auch wenn Sie es nicht sagen, dann denken Sie es insgeheim doch. Sie denken, dass meine neue Heimat Kanada sich ruhig eine Scheibe abschneiden könnte von Deutschland, nicht wahr? Wegen der Indianer, ist es nicht so?« Schneider schnaubte höhnisch. »So denkt ihr immer in Deutschland. Und dann sitzt ihr auf eurem hohen Ross, auf das ihr über die Steigbügel der Kollektivschuld gestiegen seid. Schaut von oben auf die Welt herab und gebt gute Ratschläge, während hinter euch die Asylantenheime brennen. Deutschland ist so verlogen, so engstirnig, so heuchlerisch …«

Anja trank einen großen Schluck Rotwein, um sich von den Vorwürfen, die über sie hereinprasselten, zu erholen. Dann atmete sie tief ein. »Herr Schneider, können wir vielleicht noch einmal auf Minna zurückkommen?«, sagte sie, als dessen Tirade geendet hatte. »Bitte, es ist wichtig, dass ich alles über sie weiß. Nur dann kann ich herausfinden, wer vielleicht einen Grund gehabt haben könnte, ihr das anzutun.«

Wieder war es einen Augenblick still. Kurt Schneider musste sich wohl wieder beruhigen. »Hören Sie, es ist ein Vierteljahrhundert her, seit ich sie zum letzten Mal gesehen habe. Ich weiß nichts über ihr Leben. Glauben Sie wirklich, dass ich Ihnen helfen kann?«

»Das weiß man nie«, sagte Anja.

Am anderen Ende des Telefons hörte Anja ein Seufzen. »Also meinetwegen. Ich kann Ihnen erzählen, woran ich mich noch erinnern kann. Aber das ist schon sehr lange her. Das mit Minna hat angefangen, als wir Kinder waren. Ich war noch klein, vielleicht sechs Jahre alt, aber ich kann mich genau erinnern. Es war ein schöner Spätsommertag. Ich weiß noch, wie die Luft gerochen hat, nach Heu und nach den Kartoffelrosen. Unsere Mutter hatte uns ein Picknick versprochen, und diesmal hatte sie tatsächlich Wort gehalten. Sie hatte selbst gemachte Limonade eingepackt, und viele Kirschen und sogar ein paar Plätzchen.

Wir waren auf dem Weg an die Wupper. Mutter schob das Fahrrad, auf dem Sattel hockte ich, und sie hatte mich mit einer Hand am Ärmel gepackt, damit ich nicht runterfallen konnte. Minna zuckelte hinter dem Fahrrad her. Mama hatte ihr Kopftuch stramm gebunden, dafür hatte sie aber vergessen, ihre Strümpfe richtig festzumachen, sodass sie rutschten. Wir mussten ein paarmal stehen bleiben, und Minna zog Mama die Strümpfe wieder hoch, während sie das Fahrrad festhielt.«

Anja staunte. Kurt Schneider konnte so anschaulich erzählen, dass sie beinahe gedacht hätte, sie wäre selbst dabei.

»Der Tag war so besonders, weil wir genau das taten, was andere Familien am Sonntag auch taten. Die Familien, in denen es Väter gab, verstehen Sie? Väter, die arbeiten gingen und von der Arbeit Kugelschreiber und Malpapier mitbrachten, und Mütter, die zu Hause waren und sich um die Kinder kümmerten. Die normalen Familien.

Mutter sang mit uns ›Es klappert die Mühle am rauschenden Bach‹. Beim ›Klipp Klapp‹ klatschten Minna und ich jedes Mal. Mama hat sich nicht anmerken lassen, dass morgens die alte Römer, die unten im Haus wohnte, ihr ziemlich zugesetzt hatte, weil das Treppenhaus nicht gut geputzt war. Die Römer war ziemlich gemein zu uns, zog uns Kinder an den Ohren und sagte zu unserer Mutter Sachen wie: ›Wenn das so weitergeht, dann zeig ich Sie bei der Hausverwaltung an. Schlimm genug, dass so asoziales Pack überhaupt hier in einem anständigen Haus wohnen darf. Früher, da hätte man solche wie Sie sterilisiert!‹«

Kurt Schneider schwieg und zog dann seine Nase hoch, ehe er fortfuhr.

»Unsere Mutter hat daraufhin am Sonntagmorgen die ganze Treppe noch einmal gewischt, und sie hat die ganze Zeit dabei geweint, aber ganz leise. Wir wussten, dass unsere Mutter viel ertragen konnte, aber wenn das Wort ›asozial‹ fiel, dann verlor sie die Nerven. Wir wussten nicht genau, was das bedeutete, aber es musste etwas Schlimmes sein.

Minna blieb immer weiter hinter unserem Fahrrad zurück. Ab und zu rief Mama nach hinten, sie solle sich beeilen. Sie konnte sich ja nicht so richtig umdrehen, weil sonst das Fahrrad umgefallen wäre, verstehen Sie. Dafür konnte sie nichts.«

Er machte wieder eine Pause, und Anja verstand, dass es ihm wichtig war, dass seine Mutter keine Schuld gehabt hatte an dem, was dann passiert war. Sie sagte nichts. Dieser Bericht würde sie bei der Suche nach dem Motiv nicht viel weiterbringen, vermutete sie, aber die Geschichte dieses Mannes berührte sie. Und sie wollte mehr wissen.

»Irgendwann ist meine Mutter dann doch stehen geblieben, um auf Minna zu warten. Aber sie kam nicht. Da hat sie mich heruntergesetzt und ist umgedreht. Ganz weit hinten konnten wir Minna sehen. Sie lag auf dem Weg und bewegte sich komisch. Mama hat das Fahrrad losgelassen. Ich weiß noch, dass alle Kirschen aus der Tasche fielen und auf die Straße rollten. Sie rannte los, und ich auch.

Minna lag da und hatte die Augen ganz verdreht, ihr Gesicht war verkrampft. Ich hatte schreckliche Angst vor ihr und fing an zu weinen. Mama hat sie hochgehoben und getragen. Ich musste das Fahrrad schieben, das viel zu groß für mich war. Dabei fiel die Limonade herunter, und die Flasche ist zerbrochen. Darüber habe ich noch mehr geweint. Minna kam ins Krankenhaus. Dort haben sie jede Menge Untersuchungen mit ihr gemacht und dabei herausgefunden, dass sie Epilepsie hatte. Sie kam dann gar nicht wieder zu uns nach Hause, sondern gleich in ein Sanatorium und dann in ein Heim …«

Kurt Schneiders Stimme brach. Er zog die Nase hoch, und es schien Anja, als weinte er.

»Haben Sie sie wiedergesehen?«, fragte sie.

»Ja, sie durfte nach Hause kommen. Aber das war mühsam. Wir mussten sie abholen, wir hatten kein Auto. Also mussten wir mit dem Zug und dem Bus nach Grevenlohe fahren. Das dauerte von Wuppertal aus mindestens sieben Stunden. Für ein Wochenende lohnte sich das nicht. Also sahen wir sie nur selten, an Weihnachten, Ostern und so. Und wenn sie kam, war sie nicht mehr dieselbe. Sie war immer meine große Schwester gewesen, aber jetzt war sie ängstlich und schreckhaft und machte ins Bett. Das hatte sie sonst nie getan. Zu mir war sie gemein, wenn unsere Mutter nicht hinsah. Sie machte meine Sachen kaputt und hat mich geschlagen und gekniffen. Einmal hat sie mich so gestoßen, dass ich mir einen Zahn ausgeschlagen habe. Früher hatten wir uns gut verstanden. Während Mama arbeiten war, hat sie auf mich aufgepasst. Aber wenn sie jetzt aus dem Heim zu Besuch kam, hatte ich Angst vor ihr und war froh, wenn sie wieder weg war. Ich glaube, die Nonnen in dem Heim haben sie kaputtgemacht. Überhaupt, die Nonnen! Wie die meine Mutter behandelt haben, wenn wir Minna abholten. Als wäre sie Abschaum. Sie war eine alleinstehende Frau, aber die in dem Heim haben mit ihr gesprochen, als wäre sie der letzte Dreck.«

Anja konnte an Schneiders Stimme deutlich hören, dass er jetzt weinte. Sie musste sich überwinden, die nächste Frage zu stellen: »Was war mit Ihrem Vater?«

»Wir hatten zwei unterschiedliche Väter. Minnas Vater war ein GI, der kurz nach ihrer Geburt wieder in die USA zu seiner Familie verschwand. Mein Vater war, soviel ich weiß, auch verheiratet. Und meine Mutter war keine Frau, die Ansprüche geltend machte. Sie hat sich immer ausnut-

238

zen lassen, hat sich nie gewehrt. Wir hatten keinen Kontakt zu unseren Vätern. Wir waren immer allein. Unsere Mutter arbeitete in einer Konservenfabrik, und wir – wir mussten sehen, wie wir klarkamen.«

Anja starrte auf ihr Rotweinglas, es war leer. Mit dem Mobilteil ihres Telefons zwischen Kinn und Schulter ging sie in die Küche und holte die Flasche, um sich nachzugießen. »Minna ist ja, als sie neunzehn war, aus dem Heim entlassen worden und wieder nach Hause gekommen. Wie ging es da weiter?«

Kurt Schneider lachte unglücklich auf. »Es ging gar nicht weiter. Minna litt unter Albträumen und schrie jede Nacht. Unsere Mutter war völlig überfordert. Meine Schwester sprach kaum, und wenn sie etwas sagte, war es oft ein völliges Durcheinander. Sie war besessen davon, dass die Kirche die Gesellschaft vergiftete, dass Mönche und Nonnen sich an Kindern vergriffen und sie verschwinden ließen. Sie weigerte sich, eine Kirche zu betreten. Wenn ein Priester im Ornat oder eine Schwester ihr begegneten, versteckte sie sich hinter unserer Mutter. Man bekam sie nicht einmal an hohen christlichen Feiertagen in die Kirche. Unsere Mutter hat sich bemüht, hat meine Schwester zu irgend so einer Beratungsstelle geschleppt, wo sie einen Priester hatten, der psychologisch besser geschult war und Familien helfen sollte. Was glauben Sie, was der gesagt hat?«

»Ich weiß es nicht«, antwortete Anja und sah vom Sofa aus auf den Bildschirm ihres Computers, auf dem immer noch die Homepage des Kinderheims St. Ägidius geöffnet war.

»Er sagte, dass es die Sünden der Eltern sind, die sich in

den Kindern zeigen. Minna müsse beten und Buße tun, nur dann könne sie die Dämonen besiegen. Er empfahl ihr zu fasten, um in ihrem Innern Platz für Jesus zu schaffen. Stellen Sie sich vor: Sie hungern sich ein Loch in den Bauch, und das füllt dann Jesus aus.« Er lachte bitter.

Anja schüttelte den Kopf. Wann hatten jemals Pfaffen einen guten Rat für die Menschen parat gehabt, die ihnen anvertraut waren? »Das war sicher nicht einfach für Sie.«

»Ich habe das schon nach kurzer Zeit nicht mehr ausgehalten. Ich bin mit siebzehn von zu Hause weg. Zuerst habe ich auf dem Bau gearbeitet, dann bin ich nach Kanada ausgewandert. Ich habe meinen Schulabschluss nachgeholt, studiert und schließlich meine eigene Firma gegründet. Ich berate jetzt Unternehmen, die in Deutschland investieren wollen. Keine Ahnung, warum jemand nach Deutschland will, aber ich verdiene gutes Geld damit. Diese Chance hätte mir Deutschland nie gegeben.«

»Und Sie sind nie zurückgekommen?«

»Doch, zur Beerdigung meiner Mutter war ich da. Der Haushalt wurde aufgelöst, weil Minna mit Tante Ursel weggezogen ist. Danach bin ich nie wiedergekommen. Ich hatte keine Sehnsucht nach Deutschland.«

»Haben Sie in all der Zeit etwas von Minna gehört?«, fragte Anja, die Kurt Schneiders Abneigung gegen sein Geburtsland gut nachvollziehen konnte. Auch sie litt schließlich an der deutschen Piefigkeit und dem selbstgefälligen Chauvinismus. Wenn dieses Land zur Selbstreflexion fähig wäre, hätte sie dann nicht längst Kriminalhauptkommissarin sein müssen? Sie dachte an Thomas Hinterkötter und spülte sein Bild mit einem kräftigen Schluck Rotwein wieder aus ihrem Kopf. Endlich fiel ihr auf, dass sie am anderen Ende der Leitung schon länger nichts mehr gehört hatte.

»Herr Schneider? Sind Sie noch da?«

Er weinte nicht nur, er schluchzte. Sie konnte förmlich hören, wie es ihn schüttelte. Anja wusste sofort, wie die Antwort auf ihre Frage lautete. Kurt Schneider hatte es so sehr aus seiner traurigen Kindheit fortgezogen, dass er alle Bande gekappt hatte. Er hatte Deutschland verdrängt, seine Familie, seine Schwester. Er war ein Selfmademan geworden und hatte sich um keinen Preis wieder hinunter in den Sumpf der Armut und Randständigkeit ziehen lassen wollen, nicht einmal für einen kurzen Besuch oder einen kleinen Anruf. Seine Herkunft war nicht in seine Gegenwart integrierbar. Und jetzt war seine Schwester verbrannt, die die gleiche Herkunft teilte, aber ihre Fesseln nicht hatte abwerfen können. Die wegen ihrer Krankheit der Gesellschaft, die sie verachtete, vollkommen allein ausgeliefert gewesen war. Und die ebenso vollkommen allein gestorben war. Das würde er niemals wieder loswerden.

Anja Hinrichs brauchte keine Antwort auf ihre Frage. »Werden Sie zur Beerdigung Ihrer Schwester anreisen?«, fragte sie stattdessen.

»Ja«, sagte er nur.

»Ich gebe Ihnen Bescheid, wenn es so weit ist«, sagte Anja.

Im Moor

Freitag, 20. April 2001, Wymeer, nachts

Das Dorf lag schweigend im Dunkeln da. Lediglich der Wind ließ die Bäume rauschen, schüttelte Blütenblätter von Forsythien und Rotbuchen und fegte das ein oder andere schlecht gebaute Vogelnest aus einem Baum.

Harald Meinders stand vor seiner Autowerkstatt und rauchte. Er war nervös. Oliver war von der Polizei in Leer zurückgekommen und hatte cool getan. Die könnten ihm gar nichts. Na ja. Er war nicht damit einverstanden, dass sein Sohn immer mit dieser Clique um den dicken Karsten Specker herumhing. Der war genauso verschlagen wie sein Vater. Aber das war nicht das, was ihm eigentlich Sorgen machte. Sein Sohn hatte in der Polizeiinspektion aufgeschnappt, dass man jetzt anfangen würde, die Umgebung nach Spuren des verschwundenen Hermann Vrielink abzusuchen. Gut möglich, dass sie auch im Wymeerer Moor vorbeikommen würden. Und wenn sie dort vorbeikämen, dann würden sie Dinge finden, die dort nicht hingehörten. Autobatterien zum Beispiel. Obwohl das Blödsinn war, schließlich war Moorboden sauer, da würde der ein paar Batterien sicher vertragen. Und sie würden vielleicht fragen, ob die Autobatterien etwas mit der »Freien Autowerkstatt Harald Meinders – Service für alle Marken« zu tun hatten. Dann würde es nicht nur Ärger geben, dem er nach der Anzeige durch die blöde Minna nur knapp entkommen war, weil er mit Peter Vosse von der Polizeistation in Weener Doppelkopf spielte, sondern es könnte sogar noch schlimmer kommen: Man könnte ihm – und nicht seinem Sohn – ein Motiv unterstellen, den Brand in der Alten Schule gelegt zu haben.

Harald Meinders zog heftig an seiner Zigarette und blickte zur anderen Straßenseite hinüber, wo ein Feldweg ins Moorgebiet hineinführte. Da fing das blöde Moor noch nicht mal an, trotzdem war es Minna nicht recht gewesen, dass er dort ab und an mal ein Auto abgestellt hatte, das auf seine Abholung wartete. Was sollte er denn machen, wenn er nicht genug Platz auf dem Hof hatte?

Er war immer noch wütend auf sie, obwohl sie jetzt tot war. Irgendjemand hatte sicher eine Rechnung mit ihr offen gehabt. Aber das mit dem Brand war nicht er gewesen und sicher auch nicht sein Sohn. Und jetzt musste er sich verdammt noch mal doch um die Batterien kümmern. Er holte seinen Handkarren aus der Garage. Um diese Uhrzeit konnte er nicht mit dem Wagen ins Moor fahren, zumal die Idioten von der Unteren Naturschutzbehörde letztes Jahr auch noch Bohlenwege und eine Beobachtungsplattform in sein Moor gebaut hatten. Das würde auffallen. Nirgends hatte man mehr seine Ruhe! Obwohl letztens, vor ein paar Tagen, da war doch mitten in der Nacht jemand ins Moor gefahren. Und wenn er nicht so betrunken gewesen wäre, dann hätte er sicher nachgeguckt, wer das gewesen war. Die Rowdys, die sich einfach nicht an die Regeln hielten, nahmen in den letzten Jahren überhand.

Während er schlecht gelaunt den Handwagen ins Moor zog, sah er vor sich im kargen Licht des abnehmenden

Mondes einen Fuchs über den Weg laufen. Die Tiere wurden auch immer dreister. Hatten gar keine Angst mehr vor den Menschen, liefen ins Moor, schlugen sich den Wanst mit Uferschnepfen voll, um anschließend stracks zur A 31 hinüberzulaufen und sich unter einen niederländischen Lkw zu legen. Dummes Vieh!

Als er den Gürtel der Moorbirken erreichte, zwischen denen der Weg auf den Moorlehrpfad führte, konnte er in dem Licht seiner Stirnlampe deutliche Reifenspuren ausmachen. Manchmal kurvten hier Bakkers Jungs mit ihren Mopeds rum, aber Autos hatte er im Moor noch nie gesehen. Die Reifenspuren führten weiter ins Moor hinein und hatten im weichen Boden tiefe Spuren hinterlassen. Dass der Wagen aus diesem Sumpf überhaupt wieder rausgekommen war! Oder stand der noch irgendwo rum?

Harald Meinders versuchte, seinen Handwagen um die tiefen Reifenspuren herumzukurven. Gleichzeitig überlegte er, wo er die Autobatterien vergraben hatte. Es war im Schatten einiger Birken gewesen, damit die umgegrabene Stelle nicht gleich auf dem Präsentierteller lag. Das machte es ihm jetzt aber umso schwerer, die Stelle zu finden. Die Stämme leuchteten ihm aus der Dunkelheit so weiß entgegen, als hätten sie eine eigene Lichtquelle in sich. Er umkurvte eine Gruppe Gagelsträucher und folgte den Reifenspuren, als ihm ein furchtbarer Verdacht kam: Jemand hatte seine Batterien bereits gefunden!

Meinders wurde schneller und eilte an der Baumreihe entlang, als er in einiger Entfernung eine dunklere Stelle am Boden zu erkennen meinte. Der Handwagen holperte

hinter ihm her. Doch, da war etwas! Er hätte die Stelle sorg-
fältiger mit Blättern und Gestrüpp bedecken sollen. So sah
das ja jeder. Gut, dass der Lehrpfad ein gutes Stück entfernt
war. Aber die Reifenspuren hörten genau hier auf!

Der Schweiß brach ihm aus. Er rannte zu der Stelle, an
der er die Batterien vergraben hatte, holte seinen Klappspa-
ten aus dem Handwagen und fing an zu graben. Rasch
stieß er auf Widerstand. Er hatte sich doch etwas mehr
Mühe gegeben, so nachlässig arbeitete er doch nicht. Außerdem hörte es sich nicht an wie Spaten auf Batterie. Es
hörte sich gar nicht an, aber trotzdem war da etwas, durch
das er nicht stoßen konnte.

Harald Meinders kniete sich hin. Im Licht seiner Stirnlampe buddelte er mit den Händen die Erde auf. Da war
etwas Graues, ein Stück Stoff. Hatte er die Batterien in De-
cken eingeschlagen? Nein, hatte er nicht. Aber eindeutig
war das eine Decke. Und in die Decke war etwas eingewickelt. Langsam wurde ihm mulmig. Er glaubte nicht, dass
außer ihm noch jemand Autobatterien im Moor vergrub.
Aber was würde man im Moor sonst vergraben?

Er wusste es genau.

Schließlich hatte er die Decke ganz freigelegt. Man
brauchte nicht mehr viel Fantasie, um sich vorzustellen,
was in dem länglichen Paket war. Langsam, wie gegen einen großen Widerstand, streckte Harald Meinders die
Hand aus und zog an einem Zipfel der Decke.

Im Lichtkegel der Stirnlampe sahen ihn die wässrig trü-
ben Augen von Hermann Vrielink an.

Freitag, 20. April 2001, Esklum,
gegen vier Uhr in der Früh

Das Telefon klingelte mitten in der Nacht.

»Nicht schon wieder«, kam es von der anderen Bettseite,
und Meike zog sich das Kissen über den Kopf.

»Hallo, hier die Bereitschaft, Frerichs am Apparat«, tönte
es aus dem Handy, »entschuldigen Sie die Störung zu so
früher Stunde. Wir haben vorhin einen anonymen Anruf
erhalten, dass in Wymeer im Naturschutzgebiet eine männliche Leiche gefunden worden ist. Nach den Angaben des
Anrufers handelt es sich vermutlich um den vermissten
Pastor der dortigen Kirchengemeinde. Wir haben eine
Streife hingeschickt. Die haben die Aussagen des Anrufers
bestätigt. Wir wollten Sie informieren. Vielleicht wären Sie
auch gern vor Ort, wenn die Kriminaltechniker den Toten
bergen.«

Können die Opfer nicht auch mal tagsüber auftauchen,
dachte Möllenkamp, während er sich das Hemd zuknöpfte.
Er schlich sich hinaus und stieg in seinen Wagen. Dann
fuhr er los. Von unterwegs rief er Johann Abram an.

»Stephan«, kam es mit gepresster Stimme aus dem Apparat,
»ich würde ja kommen, aber ich liege flach mit Magen-Darm.«

»Ich mach das schon alleine, bleib du lieber morgen auch
zu Hause«, sagte Möllenkamp. »Ich halte dich auf dem Laufenden.« Um nicht an seinen Vater denken zu müssen, drehte
er das Radio laut. Die Anzeige im Auto zeigte 4:14 Uhr.

Er ließ seinen Escort am Rand des Naturschutzgebietes
vor einer Autowerkstatt stehen. Direkt hinter ihm hielt der
Wagen von Jörg Schlüter. Wie der Rechtsmediziner es

schaffte, von Oldenburg aus immer so schnell zu kommen, war Möllenkamp ein Rätsel. Vielleicht saß er ja die ganze Nacht angezogen auf dem Sofa und wartete auf einen Leichenfund. Es war aber auch ein Glück, denn Schlüter hatte eine starke Taschenlampe dabei, während seine auf dem Dachboden liegen geblieben war, als er neulich nach dem Marder gesucht hatte, den Meike dort gehört zu haben meinte.

»Morgen«, sagte Schlüter.

»Morgen«, sagte Möllenkamp. Schweigend gingen sie miteinander ins Moor.

Möllenkamps Furcht, den Fundort im Dunkeln nicht zu finden, war unbegründet. Das Licht der Scheinwerfer war von Weitem durch die lichte Vegetation zu sehen. Der anonyme Anrufer hatte offenbar eine hinreichend präzise Ortsbeschreibung abgegeben. Mit ihnen liefen auch einige Anwohner, die durch das ungewöhnlich starke Verkehrsaufkommen in dieser Nacht geweckt worden waren, dem Rand des Wymeerer Hochmoors zu.

Von hinten holte jemand keuchend auf. Möllenkamp wusste, auch ohne sich umzudrehen, wer es war. »Hermann Vrielink also?«, japste Gertrud neben ihm.

»Ja, so scheint es«, antwortete Möllenkamp.

»Wer hat ihn gefunden?«

»Anonymer Anruf.«

Ein keuchendes Lachen, das in ein Husten überging. Möllenkamp blieb stehen, um auf Gertrud zu warten, die aus der Puste gekommen war. Schlüter verabschiedete sich, um zu seinem Einsatzort zu eilen.

»Warum hast du gelacht?«, fragte Möllenkamp, nachdem Gertrud wieder einigermaßen zu Atem gekommen war.

»Ich kann dir sagen, wer der anonyme Anrufer war.«

Möllenkamp wartete auf Auskunft. »Nun mach's doch nicht so spannend.«

»Ich bin mir hundertprozentig sicher, dass es Harald Meinders war. Du hast gerade vor seiner Autowerkstatt geparkt. Er pflegt seine alten Batterien im Moor zu entsorgen, darum kennt er sich da gut aus. Und weil er nicht will, dass ihr ihn fragt, was er nachts da zu suchen hat, hat er euch anonym angerufen.«

»Was hatte er denn dort im Moor in der Nacht zu suchen?«

Gertrud lachte erneut auf. »Ich schätze, er wollte seine Batterien wiederhaben, weil es demnächst eine Suchaktion nach dem verschwundenen Pastor Vrielink geben würde.«

Möllenkamp nickte. Gemeinsam erreichten sie den Fundort der Leiche. Gertrud blieb vor dem rot-weißen Absperrband stehen, während Möllenkamp sich darunter bückte und neben Schlüter trat, um sich ein Bild zu verschaffen.

»Kannst du schon sehen, woran er gestorben ist?«, fragte er den Forensiker.

»Auf jeden Fall gibt es eine Verletzung an der Schläfe, die von einem Schlag mit einem stumpfen Gegenstand herrühren könnte.« Schlüter deutete auf eine Verfärbung an der Seite des Kopfes. »Weitere Verletzungen kann ich auf den ersten Blick nicht erkennen.«

»Wie lange liegt er schon hier?« Möllenkamp zwang sich, den Toten zu betrachten. Er musste einmal ein gut aussehender Mann gewesen sein. Seine fünfundfünfzig Jahre sah man ihm nicht an. Er trug einen weißen Bademantel. Freiwillig war er wohl kaum aufgebrochen.

»Ich schätze, zwischen fünf und sieben Tage. Der Verwesungsprozess hat eingesetzt. Es ist saurer Boden hier, das beschleunigt den Vorgang. Aber ich muss ihn erst aufmachen, um euch Genaueres sagen zu können.«

»Was ist das für eine Decke?« Möllenkamp bückte sich und fasste nach dem flauschigen dunklen Stoff.

»Sieht für mich nach einer Sofadecke aus. Wäre schön, wenn du nicht deine DNA darauf hinterlässt«, tadelte der Mediziner ihn.

Möllenkamp stand auf. »Hatte er sonst irgendetwas bei sich?«, fragte er und blickte aufmerksam in das ausgehobene Loch.

Schlüter hob eine durchsichtige Plastiktüte mit Inhalt hoch. »In der Bademanteltasche hatte er einen Korkenzieher, mit Korken.«

»Sonst nichts? Keine Spur von seinem Auto in der Umgebung?«, fragte Möllenkamp, ohne sich große Hoffnungen zu machen.

»Hör zu, wir sind ja gerade erst hier. Und bei der Dunkelheit kann es gut sein, dass wir etwas übersehen, wobei das wohl kaum ein Auto sein dürfte. Wir sichern hier erst einmal den Fundort, und wenn es hell wird, kämmen wir noch einmal das ganze Hochmoor durch. Und dann seid ihr wieder dran.«

»Schon gut, aber irgendwie muss er ja auch hierhergekommen sein. Und das sicher nicht zu Fuß.«

Schlüter rückte seine Brille zurecht und sah streng aus. »Hältst du uns für Anfänger?«

Möllenkamp sah ein, dass eine weitere Unterhaltung zwecklos war. Er drehte noch eine Runde und begrüßte die Kriminaltechniker, von denen allerdings kaum jemand Notiz von ihm nahm. Schließlich kehrte er hinter das Absperrband zu Gertrud zurück, die ihn aufgeregt erwartet hatte.

»Und?«

Er sah sich um. Ein paar verschlafene Gesichter blickten ihn an. Einige der Anwohner waren auch schon wieder auf dem Weg nach Hause. Ein fahler Streifen am Horizont hatte ihnen klargemacht, dass es sinnlos war, sich wieder ins Bett zu legen. Dafür aber konnte man den Tag heute besonders zeitig beginnen. Arbeit, das wussten schon die Alten, half am besten, das Entsetzen über die unheimlichen Zufälle des Lebens zu verarbeiten.

»Lass uns zurückgehen«, sagte er.

»Musst du nicht noch bleiben?«, fragte Gertrud.

»Schlüter will mich heute sowieso nicht an seinem Tatort haben.«

Gemeinsam gingen sie den Weg zurück, den sie gekommen waren. Gertrud hatte eine kleine Taschenlampe bei sich, deren Batterie aber auch schon stark zur Neige ging. »Warum hast du kein Licht«, fragte sie.

»Damit mein Geist besser leuchten kann«, brummte er.

»Es ist also Vrielink«, fragte sie.

»Eindeutig.«

»Irgendwas Besonderes?«

»Er trug einen Bademantel und hatte einen Korkenzieher in der Tasche«, antwortete er, und bevor sie weiter fragen konnte, fügte er hinzu: »Er ist möglicherweise erschlagen worden. Eine Verletzung an der Schläfe deutet darauf hin.«

»Dann muss der Täter bei ihm im Haus gewesen sein.«

»Wir haben aber keine Blutspuren gefunden.«

»Es geht aber auch keiner im Bademantel aus dem Haus und lässt sich woanders erschlagen.«

»Vorausgesetzt, es ist sein Bademantel und nicht der von einer Frau, bei der er gewesen ist.«

»Oder von einem Mann«, sagte Gertrud.

Möllenkamp blieb stehen. »Weißt du etwas, das ich nicht weiß?«

Sie sah ihm direkt ins Gesicht. »Nur Gerüchte, die in Wymeer umgehen. Er soll ein Faible für männliche Konfirmanden gehabt haben.«

Es war Möllenkamp unangenehm, dass sie schon wieder mehr erfahren hatte als er. Davon hatte keiner der Jungs gesprochen, die er befragt hatte.

»Wilfried Bleeker hätte es dir bestimmt morgen früh erzählt«, versuchte Gertrud ihn zu beruhigen, brachte ihn damit aber nur noch mehr auf. »Werdet ihr denn morgen mal zur Abwechslung eine Pressekonferenz geben?«

»Frag doch den Vize. Du hast ja anscheinend die besseren Drähte als ich.«

»Jetzt sei nicht eingeschnappt. Vorgesetzte müssen nicht alles als Erste wissen. Und jetzt bist du ja informiert. Ups … Aua!«

Gertrud war gestolpert und umgeknickt. Sie richtete ihre Taschenlampe auf das Loch. Es waren zwei längliche tiefe Eindrücke zu sehen. Sie ließ den Schein der Taschenlampe etwas weitergleiten bis zu einer Stelle, wo ein Gagelbusch stand. »Hier sind die Äste abgeknickt.«

»Ja, das sind eindeutig Reifenspuren. Warte hier.«

Möllenkamp joggte wieder zur Fundstelle zurück und kam mit zwei Kriminaltechnikern zurück.

»Könnt ihr erkennen, was das ist?«

»Das ist ein Auto gewesen«, erklärte einer der beiden Männer.

Möllenkamp verdrehte innerlich die Augen. »Schon klar, aber was für eins?«

Die zwei sahen ihn an, als hätte er den Verstand verloren. »Eins mit vier Rädern, würde ich meinen«, sagte der andere.

Der Erste sagte: »Wir gießen es aus. Aber bei der Bewachsung hier würde ich mir nicht allzu viele Hoffnungen machen.«

Wieder an der Straße angekommen, nickte Gertrud mit dem Kinn zu den dunklen Fenstern der Wohnung über der Autowerkstatt Meinders. »Die schlafen aber fest«, grinste sie. »Komisch, dass sie gar nichts von dem Betrieb hier draußen mitkriegen.«

Möllenkamp dachte daran zu klingeln, ließ es dann aber, weil es noch nicht einmal sechs Uhr morgens war. Jemand vom FK 1 würde später sowieso wiederkommen. »Warum bist eigentlich du hier und nicht dein Kollege, der das Rheiderland jetzt betreut?«, fragte er.

»Och, ich wurde anonym verständigt, wie ihr«, sagte Gertrud und grinste.

»Und wo hast du Bleeker getroffen?«

»Na, im Kneipchen«, sagte Gertrud und fügte hinzu: »Wo wir übrigens auch schon lange nicht mehr zusammen waren.«

»Stimmt«, sagte Möllenkamp. »Können wir ja ändern.«

»Wie wär's am Samstag?«, schlug Gertrud vor.

»Geht nicht, ich muss am Wochenende nach Osnabrück. Meinem Vater geht es gesundheitlich nicht gut. Ich komme aber am Sonntag wieder.«

»Dann Sonntagabend.«

»Einverstanden.«

Im Auto rechnete Möllenkamp nach: Wenn er jetzt nach Hause fuhr, sich die Sportklamotten anzog und sofort loslief, dann konnte er es rechtzeitig zur morgendlichen Lagebesprechung schaffen, geduscht und sportlich fit. Das gab ihm Auftrieb.

Freitag, 20. April 2001, nachts

Er stand da, reglos, unter Bäumen und beobachtete den Kommissar und die dicke Frau, wie sie in ihre Autos stiegen und davonfuhren. Es war passiert. Er hatte es kommen sehen, als Harald Meinders mit seinem Bollerwagen ins Moor losgezogen war. Er war nur so herumgelaufen, weil er es zu Hause nicht ausgehalten hatte. Zu den anderen hatte er auch nicht gehen wollen. Er ahnte, dass sie sich abgesprochen hatten, was sie der Polizei erzählen würden. Und dass er dabei schlecht wegkommen würde.

Er hatte versucht darüber nachzudenken, was er als Nächstes tun sollte. Sein Vater würde bald aus dem Krankenhaus zurückkommen. Seine Mutter würde wieder kuschen und sich mit Tabletten vollstopfen, und alles würde wieder von vorne losgehen. Mit dem Unterschied, dass er nun wusste, dass seine Freunde nicht seine Freunde waren und es nie sein würden. Und dass Minna tot war. Die einzige Freundin, die er je gehabt hatte. Da war ihm seine Brust eng geworden. Er hatte daran gedacht, sich zu betrinken, aber dann war er einfach rausgelaufen in den dunklen Abend.

Ihm war kalt, er schniefte. Er war ohne Jacke aus dem Haus gegangen, weil auf der Jacke, die seine Mutter ihm gekauft hatte, Fußbälle waren. Er konnte nicht mehr mit Fußbällen auf der Jacke herumlaufen, genauso wenig wie mit Dinos oder Drachen. Seine Mutter begriff das nicht. Wahrscheinlich war die Jacke im Angebot gewesen.

Hermann waren Fußbälle, Drachen oder Dinos egal gewesen. Dem war es um ihn gegangen. Hatte er jedenfalls gedacht. Er hatte sogar eine Zeit lang freiwillig den Gottesdienst besucht, um Hermann einen Gefallen zu tun. Der hatte mit ihm geredet, ihn nicht verarscht und nicht angeschrien. Kevin hatte das gemocht. So viel Aufmerksamkeit war er nicht gewohnt gewesen. Hermann hatte ihn behandelt wie einen Freund, bis …

Komisch, dass Minna Hermann gar nicht gemocht hatte. Sie hatte wirklich ein Problem mit Pastoren und Priestern und mit der Kirche. Das hatte er gleich beim ersten Mal in ihrem »Königskinderzimmer« gesehen, wie er es für sich genannt hatte. Einmal war er bei ihr gewesen und hatte ihr im Garten beim Einpflanzen der Dahlienzwiebeln geholfen. Sie hatte wieder Schmerzen in den Händen gehabt, wie so oft, und ihre Finger waren krumm. Es war nachmittags, und auf einmal hatten die Glocken angefangen zu läuten, weil jemand beerdigt wurde. Minna war zusammengezuckt, hatte die Schaufel weggeschmissen und war ins Haus

254

gerannt. Er war ihr hinterhergelaufen und fand sie zusammengekauert in der Küche auf einem Stuhl, wo sie sich mit beiden Händen die Ohren zuhielt und sich vor und zurück wiegte.

Da war ihm klargeworden, dass sie genauso ein geschlagenes Kind gewesen war wie er. »Hast du auch einen Vater, der dich verprügelt hat?«, hatte er gefragt, als er im Türrahmen stand, nicht wissend, ob er näher kommen sollte.

Aber sie hatte nicht geantwortet, nur immer »Nicht, nicht!« geschluchzt.

»Minna, Minna«, hatte er gerufen, »niemand tut dir etwas!« Und dann: »Dein Vater ist doch bestimmt schon tot!«

Sie hatte aber nicht reagiert, nur Rätselhaftes vor sich hin gemurmelt: »Wenn das so weitergeht, dann zeig ich Sie bei der Hausverwaltung an. Früher, da hätte man solche wie Sie sterilisiert!«

»Was?«, hatte er gefragt, weil er nichts verstand. Minna schien ihn gar nicht wahrzunehmen, blickte mit schreckgeweiteten Augen ins Leere und flehte: »Nein, bitte, nicht den Kerker, bitte, ich will auch hundert Ave-Maria beten und mache die Toiletten sauber. Bitte!« Und dann hatte sie sich wieder geduckt, als erwartete sie Schläge, und wirklich war sie zusammengezuckt und hatte wieder »Nein, nein!« gerufen.

Ihm war das alles sehr unheimlich gewesen. Minna war in eine vergangene Welt eingetaucht, die düster und angsteinflößend sein musste. So hatte er sich ein Herz genommen und hatte sie bei der Hand berührt. Sie reagierte zunächst nicht. Da hatte er angefangen, ihr über den Arm zu streichen, ganz langsam. Allmählich hatte sie sich beruhigt

255

und aufgehört zu zittern. Aber ihre Augen blieben geschlossen, Tränen flossen ihr über das Gesicht. Irgendwann hatte sie angefangen, leise zu schnarchen, völlig erschöpft von dieser Erschütterung.

Er hatte sich hingesetzt und gewartet. Er erinnerte sich, dass er an diesem Tag eine Fünf in Mathe zurückbekommen hatte und keine Eile hatte, nach Hause zu kommen, um die Prügel seines Vaters einzustecken. Und die anderen Jungs aus der Clique würden sich wieder über ihn lustig machen, wenn er von Minna kam. Also war er einfach sitzen geblieben. Er wusste gar nicht viel über Minna, außer dass sie im Heim gewesen war und verrückt im Kopf, aber nicht immer, nur manchmal.

Irgendwann war sie wieder aufgewacht. Sie hatte ihn angesehen, gar nicht überrascht, sondern als wäre es selbstverständlich, dass er da war. »Ich hab schlimm geträumt«, hatte sie gesagt.

»Was hast du denn geträumt?«, hatte er gefragt.

»Dass die Schwestern mich wieder in den Kerker gesperrt haben.«

»Deine Schwestern?«, hatte er gefragt, denn er wusste nicht, was sie meinte.

»Ich hab keine Schwester«, hatte sie schroff erwidert, und damit war seine Frage auch nicht beantwortet.

Dann hatte sie sich vorgebeugt und ihm zugeraunt: »Ich habe nämlich etwas gesehen, das ich nicht sehen durfte.«

Unwillkürlich hatte er sich auch vorgebeugt und geflüstert: »Und was war es?«

»Sie haben Doris vergiftet, und das habe ich gesehen. Sie haben ihr etwas ins Essen gegeben. Dann hat sie sich erbrochen, und dann haben sie sie gezwungen, alles, was sie erbrochen hatte, wieder aufzuessen. Das war normal, das mussten wir alle. Aber Doris hatte danach Schaum vorm Mund. Und ich … ich habe gesagt: Es ist Gift! Schwester Mathilda hat Doris Gift ins Essen getan. Und dann war ich eine Woche im Kerker. Und die Finger, auf die Finger hat sie immerzu geschlagen.«

Er hatte immer noch nichts kapiert. Sie hatte doch gesagt, dass sie keine Geschwister hatte. Und wer war dann Schwester Mathilda? Und die sollte ein Mädchen vergiftet haben? Das war ja gruselig. Aber in Minnas Kopf war sowieso alles durcheinander. Wer wusste schon, was davon wirklich stimmte.

Schließlich war sie aufgestanden und hatte ihn gefragt, ob er Abendbrot haben wolle. Er wollte. Als sie bei Tisch saßen, hatte sie wieder ganz normal geredet. Ob er morgen wiederkomme? Nein, da habe er Konfi. Ob es ihm gefalle? Konfi sei langweilig, aber der Pastor sei sehr nett und fahre mit ihnen demnächst auf Freizeit. Da hatte sie nur gesagt: »Tu das nicht.«

Er hatte es auf ihren Hass gegen die Kirche geschoben.

Der Geburtstag

September 2000, Tunxdorfer See

Das Hier und Jetzt ist warm, aber nicht heiß. Der Wind kräuselt die Wellen, Sonne und Wolken wechseln sich ab und die Libellen tanzen über das Wasser. Hinten am anderen Ufer sitzen Angler auf Klappstühlen, neben sich eine Kühlbox für Bier und eine für die Fische. Er hat auch schon überlegt, mit dem Angeln anzufangen. Er wünscht sich, nachts aufzustehen, seine Sachen zu packen und dann stundenlang reglos am Ufer eines Gewässers zu sitzen, allein mit sich, der aufgehenden Sonne und den Fischen. Er sehnt sich danach zu hören, wie die Frösche im Frühjahr quaken, und mit dem Fischreiher darum zu wetteifern, wer länger stillhalten kann, und nach der Stille, wenn keiner da ist.

Aber beim Angeln muss man töten. Das kann er nicht. Darum hat er die Kamera gewählt. Auch mit ihr geht er morgens ans Wasser oder ins Moor. Oder auf die Wiesen, auf denen die Pferde ganz früh am Morgen dampfen.

Er hebt die Kamera und macht ein paar Fotos. Durch sein Objektiv beobachtet er die Jungen. Dadurch schafft er Distanz zwischen sich und ihnen. Außerdem kann so niemand sehen, wohin sein Auge blickt.

Heute ist sein Geburtstag. Nicht der Tag seiner Geburt, sondern der zweite Jahrestag seiner Ankunft in Wymeer. Die zwei Jahre sind gut gelaufen für ihn. Ein Bekannter hat ihm geholfen, nach seiner Zeit in der Gemeinde in Herborn endlich wie-

der im Norden Fuß zu fassen. Er hat sich nach einer weniger leidenschaftlichen Kirche gesehnt, nach Abkühlung. Leidenschaften wollte er aus seinem Leben so gut es geht fernhalten. Er hat das Fotografieren angefangen, weil er sich beim Blick durch eine Linse fokussieren kann. Er ist dann in der Lage, Dinge auszublenden, die er nicht sehen will und nicht sehen sollte. Das ist ihm gelungen.

Er ist ein guter Pastor. Seine Gemeinde ist dankbar, dass jetzt wieder jemand nur für sie da ist. Er geht in den Bibelkreis, die Frauengruppe, betreut den Posaunenchor, obwohl er gar kein Instrument spielt. Er hat die Jugendarbeit und den Kindergottesdienst wieder auf Vordermann gebracht. Und es hat ihm Spaß gemacht. Hochzeitspaare kommen sogar aus Bunde und Weener und wollen sich von ihm trauen lassen, weil er anders ist. Er ist sanft und macht ihnen Mut auf das gemeinsame Leben. Er selbst hat niemanden, mit dem er sein Leben teilen kann. Aber Gerda Dreyer ist für ihn da. Sie ist rau, aber eine gute Seele. Er weiß, dass sie sich fragt, was für ein Mensch er ist, wenn sie morgens seine schweißdurchtränkte Bettwäsche ausschüttelt. Was ihn ängstigt, was ihn bewegt. Aber sie fragt nicht.

Er hat keinen Kontakt mehr zur New People's Mission. Was aus Amy geworden ist und aus all den Kindern, die er zurückgelassen hat, weiß er nicht. Jeden Gedanken daran vertreibt er so schnell wie möglich.

Hier und jetzt. Richte den Blick auf das Hier und Jetzt. Konzentriere dich auf das Ungefährliche.

Doch sein Objektiv hat Kevin eingefangen. Er kann nichts dafür, er hat ihn im Blick. Kein Junge ist vorher aufgetaucht, der ihm hätte gefährlich werden können. Aber seit einem Jahr

259

ist dieser Junge in seinem Konfirmandenunterricht. Er hat sofort gemerkt, was mit ihm los ist. Manchmal hat Kevin ein blaues Auge, eine Schramme oder Würgemale am Hals. Er hat einen starken Verdacht, wer dem Jungen das angetan hat.

»He, du Spacko, was stehst du da rum!«

»Kevin, du Baby, komm ins Wasser. Kleiner kann dein Schwanz sowieso nicht schrumpeln!«

»Hast du schon geguckt, ob er überhaupt einen hat?«

Lautes Lachen kommt von Stimmbändern, die vom Erwachsenwerden strapaziert sind. Wenn er jetzt nicht da wäre, würden sie Kevin packen und ihm die Badehose ausziehen.

Was reden die Leute nur immer von der »Unschuld der Kinder«? Er hat selbst erlebt, wie sie sind. Ihm haben sie die Hosen ausgezogen, um nachzusehen, ob er ein Mann war. Wie sie ihn festhielten, um ihm mit dem gestohlenen Lippenstift der Mutter den Mund vollzuschmieren und ihn dann als Mädchen zu hänseln. Sein Vater hatte für ihn nichts als Verachtung übrig. Wer ließ schon solche Dinge geschehen, ohne sich zu wehren? Manchmal prügelte er ihn, um aus ihm einen Kerl zu machen. »Wehr dich!« Wer kann sich wehren, wenn er mit nacktem Unterleib auf den Knien des Erzeugers liegt? Er hat sich nie gewehrt. Er beschloss, dass die Wirklichkeit unwirklich war. Nur der Heiland war wirklich. Auch der weinte am Kreuz. Warum sahen die anderen seine Tränen nicht? Er sah sie ganz deutlich. Während des ganzen Gottesdienstes liefen sie dem Herrn über die Wangen. »Seht doch!«, wollte er schreien, »Da, er weint, der Herr!« Aber nein, sie sangen von Triumph, von dem Kampf gegen das Böse, von dem Sieg über die Heerscharen des Bösen. Aber der Herr, der siegte nicht. Er weinte.

Er geht zu Kevin, der bis zu den Knien ins Wasser gegangen ist, aber nicht weiter.

»Es ist schön hier, findest du nicht?«

Kevin zuckt mit den Schultern. »Ja.« Seine Stimme klingt fragend.

»Ist dir das Wasser zu kalt?«

Wieder zuckt der Junge die Schultern.

»Du kannst nicht schwimmen«, stellt er fest.

Kevin sagt nichts.

»Ich kann es dir beibringen, wenn du willst.«

Kevin sagt nichts.

»Ist ganz freiwillig. Wenn du nicht willst, musst du nicht.«

»Doch, schon.«

»Dann fahren wir morgen Nachmittag wieder hierher. Nur wir zwei. Ich bringe es dir bei. Willst du?«

Kevin nickt. Er ist verlegen, kann ihm nicht in die Augen sehen. Darum senkt er den Blick. Jetzt sieht man, dass sich ein Wasserspritzer auf sein Gesicht verirrt hat und ein Tropfen in seinen Wimpern hängen geblieben ist. Nach einer Weile hebt Kevin den Blick wieder an, und der funkelnde Wassertropfen schwebt mit den Wimpern nach oben.

Er kann den Blick nicht abwenden. Wie ferngesteuert hebt er die Kamera und fotografiert das Gesicht mit den Wimpern und dem Tropfen. Erschrocken lässt er die Kamera wieder sinken. Kevin lächelt scheu. Er weiß nicht, was er mit dieser Aufmerksamkeit anfangen soll.

Dann stehen die zwei gemeinsam am Ufer des Tunxdorfer Sees und beobachten die anderen Jungs, die sich für Kevin nicht mehr zu interessieren scheinen. Ab und zu wirft er dem Jungen neben sich einen Blick von der Seite zu. Kevin ist schön *wie der junge Morgen, aber er weiß es nicht. Er ist dünn, aber sehnig. Oft zieht er den Kopf zwischen die Schultern, als erwartete er Schläge. Das ist die Gewohnheit. Sein ganzer Körper steht unter Spannung, als müsste er jederzeit losspringen können. Aber sein Gesicht, das hat noch weiche Züge. Über die melancholischen Augen schwingen sich zwei fein geschwungene Bögen. Die leicht aufgeworfenen Lippen sind wie eine Aufforderung.*

Denk an deinen Geburtstag!

Der Brief

Freitag, 20. April 2001, Leer, Polizeiinspektion

Anja Hinrichs hatte schon vor der Morgenlage erste Rückschläge erlitten: Am Morgen hatte sie im Badezimmerspiegel weiße Haarsträhnen an ihren Schläfen entdeckt. Ihre Lieblingsbluse spannte über der Brust. Der gesetzliche Betreuer von Minna Schneider schien sie nicht einmal richtig gekannt zu haben und konnte ihr nicht weiterhelfen. Staatsanwalt Peters hatte zwar ein richterliches Herausgabeverlangen für die Akten über Minna Schneider erwirkt, aber es sah nicht danach aus, als würde es damit schnell gehen. Ihr Pragmatismus sagte ihr, dass es völlig sinnlos war, das Motiv für den Brand in Minna Schneiders Vergangenheit zu suchen. Es waren diese Jungs gewesen. Aus die Maus.

In der Polizeiinspektion hatte sie im Postfach einen Brief gefunden. Bei jedem Mordfall gab es solche Briefe. Mal waren sie von Spinnern, die sich selbst anzeigten, mal von Leuten, die ihre Nachbarn bezichtigten, weil sie über einen wuchernden Bambus in Streit geraten waren, mal von Hellsehern, die den wahren Täter bereits ausgependelt hatten. Sie war gespannt, was es diesmal war.

Der Umschlag war mit ausgeschnittenen Zeitungsschnipseln beklebt. »*An die Kripo Leer*«, stand darauf. Kein Absender. Anja Hinrichs riss den Umschlag auf. Der Brief war mit einem Nadeldrucker ausgedruckt worden. Wer arbeitete denn noch mit solchen Geräten? Ihr kriminalistischer Verstand folgerte, dass den Brief jemand geschrieben haben musste, der zwar einen veralteten Drucker bedienen, aber den Computer nicht für das Briefumschlagformat einrichten konnte. *»Wenn sie den Brandstifter finden wollen, dann sollten sie bei Bürgermeister Specker Suchen«*, stand da. *»ER hat Daniela Beekmann auf dem gewissen, weil Der Stadtteich nicht gesichert war. Fragen sie Ihn doch mahl, woher das Geld für seinen Zaun stammt. Minna hat es gewusst, darum mußte sie Sterben.«* Anja Hinrichs drehte den Brief um, besah sich auch den Umschlag noch einmal von allen Seiten. Sie würde ihn in die KT geben, glaubte aber nicht an Fingerabdrücke und andere Spuren. So doof war heute keiner mehr.

An ihrem Schreibtisch rief sie sich die Anzeige von Minna Schneider gegen Hans Specker auf. Die Staatsanwaltschaft untersuchte den Fall als fahrlässige Körperverletzung. Noch war nicht entschieden, ob tatsächlich Anklage erhoben würde. Von Veruntreuung stand da allerdings nichts. Wenn das stimmte, was der anonyme Briefeschreiber behauptete, dann würde Specker im Falle einer Verurteilung auf jeden Fall in den Bau gehen.

Die Morgenlage begann mit dem Fund der vergangenen Nacht. Sie waren nur in kleiner Besetzung. Johann Abram fehlte krankheitsbedingt, und auch Thomas Hinterkötter war nicht anwesend, obwohl er informiert war, wie Edda Sieverts beteuerte. Wahrscheinlich musste er die Nachricht vom Mord an Hermann Vrielink erst noch verdauen und einige Telefonate führen.

Wilfried Bleeker berichtete, was er über den Lebenslauf des Pastors sicher wusste und was er gerüchteweise über dessen Vorlieben gehört hatte.

»Möglicherweise hat ihn ja ein Vater ermordet, an dessen Kind er sich vergriffen hat«, sagte Anja.

»Nicht auszuschließen«, sagte Möllenkamp.

»Oder es hat etwas mit dem Tod der Kinder in dem Heim in Rumänien zu tun«, überlegte Bleeker.

»Das ist aber lange her«, meinte Möllenkamp. Trotzdem notierte er diese Möglichkeit und heftete ein Kärtchen an die Metaplanwand.

»Als wir bei der Haushälterin waren, dieser …« Anja stockte.

»Frau Dreyer«, half ihr Bleeker auf die Sprünge.

»Genau, Frau Dreyer … da hat sie doch gesagt, dass der Vrielink so gerne fotografiert hat. Bloß haben wir keine Fotos gefunden. Irgendwo müssen doch diese Fotos sein. Vielleicht hatte er ein Lieblingsobjekt. Das würde uns weiterhelfen.«

»Wenn es damit zusammenhängt, dann hat der Mörder vermutlich aus genau diesem Grund die Fotos verschwinden lassen«, wandte Bleeker ein. »Bei der Leiche hat man nichts gefunden?«

»Nein, keine Fotos. Nur den Bademantel und den Korkenzieher.«

»Er hat also einen Bademantel angehabt und sich dann eine Flasche Wein aufgemacht. Das hört sich nach einem Schäferstündchen an«, meinte Bleeker.

»Also, ich trinke auch manchmal abends nach dem Duschen noch einen Wein«, widersprach Anja.

»Ich dachte, Frauen trinken im Bademantel nur frisch gepressten Orangensaft.« Bleeker konnte es nicht lassen.

»Ich trinke, um den Tag mit dir zu vergessen«, gab Anja zurück.

Bleeker grinste: »Und wenn du nicht trinkst, träumst du dann von mir?«

Möllenkamp verdrehte die Augen. »Ist gut jetzt. Wir sollten alles daransetzen, die Fotos zu finden. Wir müssen jetzt sowieso das große Besteck auffahren und noch einmal die Wohnung untersuchen. Bislang haben wir ja noch nicht genau nach Spuren eines Mordes gesucht.«

»Da werden wir auch nichts finden«, prophezeite Bleeker. »Die Dreyer hat dermaßen gründlich geputzt, da findest du nicht mal mehr ein Schamhaar in der Schmutzwäsche.«

Anja schüttelte sich.

»Das sehen wir dann«, entgegnete Möllenkamp. »Außerdem will ich noch einmal alle Konfirmanden befragt haben, Jungs wie Mädchen. Wenn die Gerüchte stimmen, dann muss jemand etwas mitbekommen haben.«

»Und wenn es Minna Schneider war?«, kam es unerwartet aus der Ecke, in der Edda Sieverts saß. »Die mochte doch keine Pastoren.«

»Na klar«, höhnte Anja. »Erst bringt sie den Pfarrer um, verscharrt ihn im Moor und dann steht der Pfarrer wieder auf und zündet ihr aus Rache die Hütte überm Kopf an.«

Bleeker kicherte. »Oder sein Liebhaber tut es.«

»Jetzt seid doch nicht so kindisch«, rief Möllenkamp. »Wir sollten nichts ausschließen. Es ist ja ein merkwürdiger Zufall, dass beides zur selben Zeit in Wymeer passiert, auch wenn ich noch nicht sehe, wie das abgelaufen sein soll.

Minna wird ihn wohl nicht alleine weggeschafft haben. Ich bezweifle, dass sie überhaupt einen Führerschein hatte.«

»Wenn's weiter nichts ist …«, meinte Bleeker. »Glaubst du, die ganzen Zwölfjährigen, die dir auf dem Trecker im Rheiderland begegnen, haben einen Führerschein?«

»Jedenfalls müssen wir auch die Anwohner des Moores befragen, ob sie in den vergangenen Tagen oder Nächten etwas Merkwürdiges gehört und beobachtet haben«, folgerte Möllenkamp.

»Na dann viel Spaß«, maulte Anja. »Wie sollen wir das schaffen, wenn wir nur dreieinhalb Leute sind?« Sie warf einen Blick zu Edda Sieverts hinüber.

»Ich rede mit dem Vize und werde versuchen, Unterstützung zu bekommen«, sagte Möllenkamp. »Bis dahin nimmst du, Wilfried, dir die Nachbarn vor, Anja kümmert sich um die Konfirmanden …«

»Und den Fall Minna Schneider legen wir erst mal ein halbes Jahr auf Eis?«, fragte Bleeker.

»Das können wir wohl kaum«, seufzte Möllenkamp, »vor allem nicht, seit Anja heute in den Briefkasten geschaut hat.«

»War das jetzt auch wieder falsch?«, wollte Anja wissen.

»Streber!«, rief Bleeker und dann: »Was stand denn drin?«

»Bürgermeister Specker war's«, fasste Anja zusammen.

»Der Bürgermeister?«, entfuhr es Edda Sieverts, die sich das offenbar nicht vorstellen konnte.

»Nun, Specker war jedenfalls nicht beim Osterfeuer. Er hat für die fragliche Zeit zwischen neun und zehn Uhr abends kein Alibi«, resümierte Möllenkamp. »Und ein Motiv hätte er auch, wenn er tatsächlich öffentliche Gelder für private Zwecke veruntreut hat und dadurch ein Kind zu Schaden gekommen ist.«

»Ich finde es nicht plausibel, dass Bürgermeister Specker nur wegen so einer Anzeige Minna Schneider auf diese Art und Weise umgebracht haben soll«, sagte Wilfried Bleeker.

»Was fändest du denn plausibel?«, wollte Anja wissen.

»Wenn er sie hätte weghaben wollen, dann hätte er sie ja fortmobben können«, sagte Bleeker, »ihr eine Lektion erteilen. Oder er hätte versuchen können, ihren Betreuer zu beeinflussen, dass sie in ein Heim muss. Und wenn ich an seiner Stelle ihr schon ans Leder gewollt hätte, dann hätte ich es aussehen lassen wie einen Unfall.«

»Vielleicht sollte es ja genau das sein: eine Lektion«, sagte Möllenkamp.

»Ja schon, aber bei dieser Brandstiftung gucken doch alle zuerst auf die Jugendlichen, die da sowieso schon immer rumgeschlichen sind. Haben wir doch auch gemacht. Dann fällt der Verdacht sofort auf seinen Sohn. Macht man das als Vater?« Bleeker verzog zweifelnd sein Gesicht.

»Tja, Männer greifen bei der Wahl ihrer Mittel ja öfter daneben«, meinte Hinrichs sarkastisch.

»Jedenfalls müssen wir Hans Specker schnellstens befragen«, blockte Möllenkamp die drohende Gender-Diskussion ab und heftete die Karteikarte mit dem Namen des verdächtigen Bürgermeisters direkt neben die seines Sohnes, der auch kein Alibi für die Tatzeit hatte.

»Ich könnte bei der Befragung dabei sein und auf seine Körpersprache achten«, kam es völlig unerwartet von Edda Sieverts. »Ich habe mich nämlich fortgebildet.«

Anja Hinrichs schnaubte.

Unbeirrt fuhr Sieverts fort: »Der Kurs *Die drei Säulen des Erfolgs – Körpersprache, Stimme, Mimik* hat mir wahnsinnig viel gebracht. Zum Beispiel …«

Anja Hinrichs lachte höhnisch.

»… zum Beispiel wenn sich jemand dauernd durch die Haare streicht, dann ist er oder sie gestresst. Bei Frauen kann es auch bedeuten, dass sie sich unterwerfen wollen.« Hierbei blickte Sieverts unverhohlen Anja Hinrichs ins Gesicht, das gerade vor Wut rot anlief.

»Ich kann übrigens auch Rabatt heraushandeln, falls sich jemand hier für den Kurs interessiert. Der Anbieter ist ein wirklicher Profi und macht auch Kurse in Meditation, Rhetorik und weiblicher Körpererfah–«

»So einen Kurs hätten wir bestimmt alle mal nötig«, unterbrach Möllenkamp, der wieder einmal um den Frieden in seinem Team fürchten musste.

»Puuh«, sagte Bleeker, »da hat unser Polizeichef aber Glück gehabt, dass er dank dieses Kurses einen echten Profiler an Bord hat und niemanden mehr nach Quantico schicken muss.«

»Du wärst sowieso als Letzter da hingekommen«, meinte Anja, »alleine deswegen schon, weil sie dich gleich dabehalten und eingesperrt hätten. Direkt neben Hannibal Lecter.«

Möllenkamp wünschte sich seinen Stellvertreter Johann Abram her. »Gut, wir wechseln dann mal das Thema und gehen zu –«

»Was ist jetzt mit meinem Verhör?«, fragte Edda Sieverts, und Möllenkamp wunderte sich über ihre Beharrlichkeit. Da er sich immer noch schämte, weil Edda Sieverts wegen der Sache mit den Schokoladenosterhasen so schlecht behandelt worden war, entschloss er sich, ihr entgegenzukommen.

»Frau Sieverts, vielen Dank für Ihr Angebot! Ich schlage vor, dass Sie im Nebenraum durch die Glasscheibe die Vernehmung beobachten und wir im Nachgang gemeinsam die Körpersprache analysieren. Einverstanden?«

Edda Sieverts nickte und sah triumphierend zu Anja Hinrichs hinüber. Die schnaubte ein drittes Mal.

»Ähm«, sagte Wilfried Bleeker und wickelte sich dabei einen Kaugummi aus, »wollen wir eigentlich gar nicht wissen, wer den Brief geschrieben hat?«

»Doch, das wollen wir«, sagte Möllenkamp, »aber ich fürchte, da müssen wir die Ergebnisse unserer Spezialisten abwarten.«

»Ich finde nicht«, sagte Bleeker und steckte sich den Kaugummi genüsslich in den Mund. »Der Brief sagt uns doch auch so schon eine ganze Menge.«

»Zum Beispiel, dass der Briefeschreiber die deutsche Rechtschreibung nicht beherrscht?«, fragte Anja lauernd.

»Zum Beispiel das«, bestätigte Bleeker ungerührt, »wir wissen aber noch mehr: Wir wissen, dass der Briefeschreiber vermutlich ein Mann mittleren Alters ist. Möglicherweise ein Handwerker.«

Die anderen starrten ihn mit offenem Mund an. »Woraus schließt du das denn?«, fragte Möllenkamp.

»Der Mann kann einen Computer und einen Drucker bedienen, also ist er kein Rentner. Er hat aber auch nicht so viel Ahnung oder Geduld, die Einstellungen für den Drucker so zu konfigurieren, dass er Briefumschläge bedrucken kann. Dafür hat er vermutlich eine Angestellte oder seine

Frau. Darum musste er nach alter Manier Zeitungsbuchstaben ausschneiden. Dies und der alte Nadeldrucker deuten auf einen Mann mittleren Alters hin. Und in Handwerksbetrieben werden Rechnungen immer noch sehr gern auf alten Nadeldruckern gedruckt, weil man so nämlich auch Durchschläge mitdrucken kann.« Bleeker blickte sich in der Runde um. »Was guckt ihr denn so?«

Möllenkamp wiegte den Kopf hin und her. »Deine These ist ziemlich gewagt. Aber solange uns die KT nichts anderes sagt, können wir damit arbeiten. Wir sollten nur immer im Hinterkopf behalten, dass es auch ganz anders sein kann. Frau Sieverts, stellen Sie uns doch bitte eine Liste der Handwerksbetriebe in Wymeer zusammen. Vielleicht haben wir Glück, und der eine oder andere hat sogar noch einen Konfirmanden zu Haus.«

Möllenkamp war im Begriff, die Morgenlage aufzulösen, als Anja spitz fragte, ob es noch irgendjemanden interessiere, was sie über Minna Schneider herausgefunden habe.

Nachdem sie geendet hatte, sagte Möllenkamp: »Das ist eine ziemlich traurige Geschichte, aber glaubst du, dass sie einen Anhaltspunkt für ein Motiv hergibt, dem es sich zu folgen lohnt?«

Anja schüttelte den Kopf. »Bisher erklärt ihre Lebensgeschichte nicht, warum man bei Minna Schneider Feuer legen sollte. Weniger wundern würde ich mich, wenn umgekehrt Minna Schneider die Kirche angezündet hätte. Von organisierter Religion hat sie ja nicht viel gehalten.«

In diesem Moment ging die Tür auf, und ein gehetzt wirkender Hinterkötter stürmte in den Raum. »Kommen Sie, Möllenkamp, wir müssen uns zusammensetzen und die

Pressekonferenz durchsprechen. Die ist schon gleich um elf Uhr! Da brauchen wir klare Botschaften. In fünf Minuten in meinem Büro.« Dann stürmte er wieder hinaus.

Möllenkamp beendete die Morgenlage. »Ach, und, Frau Sieverts, bitte bestellen Sie Bürgermeister Hans Specker zum Gespräch zu uns ein.« Nach kurzem Zögern fügte er hinzu: »Wir müssen darüber ja nicht riesengroße Aufregung verursachen, nicht wahr?«

Er konnte ihrem Gesichtsausdruck nicht entnehmen, ob sie verstanden hatte.

Freitag, 20. April 2001, Leer, Polizeiinspektion, später Vormittag

Die Pressekonferenz war ziemlich unangenehm. Hinterkötter wollte eigentlich nur zum Fall Hermann Vrielink Stellung nehmen. Möllenkamp hatte versucht, seinem Chef klarzumachen, dass die Aufmerksamkeit der Medien nach dem Fund der Leiche sehr groß sein würde. Und bei zwei dramatischen Todesfällen in Wymeer würde man einen von beiden nicht komplett ausblenden können. »Es ist viel schlimmer, wenn die Presse weiterhin wild spekuliert, wie es bereits jetzt der Fall ist. Und wenn wir mauern, kommt noch der Verdacht dazu, die Polizei hätte etwas zu verbergen.« Dieses Argument überzeugte Hinterkötter. Weil da ja auch etwas dran war, dachte Möllenkamp.

»Na gut, dann sagen wir eben, wie es ist. Wir werden den Schwerpunkt darauf legen, dass wir dank des hervorragenden neuen Forensikers Dr. Proll diesen Fall überhaupt als

Brandstiftung erkannt haben, was sonst vermutlich verborgen geblieben wäre.«

Leider hatte dieser kriminalwissenschaftliche Fortschritt die anwesenden Journalisten überhaupt nicht beeindruckt. Sie waren überaus zahlreich angerückt, hatten Kamerateams mitgebracht, und Wymeer würde auf jeden Fall durch NDR, ffn und Antenne Niedersachsen überregional bekannt werden, nur anders, als Bürgermeister Specker es sich in seinem Fremdenverkehrskonzept vermutlich ausgedacht hatte.

»Sie gehen also davon aus, dass sich am Osterwochenende zwei schwere Verbrechen in Wymeer zugetragen haben?«

»Ja, das tun wir«, antwortete Möllenkamp, der auf dem Podium neben Hinterkötter saß. Der hielt die Hände auf dem Tisch gefaltet, während seine Fingerknöchel weiß hervorstachen.

»Seit wann wissen Sie, dass im Fall des Feuers in der Alten Schule Brandstiftung vorlag?«

»Seit Dienstag liegt uns der offizielle Bericht der Brandursachenforschung vor.«

»Dienstag?«, regte sich eine rothaarige Reporterin des »Wecker« auf. »Wieso informieren Sie die Öffentlichkeit erst jetzt darüber?«

Rasch beugte sich Hinterkötter vor: »Das hat ermittlungstaktische Gründe.«

»Welche ermittlungstaktischen Gründe denn?«

»Wir … wir gingen davon aus, dass die zwei Fälle möglicherweise zusammenhängen und wollten den Täter nicht misstrauisch machen.«

Möllenkamp schlug innerlich die Hände über dem Kopf zusammen.

»Inwiefern glauben Sie, dass die zwei Fälle zusammen-hängen?«, rief Gertrud Boekhoffs Kollege vom »Rheider-länder Tagblatt«. Der hatte es tatsächlich geschafft, sie auch aus diesem Termin herauszuhalten. Oder ermittelte sie der-weil in Wymeer?

»Oh, wir … wir wissen es noch nicht genau.« Jetzt hatte sich der Vizechef der Leeraner Polizeiinspektion total ver-heddert. Möllekamp sprang ein: »Sie haben ja richtig er-kannt, dass zwei schwere Straftaten an einem Wochenende in dem kleinen Ort Wymeer verübt wurden. Da gehen wir natürlich auch dem Verdacht nach, es könnte sich um zu-sammenhängende Fälle handeln.«

»Bilden Sie eine Sonderkommission?«

»Wir haben bereits eine Sonderkommission ›Wymeer‹ gebildet«, log Möllenkamp.

»Wie viele Ermittler arbeiten in der SoKo?«

»Es sind sieben Kräfte mit der Aufklärung betraut«, ant-wortete Möllenkamp und leistete innerlich Abbitte, dass er außer Johann Abram, der immer noch mit Scheißerei zu Hause lag, sogar Gertrud Boekhoff mit dazu gerechnet hatte. Auch Thomas Hinterkötter war in der Rechnung enthalten, und Edda Sieverts war, wenn man es recht be-trachtete, ja auch keine Ermittlerin …

Dass diese Zahl an »Ermittlern« trotzdem nicht gerade hoch war, fiel auch den anwesenden Journalisten auf und wurde kritisch kommentiert. Aber das Schlimmste kam erst noch:

»Stimmt es, dass ein anonymer Brief bei der Polizei eingegangen ist, in dem der Gemeindebürgermeister beschuldigt wird, den Brand bei der alleinlebenden Frau Schneider gelegt zu haben?«, wollte eine ältere, streng aussehende Redakteurin des »Ostfriesen Kuriers« wissen. Woher wusste die das? Wo war die Lücke?

»Das ist zutreffend«, sagte Möllenkamp.

»Ermitteln Sie in diese Richtung?«

»Wir ermitteln in alle Richtungen.«

Da beugte sich Hinterkötter wieder vor: »Wir müssen das natürlich tun, obwohl wir es nicht für sehr wahrscheinlich halten, dass Herr Specker etwas damit zu tun hat.« Mit dieser Antwort hatte er der Diskussion nur neue Nahrung gegeben.

»Warum halten Sie das nicht für wahrscheinlich?«

»Welche Erkenntnisse haben Sie, die es unwahrscheinlich machen?«

»Schließen Sie aus, dass Bürgermeister Specker möglicherweise auch für den zweiten Mord verantwortlich ist?«

Hinterkötter wirkte zunehmend verzweifelt. Möllenkamp startete die Flucht nach vorne. »Sie können sicher sein, dass wir allen Spuren nachgehen werden. Ich möchte insbesondere den Schreiber des anonymen Briefes bitten, sich an uns zu wenden und sein Wissen mit uns zu teilen.« Dann machte er eine entschlossene Pause. »Jetzt möchte ich Sie über den Ermittlungsstand im Fall des Todes von Pastor Hermann Vrielink informieren.« Dann berichtete er ausführlich über den Fund der Leiche in den frühen Morgenstunden, über das nach wie vor fehlende Auto, die verschwundene Fotoausrüstung und die weiteren noch fehlenden persönlichen Gegenstände. »Jeder Hinweis auf den

Verbleib dieser Gegenstände ist uns willkommen. Bislang wissen wir nur, dass Pastor Vrielink das letzte Mal am Samstagvormittag in Bunde gesehen wurde, als er bei Combi einkaufen war. Wenn ihn jemand danach noch bemerkt hat oder etwas über den Verbleib der Gegenstände weiß, dann möge er sich bitte bei uns melden.«

»Ist es zutreffend, dass Pastor Vrielink sich Jungen gegenüber nicht angemessen verhalten hat?«, fragte Gertruds Kollege, der aussah, als hätte er monatelang nichts zu essen bekommen. Ach guck, dachte Möllenkamp, sie reden ja doch miteinander. »Wir haben entsprechende Hinweise erhalten, die wir bislang aber nicht bestätigen können. Wir gehen dem nach.«

Nach der Pressekonferenz bat Kriminalrat Hinterkötter Möllenkamp ins Büro. Er wischte sich mit einem Taschentuch die Stirn ab und bestellte bei Edda Sieverts einen »Pharisäer«. »Auch einen?«, fragte er Möllenkamp, der gerne den Kaffee nahm, aber auf Rum und Schlagsahne dankend verzichtete.

Dann ließ er sich seufzend in einen Besprechungsstuhl fallen. »Das ist alles eine riesengroße Scheiße«, sagte er. »Wir müssen den Bürgermeister da irgendwie raushalten.«

»Wie wollen wir das machen, wenn er direkt beschuldigt wird? Wir müssen ja ermitteln.«

»Können wir nicht eine falsche Spur legen? Wir tun so, als hätten wir jemand anderen im Visier, und ermitteln ganz unauffällig, ob an der Sache mit dem Bürgermeister überhaupt was dran ist. Außerdem müssen wir natürlich dringend den anonymen Briefeschreiber finden. Wer weiß denn schon, ob der überhaupt seriös ist und ob das Ganze nicht politisch lanciert wurde.«

Soso, dachte Möllenkamp, politisch lanciert, na klar. »Wir werden selbstverständlich mit größtmöglicher Diskretion vorgehen und alles tun, um den Briefeschreiber zu ermitteln. Aber falsche Spuren zu legen ...« Dabei beugte er sich vor und senkte die Stimme. »Herr Kriminalrat, wenn das rauskommt, dann wirft das ein ganz schlechtes Licht auf unsere Polizeiarbeit. Ich erinnere mich daran, dass unser Landrat, der ja im Herbst zur Wiederwahl antritt, von der Polizei größtmögliche Transparenz und Bürgernähe gefordert hat. Ich möchte ungern den Eindruck erwecken, dass ausgerechnet jetzt daran Abstriche gemacht werden.«

Darauf wusste Hinterkötter nichts zu sagen. Er sah irgendwie erschöpft aus.

»Herr Kriminalrat«, sprach Möllenkamp vorsichtig, »noch etwas anderes: Wir sind für diesen Fall personell unterbesetzt. Der Kollege Abram ist erkrankt, Frau Sieverts ist keine Ermittlerin. Mit drei Leuten kann man zwei schwere Straftaten nicht aufklären. Wir brauchen dringend Verstärkung. Können wir damit rechnen, dass wir sie bekommen?«

Über Hinterkötters Gesicht huschte ein Schatten der Hinterlist. »Selbstverständlich werde ich mich sehr für unser Fachkommissariat einsetzen. Ich sehe unsere Notlage so wie Sie. Ich kann aber noch nicht sagen, ob ich Erfolg haben werde. Sie wissen ja, die personelle Ausstattung der Polizei, auch in anderen Abteilungen, lässt generell zu wünschen übrig. Vielleicht können Sie sich ja, solange wir noch

277

mit der Knappheit leben müssen, auf das Wichtigste konzentrieren, und das scheint mir momentan der Mord an dem Pastor zu sein. Im Fall der Brandstiftung drängt uns ja niemand.«

Möllenkamp verkniff sich mühsam alles, was er gerne zu seinem Chef hätte sagen wollen. Beim Hinausgehen sah er einen großen Haufen verbogener Büroklammern auf dem Schreibtisch liegen. Der Vize war wirklich sehr verzweifelt.

Die Flasche

Freitag, 20. April 2001, Leer,
vor der Polizeiinspektion

Wilfried Bleeker stieg pfeifend in seine Barchetta. Er hatte
Anja noch ein paar aufmunternde Tipps zugerufen, wie sie
am besten mit den halbwüchsigen Konfirmanden umgehen sollte, und war dann schnell aus ihrem Büro verschwunden, weil sie den Locher schon in der Hand hatte.
Jetzt fuhr er vom Parkplatz und steckte sich eine Zigarette
an. Die Sonne war herausgekommen, und wie die meisten
echten Cabriofahrer öffnete auch Bleeker sein Verdeck
schon bei Temperaturen knapp über dem Gefrierpunkt.
Seit der dramatischen Suche nach dem Mörder von Tadeus
de Vries, die ihn fast das Leben gekostet hätte, hatte er ein
neues Verdeck. Das geflickte alte war dem grundsätzlichen
Neubeginn in seinem Leben zum Opfer gefallen. Der Neubeginn hatte auch noch anderes beinhalten sollen, zum
Beispiel die Entwöhnung vom Nikotin, aber man musste ja
nicht alles auf einmal angehen.

Er spürte gar nicht, wie ihm der kalte Wind um die Ohren pfiff. Da sein Chef in der Inspektion geblieben war, um
Bürgermeister Hans Specker zu empfangen, hatte er sich
vorgenommen, einen Abstecher ins Pfarrhaus zu machen,
wo die Spurensicherung wahrscheinlich schon herumtobte.
Dass man Hermann Vrielink inzwischen tot aufgefunden
hatte, veränderte den Blick auf das Haus, das nun aller

Wahrscheinlichkeit nach tatsächlich ein Tatort war. Da konnte es nicht schaden, noch einmal einen Blick hineinzuwerfen.

Er stellte sein Auto an der Straße vor dem Pfarrhaus ab, weil die Auffahrt zugeparkt war. Die Kriminaltechnik war in Mannschaftsstärke angerückt und stellte das Haus vollkommen auf den Kopf. Wilfried Bleeker sah zum Küchenfenster von Gerda Dreyer hinüber. Die Gardine bewegte sich. Bleeker hob den Arm und winkte. Sofort wurde die Gardine fallen gelassen. Des Pastors gute Seele hatte immer noch ein scharfes Auge auf die Dinge, die in ihrem Revier passierten.

Vor Dreyers kleinem Haus parkte ein blauer Golf II. Bleeker konnte nicht umhin, die Straße zu überqueren, um dieses Kleinod in Augenschein zu nehmen. Tolles Auto! Aber wer ließ so einen Wagen denn unter einer Blutbuche stehen, die über den Straßenrand ragte? Anscheinend war dies der Lieblingsbaum der halben Taubenpopulation des Rheiderlandes, wie man an Dach und Motorhaube sehen konnte. Bleeker zog die Augenbrauen hoch, wandte sich aber dann dem Pfarrhaus zu.

Drinnen herrschte geschäftiges Treiben. »Habt ihr schon was gefunden?«, fragte Bleeker.

»Das haben wir gern«, sagte Fritz Hilbrands, der Chef der KT. »Zuerst dürfen wir uns die Nacht im Moor um die Ohren schlagen, dann machen wir direkt am nächsten Morgen hier weiter, und jetzt stehen uns auch noch die Kollegen vom FK 1 auf den Füßen rum und fragen, wann wir endlich fertig sind.«

»Das habe ich nicht gefragt«, sagte Bleeker, »nur, ob ihr schon was gefunden habt.«

Hilbrands schnitt eine Grimasse und bedeutete ihm mitzukommen. »Hier an der Hauswand unter dem Fenster haben wir jede Menge Spuren gefunden. Da ist auch Abrieb von Schuhsohlen zu sehen. Da, schau mal!« Er zeigte auf den zerrupften Efeu und auf die schmutzige Hauswand.

»Also, die Kollegin Hinrichs war auf jeden Fall auch an der Hauswand«, sagte Bleeker.

»Nun, ob ihr sie verhaftet, ist ja nicht unsere Entscheidung«, entgegnete Hilbrands, »wir sichern nur Spuren.« Er führte Bleeker wieder ins Haus. »Hier drin ist alles so picobello geputzt, dass man kaum etwas findet. Du riechst die Putzmittel ja sogar noch immer in den Räumen. In der Toilette stinkt es so sehr nach Rohrreiniger, das ist schon richtig verdächtig.«

Wilfried Bleeker machte einen Rundgang durch die Räume im Erdgeschoss. Pastor Vrielink war erschlagen worden, also musste irgendwo Blut geflossen sein. Er versuchte sich vorzustellen, was passiert war. Es schien so, als wäre der Einbrecher auch der Täter gewesen. Dann wäre er durch das Fenster im Arbeitszimmer eingestiegen, und Pastor Vrielink hätte ihn überrascht. Vielleicht hatte man ihn dort erschlagen. Bleeker bückte sich und zog seine Handschuhe aus der Innentasche des Jacketts. Im Arbeitszimmer lag ein Teppich auf den alten Holzdielen. Er hob den Teppich an. Unter dem Teppich war das Holz heller als auf der ihn umgebenden Bodenfläche. Der Teppich lag also schon lange hier. Unwahrscheinlich, dass dies der Tatort war, denn dann hätte es sicherlich Blutspuren auf dem Teppich gegeben.

Bleeker ging nach nebenan in die Küche. Er betrachtete

281

die Flasche Wein, die auf der Anrichte stand, ging hin, zog den Korken heraus und roch daran. Ein ziemlich guter Wein, der wie ein echter Burgunder duftete. *Winzergenossenschaft Edenkoben 1998 Pinot Noir Spätlese trocken* stand auf dem Etikett. Bleeker hatte große Lust, die Flasche einfach an den Mund zu setzen und einen großen Schluck zu trinken. Einer plötzlichen Eingebung folgend rief er einen der Männer in weißem Schutzanzug zu sich und bat ihn, den Flaschenrand auf DNA-Spuren zu untersuchen. »Und nimm auch die Fingerabdrücke«, sagte er. Der Kollege sah ihn beleidigt an.

Bleeker dachte, dass es nun gut wäre zu verschwinden, und machte sich auf zu den Anwohnern des Naturschutzgebietes.

Kröten

Freitag, 20. April 2001, Polizeiinspektion Leer, am Vormittag

Möllenkamp saß Bürgermeister Specker gegenüber. Der Mann schwitzte stark und roch ähnlich wie sein Sohn. Aber er war ausnehmend freundlich.

»Ich schätze die Polizeiarbeit und halte es für meine erste Bürgerpflicht, Ihnen alles zu sagen, was ich weiß.« Er lächelte, dass es Möllenkamp angst und bange wurde. Gegen Minna Schneider ließ er posthum Milde walten (»Sie war eine arme, einsame Frau. Wahrscheinlich hat sie Aufmerksamkeit gesucht«). Seinen Sohn lobte er (»Klar macht der Junge mal Unfug, aber er ist ein guter Junge und immer pünktlich zu Hause. Da können wir uns drauf verlassen«). Und was die Vorwürfe betraf: »Sehen Sie, ich bin eine Person des öffentlichen Lebens. Da hat man Feinde und Neider. Da wird einem hier etwas angehängt und dort etwas unterstellt. Ich habe Ihnen einmal die Stellungnahme meines Anwaltes mitgebracht. Der können Sie entnehmen, dass da gar nichts dran ist.«

Möllenkamp blätterte die zusammengehefteten Seiten durch. »Da steht aber von der Sache mit dem Zaun gar nichts drin.«

»Ach«, sagte Specker, »das ist mal wieder ein neues Detail. Den Zaun habe ich selbstverständlich aus eigenen Mitteln bezahlt. Mit der Sicherung des Teichs hatte das gar nichts zu tun. Die konnte wegen der Kröten nicht so wie vorgesehen umgesetzt werden. Der Teich ist nämlich Ablaichgebiet von Erdkröten, müssen Sie wissen. In jedem Frühjahr machen sich die Krötenweibchen auf Wanderschaft zu ihrem Brutgebiet. Unterwegs wird dann noch das Männchen per Anhalter mitgenommen, da sind die Damen nicht wählerisch, haha.« Er zwinkerte jovial. »Die Männchen sind nicht dumm, die springen den Weibchen auf den Rücken und lassen sich von ihnen tragen. An einer herkömmlichen Teichabsperrung werden die männlichen Kröten von den Weibchen dann aus Versehen abgestreift und – bums – gibt's keine Krötenkinder mehr. Darum warten wir jetzt auf den Förderbescheid für Krötentunnel. Und darum dauert es so lange. Wenn Sie so wollen, und ich sage das mit der allergrößten Pietät, dann ist die arme kleine Katrin praktisch dem deutschen Naturschutzrecht zum Opfer gefallen.« Hans Specker sah ehrlich bekümmert aus.

»Bei einem so klaren Sachverhalt«, sagte Möllenkamp, »wundert es mich nur, dass die Staatsanwaltschaft trotzdem eine Anklage in Erwägung zieht.«

Specker nickte eifrig. »Da sagen Sie was. Aber die Wahrheit will ja keiner hören, weil alle so schwarz-weiß denken. Umweltschutz ist gut, und Bürgermeister sind alle Verbrecher. So läuft es doch.«

Da hat er wohl recht, dachte Möllenkamp. Die Geschichte mit den Kröten klingt zwar irre, aber ich trau es den Brüdern zu, dass die sich so was ausdenken.

»Gut, Herr Specker, das werden wir prüfen. Es wäre hilfreich, wenn Sie die Belege über die Errichtung des Zauns beibringen könnten.«

Specker hatte inzwischen mit der Hand den Aufschlag seines dunkelgrauen Sakkos ergriffen, womit er ein bisschen wie Napoleon aussah, was auch von der Größe her ungefähr zutraf. »Selbstverständlich kann ich das tun, Herr Kommissar. Sie kriegen alles, was Sie brauchen.«

»Kommen wir doch mal zu Ihrem Alibi für die Nacht von Samstag auf Sonntag. Ihre Frau sagt, Sie waren erkrankt?«

Hans Specker verzog schmerzhaft das Gesicht: »Ja, ja, ich hatte ganz schreckliche Kopf- und Gliederschmerzen. Es war wirklich furchtbar. Meine Frau musste bei mir bleiben und hat Kamillentee gekocht. Mein Stellvertreter war beim Osterfeuer, so war die Gemeindeverwaltung offiziell vertreten. Wenn ich allerdings gewusst hätte, was passieren würde, dann hätte ich mich aufgerafft und wäre zur Not auf allen vieren hingekrochen …«

Jetzt wurde Möllenkamp neugierig: »Glauben Sie, dass Sie das Feuer hätten verhindern können?«

Die Falten auf Speckers Stirn verwandelten sich in Runzeln: »Wie hätte ich das denn machen sollen? Ich meinte eher, wenn so etwas passiert, dann brauchen die Leute Führung, jemanden, der sie aufrichtet und ihnen Mut macht. Sie hätten mich am Samstag gebraucht, um den Schock zu mindern. Sie glauben ja gar nicht, was momentan so los ist. Ich muss so vielen Menschen Trost spenden …« Und er breitete die Hände aus, als bräuchten auch Möllenkamp und der ganze Vernehmungsraum den bürgermeisterlichen Segen.

»Kann außer Ihrer Frau noch jemand bezeugen, wo sie am Samstagabend waren?«

285

Specker schüttelte bedauernd den Kopf.

»Kannten Sie eigentlich Pastor Vrielink gut?«

Wenn Specker über den abrupten Themenwechsel überrascht war, dann ließ er es sich nicht anmerken. »Selbstverständlich, er ist ein wichtiges Mitglied unserer Wymeerer Gemeinschaft. Und ich bin Vorsitzender des Kindergartenausschusses, in dem auch Vrielink Mitglied ist. In unserer kleinen Gemeinde kennt man sich.«

»Sie wissen, dass wir Herrn Vrielink heute Morgen tot aufgefunden haben. Es sieht so aus, dass er ermordet wurde. Haben Sie irgendeine Idee, wer das getan haben könnte?«

Specker zog die Hosenbeine seines Anzugs hoch, als wäre ihm aufgefallen, dass sie zu lang sein könnten. Dann schüttelte er bekümmert den Kopf. »Wirklich nicht, Herr Kommissar. Der Pastor war in unserer Gemeinde außerordentlich beliebt. Mein Sohn geht bei ihm in den Konfirmandenunterricht. Auch er war ganz begeistert von dem Pastor. Sicher, Vrielink hätte meiner Meinung nach den Jugendlichen gegenüber ruhig ein bisschen strenger sein können, aber er hat seine Rolle wohl eher als die eines Kümmerers verstanden. Er hat sich auch sehr um Kinder gekümmert, die es – nun ja – in ihren Familien nicht so gut hatten. Da haben wir ja bedauerlicherweise auch ein, zwei in unserer Gemeinde. Ich kann mir nur denken, dass es jemand von außerhalb war. Vielleicht ein gemeiner Raubüberfall. Wir sind ja durch die Nähe zur Autobahn und zur niederländischen Grenze für Einbrüche und dergleichen exponiert. Das macht uns immer wieder Sorgen. Sie sollten da internationale Unterstützung in Anspruch nehmen. Ich vermittle Ihnen gerne Kontakt zu den niederländischen Polizeibehörden.«

»Vielen Dank, da haben wir eine ganz gute Kooperation«, erwiderte Möllenkamp. »Können Sie mir sagen, zu welchen Familien Herr Vrielink in seiner seelsorgerischen Arbeit engeren Kontakt hatte?«

Specker tat so, als würde es ihm schwerfallen, darauf Antwort zu geben. »Aber nicht, dass Sie jetzt denken, ich würde diese Familien verdächtigen. Ich sage ausdrücklich, dass ich davon ausgehe, dass es Auswärtige waren.«

»Jaja, das habe ich schon verstanden«, unterbrach ihn Möllenkamp, »wir ziehen selbstverständlich jede Möglichkeit in Betracht.«

Specker lehnte sich im Stuhl zurück und zog seinen Hosenbund nach oben. »Natürlich, natürlich, also da war die Familie Seeger. Fünf Kinder, der Vater trinkt, und die Mutter ist verstorben. Da hat er immer mal wieder nach dem Rechten gesehen. Dann die Müllers, wo die vierzehnjährige Tochter sich von so einem Schausteller ein Kind hat anhängen lassen. In der Familie arbeitet keiner, seit Generationen schon nicht. Und dann die Familie Koerts, der Vater ist etwas, wie soll ich sagen, rustikal in seinen Erziehungsmethoden. Nach einem Familienstreit hat die Mutter ihm mit einer Flasche Korn eins übergezogen.«

Möllenkamp beugte sich vor: »Wie viele Kinder sind da betroffen?«

»Oh, die haben nur den einen Sohn, Kevin, zum Glück, muss man ja sagen. Auch wir als Gemeinde und ich persönlich versuchen immer das Schicksal dieser armen Kinder zu —«

»Und Herr Vrielink hat alle diese Familien betreut?«

»Ja, obwohl die sich alle ja nie in der Kirche haben blicken lassen. Aber da hat er nicht drauf geschaut. Ihm ist es immer nur um die Jungen gegangen.«

Edda Sieverts saß wie eine Eins auf ihrem Stuhl, als Möllenkamp in den Nebenraum zum Verhörzimmer kam.

»Und, Frau Sieverts, haben Sie alles gut sehen und hören können?«

»Aber ja, Herr Möllenkamp. Das ging ganz prima«, bestätigte sie. »Ist ja ein ziemlich netter Mann, der Herr Bürgermeister.«

»Tja, ohne Grund wird man nicht dreimal wiedergewählt«, sagte Möllenkamp und goss sich einen Kaffee aus einer Thermoskanne ein, die auf dem Tisch stand.

»Ja, aber er lügt wie gedruckt«, stellte Edda Sieverts sachlich fest und blickte ihn durch ihre dicken Brillengläser geradeheraus an.

Möllenkamp, dem auch schon Zweifel an der Plausibilität des ein oder anderen Sachverhalts gekommen waren, wurde neugierig. »Woran haben Sie das gemerkt?«

»Na, als er über die verbrannte Frau gesprochen hat, da hat er sich ans Ohrläppchen gefasst. Von wegen Mitleid! Der ist froh, dass sie weg ist. Dann war da die Sache mit dem Zaun um den Dorfteich. Da hat er sich in den Kragen gegriffen und die Krawatte gelockert. Das ist ein todsicheres Zeichen. Entweder die Geschichte mit den Kröten stimmt nicht, oder er hat seinen eigenen Zaun nicht selbst bezahlt.«

»Oder beides«, überlegte Möllenkamp und schlürfte den

abgestandenen Kaffee. Aus den Augenwinkeln beobachtete er die Sekretärin seines Chefs. Da saß sie in ihrem blauen Faltenrock und einem rosa Strickpullover mit Lurexfäden. Sie sagte und tat manchmal total abgefahrene Dinge, aber unterschätzen sollte man sie nicht.

»Oder beides«, bestätigte sie. »Und dann war da noch die Sache mit dem Osterfeuer. Wenn der Bürgermeister wirklich krank war, dann fresse ich einen Besen.«

»Und welche Geste hat Ihnen das offenbart?«, fragte Möllenkamp und stellte die halb volle Tasse Kaffee möglichst weit von sich weg.

»Keine, das konnte ich in seinem Gesicht lesen.«

Tja, dachte Möllenkamp, das geht manchmal auch.

Sein Telefon klingelte. Es war Meike. »Deine Mutter hat angerufen. Dein Vater wird von der Schlaganfall-Station auf die neurologische Normalstation verlegt. Er ist aufgewacht, kann aber noch nicht sprechen.«

»Kann er sich bewegen?«, fragte Möllenkamp.

»Davon hat deine Mutter nichts gesagt. Sie wollte aber wissen, ob wir noch heute Abend oder erst morgen früh kommen.« Möllenkamp dachte an seine beiden unaufgeklärten Fälle. »Nein, wir fahren heute Nachmittag«, sagte er, »dann kann ich schlimmstenfalls morgen wieder zurückfahren, falls noch etwas in unserem Fall passiert und Abram bis dahin nicht wieder auf den Beinen ist.« Dann fiel ihm noch etwas ein: »Ach, und am Sonntagabend sind wir mit Gertrud und Gottfried verabredet.« Er zögerte einen Moment. »Wäre das für dich okay?«

»Was, wenn ich jetzt ›Nein‹ sage?«, fragte Meike spitz.

»Dann sag ich ab«, entgegnete er.

289

Es war einen Moment still. »Klingt nach viel Sozialstress dieses Wochenende. Kannst du die Dinge nicht besser dosieren?«

»Manchmal geht das nicht«, sagte er leicht verstimmt. »Und du beschwerst dich ja immer, dass ich keine sozialen Kontakte habe.«

»Aber das heißt ja nicht, dass ich bei allen deinen sozialen Kontakten dabei sein muss«, sagte Meike.

»Das heißt, du hast keine Lust?«

»So würde ich das nicht sagen. Gertrud und Gottfried würde ich schon gerne mal kennenlernen. Also ist es für mich okay.«

Na bitte, dachte er und legte auf.

Dann setzte er sich hin und dachte nach. Bürgermeister Specker war also ein Lügner, aber war er auch ein Mörder? Er versuchte sich vorzustellen, wie der Mann, womöglich unterstützt von seiner Frau, in das Haus von Minna Schneider eindrang, die alte Frau außer Gefecht setzte, anschließend überall Spiritus verteilte und es in Brand steckte. Aber was hätte Specker dadurch gewonnen? Er konnte die Anzeige wegen des Teichs ja nicht mehr stoppen. Minna Schneider zu ermorden hätte für Specker nur dann einen Sinn ergeben, wenn die Frau noch etwas anderes über ihn gewusst hatte. Etwas, das größer war und das sie nun nicht mehr ausplaudern konnte. Hatte es mit Pastor Vrielink zu tun?

Er kam einfach nicht weiter. Zur Sicherheit rief er bei den Kollegen für Wirtschaftskriminalität an, erreichte dort aber nur eine Sekretärin. Er bat um Rückruf.

Die Kittelschürze

Freitag, 20. April 2001, Wymeer, vormittags

Gertrud hatte sich aus der Redaktion abgemeldet. Im Gewerbegebiet von Bunde hatte ein neuer Betrieb für Gebäudetechnik eröffnet. Nicht wirklich aufregend, aber da auch die Installation von Solarmodulen im Portfolio war, präsentierte sich der Inhaber als Umweltschützer Nummer eins in Nordwestdeutschland. Wessels war noch nicht von der Pressekonferenz zurück, und so brauchte Gertrud auch keine scheelen Blicke zu fürchten.

Sie hielt den Termin so kurz wie möglich. Bereits nach einer halben Stunde stieg sie unter den enttäuschten Blicken des braven Handwerkers, der sich darauf gefreut hatte, ihr die neuesten Klimaanlagen zu zeigen, in ihren roten Polo, um nach Wymeer zu fahren.

Was genau sie dort wollte, wusste sie nicht. Sicher, man konnte immer ein paar Leute befragen, aber das mussten verschwiegene Leute sein, sonst würde das alles am Ende bei Wessels und R. Buss landen, und das würde Ärger geben. Gertrud gähnte herzhaft. Sie hatte ganz sicher nicht genug Schlaf gehabt. Am frühen Morgen war sie in ihre Wohnung in Weener gewankt und hatte sich auf das Cordsofa fallen lassen. Zwei Stunden hatte sie schlafen können, bevor der Wecker sie unbarmherzig hochriss und in die Redaktion trieb. Dort hatte sie unter den vernichtenden Blicken ihres Kollegen Wessels einen Textblock über die Ereignisse der Nacht verfasst, ihn rübergeschoben und war schnell zu ihrem Termin gefahren.

Sie fuhr aufs Geratewohl ins Dorf hinein. Ihren Wagen parkte sie in einiger Entfernung vom Pfarrhaus. Sie konnte die Fahrzeuge vor dem Haus sehen und ab und an eine weiße Gestalt vor dem Haus. Ein paar Nachbarn hatten sich vor dem Pfarrhaus versammelt und verfolgten, was dort vor sich ging. Natürlich, das Haus wurde nach dem grausigen Fund der letzten Nacht noch einmal auf den Kopf gestellt. Nach einer Weile zerstreuten sich die Leute. Es war ja doch nichts zu sehen, und Auskunft würden sie auch nicht erhalten.

Gertrud ließ ihre Blicke schweifen. In der Mitte des großen Kirchhofs stand der neugotische Backsteinbau. Der hundert Jahre ältere Glockenturm befand sich einige Meter neben der Kirche und überragte mit seiner Spitze das Kirchenschiff kaum. Das verlieh dem Ensemble etwas Gedrungenes, aber Gertrud wusste, dass das Innere der Kirche mit seiner prächtigen Orgel ein Kleinod war. Sie ließ ihren Blick schweifen. Gegenüber vom Pfarrhaus stand eine Reihe kleinerer alter Häuser. Aus einem der Häuser sah sie eine ältere Dame in Kittelschürze treten, die beobachtete, wie die Kriminaltechniker ihre Sachen zusammenpackten. Einer von ihnen ging über die Straße auf die Frau zu und übergab ihr die Schlüssel des Pfarrhauses. Aha, das war wohl die Haushälterin des Pastors. Wie viel wusste diese Frau über das Leben von Hermann Vrielink?

Nachdem die Kriminaltechniker weggefahren waren, verschwand die kleine Dame raschen Schrittes in ihrem Häuschen. Gertrud wollte gerade aussteigen, um sich das

Pfarrhaus näher anzusehen, da trat die Frau wieder aus ihrer Haustür und eilte zur Garage neben ihrem Haus. Sie verschwand durch eine Seitentür und kam nach kurzer Zeit mit einem großen Karton wieder heraus.

Gertrud stieg aus und ging langsam die Straße entlang. Sie warf einen Blick auf den Friedhof und auf das Gemeindehaus, dann ging sie zum Pfarrhaus hinüber, das inzwischen ganz verlassen und friedlich im Sonnenschein vor ihr lag. Nach den kalten, nassen Ostertagen fühlte es sich heute erstmals nach Frühling an. Die Sonne hatte schon etwas Kraft, und Gertrud zog ihren Parka aus, den sie sommers wie winters wie einen dicken Schutzschild trug. Sie verzichtete darauf, das Haus zu umkreisen. An einem Fenster, unter dem der Efeu wild wucherte, entdeckte sie Kletterspuren. Das Fenster sah beschädigt aus. Hier war also der Mörder eingebrochen. Als sie sich umdrehte, sah sie die Frau von vorhin mit einem weiteren Karton aus der Garage kommen. Sie hatte es offenbar sehr eilig. Die Frau erblickte Gertrud und stockte einen Moment, als hätte sie sich erschreckt. Gertrud grüßte freundlich, die Frau nickte zurück und schlug die Haustür hinter sich zu.

Gertrud beschloss, einen Spaziergang zu machen. Sie ging auf dem Seitenstreifen der Kirchstraße und ignorierte die viel zu schnell an ihr vorbeibrausenden Autos. Die Kronen der Linden bildeten ein dichtes Blätterdach über der Straße, und sie sah helle Flecken auf der Fahrbahn tanzen. Wie schön, dass mal eine Straße vom Angriff der Motorsägen verschont geblieben war!

Ohne dass sie es wollte, zog es sie zum Moor hinaus. Vor der Autowerkstatt von Harald Meinders sah sie einen Wagen stehen, der ihr bekannt vorkam. So ein Cabriolet fuhr weit und breit nur einer. Die Polizei war also auch schon hier. Davon ließ sich Gertrud aber nicht abhalten. Einem alten Bekannten konnte man ja wohl mal Guten Tag sagen. Vielleicht verriet er ihr ja auch das Geheimnis seines ungemein festen Schlafes.

Durch die Scheiben sah sie Wilfried Bleeker, der lässig am Verkaufstresen lehnte, ihm gegenüber Harald Meinders in einer blauen Arbeitslatzhose, der beide Hände zur Seite ausbreitete und die Schultern hob. Eine alte Türglocke schepperte, als sie eintrat. Sie merkte sofort, dass sie ungelegen kam.

»Gertrud«, rief Harald Meinders mit unechtem Lachen, »wie schön, dich zu sehen.« Dann, zu Wilfried Bleeker gewandt: »Sie kennen sich bestimmt, schließlich macht Gertrud ja einen Großteil Ihrer Arbeit.« Dabei zeigte er ein gemeines Grinsen.

»Ach«, sagte Bleeker, »das ist Absicht. Die Polizei muss sparen, und wenn unsere besten Kräfte von einem Zeitungsverlag bezahlt werden, und keiner merkt's, dann haben wir alles richtig gemacht.«

»Gertrud, wieso bist du denn hier? Neuerdings ist doch dein Kollege Wessels für unser Gebiet zuständig. Oder hab ich da was falsch verstanden?«

Gertrud hatte sich die *ADAC Motorwelt* von einem verstaubten Beistelltisch gegriffen und blätterte darin. »Nein, nein, das stimmt schon. Ich habe nur so ein komisches Klopfen in meinem Wagen gehört und weil ich gerade in der Gegend war, dachte ich, fährste mal zu Harald, der kann bestimmt schnell gucken, was damit ist.«

Meinders sah sie zweifelnd an. »Klar, kann ich machen. Wir sind ja hier fertig, oder?«, sagte er zu Wilfried Bleeker.

Der nickte. »Wenn Ihnen doch noch etwas zu der Tatnacht einfallen sollte, dann melden Sie sich bitte bei uns.« Bleeker wandte sich zum Gehen, drehte sich dann aber noch einmal um. »Haben Sie hier eigentlich einen Drucker?«

Meinders stutzte und sah ihn verständnislos an. »Sicher, glauben Sie, dass ich alles mit der Hand aufschreibe? Macht doch heute kein Mensch mehr.«

»Könnten Sie mir den Drucker mal zeigen?«

»Na, dann kommen Sie mal mit«, sagte Meinders und führte den Ermittler in eine benachbarte Kammer, die offenbar als Büro diente. Unaufgefordert ging Gertrud hinter den beiden Männern her. Tapeten und Mobiliar sahen aus wie in den Siebzigerjahren, der Drucker war nur unwesentlich jünger. *Commodore MPS 801* stand auf seinem Gehäuse. Wahrlich ein Fossil des Digitalozäns.

»Er wirkt ein wenig altertümlich, aber er ist ein unverzichtbarer Helfer in unserer Werkstatt«, sagte Meinders und tätschelte den Drucker. »Wie wollen Sie denn sonst Rechnungen mit Durchschlag produzieren? Aber jetzt sagen Sie mal, warum interessieren Sie sich denn dafür?«

Das wüsste ich auch gern, dachte Gertrud.

»Wir haben heute Morgen einen anonymen Brief erhalten, der möglicherweise von jemandem aus Wymeer geschrieben worden ist«, antwortete Bleeker ernst. »Der Briefschreiber hat dazu einen Nadeldrucker benutzt.« Er betrachtete das Gerät. »Könnte so einer wie dieser gewesen sein. Am besten wäre es natürlich, ich könnte ihn mitnehmen und untersuchen lassen.«

Harald Meinders gab sich empört. »Auf keinen Fall! Wie soll ich denn ohne den Drucker auskommen? Das ist ja wohl nicht Ihr Ernst!«

»Hm, verstehe«, meinte Bleeker, »geben Sie mir für den Anfang eine Druckprobe mit. Das reicht vielleicht auch.«

Harald Meinders fischte ein Blatt Papier aus dem Mülleimer, betrachtete es und gab es dann an Wilfried Bleeker weiter: »Hier, das können Sie haben. Bin mal gespannt, wie Sie den finden wollen, der den Brief geschrieben hat. Solche Nadeldrucker hat doch hier jeder Handwerker.«

Bleeker schaute auf das Papier. »Och, da bin ich optimistisch. Jeder Nadeldrucker ist anders. Wenn wir nur irgendeinen Zettel in unserer Sammlung haben, der mit demselben Nadeldrucker gedruckt ist wie der anonyme Brief, dann können unsere Experten den eindeutig zuordnen.«

Der Automechaniker kniff die Augen zusammen und hakte die Daumen hinter die Träger seiner Latzhose: »Was stand denn eigentlich in dem Brief?«

»Darüber darf ich Ihnen leider keine Auskunft geben«, sagte Bleeker. »Vielen Dank auch! Ich hoffe, Herr Fischer ist damit einverstanden, dass Sie seine Reparaturrechnung weitergegeben haben. Ist aber ganz schön happig, was Sie ihm da für einen Reifenwechsel berechnet haben.«

»Herr Fischer kann sich das leisten«, entgegnete Meinders schmallippig.

Als Bleeker sich zum Gehen gewandt hatte, fiel Meinders auf, dass Gertrud noch immer im Türrahmen stand und interessiert das Geschehen verfolgt hatte. »Wie immer ganz schön neugierig, unsere Reporterin«, zischte er mit unterdrückter Wut, weil er sie nicht vorher bemerkt hatte. »Dann wollen wir uns mal dein Auto ansehen.«

»Oh, Harald, mir ist gerade aufgefallen, dass ich den Wagen ja an der Hauptstraße geparkt habe. Ich laufe schnell zurück und bringe ihn dir dann«, flötete Gertrud und machte, dass sie aus dem Geschäft kam.

Draußen stand Bleeker, inhalierte tief und blinzelte in die Sonne. »Na, das ging ja schnell mit dem Wiedersehen. Du bist doch bestimmt nicht aus Zufall hier, oder?«

Gertrud sagte nichts und grinste nur. Sie hatte zwar nichts über Harald Meinders' gesunden Schlaf herausgefunden, dafür hatte sich der Abstecher aber trotzdem gelohnt, fand sie. »Wisst ihr schon Neues über den Mord am Pastor?«

»Nicht wirklich«, sagte Wilfried Bleeker, der die gegenüberliegenden Baumgruppen fixierte. Er runzelte einen Moment die Stirn, schüttelte dann den Kopf und nahm einen Zug aus seiner Zigarette. »Die Kollegin Hinrichs ist gerade unterwegs bei den Konfirmanden und versucht herauszufinden, ob an den Gerüchten was dran ist, dass der Pastor die Jungs, na ja, du weißt schon …«

»Verstehe«, sagte Gertrud und folgte seinem Blick. Sie sah Birken und Stieleichen, die das Landschaftsschutzgebiet säumten. Auf den Wiesen davor flogen Krähen hin und her. Sonst war da nichts zu sehen. Niemand würde glauben, dass dort in der vergangenen Nacht ein ermordeter Mensch gefunden worden war und es hier von Mitarbeitern der Polizei gewimmelt hatte. »Und die Sache mit diesem Brief?« Dabei deutete sie mit dem Kinn auf die Autowerkstatt hinter ihnen.

Wilfried sah sie aus den Augenwinkeln an. »Dazu darf ich dir nichts sagen.«

»Schon gut, schon gut. Vielleicht musst du ja gar nichts sagen. Ich könnte ja Vermutungen äußern. Wenn ich richtigliege, sagst du gar nichts, und wenn ich falschliege, dann schüttelst du den Kopf.«

Bleeker sagte dazu nichts. Stattdessen zog er eine weitere Zigarette aus seiner Schachtel und zündete sie an. Ein wenig Asche wehte auf sein schwarzes Revers, er entfernte es mit einem Schnippen seiner Hand.

Gertrud beschloss einfach anzufangen. »Der anonyme Briefeschreiber beschuldigt jemanden, den Mord an Pastor Vrielink begangen zu haben.«

Bleeker schüttelte kaum merklich den Kopf und blies den Rauch aus den Nasenlöchern aus.

»Der anonyme Briefeschreiber beschuldigt jemanden, den Brand in der Alten Schule gelegt zu haben.«

Bleeker blickte in die Ferne.

»Er beschuldigt jemanden aus dem Dorf.«

Bleeker kniff die Augen zusammen, als hätte er dort etwas entdeckt.

»Es handelt sich um mehrere Personen.«

Ganz leichte Kopfbewegung. Okay, damit schied die Jungsbande um Harald Meinders' missratenen Sohn schon einmal aus.

»Es handelt sich um eine Person, die bereits erwachsen ist.«

Keine Reaktion. Wer konnte das sein? Harald Meinders? Aber nein, wenn Bleeker hier war, um einen anonymen Briefeschreiber zu ermitteln, dann war der Beschuldigte sicher nicht Harald. Der Bürgermeister? Wegen des Unfalls? Irgendwie konnte Gertrud das schwer glauben. Die Sache selbst konnte nicht mehr vertuscht werden, es hätte nur noch um Rache gehen können. Das aber war riskant. Handelte so ein Politiker, der wiedergewählt werden wollte? Hans Specker hatte doch jede Menge Möglichkeiten, um Leuten in seiner Gemeinde mit bürokratischen Auflagen das Leben so schwer zu machen, dass sie keine Lust mehr verspürten, dort weiter zu wohnen.

»Der Bürgermeister?«

Bleekers Kopf saß felsenfest. Ließ er gerade Rauchkringel aus den Ohren steigen?

»Wirklich? Wegen der Sache mit dem Teich?«

Kopfschütteln. Wie, da gab es noch etwas anderes?

»Nicht der Teich?«

Kopfschütteln. Gertrud war verwirrt.

»Der Teich und noch etwas anderes?«

Keine Bewegung. Gertrud überlegte hektisch, was sie noch fragen konnte, doch Bleeker warf seinen zweiten Zigarettenstummel auf die Straße und sagte: »Ich habe schon zu viel verraten. Warte auf die nächste Pressekonferenz oder nutz deine anderen Quellen. Und wenn du etwas erfährst, das wir noch nicht wissen, dann melde dich.« Er bewegte sich auf seine Barchetta zu. »Soll ich dich mitnehmen?«, fragte er, als er die Tür aufmachte.

»Nein danke, ich mache noch einen kleinen Spaziergang«, rief Gertrud.

Die Wiederkehr

Freitag, 20. April 2021, Wymeer,
am späten Vormittag

Kevin musste von der Stille aufgewacht sein. Sein Vater hatte vergangenes Jahr den letzten Baum im Garten gefällt, weil er das Laubharken hasste. Jetzt sang gar kein Vogel mehr vor seinem Fenster. Und seit Vater im Krankenhaus war, brüllte und polterte auch niemand mehr im Haus herum. Seine Mutter machte keine Geräusche, die saß nur wie ein Schatten in der Küche und rauchte.

Er setzte sich auf und betrachtete sein Kinderzimmer. Das Rollo vor dem Fenster hing schief, man konnte es nicht mehr herunterziehen. Darum war es im Zimmer hell, wenn es draußen hell war. Aber eigentlich war es nie richtig hell. Er erhob sich, ging zum Fenster und öffnete es. Draußen an der Wand konnte man noch deutlich die Reste von Erbrochenem sehen, die der Wind Sonntagnacht gegen die Hauswand gedrückt hatte.

Draußen schien die Sonne, es war nicht mehr so kalt wie in den Tagen zuvor. Ihre Strahlen machten das, was in der vergangenen Nacht passiert war, noch unwirklicher.

Sie hatten ihn also gefunden, den Pastor. Es war schwer für ihn gewesen, an diesen Ort zurückzukommen. Das Moor war früher ein großartiger Spielplatz für ihn, ein Ort zum Verstecken. Er hatte Tiere gefangen, Kreuzottern oder Frösche, hatte in Bäumen gesessen und geträumt. Bis er wieder nach Hause musste und das Träumen vorbei war.

In der Nacht aber war das Moor ein schrecklicher, unwirklicher Ort, voller Geräusche, Schatten und Abgründe. Dann waren die Kreuzottern riesengroße schwarze Mambas, die Frösche in Wahrheit gigantische Urzeitechsen, die mit einer Berührung ihrer Schwanzspitze das Leben aus ihm heraussaugen konnten.

In der Nacht veränderten sich die Dinge, wurden tief und hoffnungslos.

Er drehte sich zum Stuhl, um seine Sachen anzuziehen. Da hörte er unten ein Geräusch. Ein Auto fuhr vor, Autotüren klappten. War seine Mutter heute Morgen schon weg? Waren sie gekommen, um ihn zu holen?

Ein Husten, jemand zog Schleim in der Nase hoch und spuckte aus. Das Auto fuhr wieder weg.

Er stand da, seine Jeans in der Hand.

Vater war zurück. So schnell.

Schwere Schritte auf der Auffahrt, die Haustür wurde geöffnet. Er hörte, wie in der Küche seine Mutter aufsprang. Der Stuhl kippte nach hinten. Er konnte ihre Angst förmlich riechen. »Du bist schon zurück, ich dachte, du würdest erst …« Ihre Stimme zitterte, dann brach sie ab.

Die Schritte zögerten einen Moment. Draußen hupte irgendwo ein Auto. Die Kirchenglocken schlugen die volle Stunde. Kevin zählte nicht mit. Er hörte die Schritte wieder. Entschlossene Schritte. Ein Schlag, ein Schrei, ein harter Knall, als seine Mutter gegen irgendetwas in der Küche fiel.

»Drecksfotze!«, hörte er seinen Vater sagen. Von seiner Mutter kam kein Geräusch mehr. Sie war vermutlich bewusstlos. Dann hörte er, leiser, die gefährlich süße Stimme: »Wo ist denn mein Sohn? Schläft er sich in den Ferien aus? Kevin, komm her, mein Junge, und begrüß deinen Vater. Wir haben uns lange nicht gesehen, du hast mich im Krankenhaus ja gar nicht besucht. Ich hab dich richtig vermisst.«

Schritte näherten sich im Flur der Treppe.

In Panik wandte sich Kevin dem Fenster zu und sah nach unten. Es waren mindestens dreieinhalb Meter, unten lagen Steine aufgeschichtet, die sein Vater zum Pflastern hatte verwenden wollen, als er sich noch Dinge vorgenommen hatte. Er würde sich auf jeden Fall etwas brechen, wenn er sprang.

Wenn er es zum Badezimmer schaffte, dann konnte er aus dem Dachflächenfenster klettern, sich an der Regenrinne festhalten und dann springen. Unten war Rasen, das würde gehen. Er zog die Jeans hoch und rannte zum Flur. Sein Vater war bereits auf der Treppe.

»Kevin! Kevin! Ich hab was mit dir zu besprechen! Komm her, du Bastard, sonst zeig ich dir, was Manieren sind!«

Er hetzte ins Badezimmer, riss das Dachflächenfenster auf. Es war hoch, die Öffnung schmal, er schaffte es nicht, sich hochzuziehen. Sein Vater hatte die oberste Treppenstufe erreicht.

»Kevin!«, brüllte er.

Noch einmal mit mehr Schwung, er stieß sich den Kopf am Fensterrahmen, ein heftiger Schmerz durchfuhr ihn, einen Moment wurde er schwach, aber er schaffte es, sich hochzuziehen. Mit drehenden Hüften und zappelnden Beinen kam er weiter hoch, beugte den Oberkörper aus dem Fenster, versuchte die Regenrinne zu fassen. Das Dach war ziemlich steil. Von oben konnte er die Straße sehen, die so friedlich im Sonnenschein dalag, als könnte in Wymeer nie etwas Böses geschehen. Gab es nicht irgendwo jemanden, der ihn sehen konnte? Wo waren sie denn alle, die Rentner, die Hausfrauen, die Jugendlichen und Kinder, die ihn hätten sehen müssen in seiner Not? Wie er verzweifelt versuchte, aus einem kleinen Dachfenster aus einem Haus zu kriechen, in dem er nie etwas Gutes erlebt hatte. Sein Oberkörper bekam Übergewicht, er rutschte nach vorne. Voller Panik streckte er die Hände aus. Das würde nicht gut gehen. Er würde abrutschen und am Ende zerschmettert dort unten liegen. Dann würden sie sich fragen, wie das passieren konnte.

Da packte ihn jemand am Fuß, ein schraubstockartiger Griff schloss sich um seine Knöchel, fast war er froh, hatte er doch den Tod vor Augen gesehen. Er konnte gar nicht so schnell wieder nach oben krabbeln, wie sein Vater ihn zog. Er schrammte mit seinem Becken am Fensterrahmen entlang, es tat höllisch weh, aber Tränen würde er nicht weinen.

Dann kauerte er am Boden und betete darum, dass sein Vater ihn leben ließ. Der Alte hatte sich den Gürtel aus der Hose gezogen, ihn einmal in der Mitte gefaltet und schlug ihn ganz locker mit der Rechten in die Innenfläche der linken Hand. Er ging im Badezimmer auf und ab wie ein Sklavenhalter mit der Peitsche in der Hand. Kevin hatte nur einen ganz schnellen Blick auf sein Gesicht erhaschen können. Sein Vater sah schrecklich aus. Er trug Kompressen am glatt rasierten Schädel, die Augen waren blutunterlaufen, seine Kleidung verdreckt, er könnte genauso gut von den Toten auferstanden sein. Wie in *Friedhof der Kuscheltiere*.

Beim letzten Mal hatte er noch Glück gehabt, aber jetzt würde sein Vater vollenden, was er angefangen hatte. Vielleicht lag seine Mutter schon tot in der Küche.

Der erste Schlag ging auf seinen Rücken nieder. Der Schmerz explodierte tief in seinem Inneren. Eine Sekunde lang schwanden ihm die Sinne. Er krümmte sich zusammen und stöhnte, er sah aus den Augenwinkeln, wie sein Vater ausholte, das Gesicht verzerrt, die Augen besinnungslos vor Hass.

Dann schnellte er hoch und warf sich gegen den Alten, der von der abrupten Bewegung überrascht wurde und das Gleichgewicht verlor. Sein Vater stürzte über den Badewannenrand in die Wanne. Er schlug mit dem Kopf gegen die Armatur und schrie auf vor Schmerzen. »Ich bring dich um!«

Kevin wich den zappelnden Beinen aus und sprang zur Tür. Er riss sie auf, wobei er hörte, wie sich hinter ihm sein Vater stöhnend aus der Wanne hob und ihm mit einem lauten Brüllen nachstürzte. Die Treppe! Er musste nur schnell genug runter und zur Straße kommen. Draußen würde er in Sicherheit sein, da waren Leute, zur Not würde er auf die Straße laufen und ein Auto anhalten.

Gehetzt blickte er über die Schulter zurück, während er auf die steile Treppe zustürzte. Sein Vater folgte ihm, er blutete, hielt sich mit der linken Hand das Ohr, in der Rechten schwang er immer noch den Gürtel.

Kevin prallte gegen etwas Weiches, das Weiche gab nach, er verlor das Gleichgewicht. Er hörte den Schrei seiner Mutter, dann lag er auf ihr am Fuße der Treppe. Sein Fuß war verdreht, und der Kopf, der Kopf! Und von oben kam sein Vater mit dem Gürtel herab.

Gertrud stand auf der Auffahrt der Autowerkstatt und sah dem schwarzen Cabriolet nach. Dann überquerte sie die Straße und nahm den Feldweg, der ins Moor führte. Ein zerwühlter, matschiger Boden zeugte von den Ereignissen der vergangenen Nacht. Es würde eine Weile dauern, bis sich Kreuzottern und Waldeidechsen von dem Schock erholt hatten. Ob die Spurensicherung noch eine genaue Typbestimmung machen konnte? Gertrud bezweifelte das.

Dann reckte sie den Kopf und sah sich um. Kommissar Bleeker hatte vorhin so aufmerksam hier herübergespäht, dass sie das Gefühl nicht losgeworden war, er habe hier etwas beobachtet, das er ihr nicht verraten wollte. Aber das Moor machte einen sehr friedlichen Eindruck. Blühende Gagelsträucher lagen wie rötliche Felle auf dem Wollgras, der Ruf eines Kiebitzes war zu hören. Noch einmal ging sie zu der Stelle unter den Birken, wo man Hermann Vrielink gefunden hatte. Dort war ein großes Loch zu sehen, und die Binsen ringsum waren ganz zertrampelt. Gertrud näherte sich der Stelle, blickte in das Loch und dachte daran, dass sie keinerlei Anhaltspunkte hatte, wer dafür verantwortlich war. Ihr kamen die Gerüchte in den Sinn, die um den Pastor waberten. Wenn da etwas dran war, dann konnte es doch auch jemand gewesen sein, dem sich der Pastor genähert hatte. Ein Junge. Oder seine Eltern.

Gertrud versuchte sich vorzustellen, wie ein Junge aus dem Dorf den Pastor hier vergraben haben mochte. Unmöglich. Das schaffte keiner allein. War es dann eine Bande von Jungen? Die Bande um den Sohn von Bürgermeister Specker? Rein technisch betrachtet mussten es entweder mehrere Kinder oder aber ein oder mehrere Erwachsene gewesen sein.

Ein Erwachsener ging auch, ja klar. Ein Vater vielleicht, der seinen Sohn schützen oder rächen wollte. Mehrere Erwachsene, an deren Söhnen sich Vrielink vergriffen hatte? Ein regelrechtes Mordkomplott? Passte das zu der Todesart? Der Mann war ja offenbar erschlagen worden. Das sprach eher für eine Affekthandlung, oder nicht?

Als Gertrud sich aufrichtete und erneut den Blick schweifen ließ, fiel ihr auf, dass ein Stückchen weiter noch ein Loch ausgehoben worden war. Beklommen näherte sie sich der Stelle. Wer wusste denn, wie viele Leichen hier noch zu finden waren. Vielleicht hatten die Wymeerer das Moor als halb offiziellen Friedhof für alle Dorfbewohner benutzt, die mal eben »wegmussten«. Von der Größe her dürfte es sich dann allerdings eher um einen erschlagenen Hund gehandelt haben. Vorsichtig spähte Gertrud in das Loch. Es war nichts darin. Allerdings hatten sich am Boden der recht tiefen Grube weiße Krümel gesammelt. Gertrud ging auf die Knie. Was konnte das sein? Moorboden war schwarz. Sie kramte in ihren Taschen, fand ein gebrauchtes Taschentuch, das sie auseinanderzog und in ihre Hand legte. Sie griff damit in die Grube und holte eine Handvoll Erde mit dem weißen Zeug heraus. Das sollten die mal bei der Spurensicherung untersuchen. Es hatte vermutlich nichts mit dem Mord zu tun, aber sie hatte so eine Ahnung.

Mit grimmiger Miene steckte sie das Taschentuch in ihren Parka und ging den Feldweg zur Straße zurück.

Da sah sie ihn. In der Ferne schleppte sich eine dünne Gestalt über die Wiese in Richtung Autobahn. Gertrud kniff die Augen zusammen. War es das, was Bleeker gesehen hatte? Strich diese Gestalt hier schon länger herum? Landstreicher gab es in Wymeer eher selten, Drogenkuriere schon eher. Sie nahm die Verfolgung auf.

Gertrud schnaufte. Körperliche Bewegung sah sie sich lieber von einem Spielfeldrand aus an. Und die zehn Kilo Übergewicht halfen ihr beim Vorankommen auch nicht. Der da vor ihr davonhinkte war aber auch nicht schneller, auch wenn er sich Mühe gab. Er wirkte gehetzt, lief so schnell er konnte zur Straße. Es war ein Junge, ein halbes Kind noch. Schon durchquerte er den Graben, dann krabbelte er auf allen vieren die Böschung hoch. Gertrud rannte jetzt. Was wollte der Junge auf der Autobahn? Womöglich würde er sich vor einen Lastwagen stürzen!

Als Gertrud die Böschung erreichte, war der Jugendliche schon aus ihrem Blickfeld verschwunden. Ratlos stand sie vor dem Graben, der von Brombeergestrüpp umgeben war. Die noch nackten Zweige mit ihren Dornen sahen nicht einladend aus. Sie blickte nach oben, aber die Böschung war viel zu steil, als dass sie etwas hätte sehen können. Brombeeren, Graben, Böschung. Böschung, Brombeeren, Graben. Und über allem der stete Lärm der Autobahn, auf der die Osterurlauber von den Inseln wieder ins Ruhrgebiet zurückbrausten. Sie biss die Zähne zusammen, zog ihren Parka an und kämpfte sich durch.

Als sie oben ankam, stand sie auf dem Autobahnparkplatz »Wymeerer Moor« und sah nur noch die Rücklichter eines Lkw, der gerade losfuhr. OB-SK-9930, sie sagte sich das Kennzeichen laut vor, als sie die Böschung wieder herunterrutschte. Dann machte sie sich mit nassen Turnschuhen und kaputten Jeans auf den Rückweg zu ihrem Wagen.

Tobias

»Na, Ärger zu Hause gehabt?«, fragte der Fahrer, auf dessen Unterarmen kein Quadratzentimeter Haut mehr frei war. Kevin neigte den Kopf, um die Tattoos besser sehen zu können. Auf dem rechten Arm hatte der kräftige Mann einen riesigen amerikanischen Truck, der linke Arm, den er schlechter sehen konnte, schien mit Namen übersät zu sein. Simon las er, Dominik und Klaus. Es war schwierig, die anderen Namen zu entziffern, zumal Kevin nur mit einem Auge etwas sehen konnte. Das andere war zugeschwollen. Er konnte froh sein, dass sein Vater ihm keine Zähne ausgeschlagen hatte. Wie er aus dem Haus gekommen war, wusste er selbst nicht, aber seit heute Morgen war ihm klar, dass er nicht mehr zurückkonnte.

»Wo soll's denn hingehen, Junge?«, wollte der Fahrer, der sich als Tobias vorgestellt hatte, wissen.

»Irgendwohin«, murmelte Kevin.

»Wie heißt du denn?«

»Hans«. Kevin wusste nicht, warum er log, aber es schien ihm angebracht, nicht so viel über sich zu verraten. Außerdem war Kevin kein Name, der sonderlich viel Glück zu bringen schien. Vielleicht würde er ihn nie wieder benutzen. Er lehnte seinen Kopf gegen die kühle Scheibe des Führerhäuschens und schloss die Augen. Schmerzen hämmerten von innen gegen seine Schläfen.

»Wenn du was essen willst, dann greif ruhig hinter dir in die Tasche da. Da sind Frikadellen in der Box, und 'ne Cola muss auch noch da sein.«

Kevin merkte, dass er furchtbaren Hunger hatte. Er griff zu. Er hatte tatsächlich den ganzen Tag noch nichts gegessen und getrunken. Die fettigen, würzigen Fleischklöße taten so gut. Er kaute, schluckte, leckte sich die Finger ab. Und als er die Coladose an die Lippen setzte, kam es ihm so vor, als ließen seine Kopfschmerzen augenblicklich nach.

Er spürte, dass Tobias ihn von der Seite her ansah. Das war ihm unangenehm. Er wollte nichts gefragt werden und nichts erzählen müssen. Er wollte eigentlich nur schlafen. Andererseits konnte er auch nicht riskieren, an die frische Luft gesetzt zu werden. Zuerst einmal musste er so weit wie möglich fort.

Aber Tobias fragte ihn nichts, und er sagte auch nichts. Und so dröhnte der schwere Lkw auf der A 31 dahin, und Kevin döste irgendwann ein. Bilder drängten sich auf, die er nicht abwehren konnte. Es war gegen neun Uhr abends, als er zu Hermann gegangen war. Zu Hause hatte es wieder Ärger mit seinem Vater gegeben. Der hatte ihn verprügelt, weil er seine Jacke in der Schule verloren hatte. Seine Mutter hatte stumm am Tisch gesessen und vor sich hin gestarrt. Wahrscheinlich mit Valium völlig zugedröhnt. Irgendwann hatte er sich befreien können und war hinausgestürmt. Er war zu Hermann gelaufen, weil Hermann sein Freund war. Seit ein paar Monaten war er regelmäßig bei ihm. Hermann hatte ihm das Schwimmen beigebracht, war mit ihm in aller Herrgottsfrühe durch das Moor gestreift, um Vögel zu beobachten. Er half ihm bei den Hausaufgaben, damit er in der Hauptschule mitkam. Manchmal brachte er seine Kleider mit, damit Hermann sie wusch. Seine Mutter hatte schon länger nicht mehr Wäsche gewaschen.

Er hatte sich gut gefühlt. Er hatte Hermann, und er hatte Minna, obwohl Minna Hermann nicht mochte.

Natürlich war Hermann komisch, das schon. Dass er ihn dauernd fotografierte und ihm immerzu etwas vorlas, vor allem Gedichte. Kevin verstand die Texte nicht, aber manche kannte er inzwischen auswendig.

Teilten nicht alles wir:
lose und träume und ziele und pfade?
Mischten wir nicht unser blut
dass wir brüder uns seien?
War es der wille des sterns
dass wir jetzt in der gleichen dekade
Uns für die hoffnung
verwandelten lebens befreien?

Er erzählte Hermann alles, was ihn bedrückte. Von seinen Eltern, der Schule, den Jungs, von den Schlägen, den Niederlagen, der Niedertracht. Und Hermann fragte nie: Warum wehrst du dich nicht? Hermann sagte nie: Du musst. Hermann tadelte ihn nicht, wenn er nach Schnaps roch. Er teilte seine Einsamkeit mit ihm, denn Hermann, der war auch einsam. Als er ihn fragte, warum er keine Frau und Kinder habe, da antwortete Hermann ihm, dass Gott ihn nicht dafür bestimmt habe. Er solle anderen Kindern helfen.

An diesem Abend ging er zu ihm. Hinter der Tür fragte Hermann, wer da sei. Als er öffnete, hatte er nur ein Handtuch um die Hüften. »Ich zieh mir schnell was an. Geh ruhig schon ins Wohnzimmer.«

Kevin ging ins Wohnzimmer. Durch die offene Küchentür sah er auf der Anrichte eine Weinflasche stehen, daneben ein leeres Glas. Er schlenderte in die Küche und betrachtete die Flasche, nahm sie hoch, roch daran. Der Wein roch gut, er spürte das Verlangen nach der entspannenden Wirkung des Alkohols, die der Grund war, warum er regelmäßig trank. Er fühlte sich beobachtet. Das mochte an der Madonnenstatue mit Kind liegen, die ebenfalls auf der Anrichte stand und alles zu verfolgen schien, was man in der Küche tat. Kevin drehte sie um. Er wollte dem kleinen Heiland kein schlechtes Beispiel sein. Dann setzte er die Flasche an den Mund.

»Es sind auch Gläser da«, hörte er Hermanns Stimme hinter sich und hätte beinahe die Flasche fallen lassen. Seine Wangen glühten vor Scham. Hermann trug einen weißen Bademantel, der nachlässig zusammengebunden war, sodass Kevin die grauen Haare auf der Brust des Pastors sehen konnte. Er schluckte.

»Möchtest du ein Glas?«, fragte Hermann.

Kevin nickte beklommen. Hermann holte ein weiteres Glas aus dem Schrank, goss Wein in zwei Gläser und gab ihm eines. »Worauf wollen wir anstoßen?«

Kevin wusste nichts zu sagen und schwieg.

»Wollen wir darauf anstoßen, dass das Leben jederzeit neu anfangen kann?«

Kevin zuckte mit den Schultern und nickte. Dann nahm er das Glas und trank. Er fühlte sich unwohl, der Wein schmeckte ihm nicht. Irgendetwas war anders als sonst. Trotzdem blieb er, er wollte sich nicht die Blöße geben wegzurennen. Hermann war ihm auf einmal ganz nah.

Sein Zeigefinger strich ihm über die Mundwinkel und wischte die kleinen Ränder fort, die der Rotwein in seinen Mundwinkeln hinterlassen hatte. Die Berührung war leicht und warm und trotzdem kaum auszuhalten.

»Was, äh, was macht eigentlich die Figur hier auf deiner Anrichte?«, fragte Kevin und räusperte sich. »Ich … ich meine, gehört die nicht ins Wohnzimmer oder so was?«

Hermann lachte leise. »Du siehst, dass es auch in der Küche genug Grund gibt, um aufzupassen.« Dabei strich er Kevin über den Hals.

Kevin wusste nicht, was er dazu sagen sollte. In seiner Kehle steckte ein Kloß, er spürte, dass dieser Zufluchtsort vor seinem Elternhaus nach dem heutigen Abend nie mehr derselbe Ort sein würde wie vorher. Hatte Hermann alles nur getan, um ihn … er mochte gar nicht weiterdenken, denn dieser Gedanke entwertete ihre ganze Freundschaft, entzog ihr den Boden. Das Pfarrhaus und die Alte Schule waren die einzigen Orte, an denen er sich auf festem Grund wähnte. Wenn jetzt der Boden schwankte, dann hatte er nur noch Minna, und die war verrückt.

»Sag, was hat dein Vater wieder mit dir gemacht?« Hermann nahm Kevins zerkratzte Hände und streichelte sie. Dann beugte er sich vor und küsste die blauen Flecken in seinem Gesicht und die Kratzer. »Willst du dich nicht umziehen?«, fragte er. »Deine Kleidung ist ganz schmutzig.«

Schmutzig, dachte Kevin. »Schmutzig!«, schrie er und hatte auf einmal die Madonna in der Hand, und die Madonna prallte auf Hermanns Hinterkopf und fiel zu Boden und zerbrach.

Oliver

Oliver Meinders zog die Nase hoch und spuckte aus. Mit seinen Schuhen kickte er Steinchen weg, die gar nicht da waren. Er war aus dem Fenster gestiegen, als dieser schmierige Polizist mit dem geilen Wagen unten bei seinem Alten in der Werkstatt war. Er hatte eigentlich Hausarrest, ausgerechnet heute, wo Specki die Ansage gemacht hatte, sie würden Führers Geburtstag feiern und er hätte Panzerschokolade besorgt. Führers Geburtstag interessierte Oliver eigentlich nicht so sehr, die Panzerschokolade schon eher. Am allerliebsten hätte er den Abend ganz ruhig mit Katja verbracht. Aber Katja hatte vorhin mit ihm Schluss gemacht, und warum? Weil er der Polizei gesagt hatte, sie könne bezeugen, dass er den ganzen Abend beim Osterfeuer gewesen war. Das sei Nötigung, hatte sie gesagt. Und jetzt würde die Polizei anrücken und ihr auf den Zahn fühlen, und dann müsste sie lügen. Ja und, hatte Oliver gesagt, dann lügst du eben. Das machst du doch auch sonst den ganzen Tag lang. Und später war ich doch wirklich bei dir.

Ob er ihr unterstellen wolle, dass sie eine notorische Lügnerin sei? Das wäre ja wohl noch schöner. Sie hingegen sei sich nicht sicher, ob Olli und seine idiotischen Freunde Swart Minna nicht tatsächlich die Hütte überm Kopf angezündet hätten. Wer wüsste das schon?

Und dann hatte sie ihn rausgeschmissen.

Dann also doch die Panzerschokolade.

Das Schlimme war, dass sie alle miteinander unmöglich

der Polizei erzählen konnten, was sie wirklich an dem Abend gemacht hatten. Obwohl es ziemlich cool gewesen war. Von Fantis Bruder, der in Halte bei einem Gärtner jobbte, hatten sie gehört, dass dort in den großen Gewächshausanlagen jemand einem kleinen Hobby nachging – hinter verklebten Scheiben und bei ganzjähriger Beleuchtung. Sie hatten sich also am Ostersamstag auf ihre Räder gesetzt, waren nach Halte gefahren und nach den Empfehlungen des Bruders in das entsprechende Gewächshaus eingestiegen. Dort hatten sie sich im Schlaraffenland gewähnt. Sie hatten in aller Seelenruhe ernten können, denn jeder war ja an diesem Abend bei einem Osterfeuer. Mit vollen Fahrradtaschen waren sie wieder nach Wymeer gefahren und nun hing das gute Gras bei Fantis Oma auf dem Dachboden, um zu trocknen. Danach würde es nie wieder Streit um Dope geben. Und anzeigen würde sie wohl auch keiner …

Oliver Meinders hob den Kopf. Er war auf Höhe des Kirchhofes angelangt, als er die schwarze Barchetta dieses Kommissars erspähte, der vorhin bei ihnen zu Hause gewesen war. Dem wollte er jetzt auf keinen Fall in die Hände geraten. Er ließ sein Fahrrad gegen eine Hecke fallen, duckte sich hinter den vollgekackten Golf von Gerda Dreyer und ließ den Wagen nicht aus den Augen, bis er vorbeigefahren war.

Gerade wollte er sein Fahrrad wiederaufrichten, da sah er Gerda Dreyer in ihrer Kittelschürze auf das Auto zukommen. In den Händen hatte sie einen Karton. Als sie Oliver Meinders sah, runzelte sie die Stirn und blieb unschlüssig einen Augenblick stehen. Olli tat so, als müsste er etwas an seinem Fahrrad richten und fummelte an seiner Kette herum. Gerda Dreyer rang sich dazu durch, ihr Auto aufzuschließen und stellte den Karton auf den Beifahrersitz. Oliver stieg auf sein Fahrrad und fuhr ein paar Meter, dann stieg er wieder ab und machte sich erneut an der Kette zu schaffen. Gerda Dreyer war inzwischen auf dem Weg zurück zu ihrem Haus, blieb dann aber stehen und drehte sich noch einmal um. Als sie sah, dass der Junge noch nicht weg war, kehrte sie zu ihrem Wagen zurück und schloss die Beifahrertür ab. Den Jungen traf noch ein misstrauischer Blick, dann verschwand sie wieder in ihrer Garage.

Dies nun hatte Oliver neugierig gemacht. Die hatte doch etwas in ihr Auto gepackt, von dem sie nicht wollte, dass jemand es erfuhr! Er näherte sich dem Wagen. Der Karton auf dem Beifahrersitz war geschlossen, sodass er nicht erkennen konnte, was darin war. Verdammt! Er probierte die Beifahrertür, dabei hatte er immer das Haus im Auge. Doch dort tat sich nichts. Die Fahrertür war auch abgeschlossen. Nur um die Untersuchung komplett zu machen, versuchte er es auch an der Kofferraumklappe. Und siehe da, sie war offen.

Wieder blickte er sich um. Eigentlich konnte er sich gar nicht vorstellen, dass ihn niemand beobachtete. Rechts oben ragte aus der Rückenlehne ein Knopf. Er zog daran und drückte die Rückbank vorsichtig nach unten. So kam er an den Knopf der Beifahrertür, den er hochzog. Schnell zurück und Kofferraumklappe zu, dann seitlich die Fahrertür aufreißen und den Karton öffnen.

Da waren Diakästen drin. Olli war enttäuscht. Er hatte sich Aufregenderes vorgestellt. Wahrscheinlich die letzten

Urlaubsaufnahmen von der alten Dreyer. Er nahm einen Kasten hoch, um zu sehen, was darunter war. Aber es waren nur weitere Diakästen. Plötzlich hörte er ein Geräusch. Vor Schreck glitt ihm der Kasten aus der Hand, und die kleinen Bildchen verteilten sich auf dem Gehweg neben dem Auto. Er duckte sich neben den Wagen und sammelte hastig die Dias ein. Zu sehen war nichts. Auf einmal hörte es sich an, als ob jemand die Metalltür einer Garage öffnete und wieder schloss. Die Dreyer kam zurück.

Oliver warf die Dias in den Diakasten und den Diakasten in den Karton. Die Kartondeckel drückte er nach unten und die Wagentür so leise wie möglich zu. Er hastete zu seinem Fahrrad und bückte sich nach dem Pedal, als säße er immer noch hier, um sein Fahrrad zu reparieren. Da kam auch schon Gerda Dreyer um die Ecke, einen weiteren Karton in den Händen, der schwer zu sein schien. Wo wollte sie nur mit ihren Urlaubsfotos hin? Sie öffnete den Kofferraum, stutzte einen Moment wegen der schiefen Rückbank, warf erneut einen langen Blick auf Oliver Meinders, der so tat, als bemerkte er das gar nicht. Dann stellte sie den Karton hinein, knallte die Kofferraumklappe zu und ließ sich auf dem Fahrersitz nieder. Als sie den Wagen startete und davonfuhr, sah Oliver ihr nach und fragte sich, warum sie es so eilig hatte. Er drehte sich wieder zu seinem Fahrrad um, wobei ihm auffiel, dass am Straßenrand zwei Dias lagen, die anscheinend unter den Wagen gefallen waren. Mehr aus Reflex als absichtlich steckte Oliver sie ein.

Im Stress

Freitag, 20. April 2001, Leer, am Nachmittag

Stephan Möllenkamp sah auf die Uhr. Es war schon zwei. So ein Mist, er musste sich beeilen. Zuerst musste er Johann Abram anrufen und herausfinden, ob der schon wieder fit war. Sein Stellvertreter wollte am Wochenende die Bereitschaft übernehmen, damit Möllenkamp seinen Vater besuchen konnte. Der Ermittlungsstand zu den beiden Todesfällen im Rheiderland ließ eine Pause am Wochenende nicht zu. Aber nicht nach Osnabrück fahren, das ging auch nicht. Er fluchte innerlich, dass er keine Verstärkung bekommen hatte. Wahrscheinlich hatten weder Hinterkötter noch Landrat Saathoff es besonders eilig, die Brandstiftung aufzuklären. Auch dieser Pastor war, wenn sich die Gerüchte bewahrheiten sollten, kein Ruhmesblatt für die Wymeerer Gesellschaft gewesen, in der doch jeder auf jeden aufpasste.

Auf den Tod von Minna Schneider fand er überhaupt keinen Reim, wenn er sich nicht auf die einfachste aller Erklärungen vom schiefgegangenen Dummejungenstreich einließ. Und auch wenn viel dafür sprach und Möllenkamp keine Ursache hatte, die arrogante und verlogene Bande zu schonen, glaubte er nicht, dass das die Erklärung war.

In ihm rumorte es. Während der Ermittlungen tauchte ein Name auffallend oft auf: Kevin Koerts war offenbar nicht nur der einzige Freund von Minna Schneider gewesen, auch Bürgermeister Specker hatte ihn im Zusammenhang mit den »Problemfamilien« erwähnt, um die sich der Pastor besonders gekümmert hatte. In ihm begann sich eine Theorie zu bilden, doch das Telefon unterbrach seine Überlegungen.

»Hör mal, Stephan, hier ist Jörg. Ich weiß ja, dass ihr auf glühenden Kohlen sitzt, da will ich dich nicht lange zappeln lassen. Also: Der Pastor aus dem Moor, der ist nicht erschlagen worden. Er wurde erstickt.«

Möllenkamp war konsterniert. »Nicht erschlagen?«, echote er. »Bist du dir ganz sicher?«

»Na ja, niedergeschlagen worden ist er schon. Bloß ist er daran nicht gestorben. Ich habe es an den winzigen Einblutungen im Auge gemerkt. Viele andere Ärzte hätten das nicht gesehen.« In Schlüters Stimme schwang der ganze Stolz darüber mit, dass er nicht zu den »anderen Ärzten« gehörte.

»Weißt du, womit er erstickt wurde?«, fragte Möllenkamp.

»In seiner Nase und in den Atemwegen habe ich Wollflusen gefunden. Die stammen von der Wolldecke, in die er eingewickelt war.«

»Heißt das, dass er erst im Grab gestorben ist?« Möllenkamp wurde es ganz anders bei dieser Vorstellung, und er dachte an den alten Tadeus de Vries, der in einer Holzkiste lebendig auf der Baustelle des Emssperrwerks verscharrt worden war.

»Nein, es sieht eher so aus, als hätte ihm jemand diese Wolldecke aufs Gesicht gedrückt, bis er tot war.«

»Wann war das?«

»Das ist schon einige Tage her, etwa eine Woche, würde ich sagen.«

Also war Hermann Vrielink vermutlich schon an dem Tag ermordet worden, als man ihn zuletzt gesehen hatte.

»Gibt es Abwehrverletzungen?«

»Keine, dafür Transportspuren. Es scheint, dass er posthum irgendwo aufgeprallt ist, vielleicht auf eine Treppe, und dass er geschleift wurde.«

»Heißt das, dass es ein Einzeltäter war?«, fragte Möllenkamp mehr sich selbst als den Gerichtsmediziner.

»Das weiß ich nicht, aber es waren vermutlich keine drei Bodybuilder«, stellte Schlüter fest. Dann machte er eine winzige Pause, als wollte er noch etwas sagen. Möllenkamp wartete ab und fragte dann: »Jörg, hast du noch etwas?«

»Nein, nein. Das wäre fürs Erste alles. Wenn ich neue Erkenntnisse habe, melde ich mich.«

Möllenkamps erster Anruf galt Johann Abram. »Bist du wieder fit?«

»Bisschen schlapp noch, aber es wird schon gehen.« Abrams Stimme klang etwas belegt.

»Du weißt ja, dass ich heute Abend nach Osnabrück fahren muss. Aber ich brauche dich hier, damit du die Stellung hältst.«

»Wie, ihr habt den Fall noch nicht gelöst?«

»Keine müden Scherze bitte. Die Dinge sind nicht einfacher geworden. Ich habe immer noch keinen Clou, wer die Alte Schule angezündet hat. Klar, die Jungsbande lügt, aber Beweise gibt es bislang nicht. Den Bürgermeister habe ich verhört, und jemand hat uns einen anonymen Brief geschrieben, dass er es war. Aber auch hier: keine Beweise. Der Pastor hatte offenbar eine Vorliebe für halbwüchsige

Jungs. Aber ob es einer von denen war? Ich weiß noch nicht mal, wo er umgebracht wurde. Die Kriminaltechnik war erst heute im Pfarrhaus, Ergebnisse hab ich noch nicht.« Möllenkamp rieb sich mit Daumen und Mittelfinger der rechten Hand beide Augen. Normalerweise wäre er selbst zur Hausdurchsuchung gefahren, aber … »Verdammt, wir sind einfach zu wenige!«, rief er.

»Stephan«, hörte er Abram in der ihm eigenen ruhigen Art sagen, »du kannst nichts dafür. Jetzt konzentrier dich erst mal auf deine Familie. Die Lebenden sind wichtiger als die Toten. Ich mach das schon. Bericht lässt du mir da, okay?«

Führers Geburtstag

Anja Hinrichs machte gerade Pause auf einer Bank im Wymeerer Stadtpark. Sie hatte ein kleines Eckchen gefunden, das nicht von Vogeldreck bedeckt war, und sah auf den Tümpel vor ihr, in dem Bierflaschen, McDonald's-Pappbecher und leere Zigarettenschachteln ein idyllisches Ensemble bildeten.

Sie packte ein Käsebrot und einen Apfel aus. Anja hatte sich präpariert, damit sie nicht in Versuchung kam, nach einem frustrierend verlaufenen Vormittag in irgendeiner Landgaststätte ein Jägerschnitzel zu essen. Sie hatte eine Reihe von Konfirmanden durch, die nicht zu der Jungsclique gehörten, und jetzt stand ihr eigentlich der Sinn nach etwas Herzhaftem. Sie wusste nicht, wen sie mehr hasste: Jugendliche oder Pastoren. Allein der völlig verirrte pubertäre Geschmack! Viel zu dick aufgetragenes Make-up, schlecht blondiertes Haar und pudelartige Dauerwellen bei den Mädchen. Dazu Oberteile, die sie »verführerisch« immer über eine Schulter rutschen ließen. Und die Jungs trugen Iron-Maiden-T-Shirts mit Tourdaten auf der Rückseite, die weit vor ihrer Geburt lagen. Sie rochen immer schlecht, wirklich immer, und unbeholfene Rasierversuche richteten meistens schlimme Massaker unter den knospenden Aknepickeln an.

Aber Anja hatte trotz aller Qualen, durch die sie gegangen war, durchaus etwas herausgefunden. Der Pfarrer schien ein Typ gewesen zu sein, mit dem tatsächlich etwas nicht stimmte. Er hatte sich gern mit Konfirmanden umgeben, aber hauptsächlich mit Jungs. Und er hatte eine besondere Vorliebe für Kevin Koerts gehabt, den Jungen, den der Chef im Auto mitgenommen hatte. »Der durfte ihn auch zu Hause besuchen«, hatte ein rothaariges Mädchen mit dicker Zahnspange berichtet, dem die Eifersucht deutlich anzumerken war.

Anja hätte dazu auch gerne Kevin Koerts befragt, aber bei dem trostlosen kleinen Haus hatte niemand die Tür geöffnet. Sie würde nach ihrer Mittagspause noch einmal hingehen.

Ihr Handy klingelte. »Stephan hier. Ich wollte dich bitten, noch mal mit Kevin Koerts zu sprechen. Frag ihn nach seinem Verhältnis zu dem Pastor. Außerdem will ich wissen, was er in der Nacht von Samstag auf Sonntag gemacht hat. Er behauptet, er sei mit den anderen Jungs beim Osterfeuer gewesen. Ich vermute, dass sie alle nicht beim Osterfeuer gewesen sind, aber es ist wichtig, ob sie zusammen waren oder nicht.«

Anja packte ihre Sachen ein, während sie das übergroße Handy zwischen Ohr und Schulter klemmte. »Hatte ich schon vor, Stephan. Nur leider war da niemand zu Hause. Ich versuche es gleich noch einmal.«

»Es ist mir wirklich wichtig. Bitte ruf mich an, wenn du ihn gesprochen hast.«

»Mach ich«, sagte Anja, »aber du bist doch nachher weg, oder?«

»Ja, Meike und ich fahren heute los nach Osnabrück. Johann übernimmt am Wochenende die Bereitschaft. Ich habe gerade mit ihm telefoniert, er ist wieder fit. Trotzdem will ich alles wissen, was mit Kevin Koerts zu tun hat. Ich glaube, dass er in dieser Mordsache mit drinsteckt. Ich weiß nur nicht genau, wie. Hör zu, es gibt eine wichtige Information von Schlüter: Hermann Vrielink ist nicht erschlagen, sondern erstickt worden. Er ist vermutlich seit etwa einer Woche tot. Und er hat posthum Verletzungen durch unsanftes Transportieren erlitten.«

Anja überlegte laut: »Das bedeutet, dass jemand unbedingt wollte, dass er stirbt, entweder derselbe, der ihn niedergeschlagen hat, oder jemand anders. Und du glaubst, dass es dieser Kevin gewesen sein könnte?«

»Nein, das habe ich so nicht gesagt. Und wenn, dann wäre er nicht allein gewesen, denn ein einzelner Dreizehnjähriger kriegt so einen schweren, erwachsenen Mann nicht ins Moor. Entweder er hatte Helfer, oder er war's nicht.«

Anja hörte Frösche im Tümpel quaken. Am anderen Ufer nahm sie Bewegungen wahr. Dort waren Kinder oder Jugendliche im Gebüsch. Vielleicht waren welche dabei, die sie vorhin nicht zu Hause angetroffen hatte.

»Ich sehe, was ich machen kann«, verabschiedete sie sich.

Sie lauschte ein wenig in das noch lichte Grün hinein. Heisere Jungenstimmen, die versuchten, nicht zu sehr aufzufallen, aber doch nicht an sich halten konnten. Dann hörte sie Fetzen des Deutschlandliedes. Neugierig folgte sie den Geräuschen. Zum Glück machten die Jungs so viel Krach, dass sie nicht hören konnten, wer sich durch das Unterholz bewegte. Sie hörten auch nicht die leisen Flüche, die Anja Hinrichs ausstieß, weil die Brombeerranken ihr die neuen Slipper zerkratzten und durch den Stoff ihrer Hose drangen.

Zwei Halbwüchsige saßen auf einem Baumstamm, der im letzten Wintersturm umgefallen war. Der dicke Sohn des Bürgermeisters stand vor ihnen und hielt eine Rede auf den Führer, die seine Freunde zum Johlen brachte. »Und damit die teutsche Jugend starrk und furrchtlos ihrre Pflicht zurr Verrteidigung des Vaterlandes errfüllen kann, errnährren wir sie mit der teutschesten aller teutschen Speisen: derr Panzerrschokolade, die jeden Mann zu einem Tigerr macht, stets berreit zum Sprrung auf den Feind, um ihn hinzumetzeln und das teutsche Weip und das teutsche Kind vor den Krrallen des –«

Weiter kam er nicht, denn nun brach ein vierter Junge durch das Gebüsch, außer Atem und mit glühenden Wangen. »Das müsst ihr euch ansehen!«

Man sah dem vorherigen Redner an, dass er es nicht gewohnt war, von seinen Freunden unterbrochen zu werden, und dass ihm das ganz und gar gegen den Strich ging. Aber auch er konnte seine Neugierde auf das, was der Ankömmling in der Hand hielt, nicht verbergen. »Mann, Olli, ich hoffe, du hast einen verdammt guten Grund, die Feierlichkeiten zu unterbrechen, sonst reiß ich dir die Eier ab«, knurrte er.

Der Angesprochene ließ sich davon nicht beeindrucken. »Sieh doch selbst. Ich sag euch, das ist der Knaller.« Dann hielt er etwas in die Höhe gegen das Licht, und die drei anderen versammelten sich hinter ihm, um etwas zu erkennen.

Anja identifizierte ein winziges Diabild, und darauf musste etwas wahrlich Schockierendes sein, denn die Jungs verstummten einen Moment, als ob sie nicht wüssten, was sie darauf sagen sollten. Dann kramte der Junge, den sie »Olli« nannten, ein weiteres Bild aus seiner Hosentasche und hielt dieses ebenfalls gegen das Licht.

»Hast du noch mehr davon?«, fragte der Dicke.

»Nur die zwei, aber es gibt noch mehr«, erklärte Olli wichtig.

»Warum hast du die denn nicht mitgebracht, du Blödmann?«, fragte einer, der große, abstehende Ohren hatte.

»Weil die Dreyer damit weggefahren ist«, berichtete Olli.

»Die Dreyer?«, echoten die anderen.

»Ja, die hatte Kartons, die sie in ihr Auto getragen hat, und damit ist sie weggefahren.« Nun erzählte Olli, dem der Stolz auf seinen Fund deutlich anzumerken war, ausführlich, wie er diese Beweismittel unter Einsatz seines Lebens gesichert hatte.

»Krass.«

»Was tun wir denn jetzt damit?«, fragte der Vierte im Bunde und sah seinen Anführer fragend an.

Ihr gebt sie mir, dachte Anja grimmig, auch wenn sie gar

325

nicht wusste, was auf den Dias zu sehen war. Aus diesem Grund hielt sie vorläufig still und wartete ab, was geschah.

»Wo is' Kevin eigentlich?«, fragte der mit den Ohren zurück.

»Schätze, der ist abgehauen«, sagte der Dicke.

»Wieso?«, fragte der Vierte, der sich watschelnd zum Baumstamm zurückbegeben hatte und nun sehnsüchtig nach dem Rucksack sah. »Wollten wir nicht Panzerschokolade futtern?«

Dafür hatte aber offenbar keiner der anderen Sinn. »Halt's Maul, Bronto, ich muss nachdenken«, sagte der Anführer. Der mit den Ohren fragte: »Was, wenn Kevin die Fotos auch gefunden hat?«

»Also, ich würde denjenigen umbringen, der solche Fotos macht und sie dann auf Dia zieht«, entfuhr es Olli. »Wem wollte er sie zeigen? So was macht man doch nicht nur für sich.«

»Glaubst du, er hat es getan?«, kam Brontos Stimme vom Baumstamm her.

Der Anführer, dessen Gesicht hochrot leuchtete, zuckte die Schultern. »Er ist ein Baby. Ich glaub das nicht. Wenn der zu so was fähig wäre, dann hätte er zuerst seinen Alten erschlagen. Ich hätte es jedenfalls längst getan.«

Niemand schien daran zu zweifeln, dass er es ernst meinte.

»Als er vor ein paar Nächten ins Pfarrhaus eingestiegen ist, warum hat er da die Dias nicht mitgenommen?«, fragte der mit den Ohren, die inzwischen auch glühten. »Das hätte doch keiner mitgekriegt. Wäre 'ne saubere Sache gewesen.«

»Vielleicht hat er danach gesucht, aber jemand anders hatte die Bilder schon mitgenommen«, überlegte der Dicke.

»Die alte Dreyer? Ich versteh das alles nicht. Was will die denn damit?« Bronto schüttelte den Kopf.

»Ich denke, wir sollten jetzt mal Kevin suchen und ihm ein paar Fragen stellen«, beschloss der dicke Anführer.

»Und unsere Feier?«, kam es etwas weinerlich von Bronto. Aber die anderen waren schon im Aufbruch.

Wahlverwandtschaften

Stephan Möllenkamp musste langsam zusammenpacken. Meike wartete sicher schon auf ihn. Aber eine innere Unruhe hinderte ihn daran, das Büro zu verlassen. Er hatte für seinen Stellvertreter Johann Abram alle Berichte zusammengestellt und ihm Hinweise hinterlassen. Dann hatte er das ganze Material noch einmal sortiert und hin- und hergeschoben, seine Tasche dreimal kontrolliert, die Jacke an- und wieder ausgezogen.

Das Telefon klingelte. Es war der Rückruf aus dem Fachkommissariat für Wirtschaftskriminalität.

»Huber hier. Du hattest um Rückruf gebeten. Wenn ich es richtig verstanden habe, dann geht es um Hans Specker, den Bürgermeister von Wymeer?«

»Ganz genau. Habt ihr was über den?«

»Klar, da ist die Sache mit dem Dorfteich. Die Staatsanwaltschaft prüft doch gerade …«

»Weiß ich, weiß ich«, unterbrach ihn Möllenkamp. »Aber habt ihr noch mehr?«

Ein langes Schweigen am anderen Ende der Leitung zeigte ihm an, dass er ins Schwarze getroffen hatte. »Warum fragst du?«, hörte er schließlich.

Schien ja heikel zu sein. »Wir haben einen anonymen Brief erhalten, in dem Specker der Brandstiftung mit Todesfolge beschuldigt wird, um zu vertuschen, dass er Steuergelder für den Bau eines Zauns um sein Privatgrundstück veruntreut hat. Klingt irre, ich weiß, aber wir müssen das prüfen.«

Wieder hörte er nichts am anderen Ende der Leitung. Dann sagte der Kollege Huber: »Also, die Sache mit dem Zaun stimmt. Aber es waren keine Steuergelder.«

»Sondern?« Möllenkamp wurde allmählich ungeduldig. Er sah auf die Uhr. Schon halb zwei. Meike würde ihm die Hölle heißmachen, wenn er um drei nicht zu Hause war.

»Der Zaun ist eine freundliche Spende der Firma Fischer Hoch- und Tiefbau. Wir vermuten aber, dass sie es nicht bei einem Zaun belassen haben.«

»Also ermittelt ihr noch?«

»Nicht direkt«, kam es zögernd.

»Hör zu, Huber, ich habe keine Zeit für so was. Lass dir nicht jedes Wort aus der Nase ziehen, sondern sag mir einfach, was los ist.«

»Also okay. Aber du musst mir versprechen, dass du es nicht von mir hast.«

»Klar«, sagte Möllenkamp und dachte: Du Depp, vor Gericht musst du sowieso als Zeuge deine Erkenntnisse präsentieren.

»Die Gemeinde Wymeer plant ein Freibad. Zufällig nicht dort, wo es von der verkehrlichen Lage und den Erschließungskosten her am günstigsten gewesen wäre, sondern genau da, wo die Cousine von Speckers Frau noch ein bisschen Land liegen hat. Wir vermuten, dass sie das Geld mit ihm geteilt hat, aber das können wir bisher nicht nachweisen. Den Auftrag hat das Bauunternehmen Fischer erhalten, die Vergabe wurde offensichtlich rechtlich nicht sauber ausgeführt. Stattdessen gab es auf einmal einen schönen Zaun um das Sportgelände, und aus Versehen haben sie das Grundstück von Specker auch gleich mit einge-

329

fasst mit elektrisch betriebenem Tor und allem Schnick-schnack.«

»Hm, und warum ermittelt ihr das dann nicht aus und bringt es zur Staatsanwaltschaft?«

Huber seufzte. »Weil wir dezent darauf hingewiesen wurden, dass die Sache keine Priorität hat.«

Möllenkamp begann zu ahnen, wo das Problem lag. »Hat es zufällig etwas mit dem Landrat zu tun?«

»Bingo! Seine Tochter heiratet in ein paar Wochen Dietmar Fischer, den Sohn von Gerhard Fischer, geschäftsführender Gesellschafter des Bauunternehmens Fischer Hoch- und Tiefbau. Dietmar Fischer wird den Laden in Kürze übernehmen. Es wird eine große Sommerhochzeit in der Evenburg, damit es vor den Kommunalwahlen noch ein paar schöne Bilder gibt.«

Jetzt war Möllenkamp alles klar. Dagegen wäre auch Minna Schneider mit ihrer Briefeschreiberei nicht angekommen. Aber vielleicht sollte er Gertrud einen Tipp geben? Presseöffentlichkeit herzustellen war ja oft hilfreich, um eine Staatsanwaltschaft, die das Fernglas momentan noch in die falsche Richtung hielt, zum Jagen zu bringen.

Das Familiendrama

Anja überlegte, was sie tun sollte. Sie konnte jetzt zugreifen und den Jungs die Dias wegnehmen, die zweifellos als Beweisstücke im Fall Hermann Vrielink gelten konnten, was auch immer darauf zu sehen war. Aber dann würde sie nicht erfahren, in welchen Verstecken die Jungs nach Kevin suchten. Und Kevin, das war ihr klar, stellte die Schlüsselperson in diesem Fall dar. Also beschloss sie, die Bande zu observieren. Das war nicht ganz einfach in einem so aufgeräumten Dorf wie Wymeer, in dem es vor Menschen, unter die man sich hätte mischen können, nicht gerade wimmelte. Aber die vier Sheriffs hatten mit sich genug zu tun und machten auch viel Krach.

Zunächst folgte sie ihnen in sicherem Abstand zu einem alten Melkstand auf einer Kuhweide. Dort war ein Reifenstapel so aufgeschichtet, dass er einen sichtgeschützten kleinen Platz umrandete. Dies war vermutlich der Haupttreffpunkt der Jugendlichen.

»Hier isser nich!«, rief der Watschelnde, den sie Bronto nannten.

»Hab ich euch doch gleich gesagt«, nölte Oliver.

»Wir gehen jetzt zu ihm nach Hause«, bestimmte der Anführer.

»Mönsch, Specki, muss das wirklich sein? Da isser bestimmt nich, und ich will keinen Stress mit seinem Alten kriegen.«

»Hör zu, du Warmduscher«, fuhr der Dicke ihn an, »wir

sind seine Freunde. Und Freunde dürfen doch wohl mal zu Besuch kommen, oder nicht? Da wird auch der Alte nichts gegen sagen können.«

Anja merkte, dass der Anführer selbst nicht ganz von seinen Worten überzeugt war. Aber die Truppe setzte sich trotzdem in Bewegung. Sie war noch lauter als vorher. Es war wohl das Pfeifen im Walde.

Das Haus, in dem Kevin wohnte, lag am Rande der Ortschaft, ein gutes Stück zurückversetzt von der Hauptstraße. Der dunkle Ziegelbau duckte sich ärmlich und niedrig auf einem kahlen Grundstück, auf dem jemand eine gepflasterte Auffahrt angefangen, aber nicht zu Ende gebracht hatte. Der Weg vom Briefkasten an der Straße bis zum Haus war von verwitterten Werbebeilagen gesäumt. Ein abgesägter Baumstumpf ragte vor dem Haus aus dem Boden.

Es sah so abweisend aus, dass die Jungen an der Straße stehen blieben und zögerten. »Es sieht irgendwie unheimlich aus«, sagte Fanti, dessen Ohren glühten.

»Ja«, sagte Specki nur.

»Ob da was passiert ist?«, meinte Bronto.

Specki gab sich einen Ruck. »Auf jetzt, wir gehen da hin. Das Haus sieht aus wie immer.«

Es dauerte kaum eine halbe Minute, da stürzten die vier wieder aus der Haustür. Alle zusammen keuchten und waren kreidebleich.

»Die…die…die…die sind tot, oder?«, stotterte Fanti.

»Oh Gott, oh Gott, oh Gott«, jammerte Bronto, »was machen wir jetzt?«

Noch bevor der Anführer irgendetwas sagen konnte, erhob zu aller Verwunderung Oliver die Stimme: »Wir holen jetzt die Polizei«, sagte er bestimmt.

»Nicht nötig«, sagte Anja und kam die Auffahrt hinauf.

Alle vier starrten mit offenen Mündern auf die unbekannte blonde Frau, die festen Schrittes die Auffahrt heraufkam. Specki machte eine Bewegung, als wollte er weglaufen, aber es war sowieso zu spät.

»Ihr bleibt hier und rührt euch nicht vom Fleck«, befahl die Frau und ging durch die Haustür.

Keiner der Jungs machte auch nur Anstalten, sich zu entfernen.

Im Haus bot sich ein furchterregendes Bild: Am Fuß der Treppe lag eine Frau, die aus einer Kopfwunde blutete und nur noch schwach atmete. Ihre Nase, aus der ebenfalls ein Blutstrahl rann, schien gebrochen, und ihr Arm war seltsam verdreht.

Mit den Beinen halb auf ihr lag ein Mann, der beim Sturz von der Treppe mit dem Oberkörper auf den schmutzigen Fliesenboden geknallt sein musste. Neben seiner rechten Hand lag ein Gürtel. Kopf und Hals waren so verdreht, dass Anja Hinrichs nur noch pro forma die Finger an seinen Hals legte. Kevins Vater war tot.

Anja rollte den Körper von der Frau weg und brachte Kevins Mutter in eine stabile Seitenlage. Als sie schließlich vor das Haus trat, um mit ihrem Handy einen Krankenwagen zu rufen, standen alle vier Jungen wie Ölgötzen auf der Auffahrt. Nach Führers Geburtstag und Panzerschokolade stand keinem von ihnen mehr der Sinn.

333

»Wann habt ihr Kevin das letzte Mal gesehen?«

Man war sich einig, dass es am Mittwoch gewesen sein musste.

»So, und jetzt gebt ihr mir die Dias.«

*

Gertrud überlegte. Der Junge, den sie gesehen hatte, war mit Sicherheit Kevin Koerts gewesen, von dem Tante Theda gesprochen hatte. Und wenn sich dort ein Familiendrama abgespielt hatte, dann war das noch nicht zu Ende, so wie der Junge ausgesehen hatte. Sie rief Tante Theda an und fragte nach der Adresse. »Nur mal gucken«, sagte sie, als Theda fragte, was um Himmels willen sie denn bei den Koerts wolle.

Sie merkte gleich, dass das Drama einen neuen Höhepunkt erreicht hatte, als sie vor dem Haus zwei Krankenwagen stehen sah. In den einen Wagen wurde gerade eine zugedeckte Person geschoben – jemand war also tot, und es war nicht Kevin. Der Wagen fuhr weg. Der Notarzt des anderen Wagens war anscheinend noch im Haus, um eine weitere Person zu versorgen.

Sie erkannte die Kriminalbeamtin mit den blonden Haaren aus Stephans Team. Die Frau stand vor dem Haus und sprach mit vier Jungen, von denen Gertrud den Sohn von Bürgermeister Specker, Oliver Meinders und den Sohn von Hartmut Nagel erkannte, von dem Tante Theda immer ihre jährliche Weihnachtsgans kaufte. Also die Bande. Klar, Kevin gehörte ja dazu. Aber der war inzwischen mit einem Laster auf der A 31 unterwegs. Und das wusste die Polizei vermutlich noch nicht.

Gertrud näherte sich der Auffahrt. Als die blonde Frau sie erblickte, unterbrach sie ihre Befragung der Jungen und kam ihr mit energischen Schritten entgegen. »Presse brauchen wir hier jetzt nicht«, sagte sie barsch.

»Aber Bürger mit weiterführenden Hinweisen schon«, gab Gertrud spitz zurück.

Einen Moment lang standen sie einander gegenüber wie Duellanten, dann löste sich Anja Hinrichs' Anspannung. »Okay, was gibt es denn?«, fragte sie.

»Den Jungen, der hier wohnt, Kevin Koerts, habe ich vor etwa zwanzig Minuten an der A 31 in einen Lkw steigen sehen. Ich vermute, dass Sie ihn suchen.«

»Allerdings«, sagte Anja Hinrichs und zog ihr Handy aus der Tasche. Während sie mit Möllenkamp telefonierte, musterte sie Gertrud ungeniert von oben nach unten. Gertrud konnte sich denken, was sie dachte, aber es war ihr egal.

»Was ist denn eigentlich hier passiert?«, fragte Gertrud, die fand, dass sie ein Recht darauf hatte, nun auch eine Gegenleistung in Form von Informationen zu erhalten.

»Das wissen wir noch nicht genau«, antwortete Anja, »aber Herr Koerts ist tot, und seine Frau ist schwer verletzt. Um genau zu ermitteln, was geschehen ist, brauchen wir den Sohn.«

Gertrud reichte das noch nicht. Sie deutete mit dem Kinn auf die Jugendlichen: »Und warum sind die alle hier? Oder soll ich sie selbst fragen?«

»Wen Sie fragen oder nicht, das ist Ihre Sache«, entgegnete Anja Hinrichs ungerührt. »Hauptsache, Sie pfuschen mir nicht in meine Arbeit hinein. Und dies ist jetzt mein Revier.«

Okay, dachte Gertrud, dann eben nicht. Ich muss der Schnepfe ja nicht sagen, dass der Lastwagen, in dem der gute Kevin weggefahren ist, der Firma Schmalenbeck Logistik aus Coesfeld gehört.

Golf II

Wilfried Bleeker hatte alle Handwerkerbetriebe in Wymeer abgeklappert. Er war auf dem Weg zurück in die Polizeiinspektion, als er vor sich auf der A 31 einen alten Golf II fahren sah. Dieses verdreckte Auto erkannte er sofort. Sein Handy klingelte. »Stephan? Ich dachte, du bist schon weg.«

»Bin ich eigentlich auch, nur wird mein Körper hier festgehalten, weil sich meine Hand und mein Ohr an den Hörer eines Telefons gekettet haben, das pausenlos klingelt. Ich komm mir vor wie in einem Callcenter.«

»Und warum rufst du dann mich an? Ich habe sowieso noch nichts herausgefunden. Ein paar Druckproben mitgenommen und einen Auftrag für eine Einrichtung meines Fitnessraums erteilt, das war bisher alles. Aber ich habe erfahren, dass eigentlich niemand den Bürgermeister mag, also frag ich mich, wer ihn eigentlich gewählt hat.«

Bleeker beobachtete den Wagen, der vor ihm Richtung Emstunnel tuckerte. Er überlegte, zum Überholen anzusetzen, ließ es dann aber. »Ich möchte dich auf den neuesten Stand bringen«, hörte er aus seinem Handy. »Es geht um Gerda Dreyer. Sie hat Gegenstände, die dem verstorbenen Pastor Vrielink gehört haben, in ihr Auto gepackt und ist weggefahren.«

Möllenkamp berichtete ihm, dass Anja Hinrichs Dias mit Nacktaufnahmen von Kevin Koerts aus dem Auto von Gerda Dreyer konfisziert hatte. Gerda Dreyer war mit Kis-

337

ten voller Dias und anderem losgefahren, und zwar offensichtlich nicht zur Polizei.

»Stimmt«, sagte Bleeker, »Sie fährt genau vor mir.«

»Du machst Witze«, sagte Möllenkamp.

»Nein«, erwiderte Bleeker, der sich nun in einem riskanten Manöver eine Zigarette ansteckte, während er sein Handy zwischen Kinn und Schulter klemmte. »Ich folge ihr. Könnte ja interessant sein, zu wissen, wo sie hinfährt.«

»Das ist okay«, hörte er von seinem Chef. »Aber versprich mir: keine Alleingänge. Hol dir Hilfe, wenn's brenzlig wird.«

»Jetzt krieg ich aber richtig Angst vor Gerda Dreyer in ihrer Kittelschürze.«

»Kennst du die Geschichte mit der Lammkeule von Roald Dahl?«, fragte Möllenkamp noch. Dann hatte er aufgelegt. Bleeker beschloss, auf Überholmanöver zu verzichten und sich darauf zu konzentrieren, den Golf im Auge zu behalten.

Kaum hatte Möllenkamp aufgelegt, klingelte das Telefon schon wieder. An der heimischen Nummer sah er, dass er jetzt wirklich in Schwierigkeiten war.

Meike war genervt. »Ich sitze hier wie bestellt und nicht abgeholt. Wenn du nicht bald kommst, dann korrigiere ich noch die Cicero-Klausuren meines Leistungskurses durch. Aber ins Krankenhaus in Osnabrück brauchen wir dann heute nicht mehr zu fahren.«

»Du kannst dir nicht vorstellen, was hier los ist«, stöhnte Möllenkamp. »Schon vor einer halben Stunde hatte ich die Jacke an, aber pausenlos klingelt das Telefon. Ich komme einfach nicht weg!«

»Was ist denn los?«, fragte Meike mit erwachender Neugier. »Habt ihr ihn?«

»Wen?«

»Na, euren Mörder.«

Möllenkamp seufzte. »Pünktlich zum Freitagabend noch schnell einen Mord aufgeklärt. Es heißt ja, dass man keine Arbeit mit ins Wochenende nehmen soll. Leider hat es auch diesmal wieder nicht geklappt.«

»Na, das werden wir noch sehen. Wir haben gleich mindestens zwei Stunden Autofahrt zur Verfügung, um den Fall zu lösen.« Meikes Optimismus war unerschütterlich.

»Weißt du was? Lös du den Fall. Ich werde im Auto den entgangenen Nachtschlaf nachholen. Wenn wir angekommen sind, sagst du mir einfach, wer es war, und ich veranlasse dann die Festnahme.«

Meike lachte. Das war immerhin ein gutes Zeichen.

Wilfried Bleeker war dem Golf von Gerda Dreyer gefolgt. Das kleine blaue Auto blies von Zeit zu Zeit dicke Qualmwolken aus dem Auspuff. Müsste dringend zur ASU, dachte er. Am Autobahndreieck Leer bog der Wagen von der Autobahn ab, um den Weg nach Emden zu nehmen. Es war nicht viel Verkehr unterwegs, und Bleeker musste wieder einmal daran denken, dass eine schwarze Barchetta nicht besonders gut für eine Observation geeignet war, vor allem wenn das Verdeck heruntergeklappt war. Vielleicht schlug Gerda Dreyer schon längst Haken durch Ostfriesland und lachte sich ins Fäustchen über die dämliche Polizei. Er ließ sich ein ganzes Stück zurückfallen.

Dann beschäftigte ihn die Frage, was Gerda Dreyer da in

339

ihrem Kofferraum sonst noch spazieren fuhr und wo sie damit hinwollte. Auf ihren Pastor hatte sie nichts kommen lassen, und doch wusste sie offenbar von seinen zweifelhaften Vorlieben. Oder hatte sie gar keine Ahnung, was auf den Dias war? Das war unwahrscheinlich. Bestimmt hatte sie in die Kästen hineingeschaut. Wollte sie ihn nach seinem Tode noch vor schlechtem Gerede schützen? Er hat gerne fotografiert, hatte sie gesagt. Wusste sie, was er da fotografierte? Warum hatte sie die Fotos nicht zur Polizei gebracht? Hatte sie diese Schätze gefunden, nachdem Anja und er bei ihr gewesen waren? Wirklich gründlich durchsucht hatten Anja und er das Haus ja beim ersten Mal nicht. Andererseits hatte niemand das Haus des Pastors so gut gekannt wie seine Haushälterin. Er glaubte nicht, dass Vrielink so etwas vor ihr hätte geheim halten können.

Am wahrscheinlichsten, dachte Bleeker, war es wohl, dass sie das Andenken des Pastors bewahren wollte, damit sich nicht noch mehr Menschen von der Kirche abwandten. Ein neuer Pastor würde ja kommen, und der sollte ein gut bestelltes Feld vorfinden. Der König ist tot, es lebe der König!

Er sah auf seinen Tacho. Kaum hundert Stundenkilometer, normalerweise hätte er zum Überholen angesetzt. Sein Blick fiel auf die Tankanzeige, und er fluchte leise. Hoffentlich war Gerda Dreyer bald am Ziel, sonst musste er die Verfolgung abbrechen, weil er liegen bleiben würde. Verdammt! Nervös umklammerte er sein Lenkrad. Er sehnte sich nach einer Zigarette, aber mit dem Fahrtwind bei offenem Verdeck war das auch kein Spaß.

Windräder glänzten in der Sonne. Sie waren die neue

Wohlstandsquelle vieler Landwirte, die ihre fetten Wiesen gewinnbringend an Projektträger verkauften oder sich gar selbst daran beteiligten, anstatt die Milch ihrer Hochleistungskühe an Discounter quasi verschenken zu müssen. Es lief etwas schief in Brüssel.

Die Nadel der Tankanzeige war tief im roten Bereich. Bleeker sah sich schon mit einem Kanister in der Hand zur nächsten Tankstelle wandern. Bloß, dass er keinen Kanister im Wagen hatte. Er überlegte, dass er mit seiner Dienstwaffe in der Hand ein anderes Fahrzeug anhalten und den Fahrer zwingen könnte, die Verfolgung fortzusetzen. Das hätte was.

Sie näherten sich Emden. Bleeker hoffte, dass Gerda Dreyer die erste Ausfahrt Richtung Innenstadt nehmen und ihren Wagen bald parken würde. Die Ausfahrt Emden Mitte käme ihm auch gelegen, denn er wusste, dass direkt hinter der Ausfahrt Tankstellen waren, und bei Dreyers Tempo würde er sie vielleicht nach dem Tanken wieder einholen, bevor sich in Georgsheil entscheiden würde, ob sie Richtung Norden oder Richtung Aurich wollte.

Gerda Dreyer nahm keine dieser Ausfahrten. Stattdessen umrundete sie die ganze Stadt, bis zum Ende der A 31, und während ihr kleiner blauer Golf auf der Niedersachsenstraße Richtung Borkum-Fähranleger fuhr, bockte die schwarze Barchetta dreimal kurz auf und blieb auf dem Seitenstreifen liegen. Bleeker, der sich jetzt sicher war, wo Gerda Dreyer hinwollte, zündete sich eine Zigarette an und machte sich zu Fuß auf den Weg zur nahe gelegenen Multi-Tankstelle.

Auf der Spur

»Wie alt bist du eigentlich?«, fragte Tobias.

»Sechzehn«, antwortete Kevin und öffnete die Augen. Sein Kopf fühlte sich noch wattiger an, schmerzte aber weniger. Er spürte den Seitenblick, den der Lkw-Fahrer ihm zuwarf. Er glaubte ihm nicht. »Fast«, setzte er darum hinzu.

»Wie ist das in deinem Gesicht passiert?«

»Bin die Treppe runtergefallen«, sagte Kevin wahrheitsgemäß. Den Rest ließ er weg.

»So, so, die Treppe. Da muss man aufpassen«, sagte Tobias und sah geradeaus. Dann drehte er das Radio lauter und schickte lauthals mit Ray Charles zusammen den armen Jack zum Teufel.

Dabei wippte er auf seinem hohen Lkw-Sitz hin und her und trommelte mit den Fingern der rechten Hand den Rhythmus auf seinem Oberschenkel mit.

Kevin war froh, dass er keinem Verhör unterzogen worden war. Er überlegte, was er jetzt tun sollte. Er war einfach weggelaufen. Und er würde nicht zurückkommen, so viel stand fest. Aber zwischen Weglaufen und nicht Zurückkommen war ein großes Loch. Er könnte auf einem Schiff anheuern, das hatte er in Fernsehserien gesehen. Die nahmen auch Jungs in seinem Alter. Vielleicht reiste er als Roadie mit einer Rockband herum, das würde ihm gefallen. Später würde er dann selbst Rockstar werden. Oder er wurde Verbrecher. Da hatte er ja inzwischen Übung.

Er ließ den Kopf hängen. Es hatte alles keinen Sinn. Er hatte einfach kein Glück, und er würde nie Glück haben. Er sehnte sich nach einem Schnaps, nach dem Gefühl der Wärme in seinem Bauch und nach der Leichtigkeit im Kopf. Er hatte kein Geld, aber einen Flachmann konnte man an einer Tankstelle leicht mitgehen lassen.

»Ich muss mal tanken und austreten«, riss ihn Tobias aus seinen Gedanken. »Du kannst sicher auch einen Kaffee vertragen, oder?«

Kevin nickte. Wenn Tobias auf dem Klo war, konnte er sich einen Flachmann besorgen und ihn in seinen Kaffee gießen. Dann würde Tobias nichts merken.

Der Lkw fuhr inzwischen nicht mehr auf der Autobahn, sondern schob sich in einer endlos langen Schlange von Autos über die Landstraßen der Grafschaft Bentheim. Tobias schien das nicht zu stören.

Ich sollte auch mal was sagen, dachte sich Kevin und fragte: »Was transportierst du denn?«

»Ich?«, lachte Tobias. »Ich hab den ganzen Laster voller Dildos.«

Kevin wusste nicht, ob der Fahrer das ernst gemeint oder ihn verarscht hatte. Da ihm das Thema unangenehm war, fragte er nicht nach, aber Tobias sprach von sich aus weiter: »Wirklich, in Jever gibt es einen Hersteller, der hat die Dinger ganz neu konstruiert. Ist erst seit Kurzem am Markt. Ich hab das selbst ausprobiert, die rotieren anders. Ich kann's dir nicht genau beschreiben, aber es ging bei mir ab wie Schmitz' Katze. Wenn du willst, schenk ich dir einen.«

Kevin saß wie versteinert da. Bitte nicht, dachte er.

Gertrud hatte nicht lange überlegen müssen, ob sie den Weg in die Redaktion antreten sollte, um dort ein Loblied auf den Gebäudetechniker im Bunder Gewerbegebiet zu verfassen, oder ob sie lieber dem Lkw der Spedition Schmalenbeck hinterherfuhr, von dem sie hoffte, dass er zu seiner Heimatbasis nach Coesfeld unterwegs war. Auch wenn ihr Chefredakteur sie in der Luft zerreißen würde: Hier war etwas Großes im Gange, und schließlich spielte sich diese Geschichte ja nicht mehr im Rheiderland ab.

Ihr Handy klingelte. Es war Gottfried: »Ich wollte nur fragen, ob du heute Abend kommst.«

»Unbedingt«, sagte Gertrud. »Ich bin hundemüde nach dem Leichenfund im Moor.«

»Soll ich was kochen?«

Gertrud dachte an Grünkernbratlinge und Tomatensalsa. Gottfried ernährte sich fast ausschließlich vegetarisch. Seine Gerichte waren wirklich gut, doch manchmal packte Gertrud der Heißhunger auf Fleisch. Dann ließ sie sich im »Kneipchen« von Willm klammheimlich eine dicke Frikadelle mit Senf servieren. Aber das musste Gottfried ja nicht wissen.

»Super. Da freue ich mich«, heuchelte sie.

»Bist du auf der Autobahn?«, fragte Gottfried.

»Ja.«

»Hast du noch einen Auswärtstermin?«

»Nein, ja, so kann man das nicht sagen. Ich fahre gerade einem flüchtigen Jungen hinterher, aber ich schaffe es bestimmt bis heute Abend.«

»Ist der Junge ein Verbrecher?«

»Nein, er ist ein armes Schwein und wird von seinem Vater misshandelt. Aber vielleicht ist er auch ein Verbrecher.«

»Verbrecher sind fast immer das Produkt des Milieus, aus dem sie kommen«, sagte Gottfried.

In diesem Fall stimmt das vermutlich, sagte sich Gertrud, die unbedingt eine Diskussion über die Auswirkungen der kapitalistischen Produktionsweise auf Kinderseelen vermeiden wollte.

»Ja, ja«, sagte sie.

»Denk daran, dass du Journalistin bist und nicht Polizistin«, sagte Gottfried und legte auf. Das liegt manchmal ja nah beieinander, dachte Gertrud.

Sie machte das Radio an. Sie spielten »Luca« von Suzanne Vega. Auch das noch. Gertrud machte das Radio wieder aus, doch ein vager Gedanke hatte sich schon eingenistet und brütete in ihr. Sie wich dem Thema aus, obwohl es überhaupt keinen Sinn hatte, sie war mittendrin. Und sie konnte sich einreden, solange sie wollte, dass sie aus journalistischer Neugier und Freude an der Provokation der Polizei hinter diesem Jungen herfuhr. Sie wollte doch vor allem eines: ein Kind retten, das dringend Hilfe brauchte.

Die Autobahn war an diesem Freitagnachmittag in südlicher Richtung ziemlich belebt. Es war Ferienende, und die Urlauber kehrten von den ostfriesischen Inseln in abenteuerlich vollgepackten Autos zurück. Die Jacquelines, Maximilians, Antonias und Vincents, die »on tour« waren, brüllten ihren Eltern, die zwischen den Lkw Slalom fuhren, die Ohren voll. Schon seit einer ganzen Weile begleiteten Gertrud dieselben Fahrzeuge, die mal vor, mal hinter ihr fuhren: Da war der Vertretertyp in seinem anthrazitfarbenen Mercedes C-Klasse, der sie immer wieder überholte, aber doch nicht recht vorankam, dann zwei junge Männer

in einem klapprigen VW-Bus, die Scheiben ein wenig her-
untergedreht, Fuß des Beifahrers auf dem Armaturenbrett
und eine Zigarette in den Fingern, die verdächtig nach einem Joint aussah. Die schienen es gar nicht eilig zu haben,
obwohl sie sich doch nicht abhängen ließen. Vor sich sah
sie das Gesicht eines Grimassen schneidenden Kindes in
einem alten Opel Omega. Das Kind streckte die Zunge
heraus. Gertrud auch. Das Kind blinzelte. Gertrud blinzelte zurück. Das Kind zeigte seine Puppe. Gertrud zeigte
den Stoffpanda, der an ihrem Rückspiegel baumelte. Das
Auto zeigte Rücklichter, und Gertrud stieg in die Eisen.

»Scheiße, was ist denn nun wieder«, knurrte sie und sah
auf die Uhr. Halb vier.

Offensichtlich unbegründet

Anja hatte die vier Jungs samt ihren Eltern mit auf die Polizeiinspektion genommen. Der bislang einzige Verdächtige im Mordfall Vrielink war auf der Flucht. Er hatte unmöglich die Leiche allein ins Moor schaffen können. Irgendjemand musste ihm geholfen haben. Am wahrscheinlichsten waren das doch wohl seine Freunde. Das war zumindest mal eine Hypothese, und es galt jetzt zu überprüfen, was die Freunde denn am Abend vor dem Osterfeuer in der Nacht von Freitag auf Samstag gemacht hatten. Die Jungs mit Samthandschuhen anzufassen und im heimischen Wohnzimmer zu befragen fiel ihr gar nicht ein.

Anja war sich in Wahrheit ziemlich sicher, dass die vier mit dem Tod von Hermann Vrielink nichts zu tun hatten. Sie hatte die Unterhaltung am Wymeerer Dorfteich schließlich belauscht. Die Überraschung der Jungs angesichts von Oliver Meinders Fund war nicht gespielt gewesen. Und hätten sie wohl gerätselt, ob Kevin den Mord an Hermann Vrielink begangen hatte, wenn sie ihm geholfen hätten, die Leiche wegzuschaffen? Sicher nicht. Trotzdem konnte bei den Verhören etwas herauskommen. Auch wenn Kevin nicht richtig zu der Clique gehörte, kannten die Jungs ihn vermutlich besser als jeder andere, der jetzt noch lebte. Wenn man sie unter Druck setzte, würden sie außerdem vielleicht doch verraten, was an dem Osterfeuerabend, als die Alte Schule brannte, vorgefallen war.

Es ärgerte Anja, dass sie nun auch einen Mordfall auf

dem Tisch hatten, obwohl die Brandstiftung noch nicht aufgeklärt war. Sie waren einfach zu wenige Leute, und der Chef fuhr einfach übers Wochenende zu seiner Familie nach Osnabrück und ließ sie hier alleine sitzen. Anja fürchtete, der Brand würde vielleicht gar nicht mehr aufgeklärt werden. Das Schicksal von Swart Minna war ihr nähergegangen als andere Fälle. Es hatte einen Aufruhr in ihr verursacht, dass so etwas in einem Land wie Deutschland möglich gewesen war.

Als sie in der Polizeiinspektion ankam, teilte man ihr mit, ein Herr Mendel von der Caritas in Brilon habe für sie angerufen. Es gehe um Unterlagen zu Minna Schneider.

»Hallo, Frau Hinrichs«, sagte eine Stimme am anderen Ende der Leitung, die viel weniger munter klang als bei ihrem ersten Telefonat. Anja wunderte sich, dass der Pressereferent sie anrief. Sie hatte eher einen Anruf aus dem Fachreferat erwartet.

»Moin, Herr Mendel. Haben Sie Unterlagen zu Minna Schneider gefunden?«

»Ich wollte Sie anrufen, bevor Sie eine schriftliche Antwort von uns auf das richterliche Herausgabeverlangen bekommen. Ich nehme an, dass es eilt. Ich habe mich wirklich dahintergeklemmt, das müssen Sie mir glauben. Aber die Antwort aus dem Fachreferat ist wirklich frustrierend. Die haben mir zuerst mitgeteilt, die Akten seien nicht mehr vorhanden. Als ich insistierte, haben sie behauptet, die Akten würden sich in einem einsturzgefährdeten Keller befinden, der deshalb nicht mehr betreten werden darf.«

Anja schäumte innerlich. Eine solche Blockade würde sie denen nicht durchgehen lassen. Sie würde die Caritas in

348

Brilon auf den Kopf stellen und das Heim und das Jugendamt gleich dazu. Sie würde …

»Ich habe dann aber selbst nach Feierabend noch einmal
recherchiert. Es gibt tatsächlich eine dünne Akte, die enthält einen Beschwerdebrief von einer Tante, sonst nichts.
Keine Ahnung, warum sie den nicht beseitigt haben. In
dem Beschwerdebrief schreibt diese Verwandte, warten Sie,
ich lese Ihnen das mal vor: … *dass meine Nichte Minna
Schneider an den Fingern immer Verletzungen hat, die aussehen, als ob sie von Schlägen stammen. Sie fürchtet sich vor der
Dunkelheit, früher tat sie das nicht. Vor Männern und Frauen
in geistlicher Kleidung läuft sie weg. Wenn Glocken schlagen,
versteckt sie sich unter dem Tisch. Sie ist sehr dünn geworden.
Ihre Mutter sagt, dass sie sich nach dem Essen oft erbricht, und
dann weint sie. Ich ersuche Sie dringend, zu überprüfen, ob sie
in der Einrichtung körperlich gezüchtigt wird.*«

Anja Hinrichs schluckte. Minna Schneider hatte ein
Martyrium erlitten. In diesem Heim, in dem ihr geholfen
werden sollte, hatte man sie misshandelt, und an den Folgen hatte sie bis zu ihrem Tod getragen.

»Sonst war nichts in der Akte? Kein Antwortschreiben?
Gab es keine Untersuchung?«

»Ich habe keine Hinweise darauf gefunden. Unter dem
Schreiben stand eine Bemerkung mit Bleistift: *Offensichtlich unbegründet. Z.d.A.*, also zu den Akten. Ich glaube
nicht, dass man dem intensiv nachgegangen ist. Ich habe
aber nicht weiter nachgefragt, weil ich befürchte, dass auch
dieses Schreiben sonst verschwindet.«

In Anjas Kopf rumorte es. Ein Gedanke kam ihr, den sie
unbedingt weiterdenken musste. Sie nahm einen Bleistift

349

und notierte sich »geistliche Kleidung« und »Glockenläuten«.

»Ich kopiere das Schriftstück und schicke es Ihnen«, sagte Herr Mendel.

»Vielen Dank, Herr Mendel! Ich weiß Ihren Einsatz zu schätzen. Trotzdem werde ich die Sache nicht auf sich beruhen lassen. Wer weiß, wie viele Kinder in dem Heim gelitten haben. Kann ich auf Sie zurückkommen, wenn ich eine Aussage brauche?«

»Das können Sie. Ich lasse Ihnen meine privaten Kontaktdaten zukommen. Ich habe nämlich heute gekündigt.«

Nach dem Telefonat saß sie da, starrte auf ihre Notizen. Geistliche Kleidung, Glockenläuten. Sie habe den Pastor aus ihrem Haus gewiesen, hatte Gerda Dreyer gesagt. Und dann, in der heutigen Morgenlage, da hatte Edda Sieverts gesagt, vielleicht sei Minna Schneider die Mörderin von Hermann Vrielink gewesen. Hatte die dumme Sieverts, das blinde Huhn, möglicherweise ein Korn gefunden? Und dann war da noch die Frage, ob Minna Schneider deswegen vielleicht hatte sterben müssen? Umgebracht von demjenigen, der ihr geholfen hatte, die Leiche wegzubringen? Das hatte sie ja nie und nimmer alleine geschafft.

Anja sprang auf und lief in das Büro ihres Chefs. Aber Stephan Möllenkamp war nicht mehr da.

So lange hatten sie noch nie schweigend nebeneinandergesessen. Meike steuerte ihren grasgrünen Twingo. Sie hatte sich geweigert, ins Auto ihres Mannes zu steigen, nachdem sie die Beifahrertür kurz geöffnet hatte. »Igitt, den Gestank hält man ja nicht aus. Du musst unbedingt deinen Wagen sauber machen. Wie kannst du nur damit fahren?«

Möllenkamp selbst hatte sich an den säuerlichen Geruch schon gewöhnt. Seit er den betrunkenen Kevin Koerts nach Hause gefahren hatte, waren zwei Tage vergangen, in denen er gar keine Zeit gehabt hatte, sich um den Wagen zu kümmern. Sie hatten also das Gepäck umgeladen und hatten sich in den winzigen Wagen geklemmt, der bei Tempo 100 auf der B 70 schon bedrohlich röhrte. Dagegen wollte er nicht anschreien.

»Wie weit seid ihr eigentlich?«, fragte Meike schließlich doch.

»Kommt drauf an, welchen Fall du meinst«, sagte Möllenkamp.

»Beide natürlich. Die hängen doch irgendwie zusammen, oder nicht?«

»Wie kommst du darauf?«, fragte er, während er aus dem Fenster die großen Werfthallen der Meyer Werft fixierte.

»Na, der zeitliche und örtliche Zusammenhang …«

»Kann auch Zufall sein. Wir haben keine Hinweise, dass beide Fälle zusammenhängen.«

»Was wisst ihr denn überhaupt?«

»Wir wissen, dass die Jungsbande in Wymeer lügt. Sie sagen, sie waren beim Osterfeuer, aber da waren sie nicht. Wir wissen aber nicht, ob sie stattdessen ein Feuer gelegt oder anderen Unfug gemacht haben. Wir wissen, dass dieser Kevin, den ich am Mittwoch von der Jann-Berghaus-Brücke geholt habe, von den anderen belastet wird, nicht mit ihnen zusammen gewesen zu sein. Aber ich sehe das Motiv nicht. Er ist der Einzige, der mit Minna Schneider

351

befreundet gewesen ist. Und sie war wohl wiederum seine einzige Vertraute.«

»Ja, das hast du ja erzählt. Der arme Kerl«, sagte Meike.

»Wohl wahr. Und damit noch nicht genug: Wir können mittlerweile auch nicht mehr ausschließen, dass er von dem ermordeten Pastor Vrielink missbraucht wurde. Jedenfalls hat der Pastor von ihm Nacktfotos gemacht, die Anja Hinrichs gefunden hat. Diese Fotos wiederum waren im Besitz von Gerda Dreyer, der Haushälterin von Pastor Vrielink. Die hat offenbar noch mehr davon heute Mittag in ihr Auto geschafft und ist damit losgefahren. Wilfried Bleeker ist ihr auf den Fersen Richtung Emden. Bei Kevin zu Hause hat sich ein finales Drama abgespielt, das wir noch nicht genau rekonstruieren konnten, weil uns der Hauptzeuge fehlt. Jedenfalls scheint es einen Kampf gegeben zu haben, in dessen Verlauf Kevins Vater die Treppe heruntergestürzt und auf die Mutter gefallen ist. Ergebnis: Vater tot und die Mutter im Koma.«

»Wo ist Kevin?«

»Gertrud hat ihn beobachtet, wie er an der A 31 in einen Lkw eingestiegen ist.«

»Was war das für ein Lkw?«

»Weitere Informationen hatte Gertrud nicht.«

Möllenkamp bemerkte Meikes zweifelnden Blick von der Seite. Und auf einmal kam es ihm selbst ziemlich unwahrscheinlich vor. Sollte Gertrud schon wieder …?

»Wir lassen selbstverständlich nach ihm fahnden«, beeilte er sich zu sagen. »Das ist nur eine Frage der Zeit.«

»Schon klar«, sagte Meike. »Glaubst du, dass er es war?«

»Wenn die Situation so gewesen ist, wie es den Anschein

hat, dann hätte er wohl ein Motiv, den Pastor zu töten, denn wie soll dieser Junge mit so einem Verrat an seinem Vertrauen umgehen? Bislang kennen wir auch keinen anderen mit einem Motiv. Wenn der Pastor allerdings tatsächlich pädophil war, dann hätten vielleicht auch andere einen Grund gehabt, ihm etwas anzutun.«

»Dir ist natürlich bewusst, dass er das nicht allein gemacht haben kann.«

»Das sehe ich auch so«, bestätigte Möllenkamp. »Aber das macht die Sache nicht leichter, denn es ist völlig unklar, wer sein Komplize ist.«

»Minna Schneider.«

»Minna Schneider? Wie kommst du denn darauf?«

»Ist so ein Gefühl. Du hast doch mal gesagt, die beiden hätten über die Kirche geredet. Was hat Minna Schneider für ein Interesse an der Kirche gehabt?«

»Sie war früher in einem kirchlichen Kinderheim.«

»Na, dann ist doch alles klar!«

»Wieso?«

»Weil fast alle Kinderheimkinder traumatisiert sind.«

»Na, hör mal. Warum das denn?«

»Weil Kinder meistens in ein Kinderheim kommen, wenn die Familie überfordert ist. Das ist die erste Bürde, die sie tragen. Und weil ein Kinderheim eine totale Institution ist, die ihr Selbst verstümmelt.«

Totale Institution. Irgendwo hatte er den Begriff schon mal gehört. »Du meinst, so was wie ein Gulag? Das halte ich für übertrieben.«

»Ja, aber ein Kinderheim in der Nachkriegszeit hatte mit dem Gulag ein paar Merkmale gemein: Es schränkt den

Kontakt der Bewohner mit der Außenwelt stark ein. Das gesamte soziale Leben findet an einer Stelle statt und ist einer zentralen Autorität unterworfen. Die Kontrolle und Planung des Lebens ist total. Und wenn die Autorität ihre Macht missbraucht, dann ist das Individuum ihr hilflos ausgeliefert. Das prägt.«

Möllenkamp ließ sich das Ganze durch den Kopf gehen. »Das würde erklären, warum Minna Schneider die Kirche so gehasst hat. Wenn sie erfahren hätte, dass der Pastor gegenüber dem Jungen übergriffig geworden ist, dann könnte ihr Trauma wieder aufgebrochen sein. Aber ich kann mir das nicht vorstellen.«

»Was genau kannst du dir nicht vorstellen?«, fragte Meike.

»Meine Fantasie reicht so weit, dass ich Kevin in der Wohnung des Pastors sehe, dass der Pastor sich ihm nähert und dass der Junge dann zuschlägt. Die Kopfwunde deutet eher auf eine Affekthandlung hin. Daran war Minna Schneider vielleicht gar nicht beteiligt. Kevin sieht, was er gemacht hat, und weiß, dass er jemanden braucht, der ihm hilft, die Leiche zu beseitigen. Das wäre stimmig, wenn da nicht zwei Ungereimtheiten wären.«

»Und welche sind das?«

»Hermann Vrielink war noch nicht tot. Schlüter hat mir gesagt, dass er niedergeschlagen und dann erstickt wurde. Kannst du dir vorstellen, dass Kevin ihm kaltblütig noch ein Kissen aufs Gesicht drückt und dann Minna Schneider zu Hilfe holt?«

»Vielleicht war sie es?«

»Möglich, aber dann sollen ein Dreizehnjähriger und

eine Epileptikerin mit körperlichen Beeinträchtigungen einen erwachsenen Mann in eine Decke gewickelt und mit seinem eigenen Wagen abtransportiert haben? Sie haben ja beide nicht mal einen Führerschein.«

Meike warf ihm einen Blick von der Seite zu: »Bist du erst mit achtzehn das erste Mal selber Auto gefahren?«

»Nein, das nicht«, gab Möllenkamp zu. »Trotzdem, so ein planvolles Vorgehen traue ich ihnen nicht zu.«

»Minna Schneider war Epileptikerin, sie war nicht geistig minderbemittelt. Warum sollte sie nicht planvoll vorgegangen sein?«

Möllenkamp schüttelte den Kopf. »Ich weiß nicht. Vielleicht hast du ja recht, aber trotzdem … Außerdem: Wo haben sie den Wagen gelassen? Und wie sind sie dann wieder nach Hause gekommen?«

»Du hast doch gerade davon gesprochen, dass diese Haushälterin Fotos weggefahren hat. Was ist, wenn sie die Dritte im Bunde war? Autofahren kann sie ja offensichtlich.«

Möllenkamp versuchte sich vorzustellen, wie Gerda Dreyer den toten Pastor ins Auto geschleppt und im Moor eine Grube ausgehoben hatte. Aber er hatte nur ein Foto von ihr in einer Kittelschürze gesehen, und es fiel ihm grundsätzlich schwer, eine Kittelschürze mit einem Mord in Verbindung zu bringen. Aber irgendetwas hatte sie ja wohl mit der Sache zu tun.

Er griff zu seinem Handy und rief Staatsanwalt Peters an, um eine Hausdurchsuchung bei Gerda Dreyer zu erwirken. Dann benachrichtigte er Johann Abram.

Auf Strümpfen

Wilfried Bleeker war enttäuscht. Zuerst hatte er, bei der Tankstelle angekommen, gemerkt, dass er den Kanister im Auto hatte liegen lassen. Kurz hatte er überlegt zurückzulaufen, sich dann aber entschlossen, zunächst zum Borkumanleger zu gehen, um zu sehen, wo Gerda Dreyer abgeblieben war. Er hatte das gesamte Gelände des Borkumanlegers abgesucht, war alle Parkplätze abgelaufen, auf denen man seinen Wagen während des Urlaubs parken konnte. Nirgends hatte er den blauen Golf gesehen. Und er war sich so sicher gewesen! Natürlich konnte Gerda Dreyer ihren Wagen auch mit auf die Insel nehmen, aber da würde sie warten müssen, bis wieder Hochwasser war. In der letzten Stunde hatte bestimmt keine Fähre den Anleger verlassen. Bleeker hatte nun zwei dicke Blasen an den Füßen, weil sich seine schwarz glänzenden, superspitzen James-Dean-Schuhe für einen längeren Fußmarsch ebenso wenig eigneten wie seine Barchetta für eine Observation. Er hatte die Schuhe ausgezogen, die Schnürsenkel aneinandergeknotet und sie sich um den Hals gehängt. Jetzt war er auf Socken unterwegs.

Das Emder Außenhafengelände war eigentlich ein einziger riesiger Parkplatz. Hier warteten Tausende VW Passat darauf, in alle Welt verschifft zu werden. Wenn man nicht gerade ein großer VW-Fan war, dann war das kein Ort, an dem man sich freiwillig lange aufhalten würde. Was also hatte Gerda Dreyer hier gewollt?

Bleeker hatte keine Idee und auch keine Nerven mehr. Vielleicht war die ältere Dame ja auch schon längst wieder weg. Vielleicht hatte sie den Hafen nur umrundet, weil sie sich das Gelände mal ansehen wollte, und war inzwischen in ein nahe gelegenes Wohngebiet gefahren, wo sie mit einer Cousine Kaffee trank. Er trat den Rückzug an.

Während er auf Strümpfen die Frisiastraße entlanglief, betrachtete er die Umgebung. Autos über Autos, Speditionen und Logistikbetriebe, ein schier endloses Gelände. Auf einmal sah er ihn, den blauen Golf, der hier ungefähr so gut hinpasste wie ein Wählscheibentelefon in einen Handyshop. Der Wagen kam mit hohem Tempo aus einer Straße gefahren und bog dann nach links ab, wo es zur Autobahn zurückging.

Wilfried Bleeker hätte ohnehin keine Chance gehabt, dem Wagen zu Fuß zu folgen. Daher lief er in die Straße, aus der Gerda Dreyer gekommen war. Auch hier befanden sich große Gelände mit unzähligen Autos, alle mit weißer Haube gegen die Witterung geschützt. Er kam an einer großen Autospedition vorbei. Gerade fuhr ein dunkelroter Peugeot aus einem Tor und auf die Straße. In einem Glashäuschen saß ein Wachmann, der Zeitung las und, ohne aufzusehen, die Hand zum Gruß hob. Bleeker trat an das Häuschen heran.

»Moin«, sagte Bleeker, »ist hier vielleicht gerade ein blauer Golf herausgekommen?« Er zeigte dem Pförtner seinen Ausweis. Wenn der Mann sich über den Aufzug dieses Kriminalbeamten mit einem Paar glänzender Schuhe um den Hals wunderte, dann ließ er es sich nicht anmerken.

»Ja«, bestätigte er. »Schönes Auto.«

»Wissen Sie, was die Fahrerin des Wagens hier wollte?«

»Na, Parken vermutlich«, lachte der Pförtner.

»Kennen Sie die Frau, die im Wagen saß?«

»Nee, aber die hatte einen Ausweis.«

»Können Sie mir sagen, wie lange sich die Dame hier aufgehalten hat?«

»Wozu wollen Sie das wissen?« Der Mann hatte inzwischen seine Zeitung zugeklappt und schüttelte eine Zigarette aus einer Schachtel.

Bleeker gab ihm durchs Fenster Feuer. »Wir ermitteln in einem Tötungsdelikt.«

Der Wachmann riss die Augen auf und nahm die Zigarette aus seinem Mund. »Watt denn, hier?«

»Nicht direkt hier. Aber mehr kann ich Ihnen leider nicht sagen«, antwortete Bleeker, der sich selbst auch eine Zigarette ansteckte.

»Also, der Golf ist, warten Sie, vor etwa zwanzig Minuten hier reingefahren. Und jetzt schon wieder raus. Also, 'ne Schicht hat die Dame nicht geschoben.« Der Mann stieß erneut ein Lachen aus, das in ein heiseres Husten überging. Er sollte nicht so viel rauchen, dachte Bleeker.

»Gesagt hat sie nichts? Kein Termin?«

Der Wachmann schüttelte seinen kahlen Schädel. »Hatte sie wohl auch keine Zeit zu, nich'?«

In zwanzig Minuten dürfte sie über den Parkplatz kaum hinausgekommen sein, dachte Bleeker. Aber was war hier? »Haben Sie was dagegen, wenn ich mal kurz Ihren Mitarbeiterparkplatz inspiziere?«

Der Pförtner hob die Augenbrauen, dachte kurz nach,

dann sagte er: »Nur zu, aber machen Sie nix kaputt. Und außerdem: Der Golf ist ja schon weg.«

»Schon klar, ich bin auch gleich zurück.«

Bleeker bereute seine Worte schnell, als er sah, wie viele Wagen da parkten. Obwohl der Parkplatz glatt asphaltiert war, taten ihm die Füße bereits weh, und die schier unendliche Zahl von Autos entmutigte ihn. Er zwang sich dennoch zum Weitergehen.

Es dauerte eine Viertelstunde, bis er den Grund herausgefunden hatte, warum Gerda Dreyer hierher gefahren war: In der hintersten Ecke des Parkplatzes stand ein dunkelgrauer Renault Kangoo. Er zog sein Notizbuch aus dem Sakko und verglich das Kennzeichen. Dann nickte er. Er hatte den Wagen von Hermann Vrielink gefunden.

Das Motorrad

Gertrud versuchte, nicht den Verstand zu verlieren. Sie befand sich in einer ausweglosen Blechlawine, welche die Grafschaft Bentheim durchzog. Ab und zu heulte ein Motor auf, und ein Motorradfahrer raste in hoher Geschwindigkeit zwischen den Autokolonnen durch, manchmal hupte einer, dann hob sich ein behandschuhter Mittelfinger. Obwohl vor genau einem Vierteljahrhundert begonnen, klafften in der A 31 vor allem im Emsland immer noch große Lücken. In Geeste war Schluss, und dann ging es über die Landstraße durch das Land der Zuckerrüben. Das war an normalen Tagen schon lästig, an Ostern oder Pfingsten war es die Hölle. An diesen Tagen konnte kein Einwohner der Grafschaft von einer Straßenseite auf die andere wechseln.

Das Kind in der Heckscheibe hatte sie aus den Augen verloren, und auch sonst war nichts dazu angetan, ihren Frust zu mindern. Sie hatte sich die Verfolgung von Kevin Koerts einfacher vorgestellt und bezweifelte inzwischen, dass dies eine gute Idee gewesen war. Nach Kevin wurde ohnehin gefahndet. Seit etwa fünfzehn Uhr lief durch das Radio eine Suchmeldung nach »*dem dreizehnjährigen Kevin*«, der in eine »*schwarze Jeans, weiße Turnschuhe und einen schwarzen Kapuzenpullover mit AC/DC-Aufdruck gekleidet ist*«. Wer immer ihn sah, sollte bitte so schnell wie möglich die nächste Polizeidienststelle anrufen.

Also warum nicht umdrehen und einfach nach Hause

fahren? Gottfried würde sich freuen, und es konnte ein netter Abend werden, wenn er nicht wieder mit dem philippinischen Mädchen anfing. Sie war ja tatsächlich Journalistin und nicht die Polizei.

Gertrud begann nach einer Wendemöglichkeit Ausschau zu halten. In der anderen Richtung würde sie auch viel besser vorankommen. In der Ferne sah sie ein Gasthaus aus dunkelbraunem Klinker, wie er in den Siebzigerjahren einmal in Mode gewesen war. Es war eines der Gebäude, die durch Lage und Stil klarmachten, dass sie auf Trucker und Biker als Kundschaft aus waren, dass es bei ihnen Jägerschnitzel mit Pommes gab und dass man auf dem Zimmer keine Dusche erwarten durfte, dafür aber großzügige Flächen zum Parken rund ums konsequent umpflasterte Haus. Als sie näher kam, sah sie, dass viele Familien die Gelegenheit zu einer Pause genutzt hatten. Während die Eltern versuchten, einige der nachlässig platzierten Plastiktische und Stühle im Schatten von drei Schirmen zu gruppieren, machten sich die Kinder in Ermangelung sonstiger Anregung daran, die Angebote auf der Kreidetafel zu verändern, sodass der Eisbecher Pinocchio nur noch eine Mark fünfzig kostete und »Pomes rot-weis« zusammen mit »Lasanje« serviert wurden.

Auf dem Parkplatz standen auch drei Lkw. Einer davon trug die Aufschrift »Schmalenbeck Logistik«.

Gertrud wurde es ganz heiß. Sie fuhr auf den Parkplatz und stellte ihren Wagen so nahe wie möglich bei dem Lkw ab. Dann begann sie ihre Observation. Im Führerhaus saß niemand, vielleicht waren der Fahrer und Kevin im Gasthaus und aßen etwas. Dann mussten sie aber bald fertig sein, denn Gertrud hatte sicherlich eine gute halbe Stunde gebraucht, um wieder zu ihrem Wagen zurückzukommen, nachdem sie Kevin in den Lkw hatte steigen sehen. Sie konnte natürlich einmal aussteigen und um den Lkw herumlaufen. Vielleicht würde sie etwas sehen, das ihr einen Hinweis gab, ob der Junge überhaupt noch mitfuhr oder ob er schon unterwegs ausgestiegen war.

Gerade wollte sie ihren alten Polo verlassen, als sie die beiden herankommen sah. Sie erkannte Kevin sofort wieder. Er war in Begleitung eines großen Mannes, der lachte und ihn ab und zu knuffte. Die beiden sahen auf den ersten Blick schon wie gute Bekannte aus, obwohl der Fahrer eigentlich deutlich vertrauter mit Kevin wirkte als umgekehrt. Der schmale Junge hatte seine Schultern hochgezogen und fühlte sich offenkundig nicht wohl in seiner Haut.

Gertrud ließ das Autofenster herunter, um mithören zu können, falls die beiden sprachen. Der Fahrer des Lkw öffnete die Beifahrertür und ließ Kevin einsteigen. In Gertruds Radio wurden die Vier-Uhr-Nachrichten verlesen. Der Verkehrsfunk dauerte wegen der Reisewelle länger als sonst. Dann ertönte die Stimme der Nachrichtensprecherin, die Gertrud schon kannte: »Die Polizei bittet in einem Vermisstenfall um Ihre Mithilfe. Gesucht wird der dreizehnjährige Kevin aus Wymeer. Er ist gekleidet in *schwarze Jeans, weiße Turnschuhe und einen schwarzen Kapuzenpullover mit AC/DC-Aufdruck …*« In der Ferne heulte wieder der Motor eines Motorrads auf, das zwischen den Wagenschlangen alle verlorene Zeit wieder wettmachen wollte.

In diesem Moment wurde die Beifahrertür des Lkw aufgerissen. Gertrud schrak zusammen. »Kevin!«, schallte eine

Stimme aus dem Führerhaus. »Warte!« Doch Kevin wartete nicht. Er sprang heraus, knickte mit dem Fuß um, rappelte sich auf und rannte mit angstverzerrtem Gesicht zur Straße.

Gertrud hörte die rennenden Schritte, sie hörte Hupen, sie hörte das Kreischen eines Motors und wusste, was passieren würde. Sie stieß die Autotür auf, drehte sich um, sah noch mitten in ihrer Bewegung etwas Schwarzes durch die Luft fliegen, hoch, so hoch. So hoch flog doch kein Mensch! Sie hörte das Geräusch von Bremsen, Blech schlug auf Blech, es schepperte. Menschen schrien. Sie kam an der Straße an. Da war ein Berg Blech, ein kaputtes Auto, dessen Fahrer sich am Straßenrand erbrach. Es war der Vertreter in seinem grauen Mercedes von vorhin. Vor dem Auto befand sich ein zertrümmertes Motorrad, der Fahrer reglos darunter. Ein paar Meter weiter lag Kevin halb auf der Motorhaube eines anderen Fahrzeugs, die Augen geschlossen, eine neue Wunde an der Stirn. Als hätte er nicht schon genug gehabt. Ein kleiner Blutfaden lief aus seiner Nase. Und Gertrud tat, was sie sonst nie tat: Sie begann zu weinen.

Johann Abram hatte sich in die Inspektion geschleppt, obwohl er sich noch richtig schlapp fühlte. Trotzdem war da eine innere Unruhe in ihm. Stephan Möllenkamp hatte ihn angerufen und ihm von seinem Verdacht berichtet, Gerda Dreyer habe etwas mit der Ermordung von Pastor Vrielink zu tun. Er hatte Staatsanwalt Peters wegen einer Hausdurchsuchung anrufen wollen, aber Abram hatte Zweifel, dass sein Chef auf einen Verdacht und ein paar zu überprüfende Kartons hin einen Beschluss bekommen würde. Aber nun gerade hatte sein Telefon geklingelt, und Bleeker hatte ihm von seinem Fund auf einem Parkplatz in Emden berichtet. Die Chancen für eine Hausdurchsuchung waren mit einem Mal deutlich gestiegen. Er hatte vorläufig eine Streife zu Gerda Dreyers Haus geschickt, um sie gleich abzufangen, wenn sie zurückkam.

Es klopfte an der Tür. Anja Hinrichs trat herein. Sie war sichtlich mitgenommen von den Ereignissen des Tages. Auch die Verhöre der vier Freunde hatten ihr zugesetzt. »Was für Arschlöcher das sind«, ließ sie Abram wissen, »dumme, aufgeblasene, alberne Arschlöcher. Aber ich habe sie richtig unter Druck gesetzt. Komischerweise spricht jetzt keiner mehr davon, dass Kevin am Samstagabend nicht bei ihnen war. Dafür haben sie richtig Muffensausen gekriegt, weil ich sie nach ihrem Alibi für Freitagabend gefragt habe. Sie haben nämlich keins.«

»Aber glaubst du, dass sie es waren, die den Pastor umgebracht haben?«, fragte Abram erstaunt. »Die waren doch genauso überrascht über die Dias, die ihnen dieser Oliver Meinders gezeigt hat.«

»Quatsch«, winkte Anja ab, »die haben damit überhaupt nichts zu tun. Aber die müssen mal langsam eine Lektion lernen. Und ich bin sicher, sie haben am Samstag etwas ausgefressen. Wenn sie nicht die Alte Schule angezündet haben, dann war's was anderes.«

Johann Abram ließ sie machen. Er wartete auf Gerda Dreyer. Dann würden sie beide jemanden zum Verhören haben. Das Telefon klingelte. Jemand schluchzte. Nur mit Mühe konnte er verstehen, dass es Gertrud Boekhoff war.

»Er ist tot! Tot! Und ich war nicht schnell genug. Und

dieser Motorradfahrer auch! Ich will … ich kann nicht … er hat doch schon so viel mitgemacht. Es ist so ungerecht!«

Abram versprach ihr, sich darum zu kümmern und sie auf dem Laufenden zu halten. Er riet ihr, nach Hause zu fahren und sich auszuruhen. Dann vergrub er den Kopf in den Händen. Eine ganze Familie an einem einzigen Tag ausgelöscht. Was für ein Schicksal!

Gertrud Boekhoff wischte sich das nasse Gesicht am Ärmel ihres Sweatshirts ab und näherte sich dem reglosen Körper auf der Motorhaube. Eine Menschentraube hatte sich um den Unfallort gebildet. Das Stimmengewirr um sie herum nahm sie nur gedämpft wahr. Der Junge hing schief wie eine Puppe auf der Motorhaube. Im Wagen saß der Fahrer, reglos vor Schock. Es war, als hätte ein teuflischer Künstler dieses Stillleben arrangiert. Aus Menschen waren Wachsfiguren geworden, die sich niemals wieder bewegen würden.

Doch dann begann die Figur von der Motorhaube zu rutschen, ganz langsam, dann schneller. Die Füße des Jungen hatten den Boden erreicht, die Knie knickten ein, der Oberkörper rutschte hinterher, der ganze Körper schien sich zu falten. Reflexartig stürzte Gertrud auf ihn zu und schaffte es gerade noch, seinen Oberkörper zu fassen, bevor er auf dem Asphalt aufprallen konnte. Um sie herum ertönten erschreckte Schreie.

Sie bettete den Kopf des Jungen auf ihren Schoß und legte zwei Finger an seinen Hals. Sie fühlte nichts. Unter sich sah sie das Gesicht, das ihr winzig klein vorkam. Vorsichtig wischte sie das Blut unter Kevins Nase fort, während erneut ihre Tränen lautlos zu laufen begannen. Da

spürte sie etwas an ihrem Handrücken, einen kaum wahr-
nehmbaren Lufthauch. Noch einmal hielt sie die Hand unter seine Nase. Sie hatte sich nicht getäuscht: Er atmete.

Gertrud drehte den Kopf und schrie: »Einen Krankenwagen, schnell, er lebt!«

Sie zog ihren Pullover aus und legte ihn unter Kevins
Kopf, bettete den Körper dann vorsichtig auf die Straße
und legte ihr Ohr an sein Herz. Es war ihr vollkommen
egal, dass alle Umstehenden sie im Unterhemd dort sitzen
sahen.

Noch immer hörte sie nichts. Konnte jemand atmen,
ohne dass sein Herz schlug? Weil ihr nichts anderes einfiel, beugte sie ihr Gesicht über das des Jungen und teilte
ihren Atem mit seinem. Sie tat es wieder und wieder,
fühlte zwischendurch seinen Puls und bemerkte nicht,
dass jemand die Autotür öffnete und dem Fahrer des Wagens aus seinem Sitz half. Sie hörte auch die lauter wer-
denden Sirenen nicht. Sie sah nur den Mund mit den
weichen Lippen, auf die sie ihre presste, um Luft in ihn
hineinzublasen, damit er lebte. Und irgendwann war da
etwas unter ihren Fingern, ein feines Pochen, ganz
schwach nur, aber deutlich.

Da ließ sie ihn los. Jemand gab ihr eine Jacke. Feste
Hände fassten sie und hoben sie hoch. Gertrud merkte, wie
schwindlig ihr war. Sie stolperte fort von der Stelle, an der
Kevin lag, reckte den Kopf und sah noch, wie eine Frau in
weißer Kleidung sich neben den Jungen hockte und mit
geübten Griffen abtastete, ob etwas gebrochen war.

Lieber Gott, mach, dass er es schafft, dachte sie.

Johann Abram kam gerade von der Toilette, als man Gerda Dreyer brachte. Es war ein Fehler gewesen, so früh zurück zum Dienst zu kommen. Er war noch nicht wieder auf dem Damm. Und jetzt stand ihm auch noch ein Verhör bevor! Kurz überlegte er, ob er Anja Hinrichs aus ihren Vernehmungen holen sollte. Aber die vier Jungs würden ihm vermutlich noch mehr abverlangen, als die ältere Dame zu befragen, die überdies recht gefasst aussah. Das sollte Anja machen, deren Abneigung gegen heranwachsende Männer sie für diese Aufgabe hervorragend qualifizierte.

Johann Abram nahm Gerda Dreyer mit in sein Büro, da der Vernehmungsraum belegt war. Hinter den Aktenbergen auf seinem Schreibtisch wirkte sie noch kleiner als zuvor. Auf einmal zweifelte er an ihrer Täterschaft.

»Fangen wir jetzt an?«, fragte die Haushälterin des Pastors.

Abram schaltete das Tonband ein.

»Gott hat uns einen Satan in die Gemeinde geschickt, um uns zu prüfen. Ich weiß nicht, warum es gerade uns getroffen hat, wo unsere Gemeinde doch sowieso schwach im Glauben ist. Ich habe es nicht gleich gemerkt, denn er war ein guter Pastor, hat sich um vieles gekümmert, hat die kirchlichen Gruppen wiederbelebt. Aber diese Kamera, die ist mir gleich aufgefallen. Er hat nicht nur die Natur fotografiert, sondern auch die Konfirmanden. Ich habe beim Saubermachen die Bilder gesehen. Fotos stehlen die Seele, sagen die Indianer. Wenn das stimmt, dann hat er viele Seelen gestohlen.«

Gerda Dreyer schwieg einen Moment, dann sah sie Johann Abram direkt an. »Was hätte ich denn machen sollen? Ich habe nichts gesagt, nur das Haus geputzt und ihn beobachtet. Ich war mir sicher, dass mit ihm etwas nicht stimmt. Und dann hat er sich den Kevin geholt. Wissen Sie, der Junge kann einem nur leidtun, bei dem Vater und der Mutter. Ich sah, wie er beim Pastor ein und aus ging. Außer ihm hatte er nur noch Swart Minna, das ist doch kein Umgang für einen Jungen in dem Alter! Und die Drecksbande um den Sohn vom Bürgermeister, die haben ihn doch bloß gequält!«

Gerda Dreyer war laut geworden, und Johann Abram spürte, dass er wieder auf die Toilette musste. Aber er wollte ihren Redefluss nicht stoppen. Wer wusste schon, ob die ältere Dame mit den Fönlocken es sich nicht anders überlegen würde. Also biss er die Zähne zusammen und blieb sitzen. Doch der Redefluss war zum Erliegen gekommen.

»Was ist denn am vergangenen Freitagabend passiert?«, fragte er.

»Pastor Vrielink hat seine gerechte Strafe bekommen«, war die Antwort.

»Sie haben gerade gefragt, was Sie denn hätten machen sollen«, versuchte es Abram erneut, während es in seinen Eingeweiden grummelte. »Was haben Sie denn gemacht?«

»Ich habe unser Dorf vom Satan befreit.«

»Wollen Sie damit sagen, Sie haben Herrn Vrielink getötet?«

»Ich habe ihn dahin geschickt, wo er hergekommen ist.«

Das war nun auch kein eindeutiges Geständnis, und Johann Abram beschloss, dass er ganz von vorne anfangen musste.

»Was haben Sie denn am Freitagabend gesehen?«

»Eine Quizsendung im Fernsehen.«

»Frau Dreyer, haben Sie am Freitagabend Pastor Vrielink gesehen?«

»Ja.«

»Wann war das?«

»Gegen neunzehn Uhr, da hat er den Müll rausgebracht. Das war, kurz bevor die Sendung im Fernsehen anfing.«

»Und danach?«

»Danach auch noch.«

»Und wann war das?«

»Das muss so um einundzwanzig Uhr gewesen sein.«

»Was hat er da gemacht?«

»Er hat Kevin zur Tür hereingelassen.«

»Also ist Kevin Koerts am Freitagabend ins Haus des Pastors gekommen.«

Gerda Dreyer nickte und sah auf ihren Rock.

»Wie lange war er dort?«

»Ich habe nicht auf die Uhr geschaut.«

»Aber Sie haben gesehen, dass er wieder gegangen ist.«

»Ja, das habe ich.«

»Was haben Sie dann gemacht?«

Gertrud Dreyer schwieg. Johann Abram musste jetzt wirklich dringend auf die Toilette und entschuldigte sich. Vielleicht wurde die Dame gesprächiger, wenn sie einen Moment lang alleine nachdenken konnte.

Auf dem Flur begegnete er Anja. »Wie läuft es?«

»Frag nicht«, zischte sie. »Nummer drei war gerade dran. Und als Letzter sitzt da noch Oliver Meinders im Flur, die Mutter neben sich, die aussieht, als wollte sie gleich die Polizeiinspektion anzünden. Sie wird kämpfen wie eine Löwin, damit niemand ihrer Brut zu nahe tritt.«

»Bei mir ist es genauso zäh«, sagte Abram. »Sie hat so schön angefangen zu erzählen, aber auf einmal muss man ihr jedes Wort aus der Nase ziehen. Wenn das so weitergeht, dann erfahren wir nie, was wirklich passiert ist.«

Dann eilte er zur Toilette. Als es ihm leichter war, überlegte er, ob er vielleicht anders anfangen sollte.

»Wieso stand der Wagen von Pastor Vrielink in Emden auf dem Firmenparkplatz der Autospedition Markgraf?«, begann er das Verhör erneut.

»Mein verstorbener Mann hat dort gearbeitet.«

»Frau Dreyer, jetzt kommen Sie! Haben Sie den Wagen dort abgestellt?«

Sie zögerte, dann sagte sie: »Ja, das habe ich.«

»Warum haben Sie das gemacht?«

»Ich wusste nicht, wohin ich ihn sonst bringen sollte.«

Abram rollte innerlich mit den Augen. »Frau Dreyer, Sie sind sich hoffentlich im Klaren darüber, dass der Wagen jetzt gerade gründlich untersucht wird. Und wenn wir darin Spuren finden, die wir mit dem Mord an Pastor Vrielink in Verbindung bringen können, dann sind Sie in großen Schwierigkeiten. Glauben Sie mir, es wäre besser, wenn Sie jetzt sprechen würden, das wird Ihnen vor Gericht vorteilhaft ausgelegt werden.«

Gerda Dreyer schwieg. Kriminalhauptkommissar Johann Abram verlor allmählich die Geduld, und es mochte an dem fortwährenden Rumoren in seinem Bauch liegen, dass er zu einem Mittel griff, das er sonst nie anwendete: der Lüge.

»Frau Dreyer, wissen Sie eigentlich, was heute Nachmittag passiert ist? Ich sage es Ihnen: Kevin Koerts, der Junge,

370

der Ihnen angeblich so leidtut, ist geflohen, nachdem es bei ihm zu Hause ein schweres Unglück gegeben hat, bei dem sein Vater ums Leben gekommen ist und die Mutter so schwer verletzt wurde, dass nicht sicher ist, ob sie überlebt. Wir wissen noch nicht, was genau passiert ist. Aber Kevin ist auf seiner Flucht schwer verunglückt und ringt momentan um sein Leben.« Innerlich leistete Abram Abbitte, dass er das arme Kind von den Toten zu den Lebenden zurückgeholt hatte, um seine Verdächtige zum Reden zu bringen. Aber da er nun einmal mit dem Lügen angefangen hatte, musste er weitermachen:

»Wenn Kevin wieder gesund werden sollte, dann werden wir ihn wahrscheinlich wegen des Mordes an Pastor Vrielink vor Gericht stellen. Wir wissen, dass er am Abend dort im Haus war und Hermann Vrielink ihn vermutlich bedrängt hat. Kevin hat also das, was ihm vor Gericht große Probleme machen wird: ein Motiv und die Gelegenheit, den Pastor zu töten. Wenn Sie nicht wollen, dass der Junge den Rest seines Lebens mit dieser Bürde leben muss, dann reden Sie jetzt mit mir.«

Während der Ansprache hatten sich Gerda Dreyers Gesichtszüge verändert. Aus Gleichgültigkeit war Entsetzen geworden, und ihre Augen hatten sich mit Tränen gefüllt.

»Das habe ich nicht gewollt«, flüsterte sie. »Ich wollte ihm nur helfen.«

Eine Stunde später traf Abram in der Kaffeeküche auf Anja Hinrichs. »Du siehst hundeelend aus«, sagte sie, während sie Süßstoffdragees in ihren Kaffee plumpsen ließ. »Soll ich dir einen Kamillentee machen?«

Abram nickte. »Dafür habe ich ein Geständnis«, sagte er. »Gerda Dreyer hat den Pastor erstickt, und zwar genau in der Zeit, als Kevin Koerts, der Vrielink bewusstlos geschlagen hatte, zu Minna Schneider gelaufen ist, um sie zu Hilfe zu holen. Kevin hat nicht gewusst, dass Gerda Dreyer den Rest erledigt hatte. Wahrscheinlich hat er bis zuletzt geglaubt, er sei der Täter gewesen. Dann haben sie den Leichnam zu dritt in sein Auto gepackt und ins Moor gefahren, wo sie ihn vergraben haben. Gerda Dreyer hat anschließend den Wagen des Opfers nach Emden auf den Mitarbeiterparkplatz der Firma Markgraf gebracht. Sie hat gehofft, dass ihn dort so schnell niemand entdecken würde, bis ihr eine Idee gekommen wäre, wo sie ihn verschwinden lassen könnte. Das hat sie dann bekanntlich nicht mehr geschafft, weil Bleeker ihr auf die Spur gekommen ist.«

»Yeah«, sagte Bleeker, der in diesem Moment Kaugummi kauend die Kaffeeküche betrat.

»Wie ist Frau Dreyer denn von Emden wieder nach Wymeer gekommen?«, fragte Anja Hinrichs staunend.

»Mit Bahn und Bus«, antwortete Abram. »Das Ganze hat bis zum nächsten Morgen gedauert. Sie hat sich dann schlafen gelegt und am Samstag in aller Ruhe das Pfarrhaus geputzt. Sie wusste ja, dass spätestens am Sonntag auffallen würde, dass Pastor Vrielink nicht da ist. Und dann würde die Polizei kommen und alles auf den Kopf stellen. Darum hat sie alle Fotos und Computer aus dem Haus geholt, um sämtliche Spuren zu vernichten, die darauf hindeuten könnten, dass dem Pastor etwas zugestoßen sein könnte. Als mit dem Fund der Leiche Bewegung in die Ermitt-

372

lungsarbeit kam, wollte sie die Sachen verschwinden lassen und brachte sie nach Emden zum Auto.«

»Und Minna Schneider hat dabei mitgeholfen, den Mann zu entsorgen?«, fragte Bleeker staunend. »Das kann ich mir gar nicht vorstellen.«

»Es war aber so. Sie war eine kräftige Frau, und gemeinsam haben sie das Opfer in die Decke gewickelt, aus dem Haus geschleppt und ins Auto gehievt. Eine Notgemeinschaft, diese drei. Und nun sind zwei der drei Tatbeteiligten tot«, sagte Abram traurig.

»Nicht ganz«, erwiderte Anja. »Kevin lebt. Gerade kam ein Anruf. Sie haben ihn in ein künstliches Koma versetzt und hoffen, dass er wieder aufwacht.«

»Dann habe ich ja doch nicht gelogen«, meinte Johann Abram erleichtert.

»Habe ich da eigentlich gerade unsere Freunde aus dem Konfirmandenunterricht auf dem Flur gesehen?«, fragte Wilfried Bleeker.

»Das ist richtig«, bestätigte Anja, »und ich weiß jetzt auch endlich, was sie am Samstagabend gemacht haben.«

Auszeit

Kann man aus einer laufenden Mordermittlung einfach für ein paar Tage aussteigen? Kann man verdrängen, dass da ein Mörder herumläuft, der bisher nicht gefasst wurde, ein Fall noch offen ist, den man nicht gelöst hat?

Manchmal muss man es.

Stephan Möllenkamp stellte fest, dass mit jedem Kilometer, den er zwischen sich und die Polizeiinspektion brachte, das Geschehene ein bisschen weiter von ihm wegrückte. Dafür wurde der Stein auf seiner Brust schwerer, denn das emotionale Gewicht seiner Familie drückte ihn umgekehrt mit jedem Kilometer mehr nieder.

Er versuchte sich zu sagen, dass es gute Nachrichten waren, dass man seinen Vater von der Intensivstation auf eine gewöhnliche Station verlegt hatte. Dass er wach war, bedeutete, dass er vielleicht mit ihm kommunizieren konnte. Er versuchte sich positiv zu konditionieren, was ihm nur teilweise gelang. Aber vielleicht auch nur, weil er so müde war. Während Meike den kleinen, röhrenden Twingo über die Straßen steuerte, fielen ihm langsam die Augen zu. Er wachte auf, als sie auf die Auffahrt seines Elternhauses in Osnabrück fuhren. Er fühlte, dass die Dinge zu ihm sprachen: das ewig undichte Garagendach, auf dem sein Vater fluchend herumgekrochen war, das Dachflächenfenster, aus dem heraus er den ewig verhangenen Himmel angesehen hatte, die gestutzten Koniferen, die ihm mit ihrem tristen Grün besonders im Herbst Depressionen verursacht hatten. »Werft eure Blätter ab!«, hätte er sie am liebsten angeschrien. »Zeigt einmal eine Regung, die beweist, dass ihr etwas wisst von Frühling, Sommer, Herbst und Winter, vom Werden und Vergehen, vom Leben und vom Sterben.«

Er nahm seine Mutter in den Arm. Nach seinem letzten Besuch vor ein paar Tagen hatte er etwas Übung, es fiel ihm nicht mehr so schwer. Im Krankenhaus sahen ihn die graublauen Augen seines Vaters prüfend an, und wenn er auch nicht sprechen konnte, so teilten sie ihm vieles mit: Freude, seinen Sohn zu sehen, den Wunsch nach einem Neuanfang, die Unsicherheit, wie das gehen würde, Angst vor dem Sterben. Das war mehr, als Stephan Möllenkamp in den letzten zwei Jahrzehnten von ihm erfahren hatte. Als die Brüder und die Mutter das Zimmer verlassen hatten, um einen Kaffee zu trinken, setzte sich der Sohn an das Bett seines Vaters, nahm dessen Hand, und es fühlte sich gut an.

Er besuchte zuerst Georg und dann Josef. Georg ging es nicht wirklich gut. Er hatte seinen Job verloren, weil er ein paarmal zu oft nicht zur Arbeit erschienen war. Er führte eine komplizierte On-off-Beziehung mit einer Kellnerin, die zehn Jahre älter war als er. Auch damit konnte man seine Eltern nicht glücklich machen. »Da kann ich noch so oft bei unserem Vater am Bett sitzen«, sagte er mit schiefem Grinsen.

Josef begegnete ihm distanziert, aber er sparte sich die spitzen Bemerkungen. Melinda hingegen schien sich wirklich zu freuen, ihn und Meike zu sehen. »Kommt rein, ich habe gerade ein neues Auflaufrezept ausprobiert, und ihr seid meine Versuchskaninchen.«

Meike und Stephan Möllenkamp warfen sich einen Blick zu, aber der Auflauf schmeckte tatsächlich köstlich.

Möllenkamps Eintauchen in diese andere Welt der Familie endete am Sonntagmorgen, als ihn Jörg Schlüter anrief.

»Wo bist du?«, fragte der Gerichtsmediziner.

»In Osnabrück bei meinen Eltern. Mein Vater liegt im Krankenhaus. Warum fragst du?«

»Tut mir leid, dass ich dich störe, aber ich habe da was, das ich nur mit dir besprechen kann«, sagte Schlüter geradeheraus.

»Worum geht's?«, fragte Möllenkamp, der verwirrt war, weil sich da zwei Sphären vermischten, die gar nichts miteinander zu tun hatten.

Dr. Jörg Schlüter hatte sich erkennbar gut auf dieses Gespräch vorbereitet, denn er kam gleich klar und deutlich zur Sache: »Ich habe einen Bekannten aus dem Studium, der arbeitet als Gerichtsmediziner in Berlin. Wir haben gestern telefoniert, und wie das so ist: Ich habe ihm von unserem Brand in der Alten Schule erzählt und von unserem neuen Kollegen Dr. Proll. Seine Reaktion war: ›*Ach bei euch ist er also gelandet, nachdem er hier wegmusste.*‹«

Schlüter machte eine bedeutungsvolle Pause, und Möllenkamp schwante Böses.

»Um es kurz zu machen: Der Kollege Proll hat sich in Berlin einige haarsträubende Fehlgutachten geleistet. Er will auch dort bei diversen Bränden Rückstände von Spiritus gefunden haben. Normalerweise ist Spiritus sehr schwer nachzuweisen. Seine wenigen Bestandteile verdampfen schnell und lösen sich im Löschwasser. Es gelingt nur, wenn man etwa in einer vom Feuer verschonten Ritze ein Rinnsal findet. Hans Proll und seine Kollegen meinten aber aufgrund ihrer langjährigen Erfahrung, dass sie Spiritus auch nachweisen könnten, wenn nur Ethanol und zwei seiner Vergällungsstoffe vorlägen. Vergällungsstoffe des Spiritus entstehen aber auch beim luftarmen Abbrand von Holz, also in vielen Fällen, in denen gar keine Brandstiftung vorliegt …«

Möllenkamp stöhnte. Wenn das stimmte, dann hätten sie sich die Verhöre mit Bürgermeister Specker und den Jungs sparen können.

»Ich möchte dem Ergebnis nicht vorgreifen, es könnte ja auch weiterhin Brandstiftung sein, aber ihr solltet zumindest noch ein zweites Gutachten anfertigen lassen. In Moabit hat sich übrigens ein fälschlich der Brandstiftung angeklagter Mann in seiner Zelle erhängt.«

Möllenkamp rieb sich die Stirn. Ob Hinterkötter davon wusste? Er erinnerte sich an Prolls Worte, wonach Menschen praktisch alles anzündeten, was brennbar war. Litt der Mann unter Wahnvorstellungen, wollte er Brände sehen, wo gar keine waren?

Dann aber kam ihm der Gedanke, dass diese neue Möglichkeit, die ja keine Gewissheit war, etwas an seinem Fall verändern könnte. Minna Schneider, die in ihrer Geisteskrankheit einen Brand vielleicht versehentlich ausgelöst hatte. Oder ein Brand, der ganz von selbst entstanden war. Vielleicht gab es doch keine Verbindung zwischen den Toden von Vrielink und Schneider, weil der Fall Schneider nun kein »Fall« mehr war.

»Stephan, bist du noch da?«

»Ja, Jörg, ich bin noch da. Danke, dass du mir diesen Hinweis gegeben hast. Aber sag mir mal, was ich jetzt damit machen soll. Ich kann ja nicht grundlos irgendwelche Beschuldigungen gegen unseren Gutachter erheben.«

Jörg Schlüter schien auf diese Frage gewartet zu haben. »Ich könnte ja mal meinen Bekannten ganz unverbindlich bitten, einen Blick auf unsere Ermittlungsergebnisse zu werfen. Das macht der bestimmt. Und wenn auch er zu dem Schluss kommt, dass es sich um Brandstiftung handelt, dann ist ja alles gut. Wenn nicht, dann überlegen wir uns, wie wir weiter vorgehen.«

Möllenkamp fuhr mit der Hand durch die dunkle Tolle, die ihm immer ins Gesicht fiel, und nickte. Dann merkte er, dass Schlüter ihn ja nicht sehen konnte. »Ja, es ist vielleicht besser, wir warten das Ergebnis erst mal ab.«

Mit diesem Anruf war das Wochenende vorbei. Er ging noch einmal ins Krankenhaus, und seine Brüder standen neben ihm. Als er seinem Vater die Hand hielt, fühlte es sich seit Langem endlich wieder an, als wären sie alle eine Familie. Er versprach, bald wiederzukommen.

Vom Recht zu gehorchen

Sonntag, 21. April 2001, 20:00 Uhr, Weener

»Ihr habt den Fall jetzt tatsächlich gelöst?«, fragte Gertrud und leerte ihr Glas Bier als Erste.

»Den Fall Vrielink schon«, bestätigte Stephan Möllenkamp. »Der Pastor ist von seiner Haushälterin erstickt worden.«

»Und warum hat sie das gemacht?«, fragte Gottfried Schäfer. Seine blauen Augen blinzelten verwirrt hinter der kleinen Nickelbrille.

»Gerda Dreyer hat irgendwann einmal beim Aufräumen in seinem Haus Akten des Landesjugendamtes Westfalen gefunden. Es waren Unterlagen über vier junge Männer, die unter der Obhut von Hermann Vrielink gestanden hatten, als der noch Heimleiter in Neuenstein im Lippischen war. Die sind alle zu jung und unter komischen Umständen gestorben. Das fand die Haushälterin merkwürdig, und sie hat angefangen, ihren Chef zu beobachten. Dabei kam dann eins zum anderen: dass er nur mit Jungs zum Baden gefahren ist, dass er immer seine Kamera dabeihatte und dass er sich so auffällig intensiv um Kevin Koerts gekümmert hat, der aus schlimmen Verhältnissen kam. Na ja, sie hat dann irgendwann auch die Dias entdeckt.«

Möllenkamp konnte durch die dichten Wolken aus Zigarettenrauch schemenhaft Willm Kröger erkennen, der sich mit einem Tablett in der Hand auf ihren Tisch zubewegte. Er stellte vier Jever, einen Apfelsaft, ein Glas mit harten Knackern und eine Schale mit Erdnüssen vor sie hin.

»So«, sagte er und grinste breit. »Jetzt arbeitet ihr also zu viert den Fall Wymeer auf. Wie geht's denn eigentlich unserem armen Kevin?«

»Kevin lebt, aber er wird noch eine Weile im Krankenhaus bleiben müssen«, berichtete Möllenkamp.

»Es geht das Gerücht, dass du ihn gerettet hast.« Willm sah sie forschend an, als könnte er sich Gertrud bei einer Mund-zu-Mund-Beatmung einfach nicht vorstellen.

»Ja«, brummte Gertrud, der das sichtlich unangenehm war.

»Er soll auf ein Auto gefallen und beinahe tot gewesen sein, sagt man«, insistierte Willm, der es wohl selbstverständlich fand, dass er als Informationszentrale des Rheiderlandes alle Informationen aus erster Hand bekam.

Gertrud nickte. »Ja, aber er wird wieder«, sagte sie.

»Was ist mit den Eltern?«, fragte Gottfried.

»Der Vater hat sich beim Sturz von der Treppe das Genick gebrochen. Die Mutter hat ein Schädel-Hirn-Trauma und wird wohl wieder gesund werden«, berichtete Möllenkamp.

»Nach dem, was die beiden mit dem Vater erlebt haben, werden die nie wieder gesund«, prognostizierte Gertrud und trank von ihrem Jever.

Gottfried hob sein Glas mit Apfelsaft zum Mund, dann sagte er: »Um Kevin muss sich jemand kümmern, sonst wird sich die traurige Familiengeschichte wiederholen. Vielleicht kann ich ihn mit in den Bibelkreis nehmen, wenn er wieder draußen ist.«

Willm zog belustigt die Augenbrauen hoch und schob ab. Aber Meike konnte sehen, dass es Gottfried sehr ernst mit seinem Anliegen war.

»Ja, Kevin hat wirklich nicht viel Grund, jemandem zu vertrauen«, bestätigte Möllenkamp und nahm sich eine Handvoll Erdnüsse aus der Schale. »Minna Schneider ist tot, seine Freunde waren nicht wirklich seine Freunde, und seine Eltern, na ja.«

»Immerhin hat ihm außer seiner Freundin Minna auch die Haushälterin geholfen«, sagte Meike.

»Wie ist das Ganze denn nun eigentlich abgelaufen?«, fragte Gottfried, dem wohl zu viele handelnde Personen im Spiel waren.

»Ich darf euch das eigentlich gar nicht im Detail erzählen«, wand sich Möllenkamp.

»Wollen wir es so machen, dass ich eine Theorie aufstelle, und wenn sie falsch ist, schüttelst du den Kopf, und wenn nicht, dann sagst du nichts?«, schlug Gertrud vor.

Meike lachte. »Komm schon, Stephan, sie ist beteiligt.«

»Wie immer«, knurrte er und berichtete.

Eine böse Ahnung hatte Gerda Dreyer dazu getrieben, im Pfarrhaus nachzusehen, was los war, als sie Kevin weinend aus dem Haus hatte laufen sehen. Dort hatte der Pastor gelegen, nur mit einem Bademantel bekleidet. Auf der Anrichte stand eine Flasche Wein mit zwei Gläsern. Die Madonnenstatue, die sie auf ihrem Platz in der Küche immer merkwürdig gefunden hatte, lag zerbrochen neben Hermann Vrielinks Körper. Der Pastor atmete noch.

Die Haushälterin hatte aus dem Wohnzimmer eine graue Wolldecke geholt und sie dem Pastor aufs Gesicht gedrückt. Warum sie das getan habe? Hermann Vrielink hätte weitergemacht, so hatte sie argumentiert. Wenn er gesund geworden wäre, dann hätte er sich wieder an Jungen vergriffen. Gerda Dreyer war es dabei weniger um die Jungen gegangen als vielmehr um die Kirchengemeinde. Sie hatte befürchtet, dass es mit der fragilen Gläubigkeit und dem wackeligen Gemeindeleben vorbei sein würde, wenn herausgekommen wäre, was geschehen war.

»Der Kirche muss es immer um den Menschen gehen. Nicht umgekehrt«, sagte Gottfried Schäfer. »Da ist es wie mit der Revolution. Das haben wir früher auch schon falsch verstanden.«

Meike lachte, und Stephan Möllenkamp schaute erstaunt. So viel Selbstkritik hatte er Gottfried Schäfer gar nicht zugetraut.

»Sag mal, hast du eigentlich Lust, mal bei mir im Unterricht vorbeizuschauen?«, fragte Meike plötzlich. »Ich lese mit meiner Klasse gerade *Bambule* von Ulrike Meinhof. Und in diesem Zusammenhang nehmen wir die ganze Studentenbewegung in den Blick und was dann daraus geworden ist.«

Möllenkamp stockte der Atem. Lud seine Frau einen ehemaligen Terroristen gerade dazu ein, seine Heldengeschichten in der Schule zu verbreiten?

Gottfried Schäfer wirkte so erfreut, dass er vergaß, Hochdeutsch zu sprechen: »Des mache isch sehr gern. Isch habb noch einische aus Ulrikes Umkreis gekennd. Sie war e grouße Journalistin, bevor sie des Arschloch Baader kennengelernt hot.«

»Ja, und in dem Buch geht es um ein totgeschwiegenes

Thema: Wie man mit jungen Menschen aus nicht so guten Verhältnissen umgesprungen ist. Wie man sie dem System ausgeliefert hat …«

Das System. Möllenkamp und Gertrud sahen einander an und zogen die Augenbrauen hoch. Während Meike und Gottfried anfingen, über die 68er, das System und die RAF zu fachsimpeln, fragte Gertrud nach dem Brand, der Minna Schneider das Leben gekostet hatte.

»Es kann sein, dass es gar keine Brandstiftung war. Wir müssen noch das zweite Gutachten abwarten, aber unsere KT ist sich ziemlich sicher, dass ein Kurzschluss in dem maroden Gebäude den Brand verursacht hat. Komischerweise hat aber niemand Einspruch erhoben, als die Koryphäe mit der Theorie von der Brandstiftung um die Ecke gekommen ist.« Möllenkamp überlegte, ob er noch ein drittes Bier bestellen sollte.

»So ist das mit den Autoritäten«, sagte Gertrud. »Kein Mensch hat das Recht zu gehorchen, hat Hannah Arendt gesagt.«

»Du hast bei deinem Gottfried ja einiges gelernt«, meinte Möllenkamp. »Aber wo du das gerade sagst: Dein spezieller Freund Harald Meinders war übrigens der Briefeschreiber, der Bürgermeister Specker wegen des Brandes reinreiten wollte. Und weil sein Sohn Oliver beschlossen hat, keinen Autoritäten mehr zu gehorchen, hat er uns nicht nur den Drucker ausgehändigt, den sein Alter benutzt hat, sondern er hat uns auch verraten, was die Jungs am Samstagabend gemacht haben.«

»Und was?«

»Sie haben in Halte eine illegale Hanfplantage abgeerntet.«

Gertruds dröhnendes Lachen war bis auf den Parkplatz zu hören.

»Und was den Bürgermeister betrifft, da solltest du noch mal genauer hinsehen. Ich habe da so eine familiäre Verbindung entdeckt, der ich nicht weiter folgen darf, aber die Zeitung …«

»Hannah Arendt wäre stolz auf dich«, meinte Gertrud.

ENDE